Núria Pradas

Die Parfümerie der Liebe

Aus dem Katalanischen
von Sonja Hagemann

W0396040

PENGUIN VERLAG

Die spanische Originalausgabe erschien 2018 unter dem Titel »El aroma del tiempo« bei Penguin Random House Grupo Editorial, Barcelona.

Sollte diese Publikation Links auf Webseiten Dritter enthalten, so übernehmen wir für deren Inhalte keine Haftung, da wir uns diese nicht zu eigen machen, sondern lediglich auf deren Stand zum Zeitpunkt der Erstveröffentlichung verweisen.

MIX
Papier aus verantwortungsvollen Quellen
FSC® C014496
FSC
www.fsc.org

Verlagsgruppe Random House FSC® N001967

PENGUIN VERLAG

PENGUIN und das Penguin Logo sind Markenzeichen von Penguin Books Limited und werden hier unter Lizenz benutzt.

1. Auflage 2019
Copyright © 2018 by Núria Pradas
Translation rights arranged by Sandra Bruna Agencia Literaria, S.L. through SvH Literarische Agentur. All rights reserved.
Copyright © der deutschsprachigen Ausgabe 2018 by
Penguin Verlag, München
in der Verlagsgruppe Random House GmbH,
Neumarkter Straße 28, 81673 München
Umschlag: Bürosüd
Redaktion: Anja Rüdiger
Umschlagmotiv: Bürosüd
Satz: Uhl + Massopust, Aalen
Druck und Bindung: GGP Media GmbH, Pößneck
Printed in Germany
ISBN 978-3-328-10445-2
www.penguin-verlag.de

Dieses Buch ist auch als E-Book erhältlich.

Für meine Leser.
Ihr macht das alles erst möglich.

Eine Frau, die kein Parfüm trägt, hat keine Zukunft.

Coco Chanel

Parfüm ist die intensivste Form der Erinnerung.

Jean-Paul Guerlain

Das Buch in euren Händen dreht sich um einige wahre historische Begebenheiten, vor allem um die Kreation eines der emblematischsten Parfüms des zwanzigsten Jahrhunderts: Chanel No 5.

Ich habe die Legende von der Entstehung dieses Duftes aufgegriffen und auch die enge Zusammenarbeit zwischen Coco Chanel und Ernest Beaux, die sie erst möglich gemacht hat.

Dabei habe ich mir Mühe gegeben, die entscheidenden Neuerungen in der Kunst der Parfümherstellung zu Anfang des zwanzigsten Jahrhunderts verständlich darzustellen und Ereignisse jener Zeit in meine Geschichte mit einzuflechten.

Ihre Hauptfiguren, Pablo Soto, Claudine und die Familie Parés, entstammen hingegen meiner Fantasie, und es gibt sie nur in der Wirklichkeit der Erzählung.

Ein wichtiger Schauplatz meiner Geschichte ist die Provence, die ich in all ihrer Schönheit heraufzubeschwören versucht habe. Sie war für mich eine wichtige Quelle der Inspiration und wird für immer einen Platz in meinem Herzen haben.

Barcelona
Paris
Grasse

Der Tod des Vaters

Barcelona, Februar 1916

1

Auf den Gesichtern der vier Sargträger lag der müde Ausdruck dessen, der das Gewicht des Todes auf den Schultern spürt. Vorneweg ging mit hängendem Kopf der kleine Pablo und drehte seine Mütze in den Händen wie ein Spielzeug, das letzte Spielzeug seiner Kindheit. An seiner Seite schritt Enric, ein etwas größerer und kräftigerer Junge im selben Alter, und hinter ihnen kam dann Quimeta, Enrics ganz in Schwarz gehüllte Mutter, dicht gefolgt von Pater Bernat. Sie wurden von ein paar Nachbarn begleitet, groß war die Gruppe aber nicht. Wie schwarze Schatten schleppten sie sich in Hortas Morastlandschaft traurig mit schweren Füßen und Herzen voran.

Nach der Totenmesse würde der kleine Trauerzug von der Sant-Joan-Kirche aus noch ein ziemliches Stück bis zum Friedhof zurücklegen müssen, der weitab des Viertels lag.

Dort würde man Ramiro Soto zur letzten Ruhe betten, neben seiner Ehefrau Marie, die noch nicht lange im Jenseits auf ihn wartete. Beide hatten diese Welt viel zu früh verlassen.

Nach der Beerdigung würden dann alle den Waisenjungen dorthin zurückbegleiten, von wo sie aufgebrochen waren: zur Carrer d'Aiguafreda, der Straße der Wäscherinnen.

Der Tag war düster und schwül.

Als Ramiros Sarg aus dem Haus getragen wurde, hatten dunkle Wolken die Sonne mit einem finsteren Schleier verdeckt, so als wollte auch der Morgen Trauerkleidung anlegen.

Es war ein trauriger Tag.

Die Straßen waren leer, und an den Geschäften waren zum Zeichen der Trauer die Rollläden heruntergelassen.

Als das Grüppchen die Baixada del Mercat entlangging, schaute Pablito, der bis dahin zu Boden gestarrt hatte, einen Moment auf. Wie sonderbar ihm die Stille erschien, die ihm in den Ohren dröhnte und ihn der üblichen Alltagsgeräusche beraubte! Vor den Geschäften und Werkstätten standen ein paar Frauen und Männer, die sich von seinem Vater auf dessen letzter Reise verabschieden wollten.

Pablo sah aus dem Augenwinkel Mundeta aus der Bäckerei und Senyora Ramona aus der Kurzwarenhandlung das Kreuzzeichen machen. Und bevor er den Blick wieder senkte, erkannte er noch Manel aus dem Gemüseladen und den Apotheker Oliveres, die mit hängendem Kopf in der Tür ihrer Geschäfte standen und zur Respektsbekundung die Mütze abgenommen hatten.

Sein Freund Enric legte ihm tröstend den Arm um die Schultern und lächelte ihm aufmunternd zu. Pablito zog die Nase hoch.

Was ihn hier umgab, war bisher der Schauplatz seiner

Kindheit gewesen. Ein Ort zum Spielen, am dem sich die Leute vor die Tür setzten, um frische Luft zu schnappen, bis sie dann irgendwann hastig Stühle und Kinder zurück ins Haus bringen mussten, weil die Wäscherinnen ihre Bottiche ausleerten und schmutzige Seifenlauge die Straße entlanglief. Das Waschwasser brachte das Gelächter der Kleinsten und heimliches Herumspritzen mit sich, auf das dann leider irgendwann Schelte und Ohrfeigen folgten.

Der Junge dachte so bei sich, dass dies alles nun vorbei sein würde, davongetragen vom Regen, der jetzt im Viertel gegen die Fensterscheiben prasselte. In diesen Pfützen würde nur die Melancholie planschen.

Wie große schwarze Vögel breiteten nun die Regenschirme ihre Flügel aus.

Obwohl der Pfarrer dem kleinen Pablo den seinen anbot, wollte sich der Junge aber nicht darunter flüchten. Der Regen kam ihm gerade recht, er schien ihn von außen reinzuwaschen, während ihn die Trauer innerlich noch ganz schwindelig werden ließ, ihm im Bauch und in den Augen stach.

Ein Schluchzen brannte in seiner Kehle, und Pablito öffnete den Mund, damit die Regentropfen es hinwegwuschen. Er schluckte Regentropfen und Schluchzen einfach runter.

Und dabei verwandelten sie sich in Wut, in nagenden schwarzen Zorn, der ihn zu ersticken drohte. So etwas hatte Pablito noch nie erlebt, schließlich war er erst elf Jahre alt und damit eigentlich noch zu jung, um auf das Leben wütend zu sein.

In der Kirche lauschte er den Worten von Pater Bernat, ohne mit der Wimper zu zucken, und knetete die Mütze in den Händen. Von Zeit zu Zeit strich er sich das dichte rebellische Haar zurück, das ihm ohne die Kopfbedeckung in die Augen fiel.

Der Geruch des Weihrauchs, der Kirche, widerte ihn an. Er bohrte sich ihm in die Nase, ins Gehirn und würde dort für immer mit dem Gedanken an den Tod verbunden sein, genau wie der Geruch der feuchten Erde des Friedhofs nach dem Regen.

Das Parfüm der Abwesenheit.

Als die Grabnische geöffnet wurde, sah man dort die Überreste des Sarges, in dem Pablos Mutter ruhte. In diesem Moment begann Quimeta, im Flüsterton auf den Jungen einzureden, als wolle sie ihm ein Geheimnis anvertrauen. Mit warmen Worten versuchte sie, ihn abzulenken, und wollte ihn dann wegbringen, um ihm das düstere Spektakel zu ersparen.

Pablito riss sich jedoch von ihr los und blieb trotzig an seinem Platz stehen, während das Herz in seiner Brust wütend klopfte. Und auch Enric wollte sich nicht von seiner Seite rühren, obwohl Quimeta ihn am Arm zog.

Pablito war beim Tod seiner Mutter erst sechs Jahre alt gewesen und hatte längst ihre Stimme, ihr Gesicht vergessen. Doch sie hatte durch die Erzählungen seines Vaters weitergelebt. Deshalb war Marie für ihn eigentlich eher ein Wesen, das er in seiner Fantasie erschaffen hatte, wie die Figur aus einem Buch.

Pablito hatte seinem Vater versprochen, die Erinnerung an seine Mutter immer in seinem Herzen zu bewahren und ihr Bild niemals verblassen zu lassen.

Außerdem sollte er sich um ihr Grab kümmern und

ihr am fünfzehnten August zu ihrem Namenstag Blumen bringen, genau wie am ersten November, wenn die Lebenden ihrer Toten gedachten.

Vater und Sohn hatten während der letzten Tage der Krankheit lange Gespräche geführt, in denen Ramiro seinem Jungen vieles anvertraute und ihn bat, es nicht zu vergessen. Er hatte ihn beschworen, niemals zu vergessen, wer er war und woher er kam. Über den Tod, der ihr Leben wieder einmal heimsuchte, hatten sie nicht gesprochen.

Dabei hatte Ramiro natürlich gewusst, dass auch er selbst bald zur Welt der Erinnerungen gehören würde. Gerade deshalb hatte er seinem Sohn so viele Lektionen wie möglich mit auf den Weg gegeben.

Alles andere hatte für ihn keine Bedeutung mehr. Ramiro war nämlich davon überzeugt gewesen, dass nach dem Tod nur Stille auf ihn wartete.

Pablo stand vor der Grabnische, in der seine Mutter ruhte und in der man nun auch seinen Vater einschließen würde. Trotz seines zarten Alters war sich Pablito bewusst, dass er jetzt ganz allein war und die geliebten Menschen in seinem Leben langsam ins Nebelreich der Erinnerungen übergingen. Vielleicht wollte er ja verhindern, dass sie völlig verschwanden. Jedenfalls löste er in keinem Moment den Blick vom Sarg seiner Mutter, nicht einmal, als sie ihn öffneten und die Überreste des Menschen herausholten, der ihn zur Welt gebracht hatte. Wie traurig und trostlos ihm seine Existenz auf Erden auf einmal erschien!

Reglos blieb der Junge stehen und richtete den Blick auf dieses schwarze Loch, auch dann noch, als sie Ramiros

Sarg hineinschoben und die Nische schließlich schlossen.

Rums.

Nun war alles verschwunden.

Pablito vergoss keine Tränen.

Denn derart endloser Schmerz, wie er ihn empfand, ließ sich nur innerlich beweinen. Allein. Ganz allein.

2

Quimeta erklärte dem Pfarrer, dass sie zusammen mit Enric Pablito bei ihm zu Hause Gesellschaft leisten würden.

»Auch wenn ich früh aufstehen und mit dem Wagen die Wäsche zum Waschen holen muss, ist es mir trotzdem lieber, wenn er heute Nacht nicht allein ist und in seinem Elternhaus bleiben kann. Mein Enric wird ihm Gesellschaft leisten und ihn ablenken. Sie wissen doch, dass die beiden innerhalb von nur zehn Tagen geboren wurden und seitdem unzertrennlich sind.«

Müde und niedergeschlagen ließ sich der Pfarrer im Esszimmer auf einen Stuhl sinken und nickte zerstreut. Die Frau band sich eine Schürze um und begann im Haus herumzuhantieren, während sie sich in dem Strudel aus Gedanken verlor, den sie auch laut zum Ausdruck brachte:

»Und morgen sieht dann alles schon ganz anders aus. Wir nehmen ihn so lange bei uns auf wie nötig, das ist ja wohl klar. Armer Junge!«

Sie stieß einen tiefen Seufzer aus.

»Manchmal ist das Leben wirklich traurig, nicht wahr, Pater Bernat?«

»Allerdings, Quimeta.«

»Zuerst Maria und jetzt auch noch Ramiro. Sagen Sie mal … was soll aus diesem Kind denn werden?«

»Hoffen wir mal, dass alles gut geht. Die Welt da draußen ist doch schon düster genug, da können wir jetzt wirklich keine dunklen Vorahnungen gebrauchen.«

Quimeta gehörte zu den Menschen, die nie still sitzen können. Während sie mit dem Geistlichen sprach, verquirlte sie deshalb zwei Eier und stellte eine Pfanne auf den Herd.

»Ich mache mal ein Omelett für Pablito, wer weiß, wie lange der schon nichts mehr gegessen hat. Heute Morgen hab ich den beiden ein ordentliches Frühstück vorgesetzt, ihm und meinem Enric. Mein Junge hatte seins in null Komma nichts verputzt, wissen Sie, der hat immer einen Heißhunger! Aber Pablito hat keinen Bissen angerührt. Armes Kind!«

Gedankenversunken schwieg der Pfarrer, hob dann aber plötzlich den Kopf.

»Quimeta, kannst du bitte dem Jungen sagen, dass er mal herkommen soll? Ich muss ihm … na ja … eben das alles … erklären«, sagte er, während er einen Brief aus der Tasche seiner Soutane zog.

Pablito kam ins Wohnzimmer und setzte sich zum Pfarrer. Wenn es nach ihm gegangen wäre, hätte er sich lieber für den Rest seines Lebens in seinem Zimmer eingeschlossen, ohne eine Menschenseele zu sehen, ohne mit irgendjemandem zu reden. Ihm reichte die Gesellschaft Enrics, der noch nie besonders schwatzhaft gewesen war. Aber das ging leider nicht, schon allein wegen des Versprechens. Als sein Vater das Bett nicht mehr ohne schmerzhafte Atemnot verlassen konnte, hatte Pablito ihm ganz zum Schluss noch versichern müssen, dass er bei allem auf Pater Bernat hören würde. Der Geistliche würde ihm helfen.

Jetzt legte der Pfarrer den Brief auf den Tisch und seine knorrigen Hände darauf.

»Weißt du, was das ist, Pablito?«

»Ein Brief«, antwortete der Junge reserviert.

»Natürlich, Junge, aber was ich damit sagen will... Ahnst du vielleicht schon, was da drin steht?«

Pablito schüttelte den Kopf. Woher sollte er das denn wissen, wenn der Umschlag verschlossen war? Manchmal sagte der Pfarrer wirklich merkwürdige Sachen! Als ob das der passende Zeitpunkt für Ratespielchen wäre!

Dann sprach der Geistliche mit ihm über seinen Vater und seine Mutter und schob dabei immer wieder mal ein »Sie mögen in Frieden ruhen« ein.

»Obwohl alle hier im Stadtviertel deine Mutter Maria genannt haben, hieß sie eigentlich Marie, sie war nämlich Französin.«

Er verstummte einen Moment und wartete auf einen Kommentar des Jungen dazu, Pablito jedoch starrte weiter schweigend zu Boden.

»Marie Huard, aber das wusstest du bereits, oder?«

Der Kleine nickte.

»Und was kannst du mir noch über deine Mutter sagen?«, fragte der Pfarrer.

Doch Pablo machte den Mund nicht auf, so als habe

er keine Ahnung oder wolle einfach nicht darüber reden. Stattdessen presste er das Kinn gegen die Brust und hob die Schultern auf eine Art und Weise, die nun wirklich nicht zum Dialog einlud.

Der Pfarrer verschränkte die Finger und stützte die Ellbogen auf den Tisch. Und dann begann er schließlich zu sprechen, wählte die Worte sorgfältig und brachte sie ruhig und besonnen vor. Dabei bat er innerlich inständig darum, die richtige Entscheidung getroffen zu haben. Hoffentlich würde er Pablito doch noch eine glückliche Zukunft ermöglichen. Pater Bernat war ein guter Christ.

»Nun hör mal, mein Junge, falls du es nicht weißt oder dich nicht mehr daran erinnerst: Deine Mutter hat Familie in Frankreich, genauer gesagt, eine Schwester, die also deine Tante ist. Ich weiß nicht, ob dir dein Vater je von ihr erzählt hat. Mit mir hat er jedenfalls über sie gesprochen, als er krank wurde. Kannst du mir folgen, mein Kind?«

Ein paar Schweißperlen rollten Pater Bernat über die breite Stirn. Der Dienst an der Gemeinde brachte oft Dinge mit sich, die er sich lieber erspart hätte.

Pablito saß wie abwesend vor ihm. Angesichts seines unbeirrbaren Schweigens wurde dem Pfarrer das Herz immer schwerer, während er weitersprach:

»Mit dem Tod deiner Mutter ist der Kontakt zwischen deinem Vater und deiner Tante in Frankreich abgebrochen. Aber … das ist nicht entscheidend, schließlich ist sie jetzt deine einzige Verwandte, und deshalb hat mir dein Vater auch ihre Adresse gegeben. Guck mal.« Er hielt den Brief hoch. »Ich habe diesen Brief an sie verfasst.«

Unversehens schaute der Junge auf und blickte den Geistlichen mit großen Augen an.

»Darin bitte ich sie darum, dass sie sich um dich kümmert. Das ist jetzt, wo deine Eltern nicht mehr da sind, einfach die beste Lösung, mein Junge. Du musst doch bei deiner Familie leben.«

Pablito hielt seinem Blick stand. Einen Moment lang wirkte es so, als bliebe die Zeit stehen und ein großes Fragezeichen stünde im Raum. Als sich die Uhren dann wieder in Bewegung setzten, rannte Pablito wortlos in sein Zimmer und schloss sich darin ein.

Nun kam Quimeta ins Zimmer, die in der Küche alles mitgehört hatte. Sie ließ sich auf den Stuhl sinken, auf dem gerade noch der Junge gesessen hatte, fuhr sich mit der Hand über die feuchten Augen und seufzte:

»Oh, Herr im Himmel!«

3

Vom nassen Laub, das im Hof einen dichten Teppich bildete, ging ein intensiver säuerlicher Pflanzengeruch aus, der bis in Pablitos Zimmer drang.

Der Junge empfand das vertraute Aroma als tröstlich, und es kam ihm vor, als würden die vom Wind geschüttelten Schlingpflanzen ihm etwas zuflüstern. Ihre sanften Worte krochen die Wände herauf und erreichten sein Ohr, wo sie wispernd ihr Beileid zum Ausdruck brachten. Vom Bett aus bekam Pablito mit, wie Quimeta im Haus herumhantierte. Sie war eine Frau, die einfach nicht zur Untätigkeit taugte, deshalb hatte sie aufgeräumt, geputzt, gekocht und noch einmal geputzt – sie würde das Haus blitzblank hinterlassen. All diese Aktivitäten wurden von Seufzen und Klagen und dem einen oder anderen Vaterunser begleitet, das sie für die Seele ihrer Nachbarn betete – für die schmerzlich vermisste Maria und ihren Ehemann, den zurückhaltenden Ramiro Soto. Und natürlich vor allem für den Jungen, dafür, dass es dem armen Waisenkind gut gehen würde.

»Oh, Gott im Himmel! Und diese ausländischen Verwandten? Was werden die wohl davon halten, dass sie jetzt einen mehr mit durchfüttern sollen?«

Sie wiegte den Kopf und stützte sich auf dem Besen ab.

»Maria hat ihre Schwester in Frankreich ja furchtbar vermisst, aber Ramiro ist den Verwandten dort schließlich nie begegnet! Und wenn sie den Jungen nicht wollen, wo soll das arme Kind dann hin? Dann wartet das Waisenhaus auf ihn! Oh, Jesus, Maria und Josef! Wenn ich könnte, würde ich mich ja um ihn kümmern, aber wie soll ich das denn machen, ich Unglückselige?«

Die Frau betrachtete ihre Hände. Vom Waschen der Wäsche reicher Leute waren ihre Finger rot, wund und geschwollen, aber das war ja noch nicht das Schlimmste. Am meisten machten Quimeta die Rückenschmerzen zu schaffen, durch die sie gekrümmt ging und Tag und Nacht nicht zur Ruhe kam. Und noch ein Kind mehr konnte sie nun wirklich nicht versorgen, wenn sie sich nicht zu Tode schinden wollte.

Sie zog ein feuchtes, zerknittertes Stofftaschentuch aus der Schürzentasche und wischte sich damit über die

Augen. Wie viele Tränen sie in den letzten Tagen schon vergossen hatte!

Komplett angezogen legte sich Quimeta schließlich im Schlafzimmer in das Bett, in dem Ramiro gestorben war und zuvor Maria. Nicht lange, und sie war vor Erschöpfung eingeschlafen.

Als Pablito aus dem Nebenraum ihren regelmäßigen Atem hörte, stieß er hörbar die Luft aus, die sich in seiner Lunge gestaut hatte. Stilles Weinen entbrannte in seiner Brust, in den Augen und der Seele.

Um Enric nicht zu wecken, der auf einer Matratze am Boden schlief, vergrub Pablito das Gesicht im Kissen und spürte mit seiner gerade erworbenen neuen Reife, wie die Präsenz seiner Eltern langsam zu Staub zerfiel.

Der Pariser Turm

Paris, August 1888

1

Wie eine Pyramide aus Eisen verfügte der Turm über eine Basis aus breiten Pfeilern, die immer schmaler in die Höhe wuchsen. Die Arbeiter schufteten in einer dichten Wolke aus Kohle und Teer, deren Staub sich in der Kehle festsetzte, und der Lärm des Metalls unter ihren Hämmern war ohrenbetäubend. So wie ein Schmied in seiner Dorfwerkstatt sein Werkzeug rhythmisch auf und nieder sausen ließ, bearbeiteten sie mit ihren Eisenhämmern die Nieten, aber nicht von oben nach unten, sondern waagerecht. Bei jedem ihrer Schläge sprühten Funken, die sich vor dem blauen Himmel von Paris abzeichneten. Deshalb sah es fast so aus, als würden die Arbeiter des Eiffelturms mit den Händen Blitze einfangen.

Die Zeitungen der halben Welt berichteten über den Bau des großen Eisenturms mit den Gitterpfeilern, der in Paris anlässlich der Weltausstellung des Jahres 1889 errichtet wurde.

Ramiro Soto las den Artikel eifrig, faltete das Papier dann sorgfältig und legte es zusammen zu den anderen Zeitungsausschnitten in den Karton, den er in der Pension unter dem Bett aufbewahrte.

»Auf den Champs de Mars gehen die Bauarbeiten des berühmten Turmes, der bei der Ausstellung von 1889 alle zum Staunen bringen soll, zügig voran.

Heute statten wir der großen Werkstatt, in der die enormen Bauteile des Dreihundert-Meter-Turmes hergestellt werden, einen äußerst interessanten Besuch ab.

Sie können sich wohl eine Vorstellung davon machen, um was für ein gewichtiges Unterfangen es sich schon allein unter dem Gesichtspunkt des metallverarbeitenden Handwerks handelt. Bislang haben die Pfeiler des Bauwerks, von denen einer bereits zwanzig Meter in die Höhe ragt, beim Gießen 550000 Kilo Eisen verschlungen. Noch einmal etwa die gleiche Menge wartet im Lager auf ihre Verwendung. [...] Zurzeit umfasst das Personal der Werkstatt 161 Arbeiter, die selbst am Sonntag ohne Unterlass von fünf Uhr morgens bis sieben Uhr abends rührig sind. Die Bauarbeiten sind seit ihrem Beginn am zehnten Februar dieses Jahres lediglich an drei Tagen unterbrochen worden, von denen einer der Nationalfeiertag war. [...]«
La Vanguardia, 11.8.1887

Ramiro hatte einen Traum, der seine Augen zum Funkeln brachte und ihn einen Blick auf den Mann erhaschen ließ, der er mal werden wollte.

2

Ramiro war ein großer, kräftiger junger Mann mit einem leuchtenden Blick wie aus Quarz, mit dem er die Welt zu durchbohren schien. Für ihn gab es nur eine richtige Art und Weise, das Leben anzupacken – nämlich indem man auf die Erfüllung seiner Träume hinarbeitete. Iecla, sein Heimatort in Murcia, war deshalb von Anfang an viel zu klein für ihn gewesen. Seit mehr als vier Jahren war er inzwischen ganz allein auf der Welt und wollte nun wirklich nicht das Land bearbeiten, das seine Eltern ihm zusätzlich zu dem bescheidenen Häuschen hinterlassen hatten. Ihr Vermächtnis an ihn war vor allem das bisschen Bildung gewesen, das sie ihm mitgegeben hatten. In der Schule hatte er sich am liebsten im Betrachten von Landkarten verloren, die ihm, seinen Vorstellungen gemäß, eine weite Welt zeigten.

Ramiro fand jemanden, der seine Felder für ihn bestellte, und probierte derweil andere Berufe aus, die es in dieser Gegend gab. Er arbeitete in einer Schnapsfabrik und in einer, die Seife herstellte. Nichts schien ihm zuzusagen, bis er schließlich als Lehrling bei einem Schmied anfing und sich dort beim Bearbeiten des heißen Eisens die Wut seines unbezähmbaren Geistes aus dem Leib hämmern konnte. In der kleinen Schmiede von Iecla erlernte er so endlich die Grundlagen eines Handwerks, das zu ihm passte.

Davon überzeugt, dass er nun zumindest den ersten

Schritt in die richtige Richtung gemacht hatte, verkaufte Ramiro Haus und Felder. Er packte nur wenige Habseligkeiten in einen abgewetzten alten Koffer, weil man mit wenig Ballast im Leben schneller vorankommt, und machte sich auf den Weg nach Barcelona.

Damals war er siebzehn Jahre alt, und seine Träume kannten keine Grenzen.

3

In der Hafenstadt angekommen, steuerte Ramiro sofort die größte Fabrik für Schwermaschinenbau im Viertel Barceloneta an: La Maquinista Terrestre y Marítima. Er hatte schon viel über diese Firma gehört und wollte nur dort arbeiten.

Schon bald konnte er dieses Vorhaben in die Tat umsetzen, denn ihm wurde tatsächlich eine Stelle in den Werkstätten angeboten.

Ramiro war nicht nur ein junger, kräftiger Kerl, der bei der Arbeit ordentlich zupacken konnte, sondern lernte auch schnell. Daher wurde er im Betrieb freundlich aufgenommen und in die Geheimnisse des Berufs eingeweiht. Im Laufe seiner Ausbildung spezialisierte er sich bald auf das Verarbeiten von Nieten.

Einer von seinen älteren Kollegen zeigte ihm dann zum ersten Mal einen Zeitungsartikel über den Bau eines Turms aus Eisen in Paris, eines großen Triumphbogens, der mehr als dreihundert Meter hoch werden sollte.

Zunächst konnte Ramiro das kaum glauben, weil ihm

so ein Bravourstück unmöglich erschien. Dreihundert Meter? Wenn man mal davon ausging, dass die Struktur hielt und die großen Pfeiler nicht durch den Neigungswinkel umfielen, blieb immer noch die Frage, wie man das Material bis nach oben transportieren sollte.

Doch schließlich gewann seine Neugier die Überhand über Zweifel und Argwohn und wurde immer größer. Ramiro begann, alle Zeitungsartikel über den ungewöhnlichen Turm in Paris in einer Schachtel unter dem Bett zu sammeln.

Während er an einsamen Abenden in seinem kleinen Pensionszimmer die Artikel wieder und wieder las und die Wunderkonstruktion zu verstehen versuchte, wurde sein Interesse zu wahrer Besessenheit.

Es kam ihm vor, als riefe das Bauwerk von Gustave Alexandre Eiffel wie ein lebendiges Wesen nach ihm, und bald sah er nur noch eine Möglichkeit, das glühende Feuer in seinem Inneren zu löschen: Er musste nach Paris.

4

Als Ramiro Soto zum ersten Mal in seinem Leben Pariser Pflaster betrat, schien die Stadt unter einem feinen grauen Tuch aus Regen zu schlafen. Trotzdem verliebte er sich auf den ersten Blick so, wie man es nur mit zwanzig Jahren kann, nämlich Hals über Kopf.

Ramiro hatte noch Geld vom Verkauf seines Elternhauses und der Ländereien übrig, außerdem hatte er während seiner Zeit in La Maquinista etwas von seinem Lohn sparen können. Auf diese Weise konnte er sich den Luxus gönnen, ein paar Wochen lang einfach nur die Stadt kennenzulernen und mit ihr zu kokettieren. Und Paris gab sich ihm wie eine willige Mätresse rückhaltlos hin.

Ramiro lernte schnell, mit seiner launischen Geliebten umzugehen und zu schäkern, und erkundete auch ihre dunklen Ecken.

Wie all die anderen Liebhaber, die ihm im Herzen dieser unberechenbaren Dame vorausgegangen waren oder nachfolgen würden, erkannte auch er die Nacht, wenn in Paris tausend Farben zu explodieren schienen, als die wahre Natur der Stadt. Dann gab sich Ramiro der quasi elektrischen Spannung hin, die in der Luft lag, und verlor sich in der Altstadt, wo nach Einbruch der Dunkelheit geschrieben, gemalt, gelacht und Wein getrunken wurde.

Nach zwei Wochen in einem kleinen, einfachen Hotel hielt Ramiro den Zeitpunkt für gekommen, sich etwas Eigenes zu suchen und so sein Ziel in der Stadt noch ungestörter verfolgen zu können. Er verbrachte die Nächte oft im Moulin de la Galette, einer Bar mit einer kleinen Tanzfläche über dem Maquis, wo man sich für wenig Geld an Getränken und guter Gesellschaft erfreuen konnte. Obwohl Ramiro im Moment nur wenig und gebrochen Französisch sprach, war ihm an diesem Ort eine interessante Information zu Ohren gekommen: Unter den Dächern von Paris verbargen sich in vielen Gebäuden Unterkünfte für das Dienstpersonal, die oft nicht mehr als ein schrankgroßes Kabuff mit einem Bullauge zur Straße hin waren. Und da etliche Hausbesitzer inzwischen gar kein Personal mehr beschäftigten, quartierten sich dort Menschen mit geringen finanziellen Mitteln ein.

Ramiro mietete eine dieser winzigen, nur notdürftig ausgestatteten Unterkünfte von einer verarmten Witwe. Darin war lediglich Platz für eine Matratze auf dem Holzfußboden, der übrigens furchtbar knarzte. Durch das runde Fensterchen war nicht viel mehr zu sehen als Dächer und noch mehr Dächer und ein kleines Stück vom blauen Himmel.

In Ramiros Augen jedoch war dieses kleine Nest etwas ganz Besonderes, weil es etwas gab, was ihm nicht einmal die Paläste auf der Île de la Cité bieten konnten: durch seine Lage am Rive Droite bei der Iéna-Brücke konnte man von dort aus direkt auf die Baustelle des Eiffelturms blicken.

5

Der Eiffelturm! Sein Traum. Sein Ziel. Seit Ramiros Ankunft in Paris war kein Tag vergangen, an dem er die Baustelle nicht aufgesucht hatte.

Einige der Arbeiter, die ihn zunächst mit argwöhnischer Neugier betrachtet hatten, wurden freundlicher, seit sie in ihm einen glühenden Bewunderer des Werks erkannt hatten. Sie fanden es lustig, wie er sich mit Händen und Füßen zu verständigen versuchte, um seinen Wissensdrang zu stillen.

Das größte Glück war für Ramiro jedoch, dass er Ricardo kennenlernte, einen Arbeiter aus der Gruppe der Nieter. Obwohl er selbst in Paris geboren war, sprach sein neuer Freund nämlich Spanisch, weil seine Mutter aus Córdoba stammte. Der junge Mann mit dem offenen, direkten Blick trug stets ein Lächeln auf den Lippen und weihte Ramiro nur zu gerne in die Geheimnisse des Turmes ein, die diesem bislang verborgen geblieben waren.

»Soweit ich gehört habe, wird bald ein Kletterkran eingesetzt, weil der Turm für die normalen Kräne zu hoch sein wird.«

Verblüfft nahm Ramiro diese Information zur Kenntnis. »Aber wie …?«, murmelte er.

Sein Gegenüber lächelte. Ricardo fand es toll, die spanische Sprache üben zu können, weil er dafür seit dem Tod seiner Mutter kaum Gelegenheit gehabt hatte. Noch viel besser gefiel es ihm allerdings, sich vor jemandem mit so großem Interesse am Turm ein wenig wichtigmachen zu können.

»Also«, sagte er und drehte sich gestikulierend zum Turm um, während er nach den richtigen Worten suchte, »das ist wie ein Kran, der sich … im Inneren jedes Pfeilers auf Schienen fortbewegt wie eine Straßenbahn. Und später, wenn der Turm fertig ist, werden diese Schienen dann für die Aufzüge genutzt, mit denen die Leute hochfahren.«

»Aufzüge!«, rief Ramiro beeindruckt aus.

»Klar, dachtest du etwa, dass die zu Fuß bis nach oben steigen?«, erwiderte Ricardo mit überheblicher, spöttischer Miene.

Ramiro konnte all das einfach nicht fassen. Dieser Eiffel war wirklich ein Genie, und der junge Mann wurde der Unterhaltungen über seine Arbeitsweise und die Wunder der modernen Ingenieurskunst beim Bau dieses Turmes nie überdrüssig.

Die neuen Bekannten begannen, sich auch außerhalb der Baustelle zu treffen. Sie verbrachten gern Zeit miteinander, und jeder von ihnen trug etwas zu ihrer aufkeimenden Freundschaft bei. Ramiro hatte endlich jemanden gefunden, mit dem er ohne Sprachbarrieren über seinen Traum sprechen konnte, betonte bei ihren Gesprächen aber auch immer wieder, dass er nicht nur ein Träumer, sondern auch ein qualifizierter Arbeiter war.

Ricardo zeigte Ramiro sein Stadtviertel Salpêtrière im XIII. Arrondissement, eine Reihe von Arbeitersiedlungen, die erst wenige Jahre zuvor bei einer Erweiterung der Hauptstadt entstanden waren. Und die beiden jungen Männer ließen keine Kneipe der Gegend aus, während sie ihre Freundschaft besiegelten.

Aber da gab es noch einen ganz besonderen Ort, den Ramiro seit seiner Ankunft in Paris unbedingt besuchen wollte. Er hatte in Montmartre bei seinen Besuchen im Lapin Agile davon gehört und stellte ihn sich als den absoluten Glanzpunkt des Pariser Nachtlebens vor. Die Leute erzählten, dass dort ganz Paris aufeinandertraf, vom Arbeiter mit Schirmmütze und Espadrilles über Lebedamen und Aristokraten bis hin zu Familienvätern der Mittelschicht.

Gemeint war das Moulin Rouge.

Eines Abends verabredeten sich die beiden Freunde, um gemeinsam dorthin zu gehen, und Ricardo wartete in der Nähe des Lokals am Fuß des Montmartre auf Ramiro.

Dies war eine wenig angesehene Gegend, in der nachts Freudenmädchen flanierten.

Als auch der Spanier eingetroffen war, gingen die beiden Männer zu dem berühmten Kabarett hinüber und betraten es gemeinsam.

Bereits auf den ersten Blick erwies sich das Moulin Rouge für Ramiro allerdings als Enttäuschung. Es handelte sich um ein stickiges, düsteres Lokal, in dem Dutzende Tische standen. Der junge Mann dachte bei sich, dass seine begeisterten Gesprächspartner mit ihrer Schwärmerei wohl ein wenig übertrieben hatten.

Die beiden setzten sich an einen Tisch mit perfektem Blick auf die Bühne und bestellten etwas zu trinken. Im warmen Licht der Gaslampen, die wie Glühwürmchen leuchteten und dem Saal durch ihren Widerschein in den großen Spiegeln etwas Magisches verliehen, relativierte sich Ramiros erster negativer Eindruck. Und Ricardo, der schon die ganze Zeit von einem Ohr zum anderen gegrinst hatte, hielt dies für den passenden Moment, um seinem Freund die große Neuigkeit zu verkünden:

»Weißt du«, sagte er mit verschmitzter, geheimniskrämerischer Miene, »jetzt müssen langsam die neuen Kräne aufgebaut werden, und es wird eine zusätzliche Gruppe von Arbeitern zusammengestellt, die die großen Maschinenteile zusammennieten sollen.«

Ramiro, der gerade sein Glas Rotwein zum Mund geführt hatte, erstarrte mitten in der Bewegung. Sein Atem stockte.

»Ich hab mit dem Vorarbeiter über dich geredet. Ehrlich gesagt, habe ich es dabei mit der Wahrheit nicht ganz so genau genommen, schließlich musste ich ja sichergehen ... Deshalb hab ich dich als einen spanischen Cousin von mir ausgegeben, der gerade erst hier angekommen ist. Aber ich hab ihm versichert, dass er sich keine Sorgen zu machen braucht, weil du natürlich perfekt Französisch sprichst.«

Ramiro nahm einen tiefen Schluck Wein und sah Ricardo dabei eindringlich an.

»Du sollst morgen vorbeikommen und probeweise mitarbeiten, aber ich habe keinen Zweifel daran, dass sie dich nehmen werden.«

Die Lichter, die blitzenden Spiegel ... alles, was Ramiro an diesem Ort umgab, verschwamm plötzlich vor seinen Augen. Im selben Moment kündigten ein paar Takte Musik den Beginn des Schauspiels an, und dann war die Bühne auch schon von Farben und den Körpern leicht bekleideter Tänzerinnen erfüllt.

Aber davon bekam der junge Mann aus Murcia überhaupt nichts mit. Seine Augen sahen nämlich nur ein einziges Bild vor sich: einen Turm aus Eisen, der dem Himmel über Paris entgegenstrebte.

Die junge Marie Huard

Paris, November 1888

1

Im Strom der Nachtschichtarbeiter verließ Marie die Schokoladenfabrik Lombart.

Obwohl bereits der Morgen dämmerte, leuchteten die Straßenlaternen auf der Avenue de Choisy noch. Die kalte Luft trug die Gerüche des anbrechenden Tages mit sich, und die Straßen erfüllten sich mit Alltagsgeräuschen, die an Marie abzuprallen schienen.

Bis zu dem ärmlichen kleinen Zimmer, das sie ihr Zuhause nannte, hatte sie noch ein gutes Stück Fußweg vor sich, und sie fühlte sich schwach. Das lag an den langen Schichten in der Fabrik, bei denen sie dreizehn Stunden im Stehen arbeitete, an der schlechten Ernährung, zu wenig Schlaf und diesem Husten, den sie seit Monaten nicht loswurde.

Dabei wünschte sie sich in diesem Moment nichts sehnlicher, als sich ein paar Stunden auf ihrem Strohsack auszustrecken und endlich einmal alles zu vergessen: ihr Leben, ihr Leid, sich selbst.

Marie ging langsam, und es kam ihr dabei so vor, als wäre die Straße länger als sonst, als würde sie sich mit jedem Schritt weiter ausdehnen.

Die junge Frau spürte, wie ihr Schweißtropfen den Hals hinunterliefen. Ihre Hände brannten, und sie wurde sich der unendlichen Müdigkeit bewusst, die ihren Körper gefangen hielt. Am liebsten hätte sie sich einen Moment hingesetzt, doch es bot sich keine Gelegenheit, weshalb sie sich kurz an die Wand eines Gebäudes lehnte und nach Luft rang. Wenn sie hier eine Weile stehen blieb, würde dieses unangenehme Gefühl vielleicht vergehen. Aber da irrte sie sich. Unversehens wurde ihr schwindelig, Übelkeit stieg in ihr auf, und sie hatte einen bitteren Geschmack im Mund. Am Ende wurde ihr eiskalt, und gegen diese innere Kälte half auch ihr wollenes Tuch nicht.

Marie drohten die Knie nachzugeben, und dann wurde aus dem Schüttelfrost plötzlich fiebrige Hitze. Die junge Arbeiterin schwitzte und sah leuchtende Punkte vor den Augen tanzen. Dann rutschte sie an der Wand nach unten, wurde von Dunkelheit davongetragen und schließlich verschluckt. Panisch riss sie den Mund auf und wollte um Hilfe rufen, ihr Schrei jedoch wurde stumm geboren.

2

Ihren Geburtsort Grasse in der Provence, der für die Parfümherstellung berühmt war, hatte Marie anderthalb Jahre zuvor verlassen. Oder vielleicht sollte man besser sagen, dass sie von dort geflohen war.

Grasse war wirklich ein schönes Fleckchen Erde, die

Altstadt lag zu Füßen eines alten Turms und bestand aus einem Labyrinth voller Brücken, Torbögen, Treppen und steilen Gässchen. Der kleine Ort nahe der Küste umfasste ein Gewirr aus verschlungenen, ansteigenden Straßen unter Ulmen und Platanen. Und außerhalb der Stadtmauern, wo die Olivenbäume mit ihren silbrigen Blättern wogten, folgte ein Hügel auf den anderen.

Wegen seiner besonderen Lage und seines Klimas, das den Anbau verschiedener Blumen und aromatischer Kräuter begünstigte, wirkte Grasse wie ein leuchtendes, duftendes Bouquet. Der Jasmin aus dieser Gegend wurde weltweit als einer der besten erachtet.

Marie war in der Rue des Quatre Coins geboren worden, direkt neben der Place aux Aires, mitten in Grasse. Dort wurde neben dem großen Brunnen der Blumenmarkt abgehalten, und früher einmal hatten unter den Arkaden der Gebäude die Gerber ihre Felle eingeweicht.

Nach dem Tod ihres Mannes hatte Pauline, Maries Mutter, im Erdgeschoss ihres zweistöckigen Hauses ein kleines Süßwarengeschäft eröffnet, mit dem sie sich selbst und ihre beiden Töchter Marie und Anne durchbrachte.

In anderer Hinsicht war es ihr jedoch nicht gelungen, ihr plötzlich entzweigerissenes Leben in neue Bahnen zu lenken. Der Tod ihres Mannes hatte ihr die Lebensfreude genommen, weshalb man im Grunde sagen konnte, dass die beiden Huard-Schwestern durch jenen Unfall sowohl des Vaters als auch der Mutter beraubt worden waren.

Pauline Huard trug innerlich wie äußerlich Trauer und hatte ihr Herz gegenüber allen Gefühlen verschlossen, die nichts mit dem Schmerz über ihren Verlust und mit ihrem Selbstmitleid zu tun hatten.

Nicht einmal ihre beiden Töchter konnten ein Lächeln auf ihre Züge zaubern oder ihrem Herzen die Lust aufs Leben zurückgeben.

Außerdem war Pauline von einer lähmenden Angst erfüllt: Sie befürchtete, dass irgendein Unglück ihr auch noch die beiden Mädchen nehmen würde. Deshalb schränkte sie deren Bewegungsradius derart ein, dass die armen Schwestern fast wie in einem Gefängnis lebten.

Mit siebzehn Jahren hatte Marie deshalb wenig getan, außer ihrer Mutter im Laden und bei der Arbeit im Haus zu helfen. Im Grunde konnte man sagen, dass sie abgesehen von diesen beiden Orten nicht viel kannte.

Auf die dreizehnjährige Anne, die gerade das letzte Jahr ihrer Schullaufbahn absolvierte, würde mit dem Abschluss ihrer mageren Bildung auch nichts anderes warten.

Obgleich sich die Huard-Schwestern äußerlich sehr ähnelten, waren sie vom Charakter her doch ganz verschieden. Von der kleinen Anne hörte man nie ein Wort der Klage. Sie war unterwürfig und so süß wie das Zuckerzeug aus dem Laden ihrer Mutter. Nur beim Gedanken an den abwesenden Vater legte sich ein trauriger Schatten über ihren Blick. Doch abgesehen von diesen kurzen Momenten der Erinnerung hatte Anne immer ein zauberhaftes Lächeln auf dem Gesicht und schien sich nicht an den engen Grenzen ihrer kleinen Welt zu stören.

Maries Augen waren heller als die von Anne und nahmen bei Gegenlicht einen hübschen Grünton an. Aber nicht nur von der Farbe her unterschieden sie sich von denen ihrer Schwester: In Maries Augen tanzten tausend

Träume, die ungeduldig auf ihre Umsetzung warteten. Und auf ihren vollen, üppigen Lippen lag stets ein Ausdruck des Überdrusses, der nur die Spitze eines Eisbergs aus Unzufriedenheit und Aufbegehren war.

Deshalb legte sich Marie zu Annes Entsetzen oft mit ihrer Mutter an. Pauline beendete solche Streitereien dann mit einer harschen, gebieterischen Handbewegung, die nichts anderes als Schweigen duldete. Wieder einmal war ein Wunsch zerbrochen, eine Hoffnung verpufft. Auf diese Art und Weise distanzierte sich Marie immer mehr von ihrer Mutter und kam sich in ihrem eigenen Zuhause allmählich wie eine Fremde vor. Tag für Tag zog sie sich tiefer in ihre eigene Welt zurück. Eine schmerzhaft kleine Welt, in der es aber wenigstens noch Träume gab.

Und dann lernte sie im Laden eines Tages Gilles kennen. Er wollte eine der bunten Marzipanfiguren kaufen, die Pauline in der Küche des Geschäfts eigenhändig herstellte und dann im Schaufenster präsentierte.

Gilles war nicht viel älter als Marie und genau wie sie voller Träume.

3

Über Liebe konnten Gilles und Marie nur mit Blicken sprechen. Und dem jungen Mädchen schien es, als könnte sie innerhalb der engen Mauern ihrer Existenz niemals auf andere Art und Weise mit ihm kommunizieren. Gilles jedoch ließ sich nicht abschrecken. Er wartete ab, bis Marie den Laden wegen irgendeiner Erledigung verließ, und umging so die strenge Kontrolle durch ihre Mutter. Dann trat er an das junge Mädchen heran und flüsterte ihr lauter Dinge ins Ohr, bei denen ihr ganz warm ums Herz wurde.

Damit öffnete er für Marie die Tür zu einer fremden Welt. Und diese Welt war voll von neuen und unbekannten Gefühlen, voll von unerwartetem Sehnen, das Tag für Tag brennender wurde, genau wie ihre Liebesschwüre.

Dann kam schließlich der Moment der ersten Verabredung, wobei Marie nichts anderes übrig blieb, als ihre Schwester um Hilfe zu bitten:

»Weißt du, ich lüge aber nicht gern«, antwortete Anne auf ihr Bitten und Flehen.

»Du musst doch auch gar keine Lüge erzählen. Halt Maman einfach nur irgendwie auf, wenn ihr am Sonntag aus der Kirche kommt. Eine Stunde, ich bitte dich ja bloß um eine Stunde!«

»Aber du musst dich doch um den Laden kümmern, wenn wir zur Messe gehen…« Anne widersetzte sich noch immer, denn Maries verrückter Plan machte sie einfach fassungslos.

»Es merkt bestimmt niemand, wenn das Geschäft mal eine Stunde geschlossen bleibt.«

»Doch, die Kunden!«, rief ihre Schwester entsetzt aus.

Wütend starrte Marie sie an. Wieso war sie denn nicht auf ihrer Seite?

»Dieses Risiko muss ich eben eingehen. Bitte Maman einfach, eine Runde mit dir zu drehen.«

»Und wenn sie nicht will?«

»Ach du meine Güte, dann schleifst du sie eben mit! Sie macht doch sowieso alles, worum du sie bittest.«

Genervt streckte Marie ihrer Schwester die Zunge heraus. Dann wurde ihr Blick wieder sanfter, und sie fügte noch hinzu: »Anne … Annette … Verstehst du denn nicht, dass ich verliebt bin?«

Die Miene ihrer Schwester erhellte sich und zeigte ein verschmitztes Lächeln. »Sag mal, wie fühlt sich das denn an?«

»Das … das ist so, als würden Blütenblätter auf mich herabregnen! Kannst du dir das vorstellen?«

Die beiden Schwestern sahen einander in die Augen und brachen in Gelächter aus. Dieser Blick besiegelte ihren Pakt.

Deshalb drehte Anne nun Sonntag um Sonntag mit ihrer Mutter nach der Messe eine Runde, während ihre Schwester sich in Gilles' Arme flüchtete.

Am Anfang widersetzte sich Marie dem Drängen ihres Geliebten noch, schließlich zerfiel ihre Gegenwehr jedoch wie feiner Sand. Vor neugierigen Blicken verborgen, gaben sich die beiden jungen Menschen ihrem Verlangen hin und liebten sich eilig, aber leidenschaftlich. Bevor sie sich dann voneinander trennten, blieb ihnen noch ein kurzer Moment, um sich mit brennenden Lippen gegenseitige Versprechen ins Ohr zu flüstern.

»Mir reicht das einfach nicht mehr, Marie. Komm doch mit mir nach Paris, da können wir immer zusammen sein und endlich ein gemeinsames Leben führen.«

Wie jedes Mal, wenn Marie so nah bei ihrem Geliebten war, klopfte ihr Herz heftig und aufgeregt. Sie ließ einen verträumten Blick aus ihren grünen Augen über Gilles' Züge wandern und erwiderte leise:

»Aber ich kann meine Mutter einfach nicht allein lassen. Das würde sie nicht überleben.«

Gilles presste seinen Mund auf den ihren und küsste sie feurig und hastig. Obwohl es sich dabei noch um einen Kuss der Jugend handelte, durchfuhr er Maries Körper kitzelnd bis in die Zehenspitzen.

Was ihre heimlichen Treffen mit Gilles am Ende auffliegen ließ, war aber nicht, dass Pauline oder einem Kunden Maries Abwesenheit im Süßwarenladen auffiel. Die beiden jungen Leute verrieten sich selbst, weil sie gierig wurden und ihre Stelldichein immer weiter verlängerten.

Eines Frühlingssonntags kam Marie viel zu spät zurück nach Hause. Sie hatte sich wie immer für ihr Treffen mit Gilles zurechtgemacht und trug deshalb ihr bestes Kleid, das gestreifte mit dem vorteilhaften Taillengürtel. Ihr Gesicht schützte sie mit einem Strohhut, um keine Sommersprossen zu bekommen. Am Geschäft angekommen, wollte sie sich schnell den Kittel überziehen, damit ihre Mutter das verräterische neue Kleid nicht bemerkte. Im selben Moment begann ihr Herz jedoch zu rasen, weil sie entdeckte, dass der Laden geöffnet hatte.

Im Hinterzimmer weinte Anne in einer Ecke beschämt und erschrocken vor sich hin. Da sie so aufrichtig war, hatte Pauline die Wahrheit bestimmt problemlos aus ihr herausbekommen, und nun war sie völlig aufgelöst.

Giftige Stille lag in der Luft, und Paulines Augen sprühten Funken, als sie Marie mit all den Vorwürfen überschüttete, die sich in ihrem verbitterten Herzen angestaut hatten.

»Gott steh uns bei! Hat man so was schon gesehen? Du hast mein Vertrauen missbraucht, und das ist doch das Allerheiligste! Eins schwöre ich dir, diesen… diesen Unglückseligen wirst du nie wiedersehen! Du bist entehrt, hast Schande über dieses Haus gebracht und darüber hinaus auch noch deine Schwester zu deiner Mitwisserin gemacht! Ich schäme mich für dich! Was hätte dein armer Vater wohl dazu gesagt, wenn er noch am Leben wäre?«

In Marie stieg so unendlicher Zorn auf, wie sie ihn noch nie verspürt hatte, und schnürte ihr die Kehle zu. Wie ein eisiges Messer schien er sich in sie zu bohren.

»Ich bin schließlich schon erwachsen, Maman, jetzt lassen Sie mich doch endlich leben! Fragen Sie sich lieber mal, was Papa von Ihnen und all Ihrer Bitterkeit halten würde!«

Pauline bedachte ihre Tochter mit einem Blick voller Wut und holte zum Schlag aus. Das junge Mädchen spannte jedoch jeden Muskel an und stoppte die Hand der Mutter mit dem Arm. Wie in einem stillen Tanz voll abgehackter Bewegungen und drohender Blicke rangen sie miteinander.

Als Marie schließlich den Arm sinken ließ, verspürte sie in der Brust drückenden Schmerz, ganz tief in ihrem Inneren, und plötzlich wollte sie das alles einfach nur noch hinter sich lassen. Sie wandte sich ab, verschwand mit raschen Schritten im Kinderzimmer und schloss die Tür hinter sich.

4

An diesem Abend kam keine der beiden Huard-Schwestern zur Ruhe.

»Du kannst wohl auch nicht schlafen, oder?«, wagte Anne schließlich zu fragen, die sich schon seit geraumer Zeit hin und her wälzte.

»Nein«, sagte Marie und schluckte die Tränen hinunter.

In der darauf folgenden Stille war ein Seufzen zu hören.

»Anne …«

»Ja?«

»Ich gehe von hier weg.«

»Was?«

»Nach Paris, mit Gilles …«

»Oh, Marie …«

»Das muss ich einfach tun; ich kann nicht hierbleiben und dabei langsam eingehen.«

Anne spürte, wie ihr das Herz ganz schwer wurde. Die Brust tat ihr weh, in gewisser Weise war es aber auch ein süßer Schmerz. Denn sie würde zwar Marie verlieren, andererseits würde sich ihre Schwester aber auf die Suche nach dem Glück machen. Das junge Mädchen stieß einen zugleich bitteren und doch warmherzigen Seufzer aus.

»Du musst dir keine Sorgen machen, ich kümmere mich schon gut um Maman.«

»Nein, gut kümmern musst du dich vor allem um dich selbst.«

Anne stand auf, ging zum Bett ihrer großen Schwester hinüber und legte sich neben sie. Die beiden umschlangen einander ganz fest.

»Ich hab dich lieb, Anne.«

»Wirst du mir denn schreiben?«, fragte die Jüngere.

»Na, und ob! Und irgendwann komme ich zurück, um dich zu holen, und …«

Sie spürte, dass Anne ihr einen Finger auf die Lippen legte, um sie zum Schweigen zu bringen. Dann drückte ihre Schwester ihr etwas Kühles in die Hand.

»Hier, meine Halskette. Die ist aus Gold, so wie deine. Vielleicht brauchst du sie irgendwann mal.«

»Ach, Anne …«

Anne kuschelte sich in die Arme ihrer Schwester und ließ das Kinn an deren Brust ruhen, während Marie das beunruhigende Gefühl ignorierte, das in ihr aufstieg.

Zwei Tage später brannte sie mit Gilles nach Paris durch.

5

Ganz anders als Marie war Gilles von dem Glanz und der Pracht der Hauptstadt nicht besonders beeindruckt. Natürlich hatte in Paris alles ganz andere Dimensionen als in ihrer bisherigen kleinen Welt. Deshalb fühlte sich Marie völlig überwältigt, wenn sie die Türme von Nôtre Dame betrachtete oder mit Gilles über die weitläufige

Place de la Concorde spazierte. Doch anders als sie konnte ihr Geliebter bereits nach einer Woche ihre neue Heimat Montmartre mit geschlossenen Augen durchqueren und kannte sowohl das Moulin Rouge als auch Le Sanglier Bleu. Alles fand er spannend und faszinierend.

Gilles war ein junger Mann, der Entschlossenheit ausstrahlte. Das helle Haar fiel ihm bis auf die Schultern, und er hatte ein jungenhaftes Gesicht mit unaufrichtigen, aber verführerischen Augen von der Farbe eines lichten Himmels und mit eindringlichem Blick. Ebenso verlockend war sein Lächeln.

Mit diesem Aussehen ergatterte er schnell eine Anstellung in einer Bar in Montmartre. Allerdings arbeitete er dort spät und kehrte immer erst zu Marie zurück, wenn die Schatten der Nacht bereits der Dämmerung Platz zu machen begannen.

Trotzdem wirkte er glücklich, und das war er auch. Das Blut brodelte in seinen Adern, weil er endlich ein neues Leben angefangen hatte.

Für das junge Mädchen lagen die Dinge jedoch anders. Schmerz kann Menschen lähmen, und Marie war in ein tiefes Loch gefallen, da sie wegen ihrer Flucht von zu Hause Schuldgefühle hatte.

Die neue Stadt kam ihr so fremd und bedrohlich vor, dass sie sich nur in Gilles' Begleitung auf die Straße traute. Doch als er zu arbeiten anfing, war es vorbei mit den langen Spaziergängen Hand in Hand und den Ausflügen, bei denen sie gemeinsam die Stadt erkundet hatten. Von nun an bestimmten unerträgliche Stille und Einsamkeit Maries Leben, und an manchen Tagen war es ihr schon zu viel, am Morgen einfach nur aufzustehen und sich dem Leben zu stellen. Sie hatte das Gefühl, als hätte Paris, dieses riesige Monster, ihren Freiheitsdrang einfach verschluckt.

Gilles ermunterte sie, aus dem Haus zu gehen und sich Arbeit zu suchen.

»Es ist wichtig, dass wir alles geben, um unsere Lage zu verbessern. Wenn wir erst anstatt dieses schmutzigen Zimmerchens eine ganze Wohnung mieten können, siehst du die Dinge sicher schon mit ganz anderen Augen. Du brauchst unbedingt eine Anstellung.«

»Ja, vielleicht hast du recht«, antwortete Marie geistesabwesend.

Aber die Tage vergingen, und wenn Gilles sich danach erkundigte, ob sie sich nach etwas Passendem umgesehen habe, antwortete sie nur lustlos: »Ich hab es noch nicht geschafft.«

Dann schaute er Marie mit diesen Augen an, in die sie sich in Grasse verliebt hatte, die jetzt jedoch voller Vorwürfe waren.

Marie versank immer tiefer in ihrer Verzweiflung und war von Tag zu Tag mehr davon überzeugt, dass sie in Paris wohl nie Arbeit finden würde. Was beherrschte sie denn überhaupt? Rein gar nichts! Und deshalb würde man so einem dummen jungen Ding vom Land auch nirgendwo Arbeit geben!

Marie tat das Einzige, wozu sie sich in der Lage fühlte – von Gilles begleitet, zog sie los und verkaufte die beiden Goldkettchen, ihr eigenes und das ihrer Schwester. Mit dem mageren Erlös wollte sie sich ein wenig Zeit zum Durchatmen kaufen, um darüber nachdenken zu können, was sie mit ihrem neuen Leben in Paris anfangen wollte. Aber die Melancholie kann einen Menschen überwältigen, und schon bald stolperte Marie erneut den einsamen steinigen Pfad der Verzweiflung hinunter, den sie sich selbst geebnet hatte.

Gilles nahm jede Aufstiegschance wahr und hatte in den drei Monaten seit ihrer Ankunft in Paris bereits mehrmals die Arbeit gewechselt. Mittlerweile erkannte Marie den jungen Mann, in den sie sich in Grasse verliebt hatte, gar nicht mehr wieder. Er kleidete sich inzwischen wie ein Pariser, und seine Augen hatten einen neuen Glanz angenommen, der ihn noch attraktiver wirken ließ. Marie bekam ihn immer seltener zu Gesicht.

Eines Sonntags kam Gilles dann später als üblich von der Arbeit zurück, als der Tag bereits angebrochen war. Marie lag apathisch auf dem ungemachten Bett, das wirre Haar auf dem Kissen, und betrachtete abwesend die im scheuen Morgenlicht vor dem Fenster tanzenden Staubkörnchen.

Gilles kniete sich neben sie und strich ihr sanft über das braune Haar. Sie drehte sich nicht einmal zu ihm um. Dann zog der junge Mann ein Bündel Scheine aus der Hosentasche.

»Hier, das lass ich dir da, du wirst es brauchen.«

Er drückte ihr einen Kuss auf die Wange und verschwand für immer aus ihrem Leben.

Ramiro und Marie

Paris, 1889
Barcelona, 1905

1

Ramiro und Ricardo waren inzwischen nicht mehr nur Freunde, sondern auch Arbeitskollegen. Nachdem Ramiro gezeigt hatte, dass er das Handwerk beherrschte und keine Höhenangst hatte, hatte man ihn sofort für die neue Truppe von Nietern eingestellt. Die Sprache war dabei kein Problem gewesen – er lernte schnell, begriff die Anweisungen und verständigte sich bereits radebrechend auf Französisch, wenn es auch noch mit spanischen Ausdrücken und Flüchen durchsetzt war.

Heute waren die beiden Männer, wie an ihrem freien Tag üblich, zusammen in die Bar gegangen und stützten sich gegenseitig, als sie so weinselig nach Hause taumelten, dass sie nicht einmal die eisige Morgenluft spürten.

Plötzlich entdeckte Ricardo ein Bündel am Boden.

»Hm, was haben wir denn da?«

Er versuchte angestrengt, den Blick darauf zu fokussieren, und wäre beim Näherkommen beinahe über das merkwürdige Häuflein gestolpert. Dann betrachtete er das Ding eingehend, während Ramiro mit dem Rücken zu ihm auf den Gehsteig urinierte.

»Mensch, liegt da etwa einer?«, lallte Ricardo irgendwann.

Ramiro hatte sich gerade die Hose zugemacht und kam jetzt zu ihm herüber. Als er das Bündel vorsichtig mit dem Fuß berührte, ertönte ein Stöhnen.

Erschrocken blickten sich die beiden Freunde an, deren Rausch mit einem Mal verflogen zu sein schien.

Ramiro kniete sich hin und drehte den Körper zu sich um, sodass er das Gesicht vor sich hatte. »Das ist ja eine junge Frau!«

»*Mon dieu*, und sie sieht halb tot aus!«

Ramiro legte das Ohr auf die Brust der Fremden.

»Nein, sie atmet! Noch atmet sie.«

In diesem Moment schlug die Frau die Augen auf und starrte Ramiro ins Gesicht. Und obwohl er nicht wusste, was da eigentlich vor sich ging, fühlte er sich von diesem Blick wie gebannt.

»Keine Angst, Mademoiselle, wir helfen Ihnen. Ihnen wird nichts geschehen.« In diesem Moment, als Ramiro dies sagte, war er sich ganz sicher, dass er dieses Versprechen auch erfüllen würde, und zwar für immer.

2

Die Ärzte versicherten Ramiro, dass Marie nicht an der gefürchteten Krankheit litt. Obgleich sie schrecklich blass und dünn war, sodass ihre feinen, knochigen weißen Hände fast denen einer Toten glichen, hatte sie keine Schwindsucht. Sie war einfach nur eine junge Frau mit schwacher Konstitution, die aber bald wieder zu Kräften kommen würde, wenn sie sich ausruhte, vernünftig aß und ein wenig Sonne tankte.

Ramiro hatte bereits die Ärzte und all die von ihnen verschriebenen Medikamente bezahlt. Nun suchte er für Marie außerdem noch ein gut belüftetes, helles Zimmer, in dem sie sich ganz in Ruhe erholen konnte. Er hatte beschlossen, sich um sie zu kümmern, und würde nicht zulassen, dass sie in die Fabrik zurückkehrte.

Ricardo hingegen hatte keine Ahnung, was sein Freund an diesem dürren kleinen Ding eigentlich fand.

»Da soll mich doch der Teufel holen, wenn ich das verstehe! Liebe hab ich mir, ehrlich gesagt, ganz anders vorgestellt.«

»Jetzt hör schon auf! Du warst doch noch nie verliebt und kannst dazu gar nichts sagen!«, knurrte Ramiro genervt.

»Für mich hast du völlig den Verstand verloren! Du ziehst ja nur noch von Arzt zu Arzt, dein Leben ist doch der reinste Albtraum geworden!«

»Ja und? Was geht dich das an?«

»Gar nichts, mein Freund, gar nichts. Ich wollte dir bloß einen guten Rat geben, aber in Wirklichkeit ist mir das alles völlig egal.«

Diese endlosen Streitereien führten zu nichts und entzweiten die beiden jungen Männer, deren Freundschaft für eine so schwere Prüfung noch zu frisch war. Irgendwann sahen sie sich dann nur noch bei der Arbeit und gingen sich selbst dort aus dem Weg.

Ramiro machte dies nicht viel aus, denn die Gesellschaft von Marie genügte ihm vollkommen. Die junge

Frau füllte seine ganze Welt aus, bis zum Horizont. All seine Träume und Wünsche reduzierten sich auf ihren fiebrigen Blick.

Marie ließ sich von ihm lieben und umhegen, wagte es dabei aber gar nicht, über ihre eigenen Gefühle nachzudenken. Ihre große Liebe hatte sie verlassen, und nun wollte auf einmal dieser große, ungehobelte junge Mann, der nur gebrochen Französisch sprach, sein Leben für sie hingeben. Was sollte sie denn tun? Er hatte sie schließlich aus einer furchtbaren Situation gerettet und vielleicht sogar davor bewahrt, wie ein Straßenköter allein zu sterben. Eines Winterabends kam Ramiro in die kleine Wohnung, die er für Maries vollständige Genesung gemietet hatte, und trug in einer Hand einen Beutel mit Lebensmitteln, in der anderen einen großen Strauß Chrysanthemen. Marie erkannte an seinem melancholischen Blick voll leidenschaftlicher Gefühle, dass er ihr jetzt die große Frage stellen würde. Und sie hatte sich auch schon für eine Antwort entschieden.

Bereits wenige Wochen später heirateten Ramiro und Marie an einem Morgen, an dem der Himmel über den feuchten Dächern von Paris wolkenverhangen war. Und nach der Hochzeit entdeckte Marie in ihrem Ehemann einen zärtlichen und hingebungsvollen Liebhaber, der mit dem Feuer in seinem Blick ihre Pariser Einsamkeit bannen konnte.

Es waren glückliche Monate. Allerdings war nach Meinung der Mediziner das feuchte Klima der französischen Hauptstadt nicht gut für Maries empfindliche Lunge, und sie wurde einfach nicht gesund. Als schließlich der Winter nach Paris kam und dort Wind und

Sturm durch die Straßen fegten, blieb die junge Frau oft tagelang zu Hause in der Wohnung, wo Ramiro sie aufmerksam und besorgt betrachtete. Und es tat ihm in der Seele weh, mit anzusehen, wie ein trauriger Gesichtsausdruck das schüchterne Lächeln seiner frisch Angetrauten überschattete.

Ramiro hatte von Sanatorien gehört, in denen Menschen wieder gesund wurden, deren Körper und Geist aus dem Gleichgewicht geraten waren. Seit er sich um Marie kümmerte, waren seine Ersparnisse jedoch um einiges geschrumpft, weshalb er ihr einen solchen Kuraufenthalt leider nicht ermöglichen konnte. Aber die ganze Sache ließ ihm keine Ruhe. Der Bau des Eiffelturms ging langsam in die letzte Phase über, und es wurden bereits die Aufzüge eingebaut. Im Frühling würde der Turm vollendet und auch Ramiros Traum damit erfüllt sein. Ein Traum, der längst der Vergangenheit angehörte, weil sich das Leben des jungen Mannes inzwischen ganz und gar um seine Frau drehte. Wie es schien, war nun der Moment gekommen, ans Mittelmeer ins sonnige Barcelona zurückzukehren, wo Marie sicher völlig genesen würde.

Ramiro dachte an die Menschen, die er dort zurückgelassen hatte, an Bekanntschaften aus seiner Zeit als Arbeiter in La Maquinista. Vielleicht konnte er sich mit ihnen in Verbindung setzen. Er würde ihnen seine Situation schildern und sie darum bitten, dass sie ihm bei der Suche nach einer Wohnung im höher gelegenen Teil der Stadt halfen, wo die Luft besser war.

In Barcelona eine Stelle zu finden, würde für ihn wohl kein Problem sein, schließlich hatte er am Eiffelturm mitgearbeitet!

Ramiro begann mit den Vorbereitungen und wollte im Frühling mit seiner Frau zusammen Paris verlassen.

3

Als Ramiro mit Marie über die Möglichkeit sprach, auf der Suche nach einem gesünderen Klima aus Paris wegzuziehen, kam der jungen Frau sofort Grasse in den Sinn.

Ihr Heimatort fehlte ihr. Sie sehnte sich nach den blühenden Hügeln, den Tälern und Feldern, schließlich liebte sie jeden einzelnen Meter dieses kleinen Paradieses mitten in der Provence. Aber die Idee, dorthin zurückzukehren, war nur ein flüchtiger Gedanke. Nicht einmal in ihrer dunkelsten Stunde in Paris hatte sie dies ernsthaft in Erwägung gezogen, selbst dann nicht, als sie sich nach Gilles' Verschwinden ängstlich aus dem Haus gewagt und Arbeit gesucht hatte, weil die Speisekammer leer und ihr Geld aufgebraucht gewesen war. Nicht einmal bei den ersten Anzeichen ihrer Krankheit.

Sie konnte einfach nicht mehr zurück. Zum einen hatte sie nicht den Mut, ihrer Mutter gegenüberzutreten, und zum anderen wollte sie nicht erneut das relativ ruhige Leben ihrer Schwester durcheinanderbringen.

Ihre Anne!

Während der ersten Monate in Paris hatte Marie ihr oft geschrieben und mit Lügen ihre Angst vor der großen Stadt und ihre Melancholie übertüncht. In ihren Briefen beschrieb sie ihrer Schwester die Metropole, wie Gilles sie sah, gab seine täglichen Eindrücke und Entdeckungen als ihre eigenen aus, so als würde sie selbst ihr Leben in der Hauptstadt genießen. Die junge Frau wollte nämlich nicht zugeben, dass die Wahrheit überhaupt nichts mit ihren einstigen romantischen Vorstellungen zu tun hatte.

Schließlich verstrich zwischen Brief und Brief immer mehr Zeit, und als Marie am Ende allein und verlassen zurückgeblieben war, hatte sie Anne überhaupt nicht mehr geschrieben, weil sie für all die Lügen einfach keine Kraft mehr hatte.

Für Marie waren es harte Zeiten. Das von Gilles dagelassene Geld war schnell aufgebraucht, und sie musste ihr kleines Kämmerchen gegen ein noch übleres Loch tauschen. Immerhin lag es näher bei der Schokoladenfabrik, in der sie schließlich eine schlecht bezahlte Arbeit gefunden hatte.

Ihr Umzug bedeutete aber auch, dass Annes Briefe sie nicht mehr erreichten, und der Schmerz über die unterbrochene Kommunikation saß tief. Dass ihre kleine Anne ihretwegen litt, traf Marie sehr!

Deshalb nahm sie nach der Hochzeit mit Ramiro den Briefverkehr wieder auf. Und auch dieses Mal schönte sie die Situation und gab ihrer Trennung von Gilles die Schuld für ihr Verstummen:

»Aber gewisse Dinge müssen eben geschehen, Schwesterchen, und oft entspringt aus einem großen Unglück etwas ganz Wunderbares, was uns glücklicher macht als je erwartet. Vergiss das nie! Mir ist es nämlich passiert – dadurch, dass Gilles mich verlassen hat, bin ich jetzt mit dem besten Mann der Welt verheiratet.«

Ramiro kam ein Umzug nach Grasse erst gar nicht in den Sinn. Marie hatte ihm ihre Flucht von dort in allen Einzelheiten erzählt. Sie verschwieg ihm nie etwas, und Ramiro ging wegen ihrer Schilderungen davon aus, dass seine Frau in Grasse nicht die Ruhe und den Frieden finden würde, die sie so dringend brauchte.

Deswegen bemühte er sich, ihr Barcelona schmackhaft zu machen. Er berichtete ihr von der Zeit, in der er dort gelebt und gearbeitet hatte. Ramiro sprach über milde Winter und frühlingshaften Himmel, so blau und rein. Er erzählte ihr von den Straßen im Eixample, die von allen in der Stadt am hellsten waren und stets angenehme Luft boten. Und von der Rambla de Catalunya, der eleganten Allee, auf der in Sommernächten Spaziergänger unter Bäumen flanierten.

Gut, vielleicht verschwieg er dabei, dass man in diesen Sommernächten in Barcelona oft nicht schlafen konnte, weil es so heiß und stickig war.

Stattdessen sprach er von der illusorischen Brise, die die Barceloner bei Einbruch der Dunkelheit umfing.

Ramiro versprach seiner Frau, dass er ihr sein altes Stadtviertel zeigen würde, die dicht bevölkerte Barceloneta direkt am Meer, wo er wegen der hohen Luftfeuchtigkeit allerdings nicht mit ihr leben wollte. Er beschrieb ihr prachtvolle Restaurants wie das Maison Dorée, von dem aus man einen tollen Blick auf Canaletes hatte. Eines Tages würde das Ehepaar diesen Gourmettempel Arm in Arm betreten, sich in den Barbereich setzen und ein Glas Champagner trinken, so wie es die reichen Leute taten. Und natürlich wollte Ramiro seine Frau auch ins Theater ausführen, von denen es im Paral·lel jede Menge gab. In diesem Stadtviertel drängten sich die Theater, Kabaretts und Kneipen, die ständig bis auf den letzten Platz gefüllt waren, vom Cafè Sevilla bis hin zum Teatre Nou. Das modernste Lokal war allerdings das Edèn Concert, und auch dorthin wollte Ramiro Marie mitnehmen.

Seine Frau zeigte sich zufrieden und aufgeregt, obwohl sie zu diesem Zeitpunkt ja bereits wusste, dass große Städte ihr nicht gefielen, sondern sie vielmehr in Panik versetzten, was eine Sorge war, die auch Ramiro umtrieb.

Um ihre Angst zu überwinden, schrieb Marie ihrer Schwester und berichtete von all den Wundern, die in Barcelona auf sie warteten:

»Wie mir mein Mann erzählt, ist Barcelona eine wunderschöne Stadt mit angenehmem Klima und freundlichen Menschen. Es ist dort viel ruhiger als in Paris. Ramiro hat mir erklärt, dass die einzelnen Stadtviertel fast wie Dörfer sind, wo sich jeder kennt.

Sei nicht traurig, kleine Schwester. Im Moment kann ich dich noch nicht besuchen kommen, aber sobald das ganze Theater mit der Reise vorbei ist und wir uns eingelebt haben, sehen wir uns wieder, wart's nur ab! Wir werden nach Grasse kommen, damit du Ramiro kennenlernst. Oder ich werde dir Geld schicken, damit du eine Zeit bei uns in Barcelona verbringen kannst. Wäre das nicht wunderbar?«

Im Frühling 1889 verließen Ramiro und Marie endlich Paris und machten sich auf den Weg nach Barcelona.

Es wurde keine einfache Reise für sie, denn noch vor

ihrer Ankunft in der Mittelmeerstadt erlitt Marie eine Fehlgeburt. Die erste.

4

Ramiro hatte gehört, dass Horta eins der am höchsten gelegenen und deshalb gesundheitsförderlichsten Viertel der Stadt war. Sobald sie in Barcelona angekommen waren, blieb Marie in einem Pensionszimmer zurück, um sich von ihrer Fehlgeburt zu erholen, während er sich auf die Suche nach einer Unterkunft in dieser Gegend machte. Sie hatten Glück, denn zu jener Zeit war gerade eins der acht Häuser in der Carrer d'Aiguafreda frei geworden, die als Straße der Wäscherinnen bekannt war. Dort lebten Arbeiter, deren Frauen mit dem Wasser ihrer Brunnen die Wäsche für die wohlhabenden Bürger von Barcelona wuschen, um zum Unterhalt der Familie beizutragen.

Als Marie das schmale Häuschen mit eigenem Brunnen, einem kleinen Gärtchen und einem Balkon im ersten Stock zum ersten Mal sah, das mit mehreren anderen an der ruhigen kleinen Straße lag, weinte sie vor Glück. Nein, Ramiro hatte sie nicht angelogen, das Leben dort würde nicht so sein wie in Paris oder in einer anderen Großstadt. Stattdessen war dieser Teil von Barcelona eine Oase der Ruhe, wie ein stilles Dorf, in dem sie mit Sicherheit glücklich werden würden.

Ramiro hätte gerne wieder in La Maquinista angefangen, die Entfernung zur Fabrik war jedoch zu groß, um sie jeden Morgen zurückzulegen. Deshalb blieb ihm nichts anderes übrig, als im Viertel nach Arbeit Ausschau zu halten.

Wie in seiner Jugend in Iecla versuchte sich Ramiro an unterschiedlichen Tätigkeiten, von denen ihn jedoch keine zufriedenstellte. Deshalb zögerte er nicht lange und mietete mit seinen letzten Ersparnissen ein kleines Ladenlokal, in dem er eine eigene Eisenwarenhandlung eröffnete. Von da an mussten Marie und er von der Hand in den Mund leben, weil ihnen keine finanzielle Rücklage mehr blieb, wie sie ihnen bisher in schweren Zeiten stets weitergeholfen hatte. Aber das machte Ramiro nichts aus, solange er seine Frau lächeln sah. Und nach dem Umzug in ihr Häuschen in Horta lächelte Marie oft und erholte sich auch körperlich.

Was ihr in ihrem neuen Zuhause am besten gefiel, war der kleine Hof. Dort, wo ihre Nachbarn Tomaten und Bohnen pflanzten, erschuf sie ein Ziergärtchen, das sie an Grasse erinnerte. An ihrer Hauswand leuchteten üppige, pralle Geranienknospen und die Blüten von Kletterrosen.

Marie verbrachte viel Zeit in ihrem Gärtchen. Eine Seite des Innenhofs war der Sonne ausgesetzt, die in den wärmsten Stunden des Tages gnadenlos vom Himmel brannte. In einer schattigen Ecke wuchs jedoch Efeu und bot Vögeln Schutz, die sich von Zeit zu Zeit bis zu einem kleinen Teller vorwagten, auf dem die junge Frau ihnen Brotkrumen anbot.

So glücklich wie an diesem Ort war Marie schon lange nicht mehr gewesen. Sie lernte die Sprache und freundete sich mit den Nachbarinnen an. Besonders gut verstand sie sich mit einer Wäscherin namens Quimeta, die stark wie ein Ochse war und bereits zwei Kinder hatte.

Sobald die Sonne aufging, nahm Quimeta ihr Wägelchen und holte schmutzige Wäsche ab, die sie bei Sonnenuntergang sauber zurückbrachte. Dann kehrte sie eilig heim, um die hungrigen Mäuler ihrer Familie zu stopfen, die niemals genug bekamen.

Als Wäscherin konnte Marie ihrer Gesundheit wegen nicht arbeiten. Quimeta versorgte sie jedoch mit weniger anstrengenden Aufgaben: Die Französin half ihr dabei, Laken zu falten und Säume oder kleine Risse zu nähen. Wenn es für sie nichts zu tun gab, setzte sich Marie einfach in ihren Garten, wo die Zeit wie im Flug verging. Denn dieser Ort war für die junge Frau ein Paradies, in dem ihre Sorgen einfach verschwanden, sich in Schall und Rauch auflösten.

Dies waren ruhige Jahre, nur überschattet vom Verlust der Kinder, die scheinbar auf keinen Fall geboren werden wollten. Nach den ersten Fehlgeburten war Marie verzweifelt gewesen, hatte mit Wut und Tränen reagiert.

Später war sie dann nur noch von einem traurigen Gefühl der Resignation erfüllt, wenn zwischen ihren Beinen wieder einmal ein Leben zerrann.

Nach sechs Fehlgeburten wurde sie dann einfach nicht mehr schwanger, was sowohl sie als auch Ramiro erleichtert aufatmen ließ. Endlich war Schluss mit dem ganzen Leid. Alles konnte man vom Leben wohl nicht erwarten, und sie hatten ja einander und ihr Häuschen. Sie würden nun nach vorn schauen.

Und so verstrichen die Jahre, bis Anfang Januar 1905

an einem eiskalten Tag Quimeta mit gequältem Gesichtsausdruck zu Marie herüberkam.

»Was ist denn los, Quimeta?«

»Wenn ich es dir sage, wirst du es mir kaum glauben!«

»Los, jetzt red schon, du machst mir ja Angst! Ist etwas mit deinen Jungen?«

Bei diesen Worten wurde Quimeta weiß wie die Wand. Mutlos ließ sie sich auf einen Stuhl sinken.

»Meine Jungen! Zwei Mäuler hab ich zu stopfen ... Du weißt doch, was ich dafür auf mich nehmen muss, Maria. Und jetzt, wo sie endlich älter sind und mir im Haushalt zur Hand gehen können ...«

»Jetzt red schon!«

»Maria ... Ich bin schwanger, in meinem Alter!«

Der jungen Französin verschlug es die Sprache, ihr Blick sprach allerdings Bände.

»Nach all den Jahren, und ich bin doch schon einundvierzig!«, klagte Quimeta, den Tränen nahe.

Plötzlich wurde Marie übel, und obwohl sie gleich vom Stuhl aufsprang, war sie auf dem Weg ins Bad nicht schnell genug und übergab sich mitten im Esszimmer.

Jetzt bekam Quimeta es mit der Angst zu tun. »Aber was ist denn mit *dir*, mein Mädchen?«

Diese Symptome kannte Marie nur zu gut: Morgenübelkeit und Erbrechen, all die Hoffnung, auf die in ein paar Wochen dann doch wieder nur der Verlust folgen würde.

Und deshalb weinte sie nun an der Schulter ihrer Nachbarin, die ebenfalls in Tränen ausbrach.

Als im September kühlere Luft als Vorbotin des

Herbstes die ganze Stadt erfüllte, brachten Marie und Quimeta innerhalb von zehn Tagen zwei gesunde, kräftige Jungen zur Welt.

Ramiro und Marie waren außer sich vor Glück, schließlich war Marie bereits fünfunddreißig und hatte jede Hoffnung auf ein solches Wunder aufgegeben. Doch ihr kleiner Junge klammerte sich entschlossen ans Leben und ließ sie all die Jahre voller Leid und Unsicherheit vergessen.

Sie nannten ihn nach Ramiros Vater Pablo und lernten durch ihr Kind eine ganz neue Art von Glück kennen.

Leider dauerte diese Idylle bloß sechs Jahre, weil Marie im Winter 1911 mit nur einundvierzig Jahren von einer Lungenentzündung dahingerafft wurde. Ramiro blieb mit seinem Sohn allein zurück, und wäre Pablo nicht gewesen, so wäre er seiner großen Liebe sicher schon viel früher gefolgt.

Die Stadt des Parfüms

Grasse, März 1919

1

In Frankreich feierte man wie in ganz Europa das Ende des Großen Krieges, der alles auf den Kopf gestellt hatte, allerdings war das Land nicht mehr dasselbe wie zuvor. Der Ausbruch des Konflikts hatte die ländlichen Gegenden geschwächt, weil er sie eines großen Teils seiner Arbeitskräfte beraubt hatte. Wie auch andere in den Krieg verwickelte Länder musste Frankreich ein Massensterben verkraften, dessen trauriges Resultat drei Millionen Witwen und sechs Millionen Waisen waren. Durch diese demografische Katastrophe sollte dem Land eine ganze Generation fehlen, die ungeborenen Kinder jener jungen Männer, die auf dem Schlachtfeld gefallen waren.

Das Departement Alpes-Maritimes, in dem Grasse lag, war durch seine unzugängliche Lage nie eine besonders wohlhabende Region Frankreichs gewesen. Und durch den Krieg hatte es nun schwere wirtschaftliche Verluste erlitten.

Nach Kriegsende setzte Frankreich sofort alles daran, die Wirtschaft wieder anzukurbeln. Es handelte sich um ein noch fernes Ziel, das in den Bewohnern des Departements Alpes-Maritimes jedoch Hoffnung weckte, da in ihrer Region die Verwüstung nicht so groß war wie im Norden des Landes. Und in Grasse würden Anbau und Ernte von Aromapflanzen für die Parfümindustrie beim sehnsüchtig erwarteten Wiederaufbau von großem Nutzen sein.

Schon seit ewigen Zeiten war Grasse als »Parfümhauptstadt der Welt« bekannt. Davor, als man dort das Parfüm noch nicht selbst hergestellt, sondern nur die Ausgangsstoffe dafür gewonnen hatte, hatte man von der »Stadt der Blumen« gesprochen. Und noch früher, im Mittelalter, war Grasse auf die Herstellung von Gerbmitteln spezialisiert gewesen.

Unter den Arkaden an der Place aux Aires war früher Leder gefärbt worden, und das kleine Dorf in der Provence hatte seine Ware bis nach Pisa und Genf ausgeführt. Leder aus Grasse war berühmt und teuer, doch dabei gab es ein Problem: Das Naturprodukt stank, was den adeligen Käufern von Lederhandschuhen aus Grasse gar nicht gefiel.

Zur Zeit der Renaissance hatte dann einer der Gerber aus Grasse, ein gewisser Galimard, diesbezüglich eine fantastische Idee: Er stellte ein Paar parfümierte Handschuhe her und bot sie Katharina von Medici an, der Florentinerin, die gerade den Thronfolger Frankreichs geheiratet hatte. Die junge Dame mit exquisitem Geschmack war von der Idee begeistert, und damit begann die Ära der Herstellung parfümierter Handschuhe. Nun war es vorbei mit dem Gestank, und Grasse wurde berühmt für seine delikaten Aromen und zur Stadt des Parfüms.

Zu Anfang des neunzehnten Jahrhunderts war dort

bereits eine Industrielandschaft entstanden, deren hohe Schornsteine die Kathedrale hoch oben auf dem Hügel der Stadt zu überschatten drohten. In der zweiten Hälfte des Jahrhunderts wurden große Fabriken gebaut (allein sechzehn davon zwischen 1860 und 1910), die Grasse definitiv verändern und seine Zukunft als Industriestandort besiegeln sollten. Und diese Entwicklung hatte der Krieg weitestgehend zum Erliegen gebracht.

Im März 1919 war für die Bevölkerung des Ortes endlich die Zeit gekommen, zur Normalität zurückzukehren, und man freute sich über die ersten Anzeichen von gutem Wetter. Es war der erste Frühling nach dem Krieg, und neben dem Duft und den Farben von Lavendel und Rosmarin schien auch endlich wieder Hoffnung in der Luft zu liegen. Die Toten waren begraben und würden nie vergessen werden. Aber nun ging das Leben weiter, und man musste seine Tränen trocknen, denn das Parfüm der Zukunft duftet immer verlockender als das der Vergangenheit.

2

Anne Guerin, geborene Huard, antwortete sofort auf Pater Bernats Brief, in dem der Geistliche das Schicksal des Kindes ihrer Schwester schilderte. In ihrem Rückschreiben erklärte Anne, dass sie ihren Neffen natürlich gern bei sich aufnehmen würde, und der Pfarrer bereitete alles für den baldigen Aufbruch des Jungen vor. Pater Bernat würde ihn in ein Land schicken, das sich im Kriegszustand befand und schwere Zeiten durchmachte.

Trotzdem wollte der Geistliche nicht bis zum ungewissen Ende des Krieges warten und die Abreise des Jungen noch länger hinauszögern, um ihm das Waisenhaus zu ersparen. Wenn er erst einmal dort aufgenommen war, musste er nämlich mit einer langen Wartezeit rechnen, und im schlimmsten Fall würde sich am Ende jede Möglichkeit zerschlagen, Pablo doch noch zu seiner Familie zu schicken.

Also brachte Pater Bernat den Jungen trotz des Krieges und trotz Pablitos zwar stummen, aber hartnäckigen Widerwillens auf ein Schiff in Richtung Marseille. Anschließend kehrte der Geistliche dann eilig zurück in seine Gemeinde Sant Joan d'Horta und zündete unter inbrünstigen Gebeten eine Kerze für die Heiligen an, damit sie die kleine Waise beschützten.

Die Heiligen zeigten sich dem armen Pfarrer gegenüber gnädig und vor allem dem Jungen gegenüber, der ganz allein auf der Welt war. Denn Pablo, den jetzt niemand mehr Pablito nennen würde, erreichte Marseille sicher und wohlbehalten.

Dort erwartete ihn Alphonse Guerin, der Ehemann seiner Tante Anne und damit also sein Onkel. Alphonse lächelte freundlich, als er den Kleinen an der Hafenmole entdeckte, der das reinste Häuflein Elend war.

Der fremde Onkel nahm Pablo das kümmerliche Gepäck ab, wuschelte ihm durch die Haare und gab ihm mit Gesten zu verstehen, dass sie sich sofort auf den Weg nach Grasse machen würden. Sie stiegen in ein klappriges Auto und brachen im Licht der Abendsonne auf.

Während der Fahrt redeten Alphonse und Pablo nicht viel miteinander. Schließlich kannten sie sich gar nicht, und ihnen fehlte auch eine gemeinsame Sprache. Trotzdem fühlte sich der Junge seltsam wohl an der Seite dieses Mannes, der ihn immer wieder aus den Augenwinkeln anschaute und ihn mit offener, von zärtlichem Mitleid erfüllter Miene anlächelte. Beinahe unmerklich stieg eine unerklärliche Zuneigung in dem Jungen auf.

Als sie schließlich in Grasse ankamen und sich Tante und Neffe dort zum ersten Mal gegenüberstanden, verloren sie sich in emotionalem Schweigen, das von der Erinnerung an Marie durchtränkt war. Lächeln und Tränen vermischten sich miteinander, während sich die beiden ohne Worte zu verständigen versuchten. Anne weinte um ihre Schwester und Pablo wegen der verhassten Traurigkeit, die sich bei diesem liebevollen Willkommen langsam aufzulösen schien. In seinem Herzen regten sich Erinnerungen, die er für immer verschüttet geglaubt hatte. Bruchstücke eines Lebens blitzten in seinem Gedächtnis auf, in denen kleine Hände sich an den Rockzipfel einer lächelnden Frau klammerten. Plötzlich sah er das Gesicht seiner Mutter vor sich.

Das größte Geschenk, das in Grasse auf Pablo wartete, war jedoch Clément, sein Freund, sein Cousin, sein Bruder.

Clément hatte den gleichen schlanken, geschmeidigen Körper wie Anne und Marie, dazu jedoch das kantige, längliche Gesicht seines Vaters mit der langen Nase und den leicht hervorstehenden Augen, die bei ihm allerdings wie bei seiner Mutter grünlich schimmerten.

Und mit diesen grünen Augen blickte er den Menschen, blickte er Pablo bis ins Herz. Clément trug stets ein Lächeln auf den Lippen und wurde niemals wütend.

Als sei er dagegen immun, prallte an ihm einfach alles ab, was nichts mit Lebensfreude und Vergnügtheit zu tun hatte. In dieser Hinsicht kam er ganz nach seiner Mutter.

Durch Clément lernte Pablo rasch Französisch und erkundete mit ihm alle Ecken des Ortes, der jetzt seine neue Heimat war. Er passte sich schnell an und wurde einfach einer der vielen Jungen, die mit kurzen Hosen und verkrusteten Knien durch die Straßen liefen.

Und Clément weihte seinen Cousin auch in die Geheimnisse der Familie ein.

3

Maries Flucht hatte nicht nur den ohnehin schon schwermütigen Charakter ihrer Mutter verschlimmert, sondern sich auch negativ auf ihre Gesundheit ausgewirkt. Die zerbrechliche Frau, die schon den Tod ihres Mannes nur schwer verkraftet hatte, fiel in sich zusammen wie ein Kartenhaus, und die Leidtragende war Anne.

Pauline verbrachte die Tage im Haus, verließ kaum noch das Bett und gab sich eingebildeten Krankheiten hin, die ihren angeschlagenen Nerven zuzuschreiben waren. Anne musste sich derweil um alles kümmern: um den Laden, den Haushalt und um eine Mutter, die ihr das Leben zur Hölle machte.

Ihr großer Trost waren Maries Briefe. Zu wissen, dass

es ihrer Schwester gut ging und dass sie eine so wunderbare Stadt wie Paris an der Seite ihres Geliebten erkunden konnte, munterte Anne auf und zauberte das Lächeln auf ihre Züge, für das es in ihrem Leben so selten Anlass gab.

Maries Nachrichten waren Schätze, die Anne mit niemandem teilte und schon gar nicht mit Pauline. Ihre Mutter wollte über die verlorene Tochter ohnehin nicht sprechen und schien sich nicht für den Inhalt der Briefe zu interessieren, die Anne mit einer gewissen Regelmäßigkeit erhielt.

Tatsächlich betonte Pauline immer wieder, dass Marie für sie als tot und begraben gelte. Für Anne war Marie hingegen ein Lichtblick in ihrem Leben, weil sie wirklich hoffte, dass es eines Tages ein Wiedersehen geben und sich ihr Leben dann verändern würde.

Solange dies jedoch nicht geschah, fügte sich die jüngere der beiden Huard-Schwestern weiterhin, so gut sie konnte, in die bedauernswerte Rolle, die man ihr in diesem Familiendrama zugewiesen hatte. Ohne Klagen. Und wenn sie die Tränen einmal nicht länger zurückhalten konnte, vergoss sie sie hinter verschlossenen Türen. Wenn es der Mutter schlechter ging oder Pauline Anne mehr als je zuvor mit ihren bitteren und herrischen Forderungen quälte, verschwieg sie es Marie in ihren Antwortbriefen. Ganz im Gegenteil bemühte sich Anne immer, so tapfer wie möglich zu klingen, und bestärkte ihre Schwester darin, ihrem Traum zu folgen.

Als Maries Briefe nach und nach immer seltener wurden und schließlich für lange Zeit komplett ausblieben, litt Anne deshalb sehr. In jener Zeit legte sich ein Schatten über ihr einst so fröhliches Gesicht, der zeigte, wie unglücklich sie war.

Oft brachten die eigenwilligen Forderungen ihrer Mutter und das Fehlen von Nachrichten ihrer Schwester sie an den Rand der Verzweiflung.

Anne lebte nur noch in Erwartung eines Briefes von Marie, der jedoch nie eintraf. Schließlich wandte sie sich an Bekannte, die in Paris Verwandte oder Freunde hatten, um sich danach zu erkundigen, was mit Marie passiert sein könnte. Aber sie fand niemanden, der ihr etwas sagen konnte.

Pauline, die in ihrer Tochter lesen konnte wie in einem offenen Buch, schien es beinahe zu genießen, den Finger in die Wunde zu legen:

»Sag mal, was ist denn los? Hat deine Schwester dich etwa auch vergessen, hat sie endlich die Nase voll von dir und deinem Geschreibsel? Wenn du auch nur ein bisschen Selbstwertgefühl hättest, würdest du ihre Briefe nicht einmal lesen. Du solltest es wirklich wie ich machen und sie aus deinem Leben streichen …«

»Lassen Sie mich doch in Ruhe, Maman! Es gibt bestimmt eine Erklärung dafür, dass Marie sich nicht meldet. Sie würde mich doch niemals grundlos leiden lassen.«

»Ja, natürlich lasse ich dich in Ruhe, aber ich habe dich gewarnt, heul dich nachher nicht bei mir aus. Die ist eine falsche Schlange, und du bist zu dumm, um das zu kapieren. Oh, Herr im Himmel! Womit hab ich das verdient?«

Eines Tages traf dann endlich der lang ersehnte Brief ein. Darin erklärte Marie ihrer Schwester, dass sie von

Gilles verlassen worden und krank gewesen sei. Aber sie schrieb auch mit Begeisterung über ihre Genesung und das Beste von allem – über ihre neue Liebe! Sie verriet ihrer Schwester, dass sie bald heiraten würde.

Nun konnte Anne wieder aufatmen und eilte glücklich zu ihrem Versteck, um auch diesen Umschlag vor dem verbitterten Blick ihrer Mutter zu verbergen. Maries Briefe gehörten ihr und nur ihr allein.

4

Pauline siechte in der Hülle aus Qual dahin, die sie umgab, und Anne führte in ihrem stets abgestanden riechenden Elternhaus resigniert ihr trostloses Dasein. Bis sie an einem Wintertag des Jahres 1902 Alphonse Guerin kennenlernte.

An jenem kalten grauen Regentag bediente Anne wie immer im Süßwarenladen. Auf dem von Alter und Gebrauch abgenutzten hölzernen Tresen standen Gläser, die mit Bonbons, Lakritz und kandierten Früchten gefüllt waren.

Schon seit einiger Zeit war kein Kunde mehr hereingekommen, und eigentlich war auch bereits Ladenschluss. Doch Anne zögerte den Moment hinaus, in dem sie nach oben gehen musste, wo ja doch nur die üble Laune und die herrischen Anweisungen ihrer Mutter auf sie warteten. Deshalb begann sie in aller Seelenruhe im Geschäft sauber zu machen.

Als sich plötzlich mit leisem Klingeln die Tür öffnete,

schaute Anne überrascht von ihrer Arbeit auf. In dem Rechteck aus Licht, das auf den frisch geschrubbten Fußboden fiel, zeichnete sich die Silhouette eines großen, dünnen Mannes ab – die von Alphonse.

Es war Liebe auf den ersten Blick. In dem Moment, in dem Anne den Unbekannten auf der Türschwelle stehen sah, stieg in ihr eine ganze Flut von unbekannten Gefühlen auf. Da es ihm genauso ging, hielt er sich mit seiner Bestellung unnötig lange auf und wandte kaum den Blick von Anne.

Von da an kehrte Alphonse jeden Tag zur gleichen Stunde zurück, wenn Anne sehnsüchtig wartend allein im Laden zurückgeblieben war. Zehn Tage nach ihrer ersten Begegnung bat er sie dann um eine Verabredung.

Weder Alphonse noch Anne waren zu diesem Zeitpunkt besonders jung. Sie war bereits neunundzwanzig Jahre alt. Er war gerade dreißig geworden und erst kurz zuvor in Grasse eingetroffen, wo er Verwandte hatte, um eine Stelle in der Parfümindustrie anzutreten.

In seinem Alter und angesichts seiner guten finanziellen Lage wäre es normal gewesen, Anne nach kurzem Werben einen Antrag zu machen, um sie beide aus ihrer Einsamkeit zu erlösen.

Aber in Annes Leben war eben nichts normal.

»Ich kann nicht einfach ausgehen und meine Mutter allein lassen«, lautete ihre Antwort, als Alphonse sie um ein Rendezvous bat.

»Wieso denn nicht? Du bist doch eine erwachsene Frau, und deine Mutter hat ihr Leben längst gelebt. Warum suchst du nicht jemanden, der ihr eine Weile Gesellschaft leistet?«

Anne winkte ab. Dabei spürte sie, wie sich das Herz in ihrer Brust zusammenzog. Sie wagte es nicht einmal, Alphonse anzusehen, der sie eindringlich und überrascht anschaute.

Annes Tonfall war bitter, als sie schließlich antwortete:

»Das verstehst du nicht. Das kann niemand verstehen.«

»Damit hast du recht, wie soll man so was denn auch begreifen – dass du dich hier lebendig begraben lässt und …«

Annes Wangen begannen zu brennen, und ihre Augen blitzten.

Zärtlich umfing Alphonse ihr Kinn mit der Hand, hob ihr Gesicht an und drückte ihr einen sanften Kuss auf die Lippen.

Er war ein geduldiger Mann und wartete eben so lange, bis Anne endlich bereit war, das dunkle Loch zu verlassen. Denn irgendwann begriff auch sie, dass sie diese Gelegenheit, zu lieben und geliebt zu werden, auf keinen Fall verstreichen lassen durfte. Deshalb richtete sie es eines Sonntagnachmittags so ein, dass eine Nachbarin bei Pauline blieb, während sie zum ersten Mal mit Alphonse ausging.

Als Anne nach Hause zurückkam, die Küsse ihres Geliebten noch auf den Lippen, fand sie zu ihrem Schrecken eine grauenhafte Szene vor. Ein Arzt stand über Pauline gebeugt, die einen Kollaps erlitten hatte. Mit verdrehten Augen zitterte sie wie Espenlaub und brabbelte Unverständliches vor sich hin.

Entsetzt stürzte Anne zum Bett ihrer Mutter, während

die Nachbarin ihr erklärte, dass sie vergeblich nach ihr hatte suchen lassen, um ihr Bescheid zu sagen.

»Maman!«, rief Anne, schob die Frau zur Seite und beugte sich über ihre Mutter.

Doch bei ihrem Anblick verschlimmerte sich Paulines Zustand noch. Das Atmen fiel ihr schwer, sodass sie zu ersticken drohte, weshalb der Arzt schließlich alle aus dem Zimmer schickte. Vor Schreck bebend, wollte Anne gerade den Raum verlassen, als sie auf dem Nachttisch jede Menge Papierschnipsel entdeckte: die Überreste von Maries Briefen!

Von diesem Moment an traf sich das junge Paar heimlich und nutzte dafür jede Minute, die das wenig großzügige Leben ihnen bot.

Pauline verließ ihr Bett ohnehin kaum noch. Daher schloss Anne manchmal den Laden einfach mitten am Tag, wenn sie wusste, dass ihre Mutter schlief und nicht nach ihr rufen würde. Bei anderer Gelegenheit kam Alphonse zu ihr ins Geschäft und leistete ihr dort diskret Gesellschaft.

Die beiden sehnten sich danach, gemeinsam Zeit zu verbringen, und taten es, wann immer sie konnten. Dabei tröstete sie der Gedanke, dass diese Situation ja nicht ewig andauern würde.

Zum Glück war Alphonses Geduld unerschöpflich, denn Pauline lebte noch drei lange Jahre. 1905 verabschiedete sich die traurige Frau dann endlich von ihrem bitteren Dasein, ohne noch einmal ihre ältere Tochter Marie gesehen zu haben, die selbst gerade Mutter geworden war.

Für ihre jüngere Tochter bedeutete der Tod der Mutter unendliche Erleichterung, weil für sie nun endlich der Weg zum eigenen Glück frei war.

Alphonse und Anne heirateten sofort, und die frischgebackene Madame Guerin verwandelte das Süßwarengeschäft in einen Teesalon, der nichts mehr mit Paulines altem, modrigem Laden gemein hatte. Die Räumlichkeiten im oberen Stockwerk, die ihr so viele Jahre zum Gefängnis geworden waren, ließ sie zurück und zog mit ihrem Mann in eine neue Wohnung, wo sie gemeinsam neu anfangen konnten.

Ein Jahr später wurde Clément geboren.

Es sah fast so aus, als würde das Leben Anne endlich all das bieten, was ihr so lange verwehrt gewesen war. Sie war zufrieden mit ihrem Geschäft, das immer besser lief, und mit ihrer zauberhaften kleinen Familie. Nur eins trübte ihr neues Glück: Noch immer sehnte sie sich verzweifelt nach einem Wiedersehen mit ihrer Schwester.

Drei Freunde

Grasse, März 1921

1

Clément war in Violette verliebt und Violette in Pablo.

Es war eine fast kindliche Verliebtheit, beinahe noch ein Spiel, doch beide hatten dabei Schmetterlinge im Bauch.

Clément und Violette hatten immer im selben Gebäude nebeneinandergewohnt, waren zusammen zur Schule gegangen und hatten dort auch nebeneinandergesessen … im Grunde verbrachten sie den ganzen Tag miteinander. Sie ergänzten sich perfekt: Violette bestimmte gern, und Clément hatte kein Problem damit, sich von ihr herumkommandieren zu lassen. Sie entschied, was sie machen würden, wohin es ging, mit wem und mit wem nicht, und Clément ließ sie mit seiner charakteristischen Gutmütigkeit gewähren.

Als Pablo in Grasse eintraf, wurde aus dem Duo ein Trio, in dem es nun jedoch Misstöne gab. Pablo gehorchte Violette nämlich nicht, und einen derartigen Widerstand war das überraschte Mädchen nicht gewohnt.

Violette war ein verwöhntes, jähzorniges Einzelkind, dessen Wutanfälle zu Hause so gefürchtet waren wie unter Freunden und Klassenkameraden. Pablos Aufbegehren und seine Gleichgültigkeit ihrem tyrannischen Charakter gegenüber verblüfften Violette zunächst und faszinierten sie schließlich. Pablo war anders, er war für sie wie eine Festung, die es zu erobern galt. Was sie zunächst als Herausforderung sah, wurde zur Besessenheit und mit dem Ende der Kindheit zu Liebe.

Ja, Violette verliebte sich Hals über Kopf in den Jungen mit dem glänzenden, glatten braunen Haar, das ihm über die wie Quarz blitzenden Augen fiel. Sein Blick war wach und lebendig, auch wenn sich darin stets ein Funke Melancholie verbarg.

Das Mädchen verliebte sich in seinen schlanken, aber widerstandsfähigen Körper, sein Temperament und seine Energie. Und auch in sein Lächeln, welches man nur selten zu Gesicht bekam, das aber wunderschön war, weil sich dann auf seinen Wangen kleine Grübchen bildeten.

Und sie verliebte sich in seinen Mut, in den Ehrgeiz, mit dem er sich der Zukunft stellte. Sie verliebte sich in ihn, weil man ihn nicht verbiegen konnte. Weil er unbezähmbar war und sie zappeln ließ.

In seiner Nähe drohten ihr die Knie nachzugeben, und ihre Besessenheit von ihm stürzte sie beinahe in Verzweiflung.

Auch Cléments Gefühle für Violette veränderten sich, als er die Schwelle vom Kind zum jungen Mann überschritt.

Der Halbwüchsige sah in seiner Nachbarin nun nicht mehr die Sandkastenfreundin, die bisher für ihn so etwas wie eine Schwester gewesen war. Plötzlich entdeckte er eine ganz neue Violette. Das kleine Mädchen, zart wie ein Eichhörnchen, hatte sich in ein Rehkitz mit riesigen

Augen von der Farbe dunkler Oliven verwandelt. Und ihr lebhafter Blick zeigte, welch wacher Verstand sich dahinter verbarg.

Statt der sorglos geflochtenen Zöpfe, an denen Clément früher frech gezogen hatte, trug sie nun eine glänzende, gewellte Mähne aus kastanienbraunem Haar, das ihr bis eben über die Schultern reichte. Das drollige krause Näschen, über das Clément sich früher so oft lustig gemacht hatte, erschien ihm jetzt ganz zauberhaft. Er träumte Tag und Nacht von ihrer Haut, ihrem Näschen, ihrem seidigen Haar. Violette erweckte in ihm ein unbekanntes wunderbares und zugleich beunruhigendes Sehnen.

Zum Glück konnte der stets abwesend wirkende Clément während jener ersten Zeit seines Liebeswahns auf die Gesellschaft von Pablo zählen, obwohl dieser ihn für einen Träumer hielt und sich über sein sehnsüchtiges Seufzen lustig machte.

Für Pablo war Violette immer noch die alte Spielgefährtin, mit der sie durch den Ort liefen und Abenteuer erlebten. Allerdings machte es ihm Sorgen, wenn sie ihn manchmal mit so undurchdringlichem Blick ansah und ihre Stimme plötzlich irgendwie gepresst klang.

2

Violette half seit zwei Monaten in Annes Teesalon aus, und Clément ging noch zur Schule. Das hätte Pablo eigentlich auch gern weiter getan, doch mit seinen bald sechzehn Jahren fühlte er sich dazu verpflichtet, seiner Familie wenigstens einen kleinen Teil all dessen zurückzugeben, was er von ihr bekommen hatte. Er wollte zum Haushaltseinkommen beitragen, obgleich sein Onkel und seine Tante durch Annes Teesalon und Alphonses Anstellung in der Parfümfabrik Guichard keine finanziellen Probleme hatten. Also bat Pablo Alphonse, in der Fabrik nach Arbeit für ihn zu fragen.

Maison Guichard war einer der wichtigsten Parfümhersteller in Grasse. Das Familienunternehmen war 1848 gegründet und vom Vater an den Sohn weitergegeben worden. Onkel Alphonse hatte Pablo stolz erklärt, dass der Name »Guichard« ein Begriff war, seit 1891 Königin Victoria dort bei einem Besuch in der Stadt Jasmin- und Mimosenaroma in eleganten Glasflaschen aus Baccarat-Kristall erstanden hatte.

Pablo gefiel die Welt der Parfümeure, und Maison Guichard, wohin er seinen Onkel manchmal begleitet hatte, faszinierte ihn. Das war auch nicht verwunderlich, schließlich war das neue Fabrikgebäude aus dem Jahr 1900 mit dem typischen provenzalischen Salon und der Sammlung von Möbeln aus dem siebzehnten und achtzehnten Jahrhundert wirklich imposant. Am meisten beeindruckte Pablo jedoch, dass die Grundstruktur der Fabrik, quasi das Skelett des Gebäudes, von Gustave Eiffel entworfen worden war. Denn der Name Eiffel rief ihm seinen Vater und dessen tolle Geschichten über Paris und seine Arbeit am großen Turm in Erinnerung, die Ramiro ihm in seiner Kindheit erzählt hatte.

Das konnte doch kein Zufall sein! Der junge Mann hielt dies für einen Schachzug des Schicksals und war seiner Meinung nach dazu vorherbestimmt, bei Maison Guichard zu arbeiten.

Leider hatte er kein Glück, da es bei Guichard in diesem Moment keine freie Stelle für jemanden ohne Erfahrung gab. Pablo war traurig, als Alphonse ihm die schlechte Nachricht überbrachte. Sein Onkel ließ jedoch nicht locker und hatte ein paar Tage später Erfreulicheres zu berichten:

»Ich hab in Erfahrung gebracht, dass bei einem unabhängigen Parfümhersteller jemand fürs Lager gebraucht wird.«

Die Familie saß rund um den Tisch und aß zu Abend. Dies war der Moment, den sie jeden Tag dazu nutzten, gemeinsam Zeit zu verbringen und sich über den Tag auszutauschen.

Pablo schob sich mit der Hand eine Strähne seines widerspenstigen Haares aus den Augen und schaute seinen Onkel ein wenig enttäuscht an.

»Das ist dann doch bestimmt eine kleine Werkstatt, oder?«

»Ja, die aber immerhin für Rallet arbeitet. Keine Sorge, das ist ein guter Anfang. Dort hast du direkten Kontakt zum Parfümeur, kannst viel lernen und schnell vorankommen, wenn dich dieser Bereich wirklich interessiert. Bei Maison Guichard wärst du nur einer von vielen, aber bei Beaux …«

»Beaux?«, unterbrach ihn Pablo, der von diesem Grasser Parfümeur noch nie gehört hatte.

»Ernest Beaux, ein russischer Flüchtling. Hier ist er noch nicht besonders bekannt, aber angeblich hat er in Russland Parfüm für die Zarin hergestellt.«

Auf einmal kratzten die Löffel nicht länger über die Suppenteller, und alle Blicke richteten sich auf Pablo, der zu lächeln begann.

»Wann kann ich anfangen?«, fragte er.

3

Ernest Beaux war ein französischstämmiger Russe, der vierzig Jahre zuvor in Moskau geboren worden war. Dort hatte er mit nur siebzehn Jahren beim damals von seinem Bruder geführten Unternehmen Rallet angefangen, weil er sich für die Herstellung von Parfüm und Seife interessierte. Sechzehn Jahre später war Ernest bis zum technischen Leiter aufgestiegen und gehörte dem Betriebsrat an.

Dann jedoch brach der Große Krieg aus. Beaux, der den Rang eines Oberleutnants innehatte, wurde in eine der entlegensten Regionen des Kontinents abkommandiert: in die Arktis.

Dort, in der gefrorenen Tundra, verbrachte er zwei Jahre, nur umgeben von Flechten und dem Geruch von Schnee.

Während der Revolution schloss er sich den Alliierten und Aristokraten im Exil an und befragte bolschewistische Gefangene im Mudyug-Gefängnis, einer Art Vorläufer der Konzentrationslager.

Weil Beaux für seine Dienste von Frankreich, England und Weißrussland ausgezeichnet worden war, konnte er nach dem Krieg nicht ins kommunistische Russland zurückkehren. Außerdem hätten ihm die Kommunisten sicher seine Parfümlieferungen an den Zaren nicht verziehen.

Rallet gehörte zu jener Zeit einer französischen Familie von Parfümhändlern, die sich auf die Verarbeitung von Jasmin und Rosen spezialisiert hatten. Ihnen gehörten Blumenplantagen auf der ganzen Welt und große Fabriken in Grasse.

Deshalb eröffnete Ernest Beaux seine Parfümwerkstatt in Grasse, wo es seiner Meinung nach für ihn einfach sein würde, bei Bedarf wieder mit Rallet zusammenzuarbeiten. Die warmen Aromen Südfrankreichs holten ihn ins Leben zurück und ließen ihn jene kalten und grauenhaften Jahre auf der Insel Mudyug vergessen.

Der Geruch der Arktis jedoch hatte sich für immer in Ernest Beaux' Sinne eingeprägt, und er würde den erlesenen Duft der dortigen Vegetation und der kalten Luft, der ihn erschaudern ließ, stets mit sich herumtragen.

Und in Grasse wollte er diese Gerüche einfangen und in ein Parfüm gießen.

4

Ernest Beaux war ein großer Mann mit markanten Zügen, dessen aristokratisches Äußeres Pablo bei ihrer ersten Begegnung beeindruckte. Die vollen Lippen und die großen grauen Augen verliehen seinem von wirrem schwarzem Haar umrahmten Gesicht etwas Verträumtes. Er war stets perfekt gekleidet, so als führte ihn sein

Weg nicht zur Arbeit in der Parfümwerkstatt, sondern zu einem wichtigen gesellschaftlichen Ereignis.

Das attraktive Aussehen passte gut zu dem Parfümeur mit den perfekten Manieren, der große Souveränität ausstrahlte und sich seinen Mitarbeitern gegenüber warm und freundlich zeigte, obwohl er kein Mann vieler Worte war.

Am Anfang machte Pablo das häufige Schweigen seines neuen Chefs nervös, weil ihm oft nicht klar war, was Beaux von ihm erwartete und ob er seine Aufgabe zufriedenstellend erledigt hatte.

Mit der Zeit begriff er jedoch, dass Beaux' Schweigsamkeit gar nichts mit ihm zu tun hatte, sondern nur ein Anzeichen für den Wirbelsturm von Ideen hinter der Stirn seines Chefs war.

Ernest Beaux' kleine Werkstatt ähnelte in nichts Maison Guichard, wo Pablo eigentlich gern gearbeitet hätte. Doch schon bald vergaß er Guichard und verliebte sich in diesen Ort, wo nun in seinen Augen die wahre Essenz des Parfüms zu Hause war.

Pablo, der als Lagerarbeiter und Laufbursche angestellt worden war, nutzte jede Gelegenheit, um im Laboratorium vorbeizuschauen. In diesem Herzstück der Werkstatt betrachtete er mit großen Augen die Tausende von Flakons auf dem Arbeitstisch des Meisterparfümeurs, all die Flüssigkeiten in Farbtönen von blassem Rosa über intensives Bernsteingelb bis hin zu grauem Opal. Jeden Tag schnappte er etwas Neues über diesen faszinierenden Beruf auf. Zum Beispiel hätte er sich niemals vorgestellt, dass Fett Düfte aufnahm. Wörter wie *Essenz*, *Konzentrat* oder *Mischung* erhielten für ihn eine ganz neue Bedeutung, und er lernte bald, den Bunsenbrenner zu bedienen. Gern sah er dabei zu, wie Beaux auf der massigen Waage seine Zutaten wog, und war fasziniert von den fast magischen Elixieren, die der Parfümeur sorgfältig mischte und in durchsichtige Fläschchen füllte, wobei er genau die Formeln beachtete, die er in seine geheimnisvollen Notizbücher geschrieben hatte.

Ohne dass Pablo es mitbekam, betrachtete Beaux mit Interesse den Wissensdurst seines jungen Angestellten. Zufrieden nahm der Chef zur Kenntnis, dass der Laufbursche nach Feierabend oft noch eine Weile im Labor blieb und das verlockende Treiben dort beobachtete, anstatt so schnell wie möglich die Freiheit der Jugend auszukosten.

An einem dieser Abende, an dem sich Pablo so gar nicht losreißen zu können schien, stellte ihm der Parfümeur eine Frage: »Gefällt dir, was du da siehst?«

Beaux' raue Stimme hatte Pablo überrascht, und er nickte schüchtern.

»Wusstest du, dass ich nicht viel älter war als du, als ich mit meiner Ausbildung angefangen habe?«

Er trat an den Jungen heran, dem nun das geheimnisvolle und beunruhigende Parfüm, das seinen Arbeitgeber umgab, in die Nase stieg. Es erinnerte Pablo an gefrorene Wälder aus dicht belaubten Bäumen. In diesem Moment zeigte sich auf Ernests Lippen ein kleines Lächeln voller Melancholie.

»Diese Arbeit ist eine Form der Kunst, und der Parfümeur komponiert seine Düfte wie ein Musiker seine Melodien.«

Pablos Miene verfinsterte sich ein wenig, da dies für

ihn so klang, als sei ihm damit der Weg zu seinen Träumen verwehrt.

»Soll das etwa heißen, dass man mit dieser Gabe geboren werden muss wie ein Musiker oder ein Maler? Kann man sie nicht erlernen?«

Beaux schenkte ihm ein kleines Lächeln.

»Zunächst einmal muss dir die Sache an sich gefallen. Ach, was sag ich da, faszinieren muss sie dich, zur Besessenheit werden! Und dann musst du noch viel lernen.«

Beaux ging zu seiner Parfümorgel hinüber, einer Art Apothekerschrank, in dem Flakons mit Grundstoffen und Essenzen halbkreisförmig angeordnet waren, und entkorkte ein Fläschchen. Mit einer Pipette gab er einen Tropfen der Flüssigkeit auf einen Blotter genannten Papierstreifen zum Erschnuppern von Parfüm. Als er mit dem Streifen wedelte, erfüllte eine eigensinnige Essenz wie ein Seufzen die Luft. Der ältere Mann sog das Aroma ein und hielt den Blotter dann Pablo hin.

Schüchtern schnupperte der Junge daran und schloss dabei unwillkürlich die Augen.

»Und, was riechst du?«

»Leder … das riecht nach Leder.«

Zufrieden lächelte sein Chef.

»Leder ist der Duft des Tierreichs, das Parfüm ursprünglicher Kraft.«

Er wiederholte das Ritual mit einer anderen Essenz.

»Und das hier?«

Pablo geriet vor Aufregung ins Schwitzen, weil er vor Beaux nicht wie ein Idiot dastehen wollte. Aber er beruhigte sich schnell wieder, da dieser Duft leicht zu identifizieren war.

»Narzisse!«, rief er.

Ernest Beaux' Lächeln wurde breiter und anerkennender.

»Der Duft der Narzissenblüte ist das Parfüm des Verlangens, sinnlich und betörend.«

Schweigend säuberte er die Arbeitsgeräte und stellte alles zurück an seinen Platz. Dann zog er den Kittel aus, den er im Laboratorium trug, und schlüpfte in sein Jackett. Als er sich zum Gehen abwandte, sah Pablo ihn noch immer schweigend an.

»Vergiss das nie, mein Junge: Für einen Parfümeur ist der Geruchssinn wie die Sehkraft für den Rest der Menschheit.«

Bevor er den Raum verließ, fügte er noch hinzu: »Und du hast ein feines Näschen!«

Pablo blieb allein zurück. Er lächelte. An diesem Tag hatte sich in Ernest Beaux' Labor eine Tür geöffnet, durch die er seinen restlichen Lebensweg vor sich sah.

Als er endlich auf die Straße trat, warteten draußen sein Cousin und Violette auf ihn.

Clément trat an ihn heran und legte ihm den Arm um die Schultern. Seine Stimme klang fröhlich wie immer:

»Ich hab Violette vorgeschlagen, dass wir beide einen Spaziergang machen, nur sie und ich. Aber davon wollte sie nichts hören, stattdessen hat sie mich hierhergeschleift und mich gezwungen, mit ihr auf dich zu warten. Ich glaube ja, dass du ihr Liebling bist.« Mit übertrieben theatralischer Geste presste er sich die Hand aufs Herz. »Das kann ich kaum ertragen!«

Aber weder Pablo noch Violette fanden das zum Lachen.

»Na, siehst du, Pablo, du bist mein Liebling«, sagte Violette leise, mit samtiger Stimme, und durchbohrte den Angesprochenen mit ihrem intensiven Blick.

Mit einem Blick, der Pablo erschreckte.

Schweigend setzten sich die drei in Bewegung, und die Stille zwischen ihnen wurde nur von Cléments leisem Trällern durchbrochen, als sie Grasse langsam hinter sich ließen.

Sie wählten einen steinigen Pfad, der im kühlen Schatten von Birnbäumen lag, und erfreuten sich am Duft des Lavendels. Violette ging gedankenverloren zwischen den beiden Vettern und hatte dabei keine Augen für die Schönheit der blühenden Felder um sie herum, für Weinberge und Olivenhaine. Nach und nach sank die Sonne am Horizont und erhellte die dichten Wolken mit brennenden Strahlen.

Für Pablo war es ein Arbeitstag voller Überraschungen gewesen, ein glücklicher Tag. Und nun war er hier doch mit zwei Menschen unterwegs, die er gernhatte. Trotzdem wurde er das ungute Gefühl nicht los, das ihn überkam, wenn er zu Violette hinüberschielte und jedes Mal entdeckte, dass ihr durchdringender Blick immer noch auf ihn gerichtet war.

Das Mädchen mit dem roten Haar

Grasse, Juni 1921

1

Pablos früheste Erinnerung an Claudine war die an ihre leuchtend roten Zöpfe, die im unendlichen Lavendelfeld mit den silbernen Blättern und den lilafarbenen Ähren wie zwei Feuerzungen aufblitzten.

Der Lavendel war das Symbol der Provence und machte mit seinen außergewöhnlichen Eigenschaften das Parfüm zu einem wahren Schatz der Region. Während der Lavendelblüte von Juni bis September war Grasse deshalb von einem Meer aus Blau und Lila umgeben. Geerntet wurden die Blüten per Hand, aber da die Nachfrage so groß war, hätten die Landwirte diese Aufgabe allein gar nicht bewältigen können. Deshalb halfen die jungen Leute aus dem Ort und manchmal sogar Kinder, um durch die Lavendelernte ein wenig zum Einkommen der Familie beizutragen.

Mit einer *Voulame* in der Hand, wie man auf Provenzalisch die großen Sicheln nannte, liefen die Erntehelfer von Sonnenaufgang bis Sonnenuntergang die riesigen lilafarbenen Felder entlang, ernteten die Blüten und transportierten sie in großen Säcken. Dabei schaffte ein guter Lavendelernter an einem Tag bis zu hundert Kilo.

Clément und Pablo begleiteten Alphonse immer zu den Lavendelfeldern. Für sie war dies ein Fest, das sie gemeinsam mit den anderen jungen Leuten aus dem Ort feierten. Energiegeladen machten sie sich an die Arbeit und betrachteten die Ernte als eine Art Wettkampf, dessen Gewinner mit einem festlichen Abschluss voller Musik, Lachen und jeder Menge Essen belohnt wurde. Dabei verflog wie durch Zauberhand die Müdigkeit des langen Tages.

Der Duft des Lavendels erinnerte Pablo außerdem daran, wie ihn seine Mutter nach dem Bad mit einem Handtuch abgetrocknet hatte. Doch war das wirklich eine Erinnerung oder eher eine sehnsüchtige Fantasie? Nein, Pablo wusste ganz genau, dass die Hände seiner Mutter nach Lavendel gerochen hatten.

Und in diesem Jahr verzauberte ihn das sanfte Gesicht eines jungen Mädchens mit roten Zöpfen, aus denen sich hier und da eine Strähne gelöst hatte. Bei den vorherigen Ernten hatte sie nicht zu der Gruppe junger Leute gezählt, die sich hier Jahr um Jahr einfanden. Denn Pablo war sich sicher, dass er sich an sie erinnern würde, wenn er sie vorher schon einmal gesehen hätte. Außerdem kannten sich hier ja alle untereinander. Weil ihn die Neugier von der Arbeit ablenkte, ging er schließlich zu dem Mädchen hinüber.

»Hallo, ich bin Pablo.«

Die junge Frau trug zum Schutz vor der Sonne einen Strohhut und schaute ihn aus großen Augen an, die die grüne Farbe des Efeus hatten. Darin glänzte ein vergnügter Funke, als auch sie sich vorstellte:

»Und ich heiße Claudine.«

»Woher kommst du denn?«

»Na, hier aus Grasse.«

»Dich hab ich hier aber noch nie gesehen.«

Sie unterbrach einen Moment die Arbeit und schenkte ihm ein zugleich warmes und doch etwas spöttisches Lächeln, wobei sie eine Augenbraue hochzog.

»Grasse ist doch groß genug, um sich dort nicht ständig über den Weg zu laufen, meinst du nicht?«

Während Pablo spürte, dass seine Wangen zu brennen begannen, fügte sie versöhnlich hinzu:

»Außerdem war ich eine Zeit lang weg.«

»Und hilfst du hier zum ersten Mal bei der Ernte aus?«

»Ja, genau.«

Schweigend schauten sie sich an, nur ein paar Sekunden. Dann pflückte Pablo zwei, drei Lavendelzweige und steckte sie der jungen Frau an den Hut, was ein flüchtiges Lächeln auf ihre Züge zauberte. Wie alles andere an ihr war es zart und sanft.

An diesem Morgen schnitten sie unter der brennenden Sonne weiter Lavendel, Seite an Seite, ohne viel zu reden. Hin und wieder tauschten sie einen Blick oder ein Lächeln, mehr jedoch nicht.

Claudine betrachtete Pablo aus dem Augenwinkel und begutachtete seinen schmalen Hals, den kantigen Kiefer und die hellen, wie Quarz glitzernden Augen, deren Geheimnisse sie nicht kannte. Wenn ihm das Haar in die Augen fiel, musste sie sich zurückhalten, um es ihm nicht aus dem Gesicht zu streichen.

Beide teilten schweigend das Gefühl, dass an diesem Tag zwischen ihnen etwas seinen Anfang genommen hatte.

Obwohl Pablo nach dem Tag auf dem Feld erschöpft war, fiel ihm am Abend das Einschlafen schwer. Er konnte nicht aufhören, an Claudines rote Zöpfe zu denken, an ihre mandelförmigen grünen Augen in dem Perlmuttgesicht, das von einer zarten kleinen Nase gekrönt wurde. Immer wieder erschien vor seinem inneren Auge das Bild, wie sie sich bei der Hitze mit der Zunge über die trockenen Lippen fuhr, ihn dabei aus dem Augenwinkel ansah und lächeln musste.

Pablo konnte nichts gegen die Erektion tun, die sich zwischen seinen Beinen regte, und als er dann doch endlich einschlief, träumte er von Claudine. Sie trat an ihn heran, umfing sein Gesicht mit den Händen und hauchte ihm einen Kuss auf die Lippen. Sanft, ganz sanft.

Pablo wollte sich für immer in den grünen Seen ihrer Augen verlieren. Und als er im Morgengrauen aufwachte, spürte er noch immer die zarten Berührungen des jungen Mädchens auf der Haut.

Später kam Clément zu ihm herüber, zog ihm die Decke weg und weckte ihn scherzend. Da blinzelte Pablo verschlafen in das Licht des neuen Morgens, der wieder warmes Wetter ankündigte. Und in diesem Moment wusste er zwei Dinge ganz genau: dass er jetzt unmöglich aufstehen und zur Arbeit gehen konnte und dass er verliebt war.

2

Anne Guerins Teesalon war ein gemütliches kleines Lokal mit einem Kronleuchter aus Kristall, das mit seiner geschmackvollen Einrichtung kaum noch an den alten Laden erinnerte, in dem sie ihre Jugend begraben hatte.

Durch die Schaufenster, in denen alle möglichen Süßigkeiten auf hübschen Tabletts und in Glasbehältern jeder Form und Größe angeordnet waren, fiel Tageslicht herein.

Wer die Teestube betrat, erblickte als Erstes zu seiner Linken einen großen Tisch aus dunklem Holz, auf dem eine verlockende Vielfalt an Süßwaren, Kuchen und Puddingteilchen angeboten wurde. Im geschickt genutzten kleinen Bereich auf der rechten Seite warteten vier runde Marmortische auf die Kunden, die vor Ort die Spezialitäten des Hauses probieren wollten: Wiener Schokolade oder Jasmintee.

In den Ecken standen antike Möbel, hohe Vitrinen und Tischchen mit einem Hauch von Rokoko, worauf zu sehen war, was mit geschwungenen Buchstaben auf Tafeln an der Wand angepriesen wurde: Schokolade, Tee, Pralinen, Zuckermandeln, Geschenkartikel…

Seit ein paar Monaten arbeitete Violette nun schon für Anne Guerin. Bis zu diesem Zeitpunkt hatte Anne im Lokal keine Hilfe gebraucht, und eigentlich hätte sie ihr kleines Geschäft auch gut weiter allein führen können. Das hatte sie schließlich ihr Leben lang getan, und es war das, was sie kannte und mochte. Doch sie hatte beschlossen, sich von nun an etwas mehr Zeit für sich selbst zu gönnen.

Mit ihren inzwischen achtundvierzig Jahren hatte sie noch immer einen jugendlich schlanken Körper. Und auch wenn ihr prächtiges schwarzes Haar, das sie stets zu einer hübschen Hochsteckfrisur arrangierte, bereits von einzelnen Silberfäden durchzogen war, schien noch immer ein unermesslicher Quell aus Kraft und Freude ihr Gesicht zu erhellen.

Dennoch hatte Anne den Eindruck, dass das Leben viel zu schnell vor ihren Augen vorbeizog. Wenn sie »ihre Jungen« ansah, wie sie Clément und Pablo nannte, dann wurde ihr das Herz ganz schwer. Clément war mit seinen fünfzehn Jahren groß und schlaksig, und aus seiner Kinderzeit war ihm nur das hübsche Lächeln auf den Lippen geblieben. Und die Sehnsüchte – Clément war nach wie vor ein Träumer und Romantiker.

Auch Pablo hatte sich seit seiner Ankunft in Grasse stark verändert. Maries Sohn! Anne hatte alles in ihrer Macht Stehende getan, damit er sich bei ihnen wohlfühlte und nicht allzu sehr unter dem Verlust der Eltern litt. Und das hatten sie wohl ganz gut hingekriegt, denn war Pablos Blick bei seiner Ankunft noch leer und freudlos gewesen, so hatte der Junge mit der Zeit doch das Lachen gelernt.

Und nun verwandelte sich ihr Neffe langsam in einen attraktiven jungen Mann. Er war genauso groß wie Clément, dabei aber kräftiger und hatte ausgeprägte Wangenknochen. All das ließ ihn selbstbewusster und maskuliner erscheinen als seinen Cousin. Mit seinen siebzehn Jahren schien Pablo, der die Welt auf der Suche nach Antworten erforschte und sich oft in tiefes Schweigen zurückzog, seine Umgebung mit den Augen eines reifen Mannes anzuschauen.

Wenn Anne ihrem Neffen ins Gesicht sah, entdeckte sie darin die Züge Maries, und dann vermisste sie ihre Schwester auf einmal mit schmerzlicher Verzweiflung.

Und nun hatte Anne beschlossen, sich jetzt, da die Jungen sie nicht mehr so sehr brauchten, mehr Zeit für sich selbst und für Alphonse zu nehmen.

Deshalb brauchte sie im Lokal eine zuverlässige Aushilfe, die ihr bei den einfacheren Tätigkeiten – beim Putzen, Aufräumen und Servieren – zur Hand gehen konnte und sich am Sonntagmorgen um den Laden kümmerte.

Durch ein zufälliges Gespräch mit der Nachbarin von gegenüber, Violettes Mutter, erfuhr Anne, dass deren Tochter nicht länger zur Schule gehen wolle und auf der Suche nach Arbeit sei. Bei dieser Gelegenheit bat sie Anne, sich unter ihren Kundinnen im Teesalon nach etwas Passendem für Violette umzuhören. Anne konnte ihr Glück kaum fassen, schließlich vertraute sie Violette blind, da sie sie ja von Geburt an kannte und das Mädchen eine gute Freundin der beiden Jungen war. Außerdem war sie jung genug, um sich der Arbeit mit vollem Elan zu widmen. Und als Anne mit dem Vorschlag an Violette herantrat, akzeptierte diese nur zu gerne.

3

An einem Sonntagmorgen Mitte Juni erfüllten in Grasse aromatische sommerliche Düfte die Straßen der Stadt, und die strahlende Sonne am wolkenlosen blauen Himmel verhieß schwüle Hitze.

Sonntags gab es im Teesalon immer viel Arbeit. Nach der morgendlichen Messe drängten viele Familien ins Lokal, um dort eine kleine Erfrischung zu sich zu nehmen, und die Kinder kauften Bonbons und anderes Zuckerzeug. Um alle Kunden zufriedenzustellen, eilte Violette eifrig vom Tresen zur Auslage und von der Auslage zu den Tischen hinüber. Die Arbeit gefiel ihr. Es machte ihr Spaß, die Süßigkeiten in hübschen kleinen Päckchen mit Schleife zu verpacken, Papiertütchen mit Bonbons oder kandierten Früchten zu füllen und mit flotten Schritten geschickt die vollen Tabletts zwischen den Tischen zu balancieren.

Wenn sie am Sonntagmorgen ganz allein die Verantwortung für das Lokal trug, stellte sie sich gern vor, selbst die Chefin zu sein. Dann trug sie unter der makellosen weißen Schürze mit dem Rand aus Spitze ihr bestes Kleid, das bunte mit den kleinen Blümchen. Sie huschte ohne Unterlass hin und her, hielt nicht einen Moment inne und war ausgesprochen stolz darauf, alles gut im Griff zu haben: An den Tischen bekamen die Kunden rasch ihre Bestellungen, und das Lokal war so sauber und aufgeräumt, wie Anne es gernhatte.

Gerade kündigte die Türklingel die Ankunft neuer Kundschaft an, und eine Traube lauter, fröhlicher Kinder stürmte wie ein Wirbelsturm in den Laden herein. Sie wollten welche von den bunten runden Drops mit dem zarten Anisgeschmack. Mit einem Lächeln auf den Lippen ging Violette zum Schaufenster hinüber und machte das große Glas mit den Bonbons auf. Als sie davon ein paar in ein selbst gedrehtes Papiertütchen geben wollte, wanderte ihr Blick kurz zur Straße draußen, und sie erstarrte. Äußerlich wirkte sie wie ein Eiszapfen, in ihrem Inneren jedoch tobte eine Feuersbrunst, die ihre Wangen brennen ließ.

Denn dort draußen ging gerade Pablo in Begleitung einer rothaarigen jungen Frau mit unwiderstehlichem Lächeln vorbei. Die Unbekannte trug ein wadenlanges, elegantes jugendliches Matrosenkleid mit Streifen, das auf Taillenhöhe mit einer weißen Schleife geschmückt war. Ihren Strohhut hielt sie in der Hand, so als würde sie ihr Haar nur ungern vor der Sonne verstecken. Sie schaute Pablo mit strahlenden Augen an, und die seinen blitzten und leuchteten, als sprühten sie Funken. Die beiden jungen Leute gingen fröhlich lachend und scherzend weiter und strahlten aus jeder Pore Glückseligkeit aus.

Violette sah dabei zu, wie die beiden sich entfernten, und ihr Gesicht wirkte wie zu einer steinernen Maske erstarrt. Vielleicht wäre sie den ganzen Vormittag reglos dort stehen geblieben, wenn die lautstarken Stimmen ihrer kleinen Kunden sie nicht in die Gegenwart zurückgerufen hätten.

»Was ist denn jetzt mit den Bonbons? Wie lange dauert das noch?«

Ganz langsam wandte Violette den Kopf zu ihnen um und sah sie an. Dann betrachtete sie das leere Papiertütchen und fing an, es zu füllen.

Plötzlich wollte sie nur noch weg. Sie sehnte das Ende des Vormittags herbei, damit sie den Teesalon schließen und Pablo und der Fremden hinterhereilen konnte.

Als die Kinder das Lokal verlassen hatten, ging Violette noch einmal zum Schaufenster hinüber, um nach draußen zu blicken. Pablo und das fremde Mädchen waren nicht mehr zu sehen, doch sie hatten in Violettes Herz eine tiefe Spur hinterlassen. Die junge Verkäuferin schlang die Arme um ihren Körper, als müsste sie sich plötzlich vor eisiger Kälte schützen.

In diesem Moment schwor sich Violette, dass sie herausfinden würde, wer die junge Frau war und warum Pablo sie so anschaute, wie er es bei ihr noch nie getan hatte.

4

Ganz am Ende von Les Terrasses, in unmittelbarer Nähe des Château Isnard, erhob sich das elegante Herrenhaus der Guichards.

Les Terrasses war eine breite Allee, die von einem der Hügel den Hang hinunter zu den dicht bewachsenen Blumenfeldern führte. In den Duft von Rosen und Mimosen gehüllt, hatte man von dort aus eine fantastische Aussicht, und deshalb standen an der breiten Flaniermeile die Wohnhäuser der besonders reichen Bürger der Stadt.

An diesem Sonntag kam Claudine gegen Mittag mit leuchtenden Wangen und strahlenden Augen vor dem Eingangstor ihres Elternhauses an. In ihren Pupillen spiegelte sich der silbrige Schein der Lavendelfelder, die auf beiden Seiten der Straße bis zum Horizont wogten.

Es war bereits der zweite Sonntag, an dem sie sich mit Pablo getroffen hatte, und dieser junge Bursche gefiel ihr wirklich. Claudine war sechzehn Jahre alt und hatte während der letzten sieben davon in einer Pariser Nonnenschule für höhere Töchter alles gelernt, was eine junge Dame so wissen musste. Da die Einrichtung für sie mehr und mehr zu einem Gefängnis geworden war, war sie froh gewesen, sie endlich hinter sich lassen zu können.

Dieser Sommer war für sie der erste in völliger Freiheit, wobei ihre Eltern ihr ans Herz gelegt hatten, in dieser Zeit darüber nachzudenken, was sie nun mit ihrem Leben anfangen wollte. Um ihre Ausbildung zu vervollständigen, war eine Reise durch Europa im Gespräch, vielleicht zu den klassischen Stätten in Italien und Griechenland.

Claudine wollte aber nicht an die Zukunft denken, ihr Herz schlug für das Hier und Jetzt. Sie fühlte sich von allen Zwängen befreit und tat Dinge, die sie zuvor noch nie gemacht hatte. Zum Beispiel half sie bei der Ernte auf den Lavendelfeldern. Oder sie lief durch die Labors der großen Parfümfabrik ihrer Familie und steckte überall ihre hübsche Nase hinein. Und vor allem ging sie zum ersten Mal in ihrem Leben mit einem Jungen aus. Daran faszinierte sie nicht nur generell das Interesse eines Vertreters des anderen Geschlechts an ihr, sondern eben auch dieser Junge selbst, der ihr immer besser gefiel.

Nachdem sie mit Pablo spazieren gegangen war und über Gott und die Welt geredet hatte, schwebte Claudine auf Wolke sieben. Noch wagte sie es nicht, dieser seltsamen Mischung aus Gefühlen einen Namen zu geben, aber sie war aufgewühlt, begeistert, verwirrt und verträumt. Und aus diesem Traum wollte sie am liebsten nie wieder erwachen.

Wegen der Hitze waren in der Villa der Guichards die Jalousien heruntergelassen, und das Haus wirkte ein wenig verlassen. Claudine ging von der Vorhalle aus die große Marmortreppe zu den oberen Räumen hinauf, ohne jemandem von ihrer Familie oder vom Personal zu begegnen. Was ihr durchaus recht war, da sie sich vor dem Mittagessen noch umziehen und ein wenig frisch machen wollte. Denn würde sie, verschwitzt wie sie war, ihrer Mutter über den Weg laufen, würde sie ihrer Tochter mit Sicherheit jede Menge Fragen stellen, auf die Claudine nun wirklich keine Antwort geben wollte. Und das nicht, weil sie glaubte, etwas Verbotenes zu tun, sondern um die neuen Erlebnisse und Gefühle vorerst einfach nur für sich zu bewahren und mit niemandem zu teilen. Schließlich hatte sie im Internat nie etwas für sich allein gehabt und selbst ihre Gedanken preisgeben müssen. Daher empfand sie es nun als geradezu berauschend, dass ihr Leben endlich ihr selbst gehörte!

Das junge Mädchen schloss sich in seinem Zimmer ein, wo der warme Sommerwind mit seinem Kräuteraroma die Gardinen bauschte. Sie warf sich aufs Bett, ließ sich von der Lawine ihrer überwältigenden Gefühle mitreißen und genoss dabei das Kitzeln in der Magengrube.

5

Was Violette dort draußen vor dem Geschäft gesehen hatte, hatte sich ihr wie mit einem heißen Eisen ins Gehirn eingebrannt. Der Anblick hatte in ihr eine schwarze Welle der Angst ausgelöst, eine Woge der Wut und Eifersucht, die sie einfach überrollte.

Es gab Momente, da verfluchte sie sich selbst, weil sie sich bei Pablo so naiv Hoffnungen gemacht hatte. Dann wiederum stieg sie wie ein Phönix aus der Asche ihrer Niederlage auf, um in aller Ruhe die Lösung dieses Problems anzugehen. Denn eines war Violette völlig klar: Ihre Gefühle für Pablo waren keine Jugendschwärmerei. Sie liebte Pablo von ganzem Herzen wie eine erwachsene Frau, auch wenn dieses Frauenherz im Körper einer Fünfzehnjährigen schlug.

Violette war nicht dazu bereit, ihre Liebe aufzugeben, stattdessen wollte sie Pablo um jeden Preis für sich gewinnen. Das hatte sie sich geschworen, und sie würde alles dafür tun. Als sie endlich keine Kraft mehr zum Weinen hatte, machte sie sich ans Werk. Sie musste unbedingt herausfinden, wer die Rothaarige war, und sie dann mit allen Mitteln von Pablo fernhalten.

Am Montag erschien Violette ganz normal bei der Arbeit, so als wäre ihr persönliches Drama vergessen und überwunden. Das junge Mädchen trug eine Maske der Gleichgültigkeit zur Schau, die keinen Blick auf ihre wahren Gefühle preisgab.

Violette arbeitete wie jeden Tag mit Anne zusammen und gab sich dabei große Mühe, nicht abgelenkt zu wirken und ihre Aufgaben tadellos zu erledigen.

Als sie dann den passenden Moment für gekommen hielt, warf sie ihrer Chefin einen fragenden Blick zu und sagte: »Am Sonntag hat hier ein wirklich hübsches junges Fräulein eingekauft. Das ist mir aufgefallen, weil ich sie noch nie zuvor im Laden gesehen habe. Aber irgendwie kam sie mir bekannt vor oder hat mich an jemanden erinnert …« Nachdenklich nagte sie an ihrer Unterlippe. »Die Sache ist mir das ganze Wochenende über nicht aus dem Kopf gegangen. So als hätte ich ein Wort vergessen, das mir auf der Zunge liegt.«

Amüsiert schaute Anne sie an. »Warum hast du sie denn nicht einfach gefragt, wie sie heißt?«

Schockiert schüttelte Violette den Kopf.

»Eine Kundin? Nein, das wäre doch wirklich unhöflich und hätte sie vielleicht gestört.«

»Na gut, dann sag doch mal, wie sah sie denn aus? Hatte sie irgendetwas Besonderes an sich?«

Nachdenklich runzelte Violette die Stirn.

»Sie war wirklich sehr hübsch, ungefähr so alt wie ich und elegant gekleidet. Oh, und sie hatte ganz umwerfende rote Haare!«

Anne wandte sich wieder der Tätigkeit zu, die sie wegen Violette unterbrochen hatte.

»Du beschreibst mir da gerade die junge Mademoiselle Guichard.«

In diesem Moment war es mit Violettes zur Schau getragenen Gleichgültigkeit vorbei.

»Guichard? Wie die Parfümeure?«

»Ja, sie ist die Enkelin des alten Parfümeurs. Und sie kam dir natürlich bekannt vor, weil sie hier aus Grasse stammt. Allerdings hat sie wohl die letzten Jahre irgendwo auswärts verbracht, in Paris, wenn ich mich nicht irre, deshalb hat man sie im Ort selten gesehen.«

Hinter Violettes Stirn wirbelten die Gedanken durcheinander. Wie sollte sie jetzt am besten vorgehen? Sie hatte nun wirklich nicht erwartet, dass es sich bei der Unbekannten um die Erbin des Guichard-Imperiums handelte. Das änderte alles und machte die Dinge für sie schwieriger. Vielleicht aber auch einfacher. Armer Pablo!

Er hatte doch sicher keine Ahnung, dass er nur das neueste Spielzeug einer reichen Göre war.

Violette traf augenblicklich eine Entscheidung. Pablo musste einfach wissen, woran er war. Sie würde ihn über die Aussichtslosigkeit seiner amourösen Bestrebungen aufklären und verhindern, dass dieses reiche Mädchen mit ihm und seinen Gefühlen spielte. Und dann würde er doch sicher begreifen, wie wichtig er Violette war, und sich ihr auf ewig dankbar erweisen. Sie musste unbedingt mit ihm reden.

Violette nahm sich ein paar Tage Zeit, um das Gespräch vorzubereiten und gut zu üben, was sie Pablo sagen wollte. Dann machte sie sich auf den Weg zu Beaux' Werkstatt. Als sie draußen etwas länger auf Pablo warten musste, merkte sie, wie aufgeregt sie war. Erst beim Anblick ihres Freundes legte sich ein Lächeln auf ihr Gesicht, das alle Ängste und Zweifel verjagte.

Auch Pablo lächelte, als Violette auf ihn zutrat. Wie gerne sie jetzt ihre Finger mit den seinen verschränkt hätte!

Er hatte die Hände jedoch in den Hosentaschen vergraben und schaute sie neugierig an.

»Waren wir verabredet?«

»Nein, wieso? Störe ich dich etwa?«

»Nein. Und jetzt?«

»Drehen wir zusammen eine Runde?«

»Wenn du willst…«

»Ich würde mich nämlich gern mit dir unterhalten.«

Pablo betrachtete Violette mit immer verwunderterem Gesichtsausdruck. Als sie die ersten Schritte gegangen waren, begannen die Worte nach und nach aus ihr herauszusprudeln.

Pablo hörte zu, ohne auch nur zu blinzeln.

Als Violette mit dem fertig war, was sie zu sagen hatte, griff der junge Mann wütend nach ihrem Arm. Normalerweise vermied er Konflikte mit Violette lieber, nun war er mit seiner Geduld jedoch am Ende.

»Jetzt hör mir mal gut zu, misch dich nie, niemals wieder in meine Angelegenheiten ein!«

Nachdem er ihr das entgegengeschleudert hatte, machte Pablo auf dem Absatz kehrt und eilte die steile Straße hinunter.

Am ganzen Körper zitternd, blieb Violette schweigend stehen und sah ihm hinterher. Leise wiederholte sie die Worte, die Pablo ihr voller Groll an den Kopf geworfen hatte und die sie mitten ins Herz getroffen hatten.

Aber Violette weinte nicht.

Trotz allem begann sie zu lächeln.

Die Sache war noch nicht vorbei. Im Gegenteil, jetzt ging es erst richtig los.

Coco

Grasse, Juli 1921

1

Pablo und Claudine sahen sich inzwischen öfter, beinahe jeden Tag.

Allerdings trafen sie sich dabei heimlich, denn zumindest für eines war der Eklat mit Violette gut gewesen: Pablo verstand nun, dass sie vorsichtig sein mussten, und hatte Claudine vor den Gerüchten über sie gewarnt.

Allerdings hatte er nicht mit der wütenden und verletzten Reaktion seiner jungen Freundin gerechnet: »Was soll das denn auf einmal? Und? Lass die Leute doch reden! Was machen wir denn Unrechtes?«

»Na, nichts«, antwortete Pablo.

»Wenn wir uns jetzt aus der Öffentlichkeit zurückziehen, dann sieht es doch gerade so aus, als würden wir etwas Schlimmes tun«, murrte Claudine starrsinnig. »Ich denke gar nicht daran, mich zu verstecken. Gut, wenn es dir natürlich peinlich ist, mit mir gesehen zu werden …«

Traurigkeit und Besorgnis zeigten sich im Gesicht ihres Freundes, der wirklich reif für seine jungen Jahre war. Anne lag nicht falsch, wenn sie in seinen Augen den Blick eines viel Älteren zu sehen meinte.

»Du und ich, wir gehören doch unterschiedlichen Welten an, Claudine«, versuchte er sie zu überzeugen.

»Na, genau das wollte ich jetzt von dir hören! Unterschiedliche Welten? Gibt es etwa mehr als eine?«

Claudine war gewohnt, im Leben alles zu bekommen, was sie wollte, und nun hatte zudem auch noch die Liebe besonders laut an ihre Tür geklopft. Und deshalb dachte sie an nichts anderes als an das Hier und Jetzt, weil sie bereits ahnte, dass das Leben ihr diese zauberhafte Gegenwart vielleicht bald entreißen würde.

»Aber wie stellst du dir das denn vor? Sollen deine Eltern etwa erfahren, dass du dich mit einem Laufburschen triffst, und dir womöglich Hausarrest erteilen?«

Claudine schaute ihn nachdenklich an, und nun lag doch ein Hauch von Sorge in der Luft, während die Sekunden verstrichen.

»Das würden meine Eltern bestimmt nicht machen …« Claudine schwirrte der Kopf. Sie begann zu zweifeln. »Ich glaube nicht, dass sie das tun würden.«

»Aber wir sollten das Risiko besser nicht eingehen.«

»Dann müssen wir unsere Liebe also für immer verbergen?«, fragte sie mit schmerzerfüllter Stimme und sehnsüchtigem Blick, während sie Pablo eine Strähne aus der Stirn strich und seine Wangen streichelte.

»›Immer‹ ist ein großes Wort. Wir sind ja noch jung und werden für unsere Liebe kämpfen. Aber ich will dich sehen und unsere Liebe nun wirklich nicht aufgeben, nur weil irgendwelche Leute über uns tratschen und kein Verständnis für unsere Gefühle haben.«

Pablo starrte zu Boden und fragte sich, ob Claudine vielleicht recht hatte und er falschlag. Er wünschte sich, forscher und mutiger zu sein und nicht so ein Grübler. Aber die Angst, zu verlieren, was er doch gerade erst gefunden hatte, war viel zu groß. Deshalb schaute er Claudine jetzt wieder an und suchte mit Blicken ihre Zustimmung.

Das Mädchen lächelte ihn mit traurigen Augen an. Plötzlich wallte in ihr all ihre Liebe für ihn auf, die Tag für Tag stärker wurde und in jeder Zelle ihres Körpers zu spüren war.

»Ich liebe dich, Pablo.«

»Und ich liebe dich, Claudine.«

2

Pablo verabschiedete sich von seiner Freundin und machte sich auf den Weg zurück zur Werkstatt. Seine Arbeit ließ ihm nicht viel Zeit für Claudine, und diesmal hatte er für sie seine halbstündige Mittagspause ausfallen lassen.

An diesem Tag fiel es ihm ungewöhnlich schwer, ins Laboratorium zurückzukehren. Möglicherweise lag es daran, dass er Hunger hatte, oder vielleicht machte ihn der Abschied von seiner Freundin einfach jedes Mal trauriger. Womöglich störte ihn auch schlicht die heiße Mittagsluft dieses Junitags, die auf der Haut brannte.

Als Pablo, in Gedanken versunken, den Eingang der Firma erreichte, sah er Ernest Beaux mit einem merkwürdigen Paar sprechen. Die Szene weckte seine Aufmerksamkeit und ließ ihn das Durcheinander aus Gefühlen und Gedanken in seinem Kopf für einen Moment vergessen.

Der Mann mit dem klaren Blick war groß und dünn, das blonde Haar hatte er mit Pomade frisiert. Sein eleganter gestreifter Anzug bestand aus einer kurzen Jacke mit eng anliegenden Schultern und einer Hose, die, der neuesten Mode entsprechend, seine Rautensocken zur Schau stellten.

Er trug trotz der Hitze ein seidenes Halstuch und hatte einen Strohhut in der Hand, einen Canotier. Seine Haltung hatte eindeutig etwas Aristokratisches, Majestätisches an sich.

Die Frau an seiner Seite war so winzig, dass man sie von hinten eher für eine Jugendliche gehalten hätte. Auf ihren Zügen zeigten sich jedoch ihre reifen Jahre, und es war offensichtlich, dass sie älter sein musste als ihr Begleiter. Ihre dunklen lebhaften Augen betrachteten die Welt spöttisch und voller Intelligenz. Sie hatte einen breiten, kessen Mund und tiefschwarzes dichtes Haar, das sie jungenhaft kurz trug.

Ihre Kleidung zeigte, dass sie eine Frau mit ausgefallenem Geschmack und starker Persönlichkeit war, und der verblüffte Pablo konnte den Blick gar nicht mehr von ihr abwenden. Er hatte noch nie eine Frau in einem solchen Zweiteiler aus Jackett und skandalös kurzem Rock gesehen. Der mit geometrischen Mustern bedruckte Strickstoff umhüllte ihren Körper geschmeidig, ohne seine weiblichen Formen zu zeigen. Ihr einziger Schmuck war eine mehrmals um den Hals geschlungene Perlenkette, und auf einen Hut hatte sie verzichtet.

Pablo blieb in der Nähe des Eingangs stehen, schaute

zu dem Grüppchen hinüber und wartete darauf, dass Beaux sich von dem ungewöhnlichen Paar verabschiedete. Anschließend folgte der Junge dem Parfümeur ins Innere des Gebäudes, wobei er sich mehrfach nach dem sich entfernenden Pärchen umschaute.

»Wer war das denn?«, fragte er schließlich, weil er seine Neugier nicht länger im Zaum halten konnte.

Beaux lächelte verhalten.

»Das war ein alter Freund von mir, ein russischer Exilant, genau wie ich.«

Das Lächeln auf seinen Lippen wurde breiter und ein wenig ironisch. »Na ja, *genau* wie ich sollte ich vielleicht nicht sagen, schließlich ist Dmitri Pawlowitsch der Neffe des Zaren.«

Ernest Beaux legte das elegante dünne Jackett ab und zog stattdessen seinen weißen Kittel an. Diese routinierten Handgriffe zeigten besser als jede Uhr den Beginn seiner Arbeit an.

Pablo konnte kaum glauben, was er da gerade gehört hatte.

»Der Zar …«, murmelte er vor sich hin.

»Und was *sie* angeht … von ihr hast du sicher schon gehört, ihr Ruf als innovativste Modeschöpferin von Paris eilt ihr nämlich voraus.«

Aber Pablo sah nicht so aus, als könnte er mit dieser Beschreibung etwas anfangen, als Beaux aus dem Augenwinkel zu ihm hinüberschielte.

»Das war Coco Chanel.«

Die persische Nacht

Paris, Juni 1911

1

In der tausendundzweiten Nacht
Wird der Himmel wolkenlos sein
Und es wird nichts geben, was bisher existierte
Auf uns warten Lichter und Düfte und
Flöten und Trommeln und Pauken
Das Seufzen von Frauen und Vogelgesang
[...]

Die tausendundzweite Nacht bei Paul Poiret
Die Feier findet am Samstag, dem 24.6.1911,
statt und wird bei schlechtem Wetter verschoben.
Die Kleiderordnung verlangt ein von orientalischen
Märchen inspiriertes Kostüm.

Der 24. Juni 1911 würde wohl vielen Menschen in Erinnerung bleiben. Es war ein lauer Sommerabend, als das Automobil Boy Capel und Gabrielle Chanel in der Rue du Faubourg Saint-Honoré Nummer 107 vor Paul Poirets luxuriöser Villa absetzte. Poiret war ein erfolgreicher Modeschöpfer, den ganz Paris vergötterte. Ganz

Paris bis auf Gabrielle Chanel, die alle Coco nannten. Diese junge Frau von achtundzwanzig Jahren, die auf den ersten Blick schüchtern und unsicher wirkte, manchmal stolz und stets kühn, sogar gewagt, hatte ein feuriges Temperament und überraschte mit ihrer ungewöhnlichen, aufbegehrenden Ästhetik.

Sie verachtete ohne jede Scheu die Mode, die Poiret den Parisern auferlegte. Zwar gefiel es ihr, dass er die Frauen vom Korsett befreit hatte, aber sie lehnte seine überbordende Fantasie ab, seine Orgien aus Federn und Farben, die orientalische Anmutung seiner von Djagilews russischem Ballett inspirierten Kreationen.

Was Mode anging, war Chanel quasi die Kehrseite der Medaille. Mit dem Geld ihres englischen Liebhabers Boy hatte sie sich im Hochparterre des Hauses Nummer 31 in der Rue Cambon einen Laden eingerichtet, in dem sie die Kleidung anbot, die sie auch persönlich trug: Oberteile aus Strickware, die an Boys Polohemden erinnerten, Pullover, Jacketts und steife Hüte, die sie persönlich entwarf und die geradezu beunruhigend schlicht waren.

Allerdings hatte selbst Coco Chanel am Abend des 24. Juni 1911 keines ihrer streng geschnittenen, leicht maskulin wirkenden Kleider an, bei dessen Anblick Poiret die dichten Augenbrauen hochgezogen hätte. Heute sahen auch Coco und ihr Begleiter so aus, als wären sie einer Erzählung von Scheherazade entsprungen.

»Ich komme mir so albern vor«, knurrte Coco schlecht gelaunt.

Boys grüne Augen schenkten ihr einen Blick voller Liebe und gutmütigem Spott zugleich. Abgesehen von seinen umwerfenden Augen verfügte Boy noch über ein paar andere Attribute, mit denen er Frauen leicht um den kleinen Finger wickeln konnte: Er blendete sie mit seiner distinguierten Eleganz und seinem charmanten Lächeln. Arthur Capel, genannt Boy, war eben der geborene Verführer. Als der große Mann seine Geliebte jetzt in die Arme schloss, schien ihr winziger Körper darin zu verschwinden.

Wie Coco diese Nähe genoss! Sie ließ sich von Boy in seinen Armen wiegen, schloss die Augen und sog den anziehenden Duft ihres Geliebten ein. Einen Duft nach Leder und Wald. Nach Seife.

»Liebling«, flüsterte Boy ihr ins Ohr. »Es ist für dich aber von Vorteil, an solchen Festen teilzunehmen.«

»Wieso? Um mich in der Öffentlichkeit zu zeigen? Damit sich all diese feinen Mamsellen in ihrer von Paul Poiret entworfenen Verkleidung endlich mal Boy Capels Geliebte aus der Nähe ansehen können? Damit sie tratschen und lästern und schwätzen können bis zum Gehtnichtmehr? Und dann zu dem Schluss kommen, dass ich für so ein Mannsbild wie dich ein viel zu kümmerliches Ding bin …?«

Boy löste sich von ihr und brach in lautes Gelächter aus.

»In Ordnung … jetzt reicht es aber wirklich …«, sagte er amüsiert und hauchte einen sanften Kuss auf die Spitze ihrer Stupsnase, die er vergötterte.

Sie schaute ihn mit dem lebhaften, offenen Blick an, der von ihrem wachen Verstand zeugte.

»Ich würde mal sagen, du solltest vor allem mitkommen, um dich möglichen zukünftigen Kundinnen vorzustellen. Um dir einen Platz in dieser Branche zu sichern, zu der du jetzt gehörst.«

Weil Cocos Turban, den sie selbst entworfen und mit einer großen, prächtigen Straußenfeder dekoriert hatte, nach Boys Umarmung nicht mehr richtig saß, rückte sie ihn zurecht.

»Pah! Ich glaube kaum, dass Poirets Kundinnen je bei mir kaufen würden.«

Boy legte ihr sanft die Hand auf den Arm und geleitete sie hinüber zur Eingangstreppe der Villa, während er mit der Selbstsicherheit des reichen Unternehmers erklärte: »Das kann man nie wissen. Außerdem sind ja nicht alle der dreihundert Gäste dieses Festes solche... wie hast du sie noch genannt, mein Schatz?« Boy sprach perfekt Französisch, hatte jedoch manchmal Schwierigkeiten mit all den umgangssprachlichen Ausdrücken, die Coco in ihre Unterhaltungen einfließen ließ.

»Diese feinen Mamsellen!«, wiederholte sie mit der gleichen Abneigung wie beim ersten Mal.

»Genau, Mamsellen.« Er lachte und fügte hinzu: »Es werden auch viele Künstler da sein, Kreative jeglicher Art. Manche von ihnen haben bereits von dir gehört und mögen deine Arbeit.«

Coco schwieg. Tatsächlich fühlte sie sich in der Gegenwart von Kunstschaffenden wohl, schon allein deshalb, weil sie sie nicht wegen ihrer Beziehung zu Boy verurteilten. Die vielen Maler, Schriftsteller und Theaterleute, die ihr Liebhaber ihr im Laufe ihres gemeinsamen Jahres vorgestellt hatte, hatten Coco nicht eingeschüchtert, und sie hatte sich niemals verstellen müssen. Diese Männer und Frauen lebten von Kunst und für Kunst und folgten nicht den strengen, erdrückenden Regeln der feinen Gesellschaft von Paris. All die englischen Lords, russischen Fürsten und eleganten französischen Damen faszinierten und beängstigten Coco hingegen, vor allem Letzteres.

Sie bevorzugte den gewagten Stil der Künstler, wenn er auch nicht so kühn war wie ihr eigener. Denn für Cocos Stil war außer ihr selbst noch niemand bereit.

2

Das Pärchen durchschritt die Eingangstür und betrat eine dunkle Oase, an die sich die Augen erst einmal gewöhnen mussten. Jedes Fenster, ach, das ganze Haus war mit großen Tüchern und Teppichen verhängt, sodass die Außenwelt mit ihrem Lärm, ihrem Licht und vor allem ihrer widerlichen Alltäglichkeit draußen blieb.

Ein in passende Kostüme gehülltes Heer von Bediensteten kümmerte sich um die Eintreffenden, und das Paar wurde in einer Gruppe ebenfalls orientalisch verkleideter Gäste in einen Salon geführt. Dort nahm sie ein dunkelhäutiger Adonis in Empfang, der aus Rücksicht auf die zart Besaiteten unter den Gästen zumindest einen seidenen Lendenschurz trug, dessen leuchtende Farbe perfekt mit seiner Ebenholzhaut harmonierte.

Mit einer Fackel in der Hand geleitete diese faszinierende Figur die Gruppe durch einen Korridor. Dieser mündete in den weitläufigen Garten der Villa, in dem sich die düstere und geheimnisvolle Atmosphäre fortsetzte. Ein großer Teppich bedeckte die Stufen der Treppe und den Sand der Wege, was die Schritte der Ankommenden dämpfte. Von Feststimmung konnte in diesem Moment keine Rede sein, die befangenen, angespannten Gäste verhielten sich eher wie in der Kirche und unterhielten sich im Flüsterton, um den Zauber des Augenblicks nicht zu stören.

Stille und Schweigen gehörten zum Ambiente dazu und legten sich über dieses künstliche Paradies, das nur von zwischen den Blättern verborgenen Lampen erhellt wurde. Diese tauchten alles in ein ganz besonderes geheimnisvolles Licht und beschworen das Trugbild eines dicht belaubten Urwalds herauf, in dem nur das Krächzen von Papageien zu hören war.

Boy blieb immer wieder stehen, um all die Wunder zu bestaunen, die dieser Abend zu bieten hatte. Schließlich entdeckte das Paar dann ganz hinten im Garten einen prächtigen Sultan mit langem weißem Bart. Dabei handelte es sich um Poiret höchstpersönlich, der eine Elfenbeinpeitsche in der Hand hielt und von lasziven Konkubinen umringt war.

Boy beobachtete amüsiert und Coco mürrisch, wie die Neuankömmlinge den Sultan, wie es die Maskerade vorschrieb, nach Art des Islams begrüßen mussten. Auch sie selbst traten näher, um dem Herrscher Respekt zu zollen, allerdings sprach dabei nur Boy mit dem großen Modeschöpfer.

Coco fixierte den Operetten-Sultan lediglich mit Blicken und betrachtete ihn kühl. Sie musste zugeben, dass die ganze Inszenierung originell und überraschend war, wobei ihr die Sache aber doch etwas zu weit ging.

Schließlich bewunderte Coco Einfachheit, aus der sie ihre Eleganz zog.

Boy versuchte seiner Geliebten zu erklären, dass sich Poiret für dieses Fest von den *Geschichten aus Tausendundeiner Nacht* hatte inspirieren lassen. Die orientalische Märchensammlung war in Paris der letzte Schrei, und im vergangenen Jahr hatte die Oper *Schéhérazade* Premiere gefeiert. Coco konnte das Ambiente aber nicht genießen und fand es eher beunruhigend als unterhaltsam, weshalb ihre Laune immer übler wurde. Boy kannte die Stimmungsschwankungen seiner Geliebten nur zu gut und wich ihr deshalb keinen Moment von der Seite, wofür sie ihm dankbar war. Ihm gefiel, was er beim Blick in ihre Augen sah. Durch die Liebe war Gabrielle wie verwandelt, hatte die Flügel ausgebreitet und war jetzt eine freiere Frau.

Als die dreihundert Gäste schließlich im Garten versammelt waren, begannen das Festgelage und die Aufführungen, die dem theatralischen Beginn der Feier in nichts nachstanden. Der Abend verwandelte sich in einen wahren Strudel aus Sinneseindrücken, und Coco irrte, bei Boy untergehakt, zwischen den funkelnden Gläsern umher.

Irgendwann verabschiedete sich die Nacht, ohne Fragen zu stellen, und ein neues seltsames Licht aus Staub und Pailletten fiel auf die Märchendekoration. Dann explodierte im Blattwerk ein Kranz aus Funken und Flammen, der sich erhob, als wollte er den Himmel erobern, aber vor dem Eintreffen dort in der Form gelber Glasblumen zerplatzte.

Obgleich sich das Funkeln des Feuerwerks noch in

Cocos Pupillen spiegelte, bat sie Boy, nun langsam aufzubrechen. Wie allen Damen überreichte man auch ihr beim Abschied ein ganz besonderes Geschenk: einen Flakon von Poirets selbst entwickeltem Parfüm. Damit hatte zum ersten Mal ein Modeschöpfer einen Duft erschaffen und würde ihn als Markenzeichen seines Hauses verkaufen. Der Name des Parfüms war bedeutsam und erklärte so einiges: Nuit Persane, persische Nacht.

3

Coco und Boy wohnten zusammen in der Avenue Gabriel, einer von Bäumen gesäumten diskreten Straße parallel zu den Champs-Élysées. Die Wohnung gehörte Boy, war von Coco jedoch komplett umgestaltet worden. Die Modeschöpferin hatte Möbel in natürlichen Tönen ausgesucht und den Boden mit Teppichen aus Schurwolle bedeckt, die an die Farbe von Lehm erinnerten.

Der Eindruck der Intimität wurde durch lackierte chinesische Paravents verstärkt, die Coco ständig umstellte, um so das Appartement in neue Bereiche zu unterteilen, die sie stets mit großen Vasen voll weißer Blumen dekorierte. So hatte sich die kleine, elegante Junggesellenwohnung nach und nach in das Liebesnest eines Paares verwandelt.

Am nebelverhangenen Himmel von Paris deutete sich bereits der Morgen an, als sich Coco den Männerpyjama anzog, in dem sie immer schlief. Sie putzte sich die Zähne und bürstete sich das pechschwarze Haar, das einen starken Gegensatz zu ihrer weißen Haut bildete. Unter den Bürstenstrichen begann ihre Mähne zu glänzen. Coco hatte die Badezimmertür offen gelassen und konnte sehen, dass Boy auf dem Bett lag und las. Als sie bereit war, zu Bett zu gehen, fiel ihr Blick plötzlich auf Poirets Nuit-Persane-Flakon. Er war schwarz und hatte die Form einer Perle oder vielleicht eher einer Träne. Auf dem dunklen Hintergrund zeichneten sich Blätter aus Gold ab, die aussahen, als fielen sie von einem unsichtbaren Baum. Der an ein Minarett erinnernde Verschluss war ebenfalls goldfarben.

Coco öffnete die Flasche und schnupperte daran. Sie hatte eine extrem feine Nase, was wegen der Körperausdünstungen der Menschen um sie herum oft eher störend war. Mit dem Flakon in der Hand flüsterte sie:

»Safran ... Ja, Safran ...«

»Was sagst du, mein Schatz?«, fragte Boy und richtete sich ein wenig auf, um sie besser zu sehen.

»Als Erstes steigt mir hier der Duft von Safran in die Nase. Ein würziger und ... irgendwie gelber Geruch. Ja, von gelber Farbe.«

Boy schlug das Buch zu, während ein Lächeln seine Lippen umspielte. Manchmal wusste er nicht so recht, was er mit den Exzentrizitäten seiner Geliebten anfangen sollte. Zum Glück zeichnete ihn jedoch die typisch englische Ungerührtheit aus.

Coco setzte sich neben Boy aufs Bett.

»Außerdem rieche ich da noch Rosen ... und Holz ...«

»Wie soll ein Parfüm denn nach Holz riechen?«

»So ist es aber! Das Aroma erinnert mich an deine Reitsättel.«

Mit diesen Worten hielt sie ihrem Geliebten das Fläschchen unter die Nase. Er roch kurz daran.

»Viel zu intensiv, findest du nicht?«

Coco nickte.

»Allerdings. So ein Parfüm würde ich nicht tragen. Das ist nur für eine bestimmte Art von Frau gedacht.«

Sie hatte den Eindruck, dass sich Boy langsam für das Thema erwärmte. Seine grünen Augen leuchteten, und er setzte sich auf, um auf dem Bett näher an sie heranzurücken.

»Welche Art von Frau meinst du denn?«

Coco antwortete nicht. Sie hatte keine Lust, mit Boy über das Brennen auf ihrer Haut und die schmerzhaften Erinnerungen zu sprechen, die das Parfüm in ihr ausgelöst hatte. Es verströmte den sinnlichen Duft der Geliebten Étienne Balsans, ihres ersten Gönners. Es war der Geruch einer Frau, die sich aushielten ließ, einer *Grande horizontale*, einer *Demi-mondaine* … Kurz und gut, der Geruch von Royallieu, Balsans luxuriöser Villa, in die sie sich einst gerettet hatte, um dem Schicksal des verlassenen Mädchens zu entgehen. Dort war sie zur Mätresse eines reichen Mannes geworden, der ihr allerdings kaum Beachtung geschenkt und sie in ein ganzes Heer von Geliebten eingereiht hatte. Bis sie von dort aus Boy nach Paris gefolgt war.

Die Erinnerungen daran schluckte sie nun besser hinunter, sie wollte nun wirklich nicht die Vergangenheit heraufbeschwören. Deshalb wechselte sie lieber das Thema:

»Hör mal, wie kommt ein Modeschöpfer überhaupt darauf, ein Parfüm zu kreieren? Hältst du das nicht für überflüssig?«

Nun meldete sich in Boy der clevere Unternehmer zu Wort:

»Überhaupt nicht, Poiret erweitert einfach nur seine Angebotspalette und schlägt dabei neue Wege ein! Seine Kleider sind Luxusartikel, und so wird es mit seinem Parfüm auch sein. Beides ergänzt sich gut, und ich bin mir sicher, dass er viele Flaschen von seinem Duft verkaufen wird.«

Coco schien kein großes Interesse an den Argumenten ihres Liebhabers zu haben. Und die Worte, die sie nun sprach, klangen bitter und verdeutlichten einmal mehr, welch stahlharter Charakter sich unter der Hülle der unsicheren Frau verbarg.

»Wir haben in Paris doch schon einen großen Parfümeur. François Coty ist einfach der Beste. Parfüms sind sein Metier, und ich würde sein unübertreffliches L'Origan nie für etwas wie … das da … hergeben!«

Mit abfälligem Blick betrachtete Coco Poirets schwarzen Flakon, den sie immer noch in der Hand hielt.

Boy streckte sich wieder auf dem Bett aus und sagte mit sanfter Stimme:

»Vielleicht kreierst du ja auch mal deinen eigenen Duft.«

»Ich glaube nicht, dass ich das nötig habe. Weißt du, es läuft bei mir wirklich gut. In kurzer Zeit habe ich mir einen ordentlichen Kundenstamm aufgebaut und verdiene damit mehr Geld, als ich mir je erträumt hätte …«

Mit völlig ungerührter Miene brachte Boy in diesem Moment die Worte vor, die sich Coco für immer in Herz und Hirn bohren sollten:

»Du verstehst doch nichts von Geschäften. Die Bank

erlaubt dir nur deshalb, dein Konto zu überziehen, weil ich mit Vermögenswerten für dein Unternehmen bürge. Meine Liebe, du musst noch so viel lernen. Lass dir den Stolz nicht zu Kopf steigen!«

Die Luft knisterte vor Anspannung, und Coco stand mit einem Ruck auf, wobei ihr das Fläschchen Nuit Persane aus der Hand glitt. Sein Inhalt ergoss sich wie ein dunstender Strom auf den hellen Schlafzimmerteppich, während sich giftiges Schweigen ausbreitete.

»Warum sagst du bloß so etwas zu mir? Du bist wirklich grausam!«, fauchte Coco, die vor Wut schäumte, während gleichzeitig Tränen in ihr aufstiegen.

Boy war vom Bett aufgesprungen und eilte zum Fenster hinüber, um es aufzureißen. Die Ausdünstungen von Nuit Persane machten die Luft im Zimmer unerträglich.

»Glaubst du etwa, dass Coty das Parfüm erfunden, dass er diese Branche für sich gepachtet hat? Du müsstest wirklich mehr lesen, meine Liebe.«

»Ich lese doch schon!«, entgegnete sie mit stockender Stimme und presste die Lippen aufeinander, um ihren Ärger herunterzuschlucken.

»Damit meine ich doch keine Liebesschnulzen abends im Bett. Wenn du dir eine Meinung zum Thema Parfüm bilden willst, solltest du zuerst einmal wissen, wer Katharina von Medici ist…« Mit zwei langen Schritten war Boy an der Tür des Zimmers. »Hier kriegt man ja keine Luft mehr!«, rief er noch, bevor er verschwand und Coco mit ihrer Wut allein ließ, die ihr fast die Luft zum Atmen nahm.

Reglos stand sie mitten im Zimmer und sah ihm fassungslos nach.

Damit Boy auch jedes einzelne Wort mitbekam, rief sie ihm hinterher: »Und warum kommst du mir jetzt damit? Weißt du was … Eines Tages gebe ich dir dein ganzes Geld zurück. Ich werde dir nichts mehr schulden, und dann werd ich endlich frei sein! Und wer zum Teufel ist diese Katharina von … von was auch immer? Was hat die mit alldem zu tun?«

Cocos Herausforderung

Grasse, Juli 1921

1

»Und was wollen die beiden hier? Was hat sie nach Grasse geführt?«, fragte Pablo, während er Ernest wie ein Schoßhündchen zum Labor folgte.

»Dmitri ist vorbeigekommen, um mir Coco vorzustellen. Sie möchte nämlich, dass ich für sie ein Parfüm zusammenstelle.«

»Eine Spezialanfertigung nur für sie allein?«, fragte der Junge. Er hatte mitbekommen, dass manche reichen Damen einen maßgefertigten Duft in Auftrag gaben – eine Exzentrizität und ein teures Vergnügen, welches sich nur wenige erlauben konnten.

»Nicht direkt. Sie wünscht sich einen Duft, den sie zusammen mit ihrer Modelinie verkaufen kann. Dieses Parfüm soll zum Wahrzeichen des Hauses Chanel werden.«

Ernest Beaux ging zu seinem Arbeitstisch hinüber. Aber er wirkte zerstreut, als bereite ihm irgendetwas Sorgen.

Pablo befürchtete schon, nicht mehr über Coco Chanels Absichten zu erfahren, falls sein Chef wieder einmal in tiefes Schweigen verfallen würde.

»Den Auftrag nehmen Sie doch an, oder?«

»Ich bin nicht sicher, ob ich dazu in der Lage bin.«

Der Junge trat etwas näher an den Meister heran.

»Es gibt doch kein Parfüm, das Sie nicht erschaffen können!«

Der Ausruf war ihm ganz spontan entfahren.

Beaux schaute ihn mit väterlichem Lächeln an, das jedoch schnell wieder verhalten wurde.

»Coco Chanel ist keine Kundin wie jede andere, Pablo, und möchte nicht einfach nur irgendein Parfüm. Stattdessen weiß sie ganz genau, was sie will. Und glaub mir, sie hat einen hervorragenden Geruchssinn.«

Beaux verstummte kurz, während er auf seinem Arbeitstisch nach etwas suchte. Dann senkte er die Stimme, als wolle er seinem jungen Angestellten ein Geheimnis verraten.

»Weißt du, was sie zu mir gesagt hat?«

Erwartungsvoll sah Pablo ihn an.

»Dass ihr Parfüm der Duft einer *Frau* sein soll. Nicht der einer Dirne oder unterwürfigen Gattin. Er soll weder alt noch jung riechen, weder extravagant noch zu diskret sein. Er soll einfach nur nach Frau riechen. Sie sucht den Duft der Weiblichkeit.«

Das darauf folgende Schweigen wurde lediglich vom Klimpern der Parfümfläschchen durchbrochen, die Beaux hin und her schob.

Pablo hatte kein Wort von dem verstanden, was ihm der Parfümeur da anvertraut hatte. Der Duft der Weiblichkeit? Diese Coco Chanel war wirklich genauso exzentrisch und seltsam wie ihre Kleider.

Ehrlich gesagt, interessierte dieses ganze Palaver Pablo

auch nicht besonders. Er wollte eigentlich nur wissen, ob Beaux den Auftrag annehmen würde oder nicht.

Denn sollte er es tun, wäre dies der Beginn einer neuen Parfümkreation, und dann konnte Pablo von Anfang an mit dabei sein. In diesem Augenblick wünschte er sich nichts sehnlicher.

»Und, machen Sie's?«

»Ich weiß nicht, darüber muss ich erst nachdenken, Pablo. Schau doch Ende der Woche noch mal vorbei, dann bekommst du von mir eine Antwort.«

Der Junge gab sich geschlagen und nickte. Beaux hatte sich bereits an die Arbeit gemacht, und das musste er selbst jetzt wohl auch. Er hoffte jedoch, dass sein Chef Coco Chanel zusagen würde.

2

Der junge Pablo hatte während seiner Zeit in Ernest Beaux' Werkstatt schon so einiges über die Kunst der Parfümherstellung gelernt. Und seine Beobachtungen hatten ihn zu dem Schluss kommen lassen, dass die Grundlage erlesener Düfte die gekonnte Mischung von Aromen war.

Beaux bezeichnete diese Aromen als Familien oder Akkorde.

»Akkorde sind Gruppen von Düften, die auf natürliche Weise gut miteinander harmonieren und sich bei ihrer Kombination gegenseitig verwandeln«, hatte er Pablo eines Tages erklärt.

»Und wie viele von diesen Familien oder Akkorden gibt es?«, fragte der junge Mann wissbegierig.

»Heutzutage sprechen wir von fünf Gruppen: orientalisch, blumig, Fougère-Noten, Ledernoten und Chypre-Noten.«

Beaux gab sein großes Wissen nur zu gerne an den neugierigen Jungen weiter. Vermutlich erinnerte der Bursche ihn an die Zeit seiner eigenen enthusiastischen Anfänge in seiner russischen Heimat.

»Kennst du Jicky?«

Pablo schüttelte den Kopf.

»Jicky, entwickelt von Aimé Guerlain im Jahr 1889, ist das ultimative orientalische Parfüm und inzwischen zu einem echten Klassiker geworden. Orientalische Parfüms haben eine uralte Tradition, die manche sogar auf Kleopatra zurückführen. Als sie das Schiff bestieg, das sie zu Marcus Antonius bringen sollte, soll sie sich mit Sandelholz parfümiert und die Luft mit dem Rauch von Zimt, Weihrauch und Myrrhe erfüllt haben.«

Der Junge lauschte fasziniert den Worten seines Chefs. Beaux ging zu einem der Laborregale hinüber und griff nach einem Parfümflakon, der wie ein altes Medikamentenfläschchen aussah und wie eine Champagnerflasche mit einem Korken verschlossen war. Dann öffnete er den Flakon und gab ein paar Tropfen auf einen Blotter.

»Riech mal.«

Pablo schloss die Augen und sog die Luft ein, bis sie seine Lunge füllte.

Erwartungsvoll sah Ernest ihn an.

»Zitrone!«, rief er aus, wobei er sich sicher war, dass er bei diesem sauberen, reinen Duft richtiglag.

»Und Mandarine, so ist es! Aber das sind nur die Ausgangsnoten.«

»Die Ausgangsnoten?«, fragte Pablo ein wenig verzagt angesichts seiner Unwissenheit.

»Ein Parfüm ist wie eine Geschichte. Ja, wie eine Erzählung aus Düften in drei Phasen, die ein wenig den drei großen Zeitabschnitten des Lebens ähneln. Der Geruch, den wir beim Erschnuppern eines Parfüms als Erstes wahrnehmen, ist die Kopfnote. Dabei handelt es sich quasi um die Kindheit des Parfüms, um seine flüchtigsten Aromen.«

Pablo hielt sich den Papierstreifen weiterhin unter die Nase, während er den Worten des Meisterparfümeurs lauschte.

»In diesem Fall sind die Kopfnoten Zitrone und Mandarine«, wagte Pablo dann vorzubringen.

»Richtig! Und wenn du weiter daran riechst, bemerkst du irgendwann auch Bergamotte und Lavendel. Frische Kopfnoten.«

Der Meister griff nach einem zweiten Blotter, gab auch darauf einen Tropfen Jicky und führte ihn sich an die Nase.

»Der Anfang ist zitronig, beinahe sprudelnd, wie die Kindheit. Kannst du das erkennen?«

»Ja. Ein Duft zum Verlieben.«

»Und nun riech weiter daran. Ändert sich etwas?«

Pablo tat, wie ihm geheißen, und wie durch Zauberei schien in seiner Nase plötzlich eine ganze Blumenwiese zu explodieren.

»Blütendüfte!«

»Welche?«

»Sie sind kühl«, antwortete der Junge und kniff vor Anstrengung die Augen zusammen, sodass sich darum kleine Falten bildeten.

»Der Duft von Lilien, metallisch und kühl. Und von Vetiver. In dieser neuen Phase gewinnt das Parfüm an Klasse. Das ist die Herznote, das Thema des Parfüms, dessen Aroma den ganzen Tag andauert.«

Beaux legte den Blotter auf den Tisch und schob sorgfältig den Korken in das Fläschchen, um das verführerische Aroma wieder darin einzuschließen.

»Und wenn du weiter daran riechst oder das Parfüm auf der Haut trägst, wirst du schließlich die Basisnote bemerken. Das sind die am längsten anhaltenden Noten, die auch dann noch bleiben, wenn die anderen längst verflogen sind. Diese gibt das Parfüm preis, bevor es völlig verschwindet. Im Fall von Jicky sind die Basisnoten besonders üppig und edel. Sie enthalten ein Element, das tatsächlich süchtig macht, nämlich Patschuli.«

Fasziniert hing Pablo an den Lippen seines Chefs.

»Patschuliessenz ist eine ölige Flüssigkeit von gelblicher Farbe, die aus den Blättern eines Busches gewonnen wird. Und diese Blätter können so süchtig machen wie Haschisch. Wenn die Flüssigkeit auf der Haut trocknet, hinterlässt sie mit ihrem holzigen Duft, der Kampfer- und Safrannoten enthält, eine verführerische Spur. Guerlain hat sie mit Vanille gemischt, um ein wahres Feuerwerk der Vorstellungskraft zu erschaffen, eine wirklich faszinierende Kombination! Dazu kommt dann noch der Duft von Orchideen, und vor allem …«

Beaux legte eine Kunstpause ein, weil er den Jungen nur zu gern auf die Folter spannte.

»Ja…?«

»Vor allem synthetische Stoffe.«

»Was soll das heißen?«

»Dass sich die Parfümherstellung seit den letzten Jahrzehnten des neunzehnten Jahrhunderts stark gewandelt hat. Jahrhundertelang hat man sich dabei auf etwa hundert natürliche Stoffe verlassen, aber vor allem seit dem zweiten Jahrzehnt des zwanzigsten Jahrhunderts erlaubt es uns die Wissenschaft, ganz neue Düfte und Aromen herzustellen. Und das ist erst der Anfang. Wir sind jetzt schon dazu in der Lage, neue frische Düfte wie die der Farne zu gewinnen.«

Der Junge brach in Gelächter aus.

»Aber Farne riechen doch gar nicht.«

Beaux bedachte ihn mit einem strengen Blick.

»Bist du dir da sicher? Doch, sie riechen, und durch im Labor hergestellte Substanzen können wir diesen Geruch inzwischen nachbilden. Davon ausgehend, wurde eine neue Duftfamilie entwickelt: Fougère-Noten, welche die frischen grünen Aromen im Wald heraufbeschwören.«

Pablo zögerte, schließlich wurde seine Neugier jedoch größer als seine Vorsicht. Mit schamroten Wangen fragte er leise, ohne dem Meister dabei in die Augen zu sehen:

»Ihr eigener Duft, also der, den Sie tragen, der gehört doch zu dieser Familie, oder?«

Beaux lächelte zufrieden. In diesem Moment war er stolz auf diesen Jungen, den er längst als eine Art Schüler ansah. Ohne darauf zu antworten, trat er ans Regal und griff nach einem Flakon mit handgeschriebenem Etikett.

»Air Pur«, sagte er dann und zeigte Pablo die Flasche.

»Das ist eine Eigenkreation. Die Kopfnote mischt Zitrusdüfte mit einem aromatischen Bouquet aus mediterranen Kräutern, Lavendel und Kamillenöl. Darauf folgt eine durch Gewürze sowohl blumige als auch pikante Herznote. Den Abschluss bildet eine Harmonie von erdigen Düften, Ambra und Moos.«

Er gab Pablo einen Tropfen des Parfüms auf den Handrücken.

»Obwohl das natürlich nur eine sehr ungefähre Beschreibung ist.«

»Es handelt sich also um einen grünen Duft.«

»Allerdings. Außerdem führt er Elemente meiner beiden Leben zusammen: die Wälder meiner russischen Heimat und die frische Klarheit des Mittelmeers.«

Zufrieden und auch ein wenig melancholisch lächelnd, reichte er Pablo die Flasche, die der Junge schüchtern entgegennahm.

»Für mich?«

»Wenn du möchtest.«

Nun blickte Pablo dem Meister doch in die Augen und brachte flüsternd ein gerührtes »Danke« hervor.

Ernest Beaux, der nur selten seine Emotionen zum Ausdruck brachte, hüstelte und kehrte zu einem Thema zurück, das sie zuvor nicht zu Ende geführt hatten:

»Also, mein Junge, wir modernen Parfümeure wollen nicht länger nur die Natur imitieren, schreib dir das hinter die Ohren. Nun geht es darum, sie zu verwandeln.«

Pablo war fasziniert und auch ein wenig durcheinander. Das alles ging weit über sein bisheriges Bild von der Parfümherstellung hinaus, einer Kunst, die auf dem basierte, was die Natur zu bieten hatte.

»Aber wie ist das denn möglich?«

»Durch die Wissenschaft von der Duftherstellung und neue fantastische Verbündete: die Aldehyde.« Abschließend fügte Beaux noch hinzu: »Die Zukunft der Parfümerie liegt in der Chemie, in der Synthese.«

3

Die Herausforderung, vor die Coco Chanel ihn gestellt hatte, ging Ernest Beaux nicht mehr aus dem Kopf.

Pablo war in den folgenden Tagen oft an seiner Seite, weshalb er seine eigentlichen Aufgaben häufig vernachlässigte. Der Junge ahnte, dass aus einer Kombination von Coco Chanels Genie und Ernest Beaux' Wissen ein ganz besonderes Parfüm entstehen musste, wenn es denn Wirklichkeit wurde. Für ihn wäre es ein Privileg, die Geburt dieses Duftes miterleben und vielleicht sogar seinem Erfinder dabei zur Hand gehen zu dürfen. Der Meister ließ ihn inzwischen öfter ins Laboratorium kommen und schien Freude daran zu haben, ihm die Geheimnisse seines Berufs zu vermitteln.

»Nicht alle Frauen tragen die gleiche Art von Parfüm«, sagte er und versuchte dem Jungen Cocos Wunsch zu verdeutlichen. »Egal ob in Frankreich oder Russland, überall gibt es einen großen Unterschied zwischen dem Duft einer Halbweltdame und dem eines braven Mädchens.«

»Und worin liegt dieser Unterschied?«, fragte Pablo eifrig.

»Vergiss nie, was ich dir jetzt sage, mein Junge. Düfte sprechen unsere Sinne direkt an, sie sind reinste Emotionen. Manche Aromen, wie Jasmin, Moschus oder Tuberose, verleihen dem Geruch einer Frau eine eindeutig sexuelle Note. Sie zu tragen, würde deshalb nur eine Kurtisane oder vielleicht eine Künstlerin wagen.«

»Und wie parfümiert sich ein anständiges junges Mädchen?«

»Natürlich mit einem zarten Blumenduft.«

Pablo lächelte, während er an das sanfte Aroma von Rosen und Veilchen dachte, nach dem Claudines Haar duftete. Sein Herz begann zu klopfen.

Der Meister fuhr fort:

»Coco scheint mit diesen Klischees aufräumen zu wollen. Im Gespräch mit ihr bin ich zu dem Schluss gekommen, dass sie die starken Aromen von Moschus und Tuberose aus tiefster Seele hasst. Sie bezeichnet sie als schmutzige Gerüche. Aber auch hinter den schüchternen Boudoir-Aromen des Veilchens will sie die Frauen nicht verstecken.«

Pablo schaute seinen Chef mit großen Augen an. Die Dinge waren schließlich, wie sie waren, und verschiedene Aromen sprachen nun einmal eine unterschiedliche Sprache. Was wollte Coco Chanel denn nur?

»Sie will ein sauberes und sinnliches Parfüm«, erklärte Beaux, als hätte er Pablos Gedanken gelesen.

»Das verstehe ich nicht. Ich bin gar nicht in der Lage, mir das vorzustellen.«

Sein Chef lächelte.

»Begreifst du jetzt, warum ich zögere? Coco Chanel will ein Parfüm, das nicht nur in der Welt der Parfümherstellung alle Grenzen sprengen, sondern auch unsere Mentalität verändern soll. Ich soll für sie ein Parfüm entwickeln, das zu jeder Frau passt. Nun ja, zu jeder sinnlichen, eleganten Frau.«

Pablo strich sich das Haar aus dem Gesicht. Er verstand immer noch nicht so ganz, was ihm Ernest Beaux da erzählte und was für ein Parfüm das sein sollte. Vielleicht war er schlicht noch zu jung, um das zu verstehen. Aber er konnte die durchschlagende Bedeutung dessen erahnen, was bei der Zusammenarbeit von Beaux und Chanel entstehen konnte. Wenn es denn dazu kam.

4

Coco Chanel war es tatsächlich gelungen, Ernest Beaux zu erobern. Sie hatte ihn davon überzeugt, dass ihre Zusammenarbeit sicher zum Erfolg führen würde. Deshalb hatte er die Herausforderung schließlich doch angenommen und mit der Experimentierphase für das neue Parfüm begonnen.

Nachdem Dmitri Ernest Beaux und Coco Chanel einander vorgestellt hatte, war die Modeschöpferin noch mehrmals in Grasse gewesen, und im Ort reagierte man mit unverhohlener Neugier auf ihre Besuche.

Die anderen Parfümeure fragten sich nach dem Grund für ihre Treffen mit diesem Russen, und Claudine war davon begeistert, dass sie durch Pablo an Informationen aus erster Hand kam.

»Wie ist sie denn so?«, fragte die junge Frau ihn eifrig an den Tagen im Juli, an denen sich Coco in Grasse befand. »Spricht sie irgendwie besonders? Und du hast gesagt, dass sie raucht? Außerdem muss sie wohl sehr elegant sein, wenn sie ihre eigenen Modelle auch selbst trägt, oder?«

Pablo lächelte zufrieden, weil er wenigstens indirekt das Interesse seiner Freundin geweckt hatte. Von nun an achtete er mit großer Aufmerksamkeit darauf, wie Coco Chanel sich kleidete, redete und sich verhielt, um seine Beobachtungen an die wissensdurstige Claudine weiterzugeben.

»Die Kleider aus Strickstoff stehen ihr wirklich perfekt, weil sie dünn wie eine Bohnenstange ist…«

»Ah, ja! Mir ist zu Ohren gekommen, dass in Paris jetzt alle jungen Frauen so dünn wie Coco Chanel sein wollen. Und genauso sonnengebräunt… Sag mal, ist sie denn wirklich so braun?«

»Ja, wie eine Bäuerin.«

Claudine ließ ein unbekümmertes Lachen erklingen: »Ich glaube, ehrlich gesagt, nicht, dass ihre Bräune von der Feldarbeit stammt.«

»Nein, das ist mir auch klar. Ich hab gehört, dass Dmitri und sie den ganzen Sommer in Moulleau verbracht haben. Stell dir das mal vor, zwei Monate lang zusammen an der Atlantikküste Sonne und Meer zu genießen!«

In Pablos Stimme klang Neid mit, während Claudine mit Überraschung reagierte.

»Aber dann sind sie und ihr russischer Begleiter ja…«

»… Liebhaber!«

Das junge Mädchen war im Schoße einer Familie mit

festen religiösen Grundsätzen aufgewachsen und entsprechend erzogen worden, deshalb errötete sie jetzt ein wenig. Bei dem Wort »Liebhaber« spürte sie allerdings auch ein Kribbeln im Bauch und musste lachen.

Voller Zärtlichkeit blickten sich Pablo und Claudine in die Augen. Und auf den tiefen Blick folgte ein leidenschaftlicher Kuss.

5

Beaux hatte sich Chanels Idee, ihr Konzept von ihrem neuen Parfüm, aufmerksam angehört. Immerhin waren beide begeistert von den wissenschaftlichen Fortschritten in der Welt der Düfte. Coco Chanel fand die Idee faszinierend, dass neue Techniken es ermöglichten, Ungewöhnliches auszuprobieren und blumige Noten miteinander zu kombinieren. Und Beaux würde ihre Ideen verwirklichen können, weil er die innovativen Techniken zur Entwicklung von originellen, beinahe abstrakten Düften auf der Basis von neuen, revolutionären Alkoholen, den Aldehyden, kannte.

Und so kamen sie schließlich zu einer Einigung.

»Ich mag Rosendüfte«, sagte Coco zu Beaux. »Aber eine Frau sollte nicht nach Rosen riechen. Mein Parfüm muss künstlich sein, eine Zusammenstellung von Menschenhand. Es soll der Duft einer Frau sein, nicht der einer Blume.«

Coco Chanel konnte sich bei ihren Erklärungen auf eine solide Basis stützen, da sie die Welt des Parfüms zuvor lange studiert hatte. Außerdem hatte sie ja ihre feine Nase. Daher verbrachte sie viele Tage an Beaux' Seite im Labor, um neue Ideen umzusetzen.

Ernest Beaux merkte schnell, dass sie beide im Prinzip die gleiche Sprache sprachen und dass die Modeschöpferin ganz genau wusste, was sie da tat. Und was sie wollte, natürlich.

Weil sich Chanel einen blumigen Duft wünschte, ging der Parfümeur von der Kopfnote aus Zentifolie und Jasmin aus, die er für Rallets Parfüm Le No 1 entwickelt hatte. Dabei war es für ihn natürlich von großem Vorteil, dass in Grasse die qualitativ hochwertigsten Jasminsorten angebaut wurden.

Insgesamt war sein Ziel die Entwicklung einer verwegeneren Kombination, deshalb fügte er der alten Formel eine Kopfnote aus blauer Lilie und Ylang-Ylang hinzu, um in der Basisnote mit einer Mischung zu enden, die von Sandelholz und Vetiver dominiert wurde. Auf diese Art und Weise verband er so kontrastierende Elemente wie natürlichen Moschus und moderne Erzeugnisse der Spitzentechnologie miteinander. Er suchte nach einem Gleichgewicht zwischen den reichhaltigen natürlichen Stoffen und den synthetischen Produkten wie jenen neuen Molekülen, den Aldehyden. Dann fügte er der Mischung noch »Rose EB« hinzu, seine eigene Erfindung, die nach Rosen und den reichhaltigen Nuancen eines Jasminfeldes duftete.

Das Ergebnis war ein betörendes Parfüm aus Rosen und Jasmin, ein Erbe der Vergangenheit, das zugleich die erlesene Frische der Arktis in sich trug.

Chanel No 5

Grasse, September 1921

1

Das fallende Laub der Bäume kündigte längst den Herbst an, und auf den Lavendelfeldern waren nur noch trockene Strünke zu sehen.

Ernest Beaux hatte Coco Chanel ins Labor bestellt und mithilfe des begeisterten Pablo kleine Flakons mit den Erzeugnissen unterschiedlicher Testläufe von fünf bis vierundzwanzig durchnummeriert.

Coco hatte sich nicht lange bitten lassen, durch ihre Ankunft verwandelte sich die euphorische Stimmung im Laboratorium jedoch in Zweifel und Unsicherheit, was Pablo mit einem nervösen Kribbeln erfüllte. Auf einmal hatte er das Gefühl, höchstpersönlich für den Inhalt der Parfümfläschchen verantwortlich zu sein. Ernest Beaux, der sicher ebenso aufgeregt war, zeigte dies zumindest nicht äußerlich.

Coco Chanel schob einen Blotter in jedes Fläschchen, roch daran, führte ihn in aller Seelenruhe noch einmal an die Nase und dachte lange nach. Im Labor schien die Zeit stehen geblieben zu sein.

Pablo kaute an den Fingernägeln, während er dem langsamen Atem der Modeschöpferin lauschte und ihr undurchdringliches Gesicht nicht aus den Augen ließ. Wer Coco kannte, wusste um ihr besonderes Talent, sich ihre Gefühle nicht anmerken zu lassen.

Die Phase der Unsicherheit nahm schließlich ein Ende, als Coco zu lächeln begann. Ja, sie lächelte und deutete auf einen der Flakons:

»Nummer fünf.«

Im Laboratorium herrschte ergriffenes Schweigen.

»Das ist genau, was ich wollte«, bekräftigte Coco Chanel. »Ein Parfüm für Frauen, das nach Frau riecht.«

Rosen, Jasmin, Ylang-Ylang und Sandelholz hatten sich wie durch Zauberei zu einem neuen Duft verbunden. Ohne Frage waren jedoch die Aldehyde das große Geheimnis von Cocos neuem Parfüm und die Art und Weise, wie Ernest Beaux sie zu nutzen gewusst hatte.

In diesem Moment war sich niemand in dem kleinen Labor bewusst, dass in diesem Moment der neue Duft eines ganzen Jahrhunderts geboren wurde.

2

Pablo schwebte wie auf Wolken, als er die Parfümwerkstatt verließ. Der Himmel drohte zwar mit Unwetter, was sein großes Glück jedoch nicht trüben konnte, für das es zwei Gründe gab: Zum einen war er Zeuge der Entstehung eines neuen Parfüms geworden, das den Worten Coco Chanels zufolge den Namen No 5 tragen würde. Zum anderen war er gleich mit Claudine verabredet, die er seit ein paar Tagen nicht gesehen hatte.

Er war ein wenig besorgt gewesen, weil sich seine Freundin in letzter Zeit immer häufiger mit einer Ausrede um ihre Verabredungen zu drücken schien.

Ständig kam ihr etwas dazwischen, dabei sehnte er sich doch so sehr danach, sie zu küssen und ihr seine ewige Liebe zu schwören.

In diesem Moment jedoch hatte Pablo allen Gram vergessen, und er eilte mit seinem heimlichen Schatz die Straßen von Grasse entlang. Er hatte nichts dabei gefunden, ein paar Tropfen von Cocos Parfüm in ein Fläschchen zu füllen, das er sorgfältig verschlossen und dann in seiner Jackentasche versteckt hatte. Er wollte es Claudine zeigen und malte sich bereits aus, wie verblüfft sie sein würde, wenn sie daran roch.

3

Pablo sah Claudine schon von Weitem, weil sich ihre Silhouette vor dem Weg abzeichnete wie ein Trugbild, ein vergänglicher, flüchtiger Traum.

Bald würde Regen über sie hereinbrechen, dessen Geruch sich in der schweren Luft bereits ankündigte. Das Mädchen ging, in eine dünne Jacke gehüllt, mit gesenktem Kopf voran und hatte die Arme vor der Brust verschränkt.

Trockenes Laub knirschte unter Pablos Füßen, und das Blut rauschte in seinen Ohren, als er auf Claudine zulief, um sie endlich zu umarmen und sich von ihrer warmen Präsenz einhüllen zu lassen.

Claudine kam es jedoch vor, als würde die Umarmung sie verbrennen. Unentschlossen und schüchtern tanzten Tränen in ihren Augen, als sie zu Pablo aufschaute.

»Was ist denn los?«, fragte er.

»Du hattest recht, ich war wirklich naiv.«

Pablo erbebte, und sein Herz begann so heftig zu klopfen, als würde dort ein Hammer sein Glück zerschlagen.

»Meine Eltern haben es herausbekommen, also... dass wir uns treffen.«

Unbewusst rückten die beiden jungen Leute ein Stück auseinander.

»Und jetzt verbieten sie mir, dich zu sehen. Du hast die Situation schon ganz richtig eingeschätzt. Diese Welt und die Menschen darin...«

Jetzt konnte sie nicht länger gegen die Verzweiflung und all die anderen Emotionen ankämpfen, die ihr die Kehle zuschnürten und in den Augen brannten. Claudine ließ ihren Tränen freien Lauf, bis sie eine sanfte Berührung an der Wange und dann die feuchte Wärme eines Kusses auf den Lippen spürte.

Hand in Hand ging das junge Paar schweigend weiter.

Das Licht war merkwürdig, so dunkel wie ihre Seelen, und in diesen Abendstunden herrschte dort auf dem Pfad eine beinahe unheimliche Ruhe, bis ferner Donner die Stille durchbrach.

»Dann können wir uns also nicht mehr so oft sehen?«, fragte Pablo, plötzlich von einem Gefühl der Trostlosigkeit übermannt.

Claudine starrte mit immer noch tränenerfüllten

Augen zu Boden, während um sie herum die Dämmerung hereinbrach.

»Die schicken mich nach Paris. Zum Studieren.«

»Wann?«

»Morgen schon. Ich wusste nicht, wie ich mich mit dir treffen und es dir sagen sollte. Am Ende habe ich mich davongeschlichen.«

Mit vom Weinen verzerrter Miene schluchzte das Mädchen auf.

»Ich habe keine Ahnung, was ich jetzt machen soll.«

Wieder meldete sich drohend Donner zu Wort, ansonsten war die hereinbrechende Dunkelheit von stiller Melancholie erfüllt.

Eng umschlungen standen die jungen Leute da, bis sich Pablo aus der Umarmung löste.

Er betrachtete Claudine aufmerksam von Kopf bis Fuß, als wolle er sich ihren Anblick genau einprägen. Dann holte er den Flakon aus seiner Jackentasche und öffnete ihn vorsichtig. Obwohl ihn die Geste traurig machte, lächelte er dabei. Er benetzte einen Finger mit einem Tropfen von Cocos Parfüm und fuhr damit Claudine den Hals entlang. Beim nächsten Tropfen wanderte der Finger etwas tiefer, und Claudine spürte etwas wie das Flattern von Schmetterlingsflügeln auf der Haut. Das erhabene Aroma des Duftes ließ sie vor Genuss die Augen schließen.

»Das ist jetzt unser Parfüm. Es wird für mich immer deine Gegenwart mit sich bringen, dadurch wirst du weiter an meiner Seite sein. Ich werde mir Tag und Nacht deinen Duft in Erinnerung rufen, bis wir uns endlich wiedersehen.«

»Bald.«

»Schon sehr bald.«

Die leichte Brise war zu kräftigem Wind geworden und ließ die Kronen der Bäume erzittern. Die beiden Liebenden umarmten sich erneut und suchten im anderen Schutz. Zunächst fielen nur ein paar einzelne zarte Tropfen, dann wurde der Regen jedoch stärker und machte sich auch zwischen den Bäumen deutlich bemerkbar. Pablo und Claudine regten sich aber nicht. Sie standen ganz still und völlig durchnässt auf dem Weg, während der Regen eine passende Melodie zu ihrem Schmerz komponierte.

Eine Nacht in Nizza

Grasse, Mai 1924

1

Seit Coco Chanel in Grasse gewesen war und Ernest Beaux für sie in seiner kleinen Werkstatt Chanel No 5 entwickelt hatte, waren drei Jahre verstrichen, und in Pablos Leben war viel passiert.

Zunächst einmal hatte er seinen Posten als Laufbursche aufgegeben, um Beaux' treuer Schüler zu werden und nach und nach seine rechte Hand. Der Parfümeur hatte in seinem jungen Angestellten das angeborene Talent erkannt, einen Rohdiamanten, der zu einem wahren Meisterparfümeur geschliffen werden könnte. Pablo hatte nicht nur eine besonders feine Nase, konnte Düfte erkennen und sich eine immer größere Zahl davon merken, sondern war auch geschickt bei der Kombination von Aromen. Dies zeigten die ersten vorsichtigen Versuche, die er wagte, wenn er sich im Labor unbeobachtet glaubte.

Beaux wusste Pablos Wissensdurst zu schätzen, seine Begeisterung und seine raschen Fortschritte.

»Und das Maiglöckchen?«, stellte der Meister den jungen Mann auf die Probe.

»Eine Giftpflanze mit glockenförmigen Blüten und frischem, sanftem Duft.«

»Wofür steht er in einem Parfüm?«

»Für Romantik.«

Beaux lächelte hinter Pablos Rücken und fuhr mit seinem Test fort:

»Und was kannst du mir über die Magnolie sagen?«

Der Junge wusch weiter Pipetten und antwortete, ohne zu zögern:

»Sie verfügt über eine Mischung von fruchtigen und euphorischen Noten. Ich würde sie für ein elegantes, aber zugleich fantasievolles Parfüm verwenden.«

»Vergiss dabei jedoch nie …«

»… dass Rosen und Jasmin in der Parfümherstellung das Herzstück sind«, unterbrach ihn Pablo, der diese Lektion längst verinnerlicht hatte.

»Der samtige Kuss der Rose steht für Zärtlichkeit und verleiht jedem Parfüm seinen Zauber.«

»Und Jasmin«, sprach nun der Junge weiter, »symbolisiert Sinnlichkeit, ist die Essenz von Anziehungskraft und Weiblichkeit.«

An diesem Punkt hielten Meister und Schüler einen Moment inne, schauten sich an und lächelten. Beide waren zufrieden, ihre harmonische Zusammenarbeit war wie ein perfekt ausbalanciertes Parfüm.

Schließlich sah Beaux in Pablo den Erben, den er nicht hatte, weshalb er dessen Ausbildung gern vervollständigen und abrunden wollte.

»Du hast bei mir alles gelernt, was ich dir beibringen kann, Pablo. Aber die Ausbildung eines guten Parfümeurs geht noch weit darüber hinaus.«

Der junge Bursche schaute seinen Meister neugierig, jedoch auch ein wenig erschrocken an.

»Aber ich … ich fühle mich hier doch wie zu Hause. Deshalb kann ich mir einfach nicht vorstellen …«

»Bequemlichkeit und die Angst vor einem Risiko können uns im Leben am Weiterkommen hindern. Denk daran, was ich dir schon vor einiger Zeit erklärt habe: Ein guter Parfümeur wird zwar geboren, aber auch erschaffen, und du musst noch viel lernen. Du solltest mit den Besten zusammenarbeiten und in großen Labors all die neuen Technologien ausprobieren, die uns hier nicht zur Verfügung stehen.«

Pablo protestierte:

»Aber es gibt auf der Welt doch keinen besseren Parfümeur als den Schöpfer von Chanel No 5!«

Beaux ließ ein lautes Lachen ertönen, was er sich nur selten erlaubte. Dann verriet er Pablo, was ihm im Kopf herumging:

»Du weißt doch, dass ich vor ein paar Wochen in Paris war. Also, dort habe ich mit einem guten Freund von mir gesprochen, mit jemandem, den ich sehr bewundere: Jacques Guerlain.«

Pablo stockte das Blut in den Adern. Die Familie Guerlain war eine Legende in der Welt des Parfüms.

»Jacques stammt von einer langen Reihe Parfümeure ab und ist ihr würdiger Erbe. Schon sein Großvater lieferte sein Eau de Cologne Impériale an königliche Familien, und sein Onkel Aimé war …«

»… der Erfinder von Jicky!«

»Genau! Wie du gut weißt, hat Aimé Guerlain damit ein wahres Kunstwerk erschaffen. Jicky war das erste moderne Parfüm der Geschichte, ein Duft, der den Schritt vom Gegenständlichen zum Abstrakten vollzogen hat. Davon hab ich dir ja schon oft erzählt. Und nun hat sein Neffe Jacques, den ich meinen Freund nennen darf, unsere Kunst einen weiteren großen Schritt vorangetrieben.«

Ernest legte eine Pause ein. Durch ihre gemeinsame Leidenschaft vereint, saßen Meister und Schüler im Laboratorium inmitten all der Dinge, die ihren Alltag bestimmten, zwischen den Werkzeugen, die sie zu Handwerkern und Künstlern zugleich machten.

»Jacques war so großzügig, mir seinen neusten Duft vorzustellen, den er bei der Kunstgewerbeausstellung in Paris präsentieren wird. Er heißt Shalimar.«

Schweigend hörte Pablo seinem Meister zu, lauschte mit eifrigem Blick diesen begehrten Geheimnissen.

»Weißt du, manchmal entsteht ein großes Parfüm auf ganz unerwartete Art und Weise, basierend auf einer Eingebung, einer Vorahnung... in den kleinsten Dingen kann sich Großes verbergen. Jacques hat mir erzählt, dass Shalimar geboren wurde, als er aus reiner Neugier ein paar Tropfen synthetische Vanille zu einer Flasche Jicky hinzugefügt hat. Das Ergebnis war unerwartet – einfach exzellent.«

Pablo sah seinen Chef argwöhnisch an, weil er das nun für keine große Entdeckung hielt.

»Das hätte doch jeder Lehrling auch tun können, selbst wenn er nie zuvor ein Labor betreten hätte. Es war ja reiner Zufall!«

Ernest durchbohrte den jungen Mann mit einem vielsagenden, kühlen Blick – so kühl wie die ferne Steppe, die einst seine Heimat gewesen war.

»Eins kann ich dir versichern, mein lieber Pablo.

Wenn ich den gleichen Einfall gehabt hätte, wäre bei mir nur ein Vanillepudding herausgekommen, selbst bei den gleichen Zutatenmengen. Jacques hingegen hat Shalimar erschaffen. Und glaub mir, von diesem Parfüm werden wir noch viel hören.«

Pablo fragte sich, was einen Parfümeur eigentlich zum Künstler, zum Genie machte und ob er selbst wohl eines Tages über diese Gabe verfügen würde.

Schließlich durchbrach der Meister mit seiner gemäßigten, ruhigen Stimme das nachdenkliche Schweigen. Nun war er wieder ganz der Alte, der übliche zurückhaltende Beaux.

»Gut, dann mal zum Entscheidenden: Jacques weiß bereits, dass für dich der perfekte Moment gekommen ist, um eine Lehre bei einem großen Parfümhersteller zu beginnen, und dafür ist Guerlain die beste Adresse.«

Pablo bemerkte, dass er den Atem anhielt.

»Man erwartet dich dort gegen Ende des Sommers.«

2

Anne konnte es kaum fassen – ihre Jungen breiteten die Flügel aus und verließen das Nest! Clément würde bald ausziehen, um eine Arbeitsstelle in Nizza anzutreten, und nun würde auch noch Pablo Ende August nach Paris gehen!

Cléments Entscheidung war von Violette ausgelöst worden, als sie auf kalte und unerbittliche Art und Weise die Hoffnungen zerschlagen hatte, die er sich wegen ihr immer gemacht hatte. Für Clément war in Violettes Liebesleben kein Platz, mit diesen Augen hatte sie ihn einfach nie gesehen. Das zwischen ihnen war für sie nur eine Sandkastenfreundschaft gewesen, und die Kindheit hatten sie ja nun hinter sich gelassen. Bisher hatte Violette sein naives Werben vor allem deshalb geduldet, weil sie damit dem Objekt ihrer Begierde, nämlich Pablo, nahe sein konnte.

Aber als Clément schließlich einen Schritt weiter ging und sie um eine Verabredung bat, stellte Violette eindeutig klar, dass sie ihn nicht liebte und auch nie lieben würde. Sie hatte die Nase voll von seinen erfolglosen Annäherungsversuchen, wandte sich von ihm ab und reservierte in ihrem Herzen nicht einmal ein kleines Eckchen für ihren alten Freund.

Deshalb kündigte sie auch in Annes Teesalon und fing als Verkäuferin in dem Parfümgeschäft an, das die Guichards ganz in der Nähe ihrer Fabrik eröffnet hatten.

Ihrer Chefin gab sie dafür keine Erklärung und verschwand außerdem von einem Tag auf den anderen, sodass Anne Guerin nicht einmal Zeit hatte, Ersatz für sie zu suchen.

Hochmütig behauptete Violette, dass man ihr eben etwas Besseres geboten habe: Statt mit Schürze im Teesalon Papiertütchen mit Bonbons zu füllen, würde sie im Parfümgeschäft mit hohen Absätzen und roten Lippen bedienen.

Ihr kühler Blick stellte klar, dass außer der Sicherung ihres eigenen Vorteils andere Überlegungen keine Rolle gespielt hatten: weder Dankbarkeit noch Treue, nicht einmal Freundschaft.

Violette verschwand, und kurz darauf ging auch Clément. Pablos Cousin wollte nicht studieren und auch nicht wie sein Vater und sein Vetter in der Parfümbranche arbeiten. Plötzlich fühlte er sich in Grasse wie ein Gefangener.

Deshalb nutzte er die Gelegenheit, als ihm im renommierten Hotel Massena in Nizza eine Stelle als Page angeboten wurde.

»Aber mein Junge, Arbeit kannst du doch auch hier in Grasse finden. Warum willst du denn Hals über Kopf nach Nizza?«, fragte Anne.

Clément, in dessen Augen immer noch der Schmerz über Violettes Ablehnung stand, trat an seine Mutter heran, drückte sie und sagte mit dem Versuch eines Lächelns:

»Ach, Maman! Nizza ist doch ganz in der Nähe. So schnell werden Sie mich nicht los, und ich werde bestimmt öfter hier sein, als Sie jetzt befürchten.«

Danach verfiel er in trauriges Schweigen, gegen das selbst die Späße seines Vaters und Cousins nicht ankamen, so sehr ihn die zwei auch aufzumuntern versuchten.

Die friedliebende Anne versuchte Violette vor den beiden auch noch zu verteidigen.

»Vielleicht wollte sie ja einfach Clément nicht länger mit ihrer Gegenwart quälen«, sagte sie zu Pablo und Alphonse, während sie ihren Unmut über das Verschwinden der jungen Frau aus sowohl Cléments als auch ihrem eigenen Leben zu verbergen suchte. »Und womöglich ist es so ja am besten. Auf diese Art und Weise wird Clément sie schneller vergessen.«

Aber die erhoffte Bestätigung von ihrem Ehemann und ihrem Neffen blieb aus.

»Möglicherweise geht es meinem Jungen in Nizza sogar viel besser. Die Arbeit wird ihm über die Enttäuschung hinweghelfen und tut ihm sicher gut, und eine Stelle im Hotel ist für seinen Charakter genau das Richtige.«

Anne schaute erst Alphonse, dann Pablo an und fragte mit feuchten Augen: »Nicht wahr?«

3

Auch Pablos Herz hatte gelitten.

Als Claudine sich an jenem regnerischen Abend eingehüllt in Chanel No 5 von ihm verabschiedet hatte, hatte sie ihm ein Versprechen gegeben: »Ich werde dir schreiben und dir sagen, wohin du deine Briefe an mich schicken kannst. Keine Sorge, mein Herz, wir bleiben in Verbindung.«

Aber leider schien der Regen Claudines Versprechen davongespült zu haben. Denn Pablo hatte seit drei Jahren nichts von ihr gehört.

Sein Leben war zu einer endlosen Wartezeit geworden, während deren er in Gedanken stets bei Claudine war, obwohl all seine Träume längst zerplatzt zu sein schienen.

Und obgleich er ein gut aussehender junger Mann mit großen Augen und einem männlichen, vollen Mund war, ein kräftiger junger Bursche, den die Mädchen voller Sehnsucht betrachteten, war er trotzdem oft allein. Und nun fehlte ihm auch noch sein ständiger Begleiter, sein Freund, sein Cousin, sein Bruder. Pablo vermisste Clément ganz furchtbar, und obgleich der sich in Nizza gut eingelebt hatte und mit der Arbeit zufrieden war, ging es dem frischgebackenen Pagen genauso.

Deshalb verabredeten sich die beiden Vettern am ersten Sonntag im Mai 1924 in Nizza und waren fest entschlossen, sich dort beim Frühlingsfest – *Lu Festin de Nissa* – von ganzem Herzen zu amüsieren.

Als Clément Feierabend hatte, trafen sich die beiden jungen Männer vor dem Hotel Massena auf dem Platz gleichen Namens und machten sich zusammen mit ein paar gleichaltrigen Hotelangestellten auf den Weg zum römischen Amphitheater, wo die Feier in vollem Gange war.

Nach der wochenlangen Trennung freuten sich Clément und Pablo sehr über das Wiedersehen. Ein paar Stunden lang machte es den Eindruck, als würde der intensive Geschmack fruchtigen Rotweins und mediterraner Leckereien den Herzschmerz der beiden Freunde etwas lindern.

Als gegen Abend dann ein kühles Lüftchen aufkam, das eher an Herbst als an Frühling erinnerte, und die Straßen von Musik erfüllt waren, verlor Pablo Clément aus den Augen. Beide waren sie kräftig angeheitert, und Pablo meinte seinen Cousin an der Seite eines jungen Mädchens gesehen zu haben.

Mit einer Flasche in der Hand, in der noch ein guter Schluck Wein verblieben war, suchte sich Pablo ein ruhiges Fleckchen, wo ihn niemand stören würde. Die Musik war nur noch leise im Hintergrund zu hören. Der junge Mann hatte sich gerade hingesetzt, als eine weibliche Stimme seine willkommene Ruhe störte:

»Pablo?«

Inzwischen war die Dämmerung hereingebrochen, und Pablo kniff die Augen zusammen, um sein Gegenüber zu erkennen.

»Violette?«, fragte er schließlich.

Die junge Frau setzte sich neben ihn, griff nach der Flasche in seiner Hand und nahm einen tiefen Schluck. Dann wischte sie sich einen Tropfen aus dem Mundwinkel und erklärte:

»Ich bin mit ein paar Freundinnen hier, aber wir haben uns in der Menge verloren, und jetzt kann ich sie nirgendwo finden.«

Pablos vom Wein vernebelter Blick richtete sich auf Violettes Lippen, die im Halbdunkel rot und äußerst appetitlich glänzten.

»Wir sind auch getrennt worden, ich und …«

Er verstummte, weil ihm selbst in diesem Zustand klar war, dass er diesen Namen jetzt besser nicht aussprach.

Pablo griff nach der Flasche und nahm den letzten Schluck, den Kopf in den Nacken gelegt, die Lider halb geschlossen.

Als er sich danach wieder Violette zuwandte, sah er in ihr zum ersten Mal die attraktive, begehrenswerte Frau, die sie inzwischen war.

Violette ließ ihr dünnes Tuch von den Schultern gleiten und presste sich gegen den Körper des jungen Mannes. Und als Pablo sich daraufhin auf ihre nach Zimt riechende Haut und ihre verführerischen Lippen stürzte, erwiderte sie seinen Kuss leidenschaftlich.

In jener Nacht in Nizza erforschten Pablo und Violette jegliche Geheimnisse ihrer Körper und gaben sich gierig einander hin. Derweil wiegte die sanfte Brise die Zweige der Bäume und trug die Aromen der Felder herbei, den von Musik untermalten Duft von Blumen und Obst.

Als sich die beiden Körper schließlich wieder voneinander trennten, schenkte Violette Pablo einen innigen Blick. Der junge Mann hingegen versuchte die Unsicherheit in seinen Augen zu verbergen. Er hatte das Gefühl, nicht nur Claudine, sondern auch Clément hintergangen zu haben. Doch als am schlimmsten empfand er dabei, dass er sich selbst untreu geworden war.

Er dachte an seinen baldigen Umzug nach Paris und schwor sich zwei Dinge: erstens, dass er Claudine suchen und finden, und zweitens, dass er Violette für immer vergessen würde.

Rue Cambon Nr. 31

Paris, August 1924

1

Als Pablo an einem Tag mit strahlend blauem Himmel in Paris ankam, stieg er als Erstes auf den Eiffelturm, der in Bronzetönen gestrichen worden war, um den schlanken, eleganten Anblick zu unterstreichen. Der junge Mann stieg auf die höchste Aussichtsplattform und betrachtete von dort aus eine Stadt voller Leben und intensiver Farben.

Es schien, als wolle er mit seinem Blick die Seine-Metropole umarmen: den wunderbaren Chantilly-Park im Norden, im Süden den Wald von Fontainebleau, im Westen Versailles, und in der Ferne meinte er sogar, die Türme der Kathedrale von Chartres zu erkennen.

Paris.

Paris, die verzauberte Stadt.

Voller Magie.

Das Paris seines Vaters, der am Bau des Eiffelturms beteiligt gewesen war.

Plötzlich stiegen in Pablo intensiv und lebendig all die Erinnerungen auf, die er normalerweise in einem versteckten Winkel seiner Seele verbarg. Er meinte Ramiros schwielige Hand an der Wange zu spüren, wenn dieser versuchte, die fehlenden Zärtlichkeiten einer Mutter auszugleichen. Plötzlich hatte er die Stimme seines Vaters im Ohr, die rau und tief klang, wenn er von seiner Zeit in Paris und von seinem Turm erzählte:

»Im Winter war der Wind manchmal eisig und wehte zwischen den Balken hindurch. Wenn wir dann mit unserer Schicht fertig waren und wieder nach unten gestiegen sind, waren wir steif vor Kälte. Dann war das Gesicht so erstarrt, dass wir nicht einmal sprechen konnten.«

Pablo hätte gern mehr über seine Mutter gewusst, um sich vorstellen zu können, wie sie mit seinem Vater zusammen Hand in Hand durch Paris geschlendert war.

Aber ihm fehlten so viele Informationen. Er wusste weder, wo sie hier in der Stadt gewohnt hatte, noch, was sie überhaupt in Paris gemacht oder wie sie Ramiro kennengelernt hatte. Als er nun durch die Straßen lief, die bestimmt auch seine Mutter entlanggegangen war, wurde ihm klar, dass sein Vater mit ihm nie über Marie Huards Leben in Paris gesprochen hatte. Er hatte ihm immer nur von der Frau erzählt, die glücklich in Barcelona gelebt hatte. Und Tante Anne hatte ihm mit wehmütigem Blick und vor Emotionen stockender Stimme von der jungen Marie in Grasse berichtet. Aber die Marie, die nach ihrer Flucht mit ihrem Geliebten vor der herrischen Mutter in Paris gelandet war, von der wusste er nichts.

Pablo hatte sich geschworen, die Erinnerung an jene Frau, die er kaum gekannt hatte, auf ewig zu bewahren. Und jetzt fühlte er sich ihr trotz all der offenen Fragen näher als je zuvor, weil er nun einen weiteren Schauplatz ihres Lebens erkundete, das sommerliche Paris unter dem klaren Himmel, das im strahlenden Licht der Sonne glänzte.

2

Es dauerte nur ein paar Monate, bis Coco Chanels Parfüm in den eleganten Kreisen von Paris zur absoluten Sensation wurde.

Im schillernden Paris der Zwanzigerjahre mischte sich die feine Gesellschaft mit Avantgarde-Künstlern. Alles war im Fluss, und der neueste Schrei waren Jazz, Hollywood und Automobile. Und natürlich die nie endende Suche nach Freiheit.

Coco Chanel brauchte keine große Werbekampagne, um ihr Parfüm auf dem Markt bekannt zu machen. Es reichte völlig, dass sie sich, in ihren neuen Duft gehüllt, in der Öffentlichkeit zeigte.

Coco hatte ein Abendessen in einem exklusiven Restaurant in Cannes genutzt, um Chanel No 5 rund um ihren Tisch zu versprühen. Es hatte sie interessiert, ob vorbeigehende Restaurantgäste ihre Meinung teilen und ihr Produkt ebenso fantastisch finden würden wie sie selbst. Das Ergebnis bestätigte all ihre Erwartungen, denn viele Leute blieben stehen und erkundigten sich nach dem Parfüm.

An jenem Abend in Cannes begann Cocos Duft seinen Siegeszug, und die Modeschöpferin wusste, dass sie nicht falschgelegen hatte. Sie gab bei Beaux hundert

Fläschchen in Auftrag und schenkte sie an Weihnachten ihren besten Kundinnen.

Natürlich erschienen diese Frauen dann bei ihr im Laden und verlangten nach mehr Chanel No 5. Mit gleichgültigem Gesichtsausdruck behauptete Coco Chanel dann, dass sie niemals daran gedacht hätte, ihren Duft professionell zu vermarkten.

»Finden Sie ihn wirklich so faszinierend?«, fragte sie. »Meinen Sie, dass ich mehr davon bestellen sollte?«

Als sich ihr Parfüm in ein Objekt der Begierde verwandelte, bat sie Ernest, die Produktion zu erhöhen. Und beinahe unbemerkt füllte sich ihr Laden in der Rue Cambon nach und nach mit Flaschen von Chanel No 5, die sich verkauften wie geschnitten Brot.

Bis zum Jahr 1924 konnte man Coco Chanels Parfüm ausschließlich in ihren Läden in Paris, Cannes und Deauville erstehen, wo es in seinem modernen Flakon auf seine Käufer wartete. Es war der erste Duft, der in einer Laborflasche mit diamantförmig zugeschnittenem Verschluss angeboten wurde, welcher die geometrische Form der Place Vendôme imitierte. So rein, schmucklos und schlicht stand es in klarem Gegensatz zu den schwülstigen Flakons der vergangenen Jahrzehnte.

Wie dem von Poirets Nuit Persane.

Vielleicht, nur vielleicht, hatte Gabrielle Chanel ja damals bereits die Zeitlosigkeit ihres Duftes im Blick.

Der rasche Erfolg von Chanel No 5 machte es Beaux bald unmöglich, mit der Produktion nachzukommen. Auch Rallet konnte nicht einspringen, weil es ebenfalls eine eher kleine Firma war und außerdem bereits eine eigene Parfümlinie verkaufte.

Gabrielle Chanels Ehrgeiz kannte jedoch keine Grenzen. Ihr nächster Schritt bestand darin, den Besitzer der Galeries Lafayette, Théophile Bader, zum Verkauf ihres Parfüms in seinem Warenhaus zu überreden.

Bader war ein großer Geschäftsmann, der einen Kassenerfolg schon von Weitem riechen konnte und sofort ahnte, dass dieses Parfüm sie beide reich machen würde. Der Unternehmer stellte jedoch eine Bedingung: Wenn Chanel No 5 in den Galeries Lafayette verkauft werden sollte, brauchten sie auch genug Ware, um die voraussichtliche Nachfrage bedienen zu können. Gabrielle begriff, dass eine Produktion auf kunsthandwerklichem Niveau nicht länger möglich war und sie einen Partner brauchte, der die Herstellung und den Vertrieb ihres Duftes in großem Stil organisieren konnte. Deshalb schloss sich Chanel schließlich mit den Brüdern Wertheimer zusammen, denen eine der größten Firmen im Bereich Parfümherstellung und -vertrieb weltweit gehörte. Sie selbst begnügte sich mit nur zehn Prozent der Gewinne, im Gegenzug konnte sie ohne jede Einmischung ihre Modelinie weiterführen.

Im Jahr 1924 breitete Chanel No 5 die Flügel aus und verließ sein kleines Nest in Grasse, wo es das Licht der Welt erblickt hatte.

3

Vielleicht hatte es mit seiner Sehnsucht nach jenen Tagen in Grasse zu tun, in denen Chanel No 5 nichts weiter als eine Idee gewesen war, die zwischen Rosen und Jasmin erblühte, oder auch mit der schmerzhaften Erinnerung an den Duft dieses Parfüms auf Claudines Haut. Jedenfalls machte sich Pablo im August 1924 kurz nach seiner Ankunft in Paris auf den Weg in die Rue Cambon 31.

Er traute sich nicht so recht, den Tempel luxuriöser Mode zu betreten, und war eigentlich schon damit zufrieden, die weißen Markisen mit dem in schwarzen Buchstaben zu lesenden Namen Chanel zu betrachten. Zwar war Gabrielle Chanel für ihn der einzige Anknüpfungspunkt zu Claudine in dieser manchmal so fröhlichen und oft auch ein wenig melancholischen Stadt. Aber vermutlich wäre er einfach vor dem Laden stehen geblieben und hätte sich in der Erinnerung an das verlockende Parfüm verloren, das ihn Claudine näherbrachte, wenn in diesem Moment nicht ein schwarzer Rolls Royce vor dem Geschäft gehalten hätte.

Gabrielle Chanel stieg aus, betrachtete ihn einen Moment und rief dann aus:

»Sind Sie nicht der junge Gehilfe von Monsieur Beaux?«

Als Pablo wie ertappt rot anlief, lächelte Coco zufrieden. Sie vergaß niemals ein Gesicht.

Sie war in ein loses schwarzes Kleid mit tief sitzender Taille und einem plissierten Rock gekleidet. Dazu trug sie eine doppelreihige Kette aus weißen Perlen, einen Hut und schwarze Schuhe mit gekreuzten Riemchen. Sie hielt eine Zigarette in der Hand, während sie Pablo mit ihrem typischen strengen, undurchdringlichen Blick musterte.

Der junge Mann ging ein paar Schritte auf sie zu.

So aus der Nähe erkannte er, dass in ihren kleinen Augen ein intensives Feuer brannte. Obwohl sie winzig war und eher grobe Gesichtszüge hatte, erschien ihm Coco Chanel in diesem Moment wie ein erhabenes Wesen.

»Ja, stimmt«, sagte er mit schüchternem Lächeln.

Sie standen jetzt direkt vor dem Eingang, und Coco bedeutete ihm mit einer raschen Kopfbewegung, das Geschäft zu betreten.

»Kommen Sie doch mit rein und erklären Sie mir, was Sie nach Paris bringt.«

Sie betraten den Laden gemeinsam; Coco schien die Anwesenheit des jungen Mannes jedoch sofort zu vergessen, weil sie nun damit zu tun hatte, mit immer gebieterischerer Stimme und immer dunkleren Pupillen ihren Angestellten Anweisungen zu erteilen.

Pablo stand mitten im Geschäft und betrachtete alles mit großen Augen.

Wer den Laden an der Rue Cambon 31 noch nie zuvor betreten hatte, für den war der erste Eindruck nämlich überwältigend.

Coco Chanel hatte im Inneren überall Spiegel aufstellen lassen, die sowohl die angebotenen Kleider als auch die Kunden endlos reflektierten.

Pablo sah sich immer noch völlig perplex um, als er wieder ihre Stimme hörte:

»Gefallen Sie Ihnen? Die Spiegel, meine ich.«

Die Geste ihrer ausgebreiteten Arme umfasste das ganze Lokal.

»Sie helfen mir auf simple Art und Weise, meine Entwürfe der Unendlichkeit näherzubringen.«

Sie lachte, und nicht einmal dabei ruhten ihre kleinen Augen. Stattdessen schossen ihre Blicke wie Pfeile durch den Raum.

Mit einer zackigen Handbewegung forderte sie den jungen Mann auf, ihr zu folgen, und Pablo stieg hinter ihr eine große elegante Treppe hinauf.

»Sehen Sie? Das hier ist mein kleines Versteck«, erklärte sie, als die Treppe am oberen Ende eine Kurve machte. Der junge Mann sah sie verständnislos an.

»Setzen Sie sich!«, befahl ihm Coco Chanel. Nebeneinander ließen sie sich auf einer Stufe nieder.

»Schauen Sie doch mal, von hier aus kann man das ganze Erdgeschoss beobachten, wird von unten aber nicht gesehen.«

»Ja, stimmt.«

»Bei Modenschauen werden Sie mich deshalb an dieser Stelle finden, von wo aus ich meine Kollektionen überwache und mich vergewissere, dass alles wie vorgesehen läuft.«

»Wäre es denn nicht besser, wenn Sie als Künstlerin unten wären, bei den Mannequins und dem Publikum?«

Coco stand auf und ließ ein kleines Lachen ertönen, während sie eine weitere Zigarette aus der Handtasche zog.

Eifrig zündete Pablo sie für sie an.

»Auf keinen Fall! Ich mag Menschen nicht und habe schon vor langer Zeit beschlossen, den Kontakt mit den Kundinnen so weit wie möglich zu meiden. Von denen krieg ich Ausschlag!«

Die Rauchwolke der Zigarette hüllte sie ein, als wollte sie sich so vor den von ihr verhassten Leuten verstecken.

Schließlich betrat Coco Chanel ihr Heiligtum, ihr Atelier. Dort entwarf sie höchstpersönlich ihre Mode und erarbeitete die neuen Modelle am Körper von Mannequins.

Jetzt wandte sie sich an eine junge Hilfskraft:

»Wir fangen mit dem Abendkleid an. Und jemand soll unseren Besucher durch die Arbeitsräume führen.«

Dann konzentrierte sie sich auf eine junge Frau in einem halb fertigen Kleid und schien Pablo völlig vergessen zu haben.

Eine Dame mittleren Alters näherte sich dem jungen Mann mit einem höflichen, aber flüchtigen Lächeln.

»Kommen Sie doch bitte mit, wenn Sie so freundlich sind.«

An der Seite von Cocos Geschäftsführerin besuchte Pablo die beiden oberen Stockwerke, in denen die leitenden Schneiderinnen und ihre Gehilfinnen Chanels Entwürfe in hochmoderne Kleider verwandelten, die in Paris der letzte Schrei sein würden.

Für Pablo war die Schneiderwerkstatt, in der unter der strengen Leitung von Gabrielle Chanel alles wie am Schnürchen lief, eine völlig neue Welt. Deshalb genoss er die kleine Führung und kam aus dem Staunen nicht mehr heraus.

Als er ins Atelier zurückkehrte, arbeitete Coco dort immer noch an demselben Kleid. Ihr hing eine Zigarette im Mundwinkel und eine Schere um den Hals, und in den Händen hielt sie jede Menge Stecknadeln. Beeindruckt beobachtete der junge Mann sie, bis sie nach ein paar Minuten das Mannequin wegschickte und einen Tee für sich und Pablo bestellte.

Sie ließen sich in diesem geheimen, zauberhaften Atelier in zwei elegante weiße Sessel sinken.

»Wie hat es Ihnen gefallen, Monsieur …?«

»Pablo. Ich heiße Pablo Soto.«

»Ah, richtig! Beaux hat mir ja erzählt, dass Sie Spanier sind.«

»Ich fand es … einfach wunderbar! So hätte ich es mir wirklich nicht vorgestellt. Wie viele Menschen hier arbeiten, das ist wirklich sehr … sehr beeindruckend!«

Pablo hatte das Gefühl, dass ihm die Worte im Hals stecken blieben. Deshalb errötete er und konzentrierte sich lieber auf die Tasse Tee, die Gabrielle ihm reichte.

»Und was hat Sie nach Paris verschlagen, wenn man fragen darf? Machen Sie hier nur einen Besuch, oder sind Sie aus anderen Gründen gekommen?«

Pablo erklärte ihr, was ihn in die Stadt der Lichter geführt hatte.

»Guerlain!«, rief Gabrielle aus. »Das ist nun wirklich eine große Chance für Sie, Beaux muss Sie sehr schätzen. Sie sollten ihn besser nicht enttäuschen.«

Doch Pablo schien Coco Chanels Worte gar nicht zu hören. Seine ganze Aufmerksamkeit war auf eine Flasche Chanel No 5 gerichtet, die auf einem weißen Tischchen stand und im Licht funkelte.

Scharfsinnig und intuitiv, wie sie war, ahnte Coco gleich, dass es da noch etwas anderes gab, was Pablos Gedanken beschäftigte.

»Und warum sonst noch?«

»Wie bitte?«, erwiderte er, kehrte aus seiner Gedankenwelt zurück und schaute seine Gastgeberin fragend an.

»Sie sind doch noch aus einem anderen Grund nach Paris gekommen, oder?«

Erstaunt lauschte Pablo der Frage und hatte das unangenehme Gefühl, dass diese Frau ihm direkt in die Seele blickte.

Unwillkürlich strich er sich das Haar nach hinten und stammelte ein wenig herum, bevor er dann schließlich hervorbrachte:

»Also … wissen Sie … Es gibt da ein Mädchen.«

»Ah, die Liebe!«

Er schaute auf und stellte sich Coco Chanels intensivem, feurigem Blick.

»Dann erzählen Sie doch mal – was hat Ihre Liebesgeschichte denn mit meinem Parfüm zu tun? Sie können den Blick ja kaum von der Flasche Chanel No 5 lösen.«

Pablo schaute erneut zu Boden und fixierte dort einen Punkt.

Doch die Worte ließen sich nicht zurückhalten, genauso wenig wie seine Gefühle, und deshalb ließ er seine Erinnerungen sprechen.

Er redete und redete, während die Modeschöpferin ihn ansah und ihre Miene dabei weicher wurde als während seines ganzen Besuchs. Er sprach über das große, schlanke Mädchen mit den roten Haaren, den sanften Augen und dem verstohlenen Lächeln. Er schilderte, wie sie den Lavendel mit gefühlvollen, geschickten Bewegungen geschnitten hatte, obwohl sie es zum ersten Mal tat. Wie ihre Augen vor Vitalität nur so sprühten, wenn sie sprach. Wie in ihm das Verlangen entbrannte, wenn er sie ansah, ihr zuhörte, ihre Nähe spürte. Wie in ihm die Liebe immer stärker geworden war und er sich so glücklich geschätzt hatte, weil Claudine seine Gefühle erwiderte. Leider hatte das Leben ihm aber kaum Gelegenheit gegeben, all das zu genießen, und er hatte auf einen Schlag alles verloren. Als wäre Glücklichsein eine Sünde! Schließlich erklärte er noch, dass er die Scherben dieser zerbrochenen Liebe in seinem Herzen wie einen Schatz bewahrte, zusammen mit dem Duft des Parfüms, das jedes Mal, wenn er es roch, Claudines Gegenwart in ihm heraufbeschwor.

Und ja, es gab noch einen Grund, warum er nach Paris gekommen war: um zu verhindern, dass diese parfümierte Erinnerung irgendwann schal wurde.

Anschließend schwieg Pablo beschämt. Plötzlich war ihm die ganze Angelegenheit außerordentlich peinlich, und er senkte verwirrt den Blick.

Coco Chanel seufzte:

»Die Liebe verdreht sensiblen Menschen gerne mal den Kopf.«

Sie stand auf, ging zu dem Tischchen hinüber und öffnete die Parfümflasche. Der daraus aufsteigende Duft erreichte Pablo und brachte die Erinnerung an seine Geliebte mit sich.

Er spürte einen Stich in der Brust, als Claudines Bild nun so lebensecht vor ihm entstand, als könnte er sie berühren.

»Pablo, Sie sagten, dass dieses Mädchen eine Guichard war und von ihrer Familie vor drei Jahren nach Paris geschickt wurde?«

Pablo nickte stumm.

Coco Chanel trat an den jungen Mann heran und sah ihm eindringlich in die Augen.

»Besuchen Sie mich in einer Woche noch einmal hier, zur gleichen Uhrzeit. Versprechen Sie mir das?«

Schweigend nickte Pablo, obwohl er nicht verstand, was sie im Sinn hatte.

4

Eine Woche später betrat Pablo Soto erneut Coco Chanels außergewöhnliches Reich in der Rue Cambon 31.

Er hatte keine Ahnung, warum Mademoiselle Chanel ihn eigentlich hergebeten hatte, und kam sich inzwischen wie ein Idiot vor, weil er ihr sein Herz ausgeschüttet hatte. Dennoch hatte er sich von ihrer seltsamen Anziehungskraft anlocken lassen und fand sich nun zur entsprechenden Stunde hier ein, so wie sie es vorgeschlagen (oder befohlen?) hatte.

Kaum dass Pablo die Türschwelle überschritten hatte, wurde er von der Geschäftsführerin begrüßt, jener eleganten und gelassenen Frau, die ihm bei seinem letzten Besuch die Schneiderwerkstätten gezeigt hatte.

Anders als beim letzten Mal war das weiße Heiligtum nun jedoch still und leer.

»Setzen Sie sich doch bitte, wir sind sofort für Sie da«,

sagte die Frau noch, bevor sie ihn mit seinen tausend Fragen allein ließ.

Unruhig drehte er seinen Hut in den Händen und wartete auf die Lösung dieses Rätsels.

Da bewegte sich ganz leicht einer der beigefarbenen Vorhänge der Umkleidekabinen. Pablo sprang auf. Wenn dort eine Kundin etwas anprobierte, wollte er sie bestimmt nicht durch seine Anwesenheit in Verlegenheit bringen.

Er stand auf und wollte schon zur Treppe hinübergehen, um den Raum zu verlassen, als hinter ihm eine Stimme erklang:

»Pablo!«

Sein Herzschlag schien für einen Moment auszusetzen. Als er sich dann ganz langsam umdrehte, blickte er in ein Paar efeugrüne Augen, die ihn mit einem intensiven und süßen Blick ansahen. Es waren die Augen einer zauberhaften jungen Dame, die sich das lange rote Haar zu einem eleganten Dutt hochgesteckt hatte.

Eine Woche in Paris

Paris, August 1924

1

Pablo stockte der Atem, und für einen Moment befürchtete er zu ersticken, während sich Claudine die Hände vors Gesicht schlug, um ihrer Emotionen Herr zu werden.

Noch wagten sie nicht, sich zu rühren. Deshalb machten sie sich erst einmal mit Blicken erneut miteinander vertraut, küssten sich mit den Augen und verständigten sich ohne Worte.

Dann liefen sie aufeinander zu und versanken in dem Kuss, auf den sie drei Jahre lang gewartet hatten.

Das sinnliche Blumenaroma von Chanel No 5 erfüllte die Luft.

Pablo und Claudine waren wieder zusammen.

2

Zwei Tage lang verließen die Liebenden das kleine Appartement in der Rue de Birague nicht.

Weit weg von allem anderen verbrachten Pablo und Claudine die Stunden damit, einander zu sagen, was nur der Körper vermitteln kann: mit ineinander verschlungenen Beinen, Fingerkuppen, die die Haut entlangfuhren, Küssen so sanft wie ein Lufthauch im Nacken … Es war die ewige Sprache von Seufzern und Zärtlichkeiten, von vertraulichen Worten im Flüsterton und mit glühendem Blick vorgebrachten Versprechen. Die Sprache einer noch nicht aufgegebenen Hoffnung auf eine gemeinsame Zukunft, auf tausend Leben in einem.

Später schliefen sie, berauscht von ihrer Liebe, Arm in Arm ein und sponnen in ihren Träumen die Fäden ihres gemeinsamen neuen Lebens weiter. Wenn einer von ihnen aufwachte, weckte er eilig den anderen, weil die gemeinsame Zeit zu knapp und vergänglich war, um sie schlafend zu verbringen. Im Überschwang ihres Glücks dachte keiner von beiden an die Jahre, in denen sie nichts voneinander gehört hatten. Im Zauber des Moments waren alle Zweifel verflogen, die sie später klären würden, wenn der richtige Zeitpunkt gekommen war.

3

Die Rue de Birague lag im Marais, einem zentralen, lebendigen Viertel am Ufer der Seine mit Kopfsteinpflasterstraßen und heruntergekommenen Gebäuden. Durch einen steinernen Torbogen gelangte man direkt auf die Place des Vosges. Vermutlich hätte sich Pablo hier keine Unterkunft leisten können, wenn Jacques Guerlain nicht so großzügig gewesen wäre, ihm das winzige Appartement mietfrei zur Verfügung zu stellen.

Pablo blieb noch etwas Zeit, bevor er seine neue Stelle im Labor antreten würde. Sein Arbeitsbeginn war für Anfang September vorgesehen, und so hatte er die letzten Augustwochen genutzt, um die Stadt kennenzulernen und sich einzuleben. Durch Claudines Gesellschaft erschienen ihm seine letzten freien Tage nun wie ein wahr gewordener Traum.

Eines Abends Ende August traten die beiden jungen Leute unter dem stahlblauen Himmel Arm in Arm aus dem Haus.

Pablos karge Vorräte in der Wohnung waren zur Neige gegangen, deshalb trieb der Hunger sie zur Place de la Bastille. Dort setzten sie sich in ein kleines Café mit Wänden aus hellem Holz, von dem aus man durch große Fenster die Straße beobachten konnte. Als das bestellte Essen kam, machten sie sich eifrig darüber her, blickten einander dabei jedoch immer wieder tief in die Augen. Kaum waren ihre Teller leer, wanderten ihre Finger über die Tischplatte langsam aufeinander zu, bis sie sich in einem Moment voller Zärtlichkeit trafen.

Pablo hielt sich Claudines Hand an die Nase und sog genüsslich das Aroma ihrer Haut ein.

»Du hast ja keine Ahnung, wie schwierig es war, ohne Nachrichten von dir zu leben«, sagte er schließlich. »Ich wollte dir unbedingt wieder in die Augen schauen und mich von deinen roten Zöpfen bezaubern lassen.«

Claudine lachte und zog ihre Hand zurück, bevor sie antwortete:

»Inzwischen trage ich aber gar keine Zöpfe mehr, mein Lieber. Ich bin nämlich längst kein kleines Mädchen mehr.«

Ihr Lächeln hatte sich jedoch nicht verändert und war immer noch so strahlend und rein wie zuvor.

»Warum hast du mir denn nie geschrieben?«, fragte Pablo nun mit vorwurfsvollem Gesichtsausdruck.

Claudine schien überrascht.

»Aber das habe ich doch, Ehrenwort! Ich habe Nachrichten an dich in den Briefen an meine Cousine Sophie mitgeschickt, so wie wir es abgesprochen hatten. Ehrlich gesagt, hab ich dir sogar öfter geschrieben, als vernünftig war. Und ich war völlig verzweifelt, als du mir nicht geantwortet hast.«

Verwirrt schaute Claudine ihn an. Pablo bezahlte nachdenklich, dann standen sie auf und machten sich auf den Weg. Claudine hatte den Arm um seine Taille gelegt, und er ließ die Hand auf ihrer Schulter ruhen, während ihre Schritte sie in Richtung der Île Saint-Louis führten.

»Deine Cousine hat aber nie etwas an mich weitergegeben«, kam er schließlich auf das Thema mit den Briefen zurück.

»Und ich habe gedacht, dass du nichts mehr von mir wissen wolltest und mich längst vergessen hattest.«

»Ich wusste doch nicht, wohin ich meine Briefe schicken sollte, weil ich keine Adresse von dir hatte!«

Bei dem Gedanken an die einsame Zeit ohne seine Geliebte spürte Pablo einen dicken Kloß im Hals, sodass er sich schnell zu Claudine hinabbeugte und sie leidenschaftlich küsste.

Claudine fühlte sich wie elektrisiert, genau wie bei ihrem ersten Kuss in Grasse und bei ihrem Wiedersehen in der Rue Cambon drei Tage zuvor. Sie war davon überzeugt, dass diese Gefühle für die Ewigkeit gemacht waren. Als sie das Kinn anhob und Pablo ansah, loderte das Feuer der Leidenschaft in ihrem Blick.

Sie erreichten den Pont Saint-Louis, die Brücke, die die beiden Inseln verband, und blieben stehen, um auf die Wasseroberfläche hinunterzusehen.

Vor ihnen reckte sich die graue Silhouette von Notre-Dame in den Himmel und schien sie von ihrem Platz am Fluss aus in aller Seelenruhe anzuschauen, als wäre ihre unabänderliche Gegenwart ein Garant für die Beständigkeit aller Dinge.

Pablo hatte sich auf dem Brückengeländer abgestützt, Claudine hingegen wandte den Blick jetzt in die andere Richtung, zum Grand Palais hinüber, dessen Glasdach in der untergehenden Sonne leuchtete. Nun, in der Dämmerung, hüllte ein zarter Nebel die Stadt ein, als die Stimme der jungen Frau diesen wunderbaren Moment der Betrachtung durchbrach:

»Als ich nichts mehr von dir gehört habe, war ich völlig verzweifelt und habe nur noch geweint. Deshalb haben mein Onkel und meine Tante, bei denen ich gewohnt habe, mir geraten, nach Grasse zurückzukehren. Aber das konnte ich nicht, weil du ja dort warst und mich offenbar nicht mehr wolltest.«

Pablo stieß ein leises Seufzen aus, das vom Rauschen des Flusses davongetragen wurde.

»Meine Eltern dachten, dass mein Unglück irgendwie mit Paris zusammenhinge. Deshalb haben sie mich schließlich in die USA geschickt, wo ich ein Jahr lang in New York gelebt habe.«

Pablo sah sie überrascht an. Also war Claudine noch

viel weiter von ihm entfernt gewesen, als er gedacht hatte.

»Und jetzt bist du wieder hier in Paris?«

Die junge Frau ließ sich mit ihrer Antwort Zeit und lauschte dem Glockenschlag der Kathedrale. Schließlich schüttelte sie den Kopf.

»Nein, ich lebe in Brüssel.«

»In Belgien?«, rief Pablo aus, der nicht so recht wusste, wie er auf diese neue Enthüllung reagieren sollte. Wie sehr sich Claudines Leben doch von seinem eigenen unterschied!

Die junge Frau erkannte die Verlustangst in seinen Augen, griff nach seiner Hand und zog ihn liebevoll mit, weg von der Brücke und dem Zauber des Wassers. Beide waren sich dessen bewusst, dass sie die Frage einer gemeinsamen Zukunft nun nicht klären konnten. Diese schien hinter dunklen Vorhängen verborgen zu sein, die sich noch nicht öffnen ließen.

4

Die Zukunft.

Angst macht verletzlich, und Pablo hatte große Angst, als sie in die kleine Wohnung in der Rue de Birague zurückkehrten. Ihm blieben noch zwei freie Tage, bevor er seine Stelle im Laboratorium von Guerlain antreten musste. Die Zeit, die sie seit ihrem Wiedersehen so intensiv erlebten, schritt mit riesigen Schritten voran, und die Frage nach der Zukunft wurde drängender.

Die Zukunft.

Gab es denn eine Zukunft?

Eine Zukunft für sie beide?

Zusammen?

Im Halbdunkel setzten sie sich nebeneinander, jeder ein Glas aromatischen Rotwein in der Hand.

Claudine betrachtete Pablos Lippen, die vom Wein glänzten, und strich zärtlich mit dem Finger darüber.

»Die sind fast so, wie ich sie in Erinnerung hatte, allerdings nicht ganz genau ...«

»Was meinst du?«

»Deine Lippen. Das ist jetzt der Mund eines Mannes und nicht mehr der eines Jungen.«

Seufzend lehnte sie den Kopf an die Brust ihres Geliebten.

»Und dein Geruch hat sich auch geändert. Dein Aroma ... erinnert mich an einen Wald!«

Pablo brach in lautes Gelächter aus und griff nach einer Strähne ihres roten Haares, um sie durch die Finger gleiten zu lassen.

»Ich hab dir ja schon erzählt, dass ich in zwei Tagen im Labor von Guerlain anfangen werde«, sagte er, als ob er gerade widerwillig aus einem Traum aufwachte. Er nahm ihr das Glas aus der Hand und stellte es neben seins auf den Tisch. Dann griff er nach Claudines Hand und verschränkte seine Finger mit den ihren.

Die junge Frau lächelte ihn an.

»Das ist wirklich eine große Chance für dich, mein Schatz ...«, sagte sie, während sie ihm liebevoll eine Strähne hinters Ohr schob.

Er ließ sie jedoch nicht weiterreden:

»Bleibst du hier bei mir in Paris?«

Die Frage war seinen Gefühlen entsprungen und aus seinem Mund gekommen, bevor er auch nur richtig darüber nachgedacht hatte. Plötzlich klopfte das Herz in seiner Brust heftig.

Claudine senkte den Kopf und schaute Pablo nicht an. So konnte er den Schmerz nicht sehen, der ihren Blick trübte.

Pablo küsste ihren Hals und wanderte dann mit den Lippen langsam immer tiefer, auf ihre duftende Brust zu. Mit geschlossenen Augen ließ Claudine ihn gewähren und kämpfte mit den Worten, die sie lieber nicht aussprechen wollte.

»So einfach ist das leider nicht.«

»Und wieso nicht? Was hält dich denn in Brüssel?«

Claudine wirkte auf einmal traurig und verloren. Mit einem Seufzen richtete sie sich auf und biss sich schmerzhaft auf die Lippe, während ihr Blick zur Seite irrte.

»Na ja … ich … Ich wollte dort eigentlich bleiben.«

»Aber das war doch vorher, oder? Weil du von mir wegwolltest … Aber jetzt haben wir uns doch wiedergefunden …«

»So einfach ist das nicht«, wiederholte sie traurig und kämpfte gegen die aufsteigenden Tränen an.

Er liebkoste sie mit Blicken, während seine Fingerspitzen ihre Lippen streiften. Für beide war diese Berührung wie ein Weckruf, der die Anspannung in ihnen löste. Verzweifelt stürzte sich Pablo auf Claudine, bis sie fest umarmt auf das weiche Bett fielen.

Einen Moment lang meldete sich in Claudine der Verstand zu Wort und mahnte sie, lieber in diesem Moment aufzuhören. Doch Pablo ließ bereits einen Finger über ihre Brust wandern, und die Hitze seiner Berührung brachte jeden Einwand der Vernunft zum Schweigen.

»Sag mir, dass wir uns nie wieder trennen werden. Versprich es mir!«

Claudine sah ihm in die Augen und schwor, für immer ihm zu gehören. Dann gab sie sich stöhnend der Leidenschaft hin, während sie die Fingernägel in seinem Rücken vergrub.

5

So leise wie möglich stand Claudine auf, um Pablos friedlichen Schlaf nicht zu stören. Im Zimmer herrschte stickige Hitze, und sie öffnete das Fenster, um ein wenig frische Luft einzuatmen. Draußen brach bereits der Morgen herein, doch noch lag Nebel über den Dächern.

Das Wetter in Paris war umgeschlagen, und der unangenehme Wind brachte kleine Regentropfen mit sich, aber die unerwartet kühle Morgenluft wirkte belebend auf Claudine.

Sie wandte sich zu Pablo um und betrachtete ihn. Das schwache Licht, das durch das Fenster hereinfiel, erhellte seinen nackten Körper.

»Ich liebe dich so sehr …«, flüsterte sie.

Mit einer sanften Bewegung näherte sie sich ihm. Ja, er roch wirklich nach Wald, nach Ambra und Holz. Und nach kühlem grünem Moos. Sie nahm seinen Duft tief in sich auf, um ihn niemals zu vergessen.

Dann schloss sie das Fenster und begann sich vorsichtig anzuziehen. Außer ihren Kleidern befand sich hier nichts, was ihr gehörte. Sie war nur zu Gast in dieser Wohnung und in Pablos Leben. Wie traurig das alles war, dachte sie. Und wie seltsam! Warum sie sich wohl wiederbegegnet waren? Claudine hatte sich unbändig gefreut, als sie die Nachricht erhalten hatte, dass Pablo in dem Geschäft in der Rue Cambon auf sie warten würde. Eine russische Ballerina, die mit Coco Chanel befreundet war, hatte ihr Bescheid gesagt, und Claudine hatte sich eilig einen Vorwand überlegt, um nach Paris zu reisen und die Verabredung wahrzunehmen. Sie hatte alles zurückgelassen und an nichts mehr gedacht als an ihr Wiedersehen mit Pablo.

Pablo.

Ihr Pablo.

Er hatte nach ihr gesucht, und er liebte sie. Ihre gemeinsamen Tage in Paris waren der Beweis dafür. Pablo war der Mann ihres Lebens. Und dennoch hatten sie keine gemeinsame Zukunft.

Während sie sich fertig anzog, wurde sie von tiefer Traurigkeit erfasst. Wenn sie sich doch wenigstens von ihm verabschieden und ihn küssen könnte, noch ein letztes Mal …

Wie gerne würde sie ihm alles erklären …

Stattdessen schluckte sie all die Worte herunter, die unbedingt ausgesprochen werden wollten. Sie griff nach ihrer Handtasche und nahm den Flakon Chanel No 5 heraus, den sie immer dabeihatte. Sie konnte Pablo jetzt nicht wecken und sich von ihm verabschieden, aber wenigstens konnte sie ihm das Parfüm dalassen.

Ihren gemeinsamen Duft. Als sie das Fläschchen öffnete und auf den Nachttisch stellte, breitete sich das Aroma von Jasmin und Rosen im Zimmer aus und parfümierte die Luft mit der erlebten Leidenschaft, die bereits zur Erinnerung wurde.

»Leb wohl, mein Geliebter.«

Claudine ging langsam zur Tür hinüber und drehte ganz behutsam und leise den Knauf. Ein Strahl trüben Lichts stahl sich in die Wohnung wie eine Katze, die nur auf die Gelegenheit gewartet hatte, sich hineinzuschleichen. Claudine trat hinaus und zog die Tür hinter sich zu.

In ihren Augen glänzten nicht geweinte Tränen und Entschlossenheit.

Als sie die Treppe zur Straße hinunterging, lief ihr ein kalter Schauder über den Rücken. Noch wehrte sich Claudine dagegen, dass diese Tage der Liebe bald nichts weiter als ein Hauch von Erinnerungen sein würden.

Paris gähnte im schüchternen Regen, der den Sommer erfrischte, während die Fußgänger auf den Bürgersteigen die Müdigkeit abschüttelten. Es roch nach Asphalt und sauberer Luft, in der wie an allen nebligen Tagen der Geruch der Seine hing.

Auf ihrem Weg zur Place des Vosges fühlte sich Claudine bleischwer. Aber sie sagte sich, dass das Leben weitergehen würde. Das tat es doch immer. Manche Dinge konnte man eben nicht ändern, aber ihre Erinnerungen würden für immer ihr wertvollster Schatz sein.

6

Nach Claudines Verschwinden schaffte Pablo es kaum noch aus dem Bett und dämmerte dort zwischen Melancholie und tiefster Traurigkeit vor sich hin. Gesellschaft leisteten ihm dabei nur das Fläschchen Chanel No 5 und eine beängstigende Stille, durchbrochen lediglich von der Erinnerung an gemeinsames Lachen und Stöhnen der Lust, das von den Wänden seiner Wohnung widerhallte.

Pablo verließ seine Wohnung nicht, um nach Claudine zu suchen. Sicher war sie nach Brüssel zurückgekehrt. So hatte sie es entschieden, und sie wollte dort mit Sicherheit nicht gefunden werden, wie ihr heimliches Verschwinden ohne einen letzten Kuss oder tröstliche Worte des Abschieds deutlich gezeigt hatte.

Resigniert beschloss er, ihre Entscheidung zu respektieren. Deshalb gab er auf, bevor er auch nur zu kämpfen begonnen hatte. Claudine hatte ein Leben gewählt, in dem für ihn kein Platz war.

Die Enttäuschung über die erneute Trennung saß tief. Die Bitterkeit schien ihn innerlich zu verbrennen und schnürte ihm die Kehle zu, als hätte sie eine unsichtbare Schlinge um seinen Hals gelegt. Und das Einzige, was ihn am Leben erhielt, war die Erinnerung an einen Satz, den er selbst gesagt hatte: »Ich werde mir Tag und Nacht deinen Duft in Erinnerung rufen, bis wir uns endlich wiedersehen.«

Die nächsten beiden Tage, vielleicht die furchtbarsten in seinem ganzen Leben, verbrachte er schlaflos im Bett und wurde dabei mal von Sehnsucht, mal von Wut überwältigt.

Draußen wurde das Nieseln zu heftigem Regen und prasselte gegen die geschlossenen Fenster. Der Sommer in Paris erstarb und mit ihm das Glück der vergangenen Tage.

Das Aroma der Zeit

Paris, September 1924

1

An seinem ersten Arbeitstag quälte sich Pablo dann endlich aus dem Bett, weil er an Ernest Beaux dachte, seinen Meister, seinen Mentor. Ihn konnte der junge Mann nun wirklich nicht enttäuschen, nach allem, was Beaux für ihn getan hatte. Nur für ihn allein versuchte Pablo, auf sein von Trauer und Schlaflosigkeit gezeichnetes Gesicht eine vorzeigbare Miene zu zwingen. Er wusch sich, rasierte sich, zog seine beste Kleidung an und machte sich auf den Weg zu den Champs-Élysées Nr. 68.

Zu Pablos Überraschung begrüßte Jacques Guerlain, Spross eines alten und ruhmreichen Geschlechts von Parfümeuren, ihn höchstpersönlich. Guerlain hatte kleine Augen, die hinter runden Brillengläsern glänzten, einen langsam ergrauenden Vollbart, ein gütiges Gesicht und eine ruhige, gelassene Stimme. Während er Pablo stolz durch die Firma führte, sprach er immer wieder von Ernest Beaux, den er »meinen lieben Freund« nannte.

»Der Laden existiert seit dem Jahr 1914«, erklärte Guerlain mit einem Lächeln auf den Lippen. »Wir hatten ihn gerade eröffnet, als sich der Himmel von Paris, Frankreich und der halben Welt für vier Jahre verdunkelte.«

Der Parfümeur seufzte. Offensichtlich trug er schmerzhafte Erinnerungen an den Großen Krieg im Herzen.

»Ich hatte gerade L'Heure Bleue auf den Markt gebracht. Kennen Sie es?«

»Ja, Monsieur. Ernest Beaux hat mich mit all Ihren Kreationen vertraut gemacht.«

Guerlain lächelte zufrieden.

»Mein guter Freund Beaux…« Dann nahm seine Miene einen ernsteren Ausdruck an, und er legte seinem neuen Angestellten eine Hand auf die Schulter.

»Wie würden Sie den Duft denn definieren?«

»Den Duft von L'Heure Bleue? Es ist auf jeden Fall ein romantischer und intensiver Duft. Wie soll ich ihn am besten beschreiben?« Pablo starrte kurz zu Boden, schaute aber gleich wieder zu seinem erwartungsvoll dreinblickenden Chef auf. Denn er hatte die perfekten Worte gefunden: »Es liegt unendliche Zärtlichkeit darin!«

Guerlain blickte ihn einen Moment an, und nun lächelten seine Augen genau wie sein Mund.

»Beaux liegt nie falsch. Sie gefallen mir, junger Mann. Ich hab L'Heure Bleue als meinen persönlichen Tribut an die Impressionisten erschaffen, weil ich ein großer Bewunderer von Degas, Monet und Caillebotte bin… Und bei diesem Parfüm ist Bewunderung zur Inspiration geworden.«

Sie setzten die Führung fort. Jacques Guerlains Labor beeindruckte Pablo sehr, nicht nur wegen seiner Größe und der zahlreichen Mitarbeiter, sondern vor allem wegen der modernen Ausstattung.

»Frankreich hat sich nach dem Großen Krieg sehr

verändert, finden Sie nicht auch, junger Mann?«, fragte Guerlain, während sie voranschritten und im Hintergrund die Parfümfläschchen klimperten.

Pablo nickte zerstreut, ließ dabei aber keine Sekunde all die Büretten, Kristallisatoren, Tiegel, Pipetten und Filtertiegel aus den Augen.

»Ich glaube, seit dem Krieg haben wir alle gelernt, enger zusammenzurücken. Es sind viele Schranken gefallen, finden Sie nicht? Wir leben nun in einer Welt voll neuer Möglichkeiten, aber auch mit weniger Gewissheit. Die Menschen wollen die Vergangenheit vergessen, deshalb ist das Leben so verrückt geworden. Elektrizität erhellt Paris, Autos haben die Straßen erobert … Und die Frauen …«

Guerlain blieb stehen, und Pablo verharrte reglos an seiner Seite.

»Inzwischen tragen die Frauen nur noch lange Kleider, wenn sie in die Oper gehen, mein junger Freund. Finden Sie nicht, dass Coco Chanel den Geschmack völlig auf den Kopf gestellt hat?«

Pablo wollte eine Antwort geben, doch die Worte kamen ihm nicht über die Lippen, weil Coco Chanels Name mit unbändiger Kraft Claudines Bild vor seinem inneren Auge heraufbeschwor.

»Wir haben die Werbung entdeckt, den Sport … die Luftfahrt! Plötzlich ist das Leben aufregend, und die Frauen glänzen heller als ihre Paillettenkleider!«

Sie verließen das weitläufige Laboratorium und betraten ein kleineres mit einer riesigen Parfümorgel, der größten und prächtigsten, die Pablo je gesehen hatte. Das beeindruckende Möbelstück war aus Pappelholz gearbeitet, etwa zweieinhalb Meter breit und eineinhalb Meter hoch. Die Orgel hatte drei Register aus Fläschchen mit verschiedenen Essenzen, insgesamt an die dreihundert. Bei der Vorstellung, sich an einen solchen Arbeitsplatz zu setzen, klopfte Pablos Herz vor Aufregung.

Auch die Wände des Labors waren mit Parfümfläschchen voller Flüssigkeiten bedeckt, deren Widerschein helle Flecken an die Decke warf.

Pablo hatte das Gefühl, jeden einzelnen Duft deutlich wahrzunehmen. Auf einem kleinen Tisch aus dunklem Holz sah er eine Ansammlung von Flakons, Mappen mit Hunderten von Formeln und kleine Töpfchen, deren Inhalt nicht zu erkennen war.

»Das hier ist mein Heiligtum. Hier setze ich mich zum Arbeiten an den Platz, den vor mir schon mein Vater, meine Onkel und mein Großvater eingenommen haben. Alle Parfümeure meiner Familie haben mit diesen Flakons experimentiert«, sagte Jacques Guerlain und breitete dabei erklärend die Arme aus. »Diese prächtige Parfümorgel benutzen wir bereits seit zweihundert Jahren, um unsere Essenzen zu entwickeln, und diese Tradition spornt mich an. Hier, zwischen meinen Düften und meinen Formeln, brauche ich sonst nichts auf der Welt, glauben Sie mir, junger Mann.«

In einem Glasschrank entdeckte Pablo einige Fläschchen, bei denen es sich um uralte wertvolle Flakons zu handeln schien.

Jacques Guerlain folgte seinem Blick und lächelte.

»Wie ich sehe, haben Sie Ihr Augenmerk auf meine Sammlung von Flakons aus dem achtzehnten und neunzehnten Jahrhundert gerichtet.«

Der Parfümeur ging zur Vitrine hinüber, öffnete sie und nahm eine der Flaschen heraus, um sie Pablo zu zeigen. Sie war aus geschliffenem Glas und verfügte über ein handgemaltes Etikett. Die Essenzen waren im Laufe der Zeit verdunstet, sodass nur noch Überreste am Boden der Flasche zurückgeblieben waren. Trotzdem konnte Pablo immer noch ein kräftiges, verführerisches Blumenaroma mit metallischer Frische erahnen, als Guerlain den Flakon öffnete.

»Wissen Sie, junger Mann, zu jener Zeit gab der Parfümeur seine Flaschen bei einem Glaser in Auftrag. Der Kunde suchte sich dann den Flakon aus, der ihm am besten gefiel, und ließ ihn mit seinem Lieblingsparfüm füllen. Solche Gefäße habe ich für meine Sammlung zusammengetragen.«

Vorsichtig, als hielte er einen Schatz in den Händen, stellte der Parfümeur den alten Flakon zurück in die Vitrine.

»Der Flakon ist eine entscheidende Ergänzung des Parfüms, finden Sie nicht? Er hilft uns dabei, dessen Sprache zu verstehen. Glauben Sie mir, noch bevor der Duft unsere Nase erreicht, muss uns das Parfüm visuell ansprechen.«

Guerlain ging zur Parfümorgel hinüber und nahm gezielt ein Fläschchen heraus.

Er gab etwas von der Flüssigkeit daraus auf einen Blotter und reichte ihn Pablo mit den Worten:

»Meine neueste Schöpfung.«

»Shalimar?«, entfuhr es dem begeisterten Pablo.

»Ja, Shalimar! Sie kennen es bereits, junger Mann?«

»Ernest Beaux hat mir davon erzählt, und er war

wirklich beeindruckt. Er hat mir erklärt, dass Sie es auf der Basis von Jicky unter Zugabe süßer Moleküle entwickelt haben.«

»Dazu kommen noch Bergamotte, Lilie und vor allem Vanille. Ich wollte dem Duft eine orientalische Note verleihen, mit Akzenten von Holz und Ambra. Seine Sinnlichkeit ist eine Hommage an Großmogul Shah Jahan, der sich vor vier Jahrhunderten aus Liebe der Prinzessin Mumtaz Mahal zu Füßen geworfen hat. Er hat ihr den Taj Mahal gewidmet und für sie die Gärten von Shalimar anlegen lassen.«

Pablo wedelte mit dem Blotter durch die Luft, führte ihn sich dann an die Nase und atmete mit geschlossenen Augen tief ein. Beinahe wäre ihm ein lauter Ausruf der Bewunderung entfahren.

Das war ja Duft gewordene Emotion!

Angesichts des Zaubers von Shalimar ahnte Pablo, dass er die Leere durch Claudines Weggang vielleicht wirklich durch die Freude an seiner Arbeit füllen konnte.

Ja, eines Tages würde auch er dazu in der Lage sein, reine Sinnlichkeit in einen Duft zu verwandeln. In einen Duft wie Chanel No 5, wie Shalimar.

Als sie am Ende ihres Rundgangs durch die Labors angekommen waren, stellte Jacques Guerlain Pablo einem Mitarbeiter seines Vertrauens vor, damit dieser den Neuankömmling in seine Aufgaben einwies.

»Mein lieber Soto, Sie haben nun viel Arbeit vor sich. Außerdem möchte ich Sie schon bald mit zu unserer Fabrik in Bécon-les-Bruyères nehmen. Ach, und wenn Sie irgendein Anliegen haben sollten, können Sie jederzeit in den vierten Stock heraufkommen.«

Fragend zog Pablo die Augenbrauen hoch.

»Dort lebe ich nämlich mit meiner Familie. Ich würde Ihnen wirklich gern meine Sammlung impressionistischer Gemälde zeigen.«

Jacques Guerlain wandte sich zum Gehen, doch an der Tür des Laboratoriums drehte er sich noch einmal zu Pablo um. Sein guter Rat zum Abschied schwebte durch die Luft zu Pablo herüber wie die zarten Noten des Jasmins:

»Und vergessen Sie nie die Worte meines Großvaters Pierre-François Guerlain, des Gründers unseres Hauses: ›Das Wichtigste sind hochwertige Produkte, deshalb darf man bei der Qualität nie Abstriche machen. Ansonsten geht es vor allem darum, einfache Ideen sorgfältig umzusetzen.‹ Einen schönen Tag wünsche ich Ihnen noch!«

2

Dank all der neuen Entdeckungen, die Pablo bei der Arbeit machte, verging die Zeit im Labor für ihn wie im Flug. Er arbeitete hart und lernte viel. Wenn er die Firma am Abend müde und zufrieden verließ, hatte er das Gefühl, dass er dort nicht nur Fortschritte in der Kunst der Parfümherstellung machte, sondern auch in der Kunst des Vergessens. Doch sobald er die Straße betrat, bohrte sich wie ein Splitter die brennende Einsamkeit in ihn.

Das Leben schmerzte, und Pablo irrte ziellos durch die Straßen von Paris, weil er sich davor fürchtete, in sein Appartement zurückzukehren, wo ihn alles an die Zeit mit Claudine erinnerte.

Seine eiligen Schritte halfen ihm dabei, das Dröhnen seiner Gedanken zum Schweigen zu bringen. Er lief so lange weiter, bis sein leerer Magen zu protestieren begann. Dann betrat er das erstbeste Café, um irgendetwas zu essen. Seine Wohnung erreichte er erst, wenn die inzwischen wieder mildere Septembernacht die Stadt umarmte und zum Zubettgehen mahnte.

Pablo fand jedoch meistens keinen Schlaf. Manchmal schlummerte er in den frühen Morgenstunden endlich ein, weil sein Körper und seine Seele der Müdigkeit nicht länger standhielten. Bei anderer Gelegenheit ließ der Schlaf noch länger auf sich warten, während die Erschöpfung bleischwer auf seinen Gliedern lag. Erinnerungen suchten Pablos Nächte heim und ließen ihn einfach nicht zur Ruhe kommen. Deshalb trieb ihn die Verzweiflung irgendwann wieder aus der Wohnung, und seine Füße trugen ihn ganz automatisch zum von Erinnerungen heimgesuchten Pont Saint-Louis, wo sich der Mond ruhig und zufrieden im Wasser spiegelte.

An manchem einsamen Abend schlug Pablo nach der Arbeit ganz unbewusst den Weg zur Rue Cambon ein. Dann fand er sich mit gesenktem Blick vor Coco Chanels Geschäft wieder und fragte sich, wie er dort eigentlich gelandet war. Er verfluchte seine offensichtliche Neigung, sich in seinem Schmerz zu suhlen. Während er sich mit eiligen Schritten wieder entfernte, spielten sich hinter seiner Stirn noch einmal jene Szenen ab, in denen eine kleine Frau aus ihrem Rolls Royce stieg wie eine Fee aus ihrer Kutsche und ihm einen Wunsch gewährte.

Und eines Tages landete Pablo dann irgendwie auch *im* Geschäft. Er wurde sich dessen erst bewusst, als er die verbotene Schwelle bereits überschritten hatte. Eigentlich wollte er dort schnell wieder verschwinden, er wurde aber von einer hübschen jungen Verkäuferin angesprochen:

»Kann ich Ihnen helfen, Monsieur?«

»Nein … Ich …«

Da kam ihm die Geschäftsführerin zu Hilfe:

»Oh, Monsieur, möchten Sie etwa zur Mademoiselle? Sie wird sich mit Sicherheit über Ihren Besuch freuen.«

Sie wandte sich an die junge Verkäuferin:

»Danke, Josephine, ich begleite den Herrn selbst.«

Ein paar Minuten später saß Pablo auf einem der weißen Sessel in Gabrielle Chanels Atelier, und die von Kopf bis Fuß in Schwarz gekleidete Modeschöpferin servierte ihm persönlich eine Tasse Tee. Diese bekannte Szene rief in Pablo äußerst schmerzhafte Erinnerungen wach, wobei er eigenartigerweise das Gefühl hatte, dass auch Cocos sonnengebräunte Haut ein undefinierbares Gefühl des Schmerzes ausstrahlte. Die Modeschöpferin wirkte müde, ganz furchtbar müde.

»Pablo, Pablo …«, durchbrach ihre Stimme schließlich die Stille, in die sie sich gehüllt hatten. »Ich hatte Sie schon erwartet.«

»Tatsächlich?«, fragte er, ohne den Blick seiner unfassbar traurigen Augen von der dampfenden Tasse Tee zu lösen. Innerlich verfluchte er den unbewussten Wunsch, der ihn hierhergeführt hatte.

»Ich kann kaum glauben, dass der Grund Sie nicht interessiert.«

Endlich schaute Pablo auf und sah sein Gegenüber an. Aber sofort wanderte sein freudloser, leerer Blick weiter durch das Atelier. Jeder Winkel schien in ihm eine noch qualvollere Erinnerung wachzurufen.

»Ich werde Ihnen eine Geschichte erzählen«, sagte Coco da. Sie griff nach ihrer Tasse und nippte daran wie ein Vögelchen. Dann lehnte sie sich in ihrem Sessel zurück und betrachtete ihre dampfende Tasse, bis sie schließlich die Augen schloss und zu sprechen begann:

»Es war einmal ein naives, ahnungsloses Mädchen vom Lande, das gern für seinen eigenen Lebensunterhalt aufkommen wollte.«

Pablos Teilnahmslosigkeit schien einer gewissen Neugier Platz zu machen.

»Wissen Sie, diese junge Frau wollte nicht für immer auf Kosten anderer leben, sondern mit der Herstellung von Hüten Geld verdienen. Sie hielt sich für begabt und fand die Strohhüte, die sie für sich selbst mit ein paar Stofffetzen kreierte, viel interessanter und moderner als die der eleganten Damen auf der Straße.«

»Sie sprechen von sich selbst, oder?«

»Bitte unterbrechen Sie mich nicht... Wo war ich stehen geblieben? Ah, ja. Diese junge Frau war brillant und tatkräftig, wusste aber nichts über die Welt. Und dann verliebte sie sich leider.«

Ein Schatten hatte sich über ihre Stimme gelegt, und sie verstummte ein paar Sekunden, bis die dunkle Wolke weitergezogen war.

»Dieses arme, dumme Ding, das hatte ihr gerade noch gefehlt! Sie verliebte sich Hals über Kopf und glaubte sogar, dass dieser Mann ihre Gefühle erwiderte. Wie attraktiv er war, so groß und muskulös! Mit seinen grünen Augen und seiner unbändigen Lebenslust war er einfach unwiderstehlich. Deshalb verließ die naive junge Frau ihren ersten Gönner, der ein guter Mensch gewesen war, und brannte mit ihrer neuen Bekanntschaft nach Paris durch.«

Coco Chanel legte eine Pause ein und nutzte den Moment, um sich eine Zigarette anzuzünden. Sie nahm einen tiefen Zug und lehnte sich dann wieder zurück.

»Dank ihres Geliebten konnte die junge Frau in Paris ihre erste Hutboutique eröffnen. Da sehen Sie mal, wie unbedarft sie war – sie hatte doch tatsächlich gedacht, dass es *ihr* Geschäft sein würde! Aber das war eine Lüge, die er ihr vorhielt, sobald er Gelegenheit dazu hatte. Er hatte den Laden eingerichtet, bürgte bei der Bank dafür und zahlte, wenn die Konten im Minus waren. Im Klartext hing die junge Frau also von seinem Geld ab – wie Sie sehen, ließ sie sich schon wieder aushalten. Aber die junge Frau, die jedes Mal etwas mehr von ihrer Naivität verlor, schwor sich, dass sie ihm eines nicht mehr fernen Tages alles zurückzahlen und völlig frei sein würde.«

»Und, hat sie das geschafft?«, fragte Pablo, der dieser Geschichte inzwischen so gespannt lauschte wie ein Kind.

»Und ob! Das hat sie, und sie ist dabei reich geworden. Inzwischen stellte sie keine Hüte mehr her, sondern Kleider, die sich gut verkauften. Sie eröffnete einen Laden in Deauville und einen in Paris, sodass sie ihrem Geliebten durch die Einnahmen alles zurückzahlen konnte. Nun schuldete sie niemandem mehr etwas und fühlte sich endlich frei.«

Gebannt von ihren eigenen Erinnerungen, stieß Gabrielle ein in Rauch gehülltes Lachen aus.

»Sie war glücklich, und ihr reicher und schöner Mann liebte sie. Die beiden hätten heiraten können, Männer wie er ehelichen aber keine Frauen wie sie. Frauen ohne einflussreichen Namen, Frauen mit… zweifelhafter Vergangenheit. Frauen, die stolz darauf sind, niemandem etwas zu schulden. Und deshalb hat er sie verraten.«

»Was ist denn geschehen?«

»Er hat sich zum Heiraten eine wohlhabende Erbin gesucht, die ihn selbst noch reicher machte.«

»Und sie hat ihn für immer verloren.«

»Sie, mein lieber Pablo, Sie sind wirklich naiv! Im Leben enden die Dinge nicht dann, wenn wir es wollen, oder so, wie wir es erwartet haben. Nein, sie hat ihn nicht verloren. Zumindest nicht völlig, noch nicht.«

»Das verstehe ich nicht.«

»Weil Sie zu ungeduldig sind.«

Coco drückte die Zigarette im Aschenbecher aus und senkte ein wenig die Lider. Sie seufzte, öffnete die Augen wieder und schaute Pablo mit traurigem Lächeln an.

Er hatte den Eindruck, als wäre Gabrielle Chanel plötzlich noch kleiner geworden.

»Die Frau war innerlich völlig zerrissen. Ihr Liebhaber hat ihr jedoch vorgeschlagen, sich trotzdem weiter zu treffen.«

»Und darauf hat sie sich eingelassen?«

»Unterbrechen Sie mich doch nicht immer!«

»Entschuldigung.«

»Sie war einverstanden, weil das besser war, als ihn

ganz zu verlieren. Und im Winter 1919 konnten sie sogar gemeinsam mehrere Tage verbringen. Sie hielt es gar nicht für so wichtig, dass er inzwischen mit seiner Frau ein Kind erwartete, weil ihrer Meinung nach sie selbst seine einzige Liebe war. Schließlich hatte sich an ihren Gefühlen nichts verändert … oder fast nichts.«

Gabrielle Chanel ließ den Kopf hängen und schlug die Hände vors Gesicht. Ihre Stimme war kaum noch zu verstehen.

»Am 22. Dezember 1919 ist Boy Capel in sein schickes neues Cabrio gestiegen und hat damit Paris verlassen. Er ist an diesem Morgen bei mir aufgebrochen, weil er die Weihnachtstage bei seiner schwangeren Frau verbringen wollte. Wieder einmal hat er mich verlassen und dieses Mal für immer, da er unterwegs einen Unfall hatte. Am Ende stand ich wieder als Verliererin da, denn er ist in dem brennenden Auto ums Leben gekommen, womit unsere Geschichte endgültig vorbei war.«

Pablo murmelte:

»Das Schicksal ist unbarmherzig und gnadenlos.«

Ruckartig hob Coco den Kopf, und ihre Augen blitzten.

»Jetzt seien Sie mal nicht albern, das Schicksal existiert doch gar nicht. Wir haben in unserem Dasein die Fäden selbst in der Hand, jeder Einzelne von uns, und müssen sie auf unserem Lebensweg nach und nach entwirren, auch wenn es wehtut.«

Coco ließ Pablo nicht aus den Augen.

»Und nun, mein Lieber, sind Sie an der Reihe, nun hat man auch Sie verraten. Claudine Guichard ist nach Brüssel zurückgekehrt, um dort ihren Verlobten zu heiraten, einen wesentlich älteren Diplomaten, den sie in New York kennengelernt hat.«

Schweigen.

»Und das war es, glauben Sie mir. Belassen Sie es dabei. Machen Sie nicht den gleichen Fehler wie ich, das führt nämlich nur zu Enttäuschungen.«

Pablo war plötzlich eiskalt, und seine Nackenhaare stellten sich auf. Wenn in ihm auch nur ein Funken Hoffnung auf eine Chance für sich und Claudine verblieben war, war dieser gerade verloschen. Die Zukunft zerrann ihm wie Sand zwischen den Fingern.

»Sie sind grausam, Mademoiselle Chanel.«

»Nein, mein Lieber, das Leben ist grausam. Aber bis jetzt ist noch niemand an Liebeskummer gestorben, und er wird auch Sie nicht umbringen, obgleich es Ihnen im Moment anders vorkommen mag.«

Pablo presste die Lippen aufeinander und versuchte, die aufsteigende Traurigkeit herunterzuschlucken. Coco Chanels Enthüllung hatte ihn gelähmt, und er verspürte einen Schmerz, als hätte sie ihm das Herz aus der Brust gerissen. Die Verzweiflung schnürte ihm die Kehle zu und sorgte für einen bitteren Geschmack in seinem Mund. Pablo wollte sich jedoch nicht von der riesigen Welle des Selbstmitleids mitreißen lassen, die ihn zu verschlingen drohte.

Keiner von beiden sagte etwas. Pablos Blick war abwesend, seine Züge aschgrau.

Gabrielle, die ja selbst nur zu gut wusste, wie flüchtig Glück sein konnte, respektierte sein schmerzhaftes Schweigen. Schließlich erhob sie sich jedoch und erklärte:

»Wir können vielleicht nicht immer glücklich sein, Pablo. Dennoch können wir ein erfülltes Leben führen.«

Pablo bekam kaum mit, dass Coco Chanel einen Moment hinter einer Tür verschwand. Als sie zurückkehrte, hatte sie eine Mappe in der Hand.

»Das hier möchte ich Ihnen gern schenken. Halten Sie es nicht für eine Art Trostpreis, ich selbst kann damit einfach nur nichts anfangen.«

Als die Modeschöpferin nichts mehr hinzufügte, stand er auf und griff nach der dargebotenen Mappe, die jede Menge alte Papiere enthielt.

»Was …? Das sieht ja aus wie Formeln.«

Coco lachte und stieß einen Fluch aus.

»Möglicherweise sind diese Dokumente ja völlig uninteressant. Aber Misia und ich konnten einfach nicht widerstehen.«

Pablo war völlig verwirrt.

»Misia?«

»Ja, Misia Sert, meine beste Freundin. Nur sie schafft es, solche Fundstücke aufzutreiben: eine Parfümformel aus einem alten Schloss im Loire-Tal, das in ein Restaurant umgewandelt worden ist.«

Plötzlich klang ihre Stimme wieder lebhaft; sie sprach schneller und wurde erneut zu der Geschichtenerzählerin, die ihre Zuhörer verzaubern konnte:

»Wissen Sie, Misia gehört zu den Menschen, die immer allen einen Schritt voraus sind. Sie wusste, dass ich ein eigenes Parfüm entwickeln wollte, und hat mit mir alles perfekt geplant, bis hin zur Form des Flakons… Nur das Parfüm hat uns eben noch gefehlt… Und dann kam sie mir auf einmal damit, dass sie die

Formel des Wunderparfüms von niemand Geringerem als Maria von Medici gefunden hat!« Coco lachte laut auf. »Meine Güte, können Sie das fassen? Der Legende nach war Maria, Katharina von Medicis Cousine, als Sechzigjährige zwar dick und fett, hatte aber noch den zarten Teint eines jungen Mädchens. Deshalb wurde am französischen Hof gemunkelt, dass sie ein Geheimnis hatte, ein verwunschenes Parfüm benutzte.«

»Und dieses Parfüm …«

Coco ließ ihn nicht ausreden, da der Gedanke an den mysteriösen Duft sie zu sehr faszinierte.

»Und warum auch eigentlich nicht? Überlegen Sie doch mal, die Geschichte des Parfüms hat in Frankreich schließlich mit Katharina von Medici und ihrem Parfümeur, René de Florentin, begonnen. Sie haben Duftwässer aus Florenz mitgebracht und hier in Frankreich Lederhandschuhe parfümieren lassen. Ich habe mal irgendwo gelesen, dass Maria von Medici mehr als dreihundert Paar parfümierte Handschuhe besaß. Sie war von Düften, von Parfüms, besessen …! Also nehmen Sie diese alten Fetzen mit und finden Sie heraus, was es mit der Wunderformel auf sich hat. Denn das ist eines der wenigen Dinge, die mich seit dem 22. Dezember 1919 noch interessieren.«

3

Mit dem Schmerz über Claudines Verrat im Herzen und der Mappe mit den alten Formeln unter dem Arm, verließ Pablo den Laden in der Rue Cambon. Coco Chanel hatte ihm ihre persönliche Tragödie erzählt und ihm ein Geschenk gemacht. Er fand, dass seine Geschichte mit der ihren viel gemeinsam hatte. Beide hatten sie die Liebe ihres Lebens verloren. Doch Coco Chanel hatte ihr Leben auf ein neues Ziel ausgerichtet. Sie hatte ein neues Parfüm kreiert und dafür neue Wege eingeschlagen, die sie weit weg von ihren Gedanken an Boy führten.

Claudine würde einen anderen Mann heiraten, und sosehr es ihn auch schmerzte, konnte er nichts dagegen tun. Brennende Eifersucht überfiel ihn, doch er musste lernen, die Liebe seines Lebens zu vergessen.

Pablo begriff, dass Cocos Geschenk von unschätzbarem Wert war, denn sie zeigte ihm damit einen Pfad auf, einen Ausweg aus seiner Verzweiflung.

»Bis jetzt ist noch niemand an Liebeskummer gestorben, und er wird auch Sie nicht umbringen …«

Coco forderte ihn dazu auf, zu vergessen und sich trotz seiner Pein in den Menschen zu verwandeln, der er gern sein wollte. Ob ihm das wohl irgendwann gelingen würde? Vielleicht würden ihm diese alten Unterlagen ja dabei helfen, den giftigen Schmerz zu vergessen, der in seiner Brust wütete. Hatte Coco nicht von einer Wunderformel gesprochen?

Pablo betrachtete die Mappe in seinen Händen. Irgendetwas sagte ihm, dass darin ein Schatz verborgen lag. Ein Parfüm, dessen Aroma im Laufe der Zeit verflogen war und das danach rief, wiederentdeckt zu werden.

Violettes Erinnerungen

Paris, Oktober 1934

1

Zehn Jahre waren vergangen, und Pablo war durch den großen Erfolg von L'Acqua della Regina sehr reich geworden. Seit sechs Jahren lebte er zusammen mit Violette in einer fantastischen zweistöckigen Wohnung auf der Île Saint-Louis. Das prächtige Gebäude stammte aus der Mitte des siebzehnten Jahrhunderts und lag direkt am Fluss.

Pablo war von dem Umzug auf die Insel nicht gerade begeistert gewesen, doch Violette hatte ihn überzeugt. So eine Gelegenheit würde sich ihnen nie wieder bieten, vor allem nicht zu diesem Preis! Natürlich war die Maisonettewohnung in keinem guten Zustand, aber Violette hatte schon bei der ersten Besichtigung das Potenzial erkannt: 166 Quadratmeter, vier Meter hohe Decken und Versailles-Parkett. Und das Gebäude war über einen eleganten und exklusiven runden Platz zu erreichen.

Es war Violettes großer Traum gewesen, mal an einem solchen Ort, in einer der besten Gegenden von Paris, zu leben. Nach ihrer Hochzeit acht Jahre zuvor hatten Pablo und sie in Bercy, im XII. Arrondissement, eine Wohnung in der Nähe der Bastille gemietet, wo Arbeiter und Vertreter der Mittelklasse wohnten. Allerdings musste Violette zugeben, dass sie dort sehr glücklich gewesen war, zumindest am Anfang, als noch alles möglich erschien. Als sie glaubte, dass sie Pablo für sich gewonnen hätte, dass er ihr gehörte und niemandem sonst.

2

Obwohl der Winter vor der Tür stand, hatte sich der Herbst noch einmal ins Zeug gelegt und für einen herrlichen Tag gesorgt. Natürlich war Paris im Frühling eine romantische Stadt, doch auch im Herbst hatte sie ihren Charme. Violette stand auf dem Balkon und betrachtete den langsam dunkler werdenden Himmel.

An diesem Abend hatte sie sich die Zeit genommen, sich besonders sorgfältig zurechtzumachen, weil sie gleich mit Pablo zum Essen ausgehen würde. Und danach wollten sie eines der besten Kabaretts der Stadt besuchen. In ihrem schulterfreien Abendkleid aus veilchenblauer Shantung-Seide mit einer Brokatborte am Ausschnitt war Violette strahlend schön. Die Robe brachte besonders ihr Haar zur Geltung, das sie sich nach dem Vorbild von Leinwandstar Jean Harlow platinblond gefärbt hatte.

Wie bei ihrem Vorbild lag auch Violettes Haar in sanften Wellen, die ihr ovales Gesicht umrahmten. Zur Feier des Tages hatte sie Pablos neuestes Parfüm aufgelegt, Indien, einen exotischen Duft mit Sandelholz- und Gewürznoten.

Violette war längst nicht mehr das junge Ding vom Land, die junge Frau aus Grasse, die bis über beide Ohren in den spanischen Cousin ihres besten Freundes verliebt gewesen war. Ihre Verliebtheit war zur Besessenheit geworden, weshalb sie auf dem Weg zu ihrem Ziel rücksichtslos alle Hürden aus dem Weg geräumt hatte.

Sie verließ den Balkon, trat wieder in das Innere der Wohnung und setzte sich auf das mit grünem Stoff bezogene isabellinische Sofa aus hellem Mahagoni, eine antike Kostbarkeit. Daneben lagen auf einem kleinen Tisch lange Handschuhe und ihre silberfarbene Handtasche. Der Umhang mit dem Fellkragen ruhte auf dem Sofa. Es war alles bereit.

Aber Pablo war spät dran.

Violette versuchte sich ein wenig zu beruhigen, indem sie einen Moment die Augen schloss. Als sie sie wieder aufschlug, hörte sie die eiligen Schritte ihres Dienstmädchens.

»Wünschen Sie etwas, Madame?«

»Nein, Bernadette, aber sag mir Bescheid, wenn mein Mann nach Hause kommt. Ich möchte ihn nicht warten lassen.«

»Ja, Madame.«

Violette blieb allein zurück, nicht nur den immer länger werdenden Schatten im Wohnzimmer, sondern auch ihren Erinnerungen ausgeliefert.

3

Es war ein Leichtes gewesen, Claudine Guichards Familie aufzuschrecken. Nach Pablos Wutanfall wegen ihrer Einmischung hatte Violette sofort gewusst, wie der nächste Schritt aussehen würde, und bei seiner Umsetzung nicht gezögert.

In Annes Teesalon ging der ganze Ort ein und aus. Für die wohlhabenden Damen der Stadt war er ein angenehmer Rückzugsort, ideal für den Nachmittagstee und ein Schwätzchen mit den Freundinnen. Auch Madame Guichard, Claudines elegante Mutter, war dort oft zu Gast.

Am Anfang beschränkte sich Violette darauf, Madame Guichard mit ganz besonderer Zuvorkommenheit zu bedienen. Sie prägte sich ihren Geschmack gut ein, um ihren Wünschen entgegenzukommen, und ging dabei so behutsam wie diskret vor. Madame Guichard sollte auf sie aufmerksam werden, sie als freundliche, effiziente junge Frau kennenlernen und Vertrauen zu ihr fassen.

Und das gelang Violette vorzüglich, weil sie für solche Dinge ein Händchen hatte.

Der nächste Schritt war, den passenden Moment abzupassen, und dieser schien gekommen zu sein, als Violette eines Sonntagmorgens allein im Salon war und Madame Guichard unbegleitet hereinkam, um etwas Gebäck zu kaufen. Violette begrüßte die Kundin mit strahlendem Lächeln. Während sie sich um Madame Guichards Bestellung kümmerte, sagte die junge Verkäuferin hinter dem Tresen wie beiläufig: »Ich habe vor Kurzem Ihre Tochter kennengelernt, Madame. Die ist Ihnen ja wie aus dem Gesicht geschnitten. Und so ein herzlicher Mensch!«

Madame Guichard schaute nicht einmal zu ihr hoch. Offensichtlich war sie in Gedanken ganz woanders.

»Sie hat vermutlich mit ihren Freundinnen hier vorbeigeschaut, oder?«, fragte sie zerstreut.

»Nein, nicht mit Freundinnen. Aber sie geht ja mit Pablo aus, dem Sohn meiner Chefin …«

Violette musste sich ein Lachen verkneifen, als Madame Guichard mit einem so heftigen Ruck zu ihr aufschaute, dass ihr Hut ins Wanken geriet und ihr beinahe vom Haar geglitten wäre. Die Kundin hielt sich mit einer Hand am Verkaufstresen fest, während sie kreidebleich wurde.

»Was sagst du da, Mädchen? Da musst du wohl irgendetwas falsch verstanden haben.«

Die Stimme von Claudines Mutter war plötzlich kalt wie Eis.

Violette riss die Augen auf und ließ einen Moment von dem Päckchen ab, in das sie das Gebäck packte.

»Oh … Vielleicht hab ich wirklich … Ach, hören Sie einfach gar nicht auf mich, Madame.«

Und ob Madame Guichard auf sie hörte! Ein paar Tage später bestellte sie die junge Frau zu sich nach Hause, um in aller Ruhe und ohne Zeugen über diese Angelegenheit zu reden. Arme Violette, unter so viel Druck packte sie natürlich aus, und es kam, wie es kommen musste …

Claudines Eltern beriefen einen Familienrat mit den

Großeltern ein, um über das heikle Problem zu sprechen. Dabei kamen sie zu dem Schluss, dass sich Claudine diesen Sommer wirklich genug amüsiert hatte. Nun war der Moment gekommen, sie nach Paris zu Onkel und Tante zu schicken und für sie eine Aufgabe zu suchen, die weniger gefährlich war als ihr momentaner Zeitvertreib in Grasse.

Violette hatte ihren Plan mustergültig in die Tat umgesetzt und dafür ihre Belohnung erhalten.

Claudines Mutter war ihr derart dankbar, dass sie dem vertrauenswürdigen jungen Mädchen eine Stelle in der hauseigenen Parfümerie anbot. Madame Guichard war davon überzeugt, dass aus Violette eine ausgezeichnete Verkäuferin werden würde.

4

Mit halb geschlossenen Augen saß Violette noch immer auf dem kleinen Sofa. Sie bereute nichts und wäre nie auf die Idee gekommen, damals falsch gehandelt zu haben. Schließlich hatte sie das alles für Pablo getan, für ihn und seine Liebe.

Als der Himmel vor dem großen Fenster einen dunklen Lavendelton annahm, erhob sich Violette mit träge klappernden Absätzen und blickte zu der Uhr auf dem Kaminsims.

Pablo kam einfach nicht, dabei hätten sie eigentlich längst aufbrechen müssen. Der Tisch in La Coupole war für acht Uhr reserviert.

Der Sonnenuntergang ließ die Schatten im Raum immer länger werden und raubte allem die Farbe.

Und die Erinnerungen ließen sie nicht los.

Verärgert eilte Violette mit entschlossenen Schritten zu einer Kommode hinüber, hinter deren Tür sich eine kleine, aber gut sortierte Zimmerbar verbarg. Violette gönnte sich ein großes Glas Gin.

In letzter Zeit war der Alkohol ihr zu einem treuen Gefährten geworden, der das Leben für sie ein bisschen freundlicher gestaltete.

5

Alles hatte sie nur für ihn getan, für Pablo, um den sich seit ihrer ersten Begegnung in Kindertagen Violettes ganze Existenz drehte. Ja, sie liebte ihn, und ihre Gefühle waren im Laufe der Jahre immer stärker geworden.

Oberflächliche Verliebtheit war ihr stets zuwider gewesen. Sie liebte Pablo aus tiefster Seele, von ganzem Herzen und mit jeder Faser ihres Körpers. Und in Grasse hatte Violette eben das Nötige getan, um ihn aus den Krallen dieses reichen Mädchens zu befreien und für sich selbst zu gewinnen.

Der Zufall hatte ihr damals in die Hände gespielt, denn im Parfümgeschäft hatte sie Sophie kennengelernt, die Nichte des Ehepaars Guichard und damit Claudines Cousine. Die beiden verstanden sich auf Anhieb, und Sophie half Violette, sich in den ersten Arbeitstagen zurechtzufinden. Mit ihrer gewinnenden, fröhlichen Art war Sophie Violette sofort sympathisch und erschien ihr nicht so eingebildet wie ihre Cousine Claudine.

Als Claudine vor noch nicht langer Zeit nach Paris abgereist war, hatte sich Sophie eines Morgens irgendwie seltsam verhalten.

»Was ist denn los mit dir? Du siehst gar nicht gut aus«, hatte Violette die Freundin gefragt.

Sophie zog sie am Ellbogen sanft in eine stille Ecke des Ladens mit, in dem um diese Uhrzeit nicht viel los war.

»Violette, du kennst doch die Guerin-Jungen, oder?«

Mit großen Augen schaute Violette sie an und spitzte die Ohren. Ihr Herz machte einen Satz, und sie war sich ganz sicher, dass dort etwas Interessantes im Gange war.

»Ja, natürlich. Wir sind seit Langem gut befreundet. Du weißt doch, dass ich vorher für Anne Guerin gearbeitet habe.«

»Ja, stimmt …«

Offenbar fiel es Sophie schwer, das auszusprechen, was sie bedrückte. Ihre Blicke huschten unruhig umher und erforschten jeden Winkel des Ladens.

»Na los«, ermunterte Violette sie. »Mir kannst du ruhig sagen, was dir auf der Seele liegt. Du weißt doch, dass ich ein Geheimnis für mich behalten kann.«

Halb erleichtert, halb resigniert seufzte Sophie. Und dann erklärte sie Violette ihr Problem. Claudine hatte einen Plan entwickelt, um auf unverfängliche Art und Weise mit Pablo zu kommunizieren: Sie würde ihre Nachrichten an Pablo in Briefen an Sophie mitschicken.

Violette lächelte und dachte so bei sich, dass dieses

reiche Ding eindeutig zu viele Liebesromane gelesen hatte.

»Ah, verstehe. Und dir ist die ganze Sache unangenehm«, sagte sie, während sie die Arme in die Hüften stemmte und ihre Kollegin eindringlich ansah.

»Und wie!«, antwortete Sophie mit erneutem Seufzen. »Ich habe meiner Cousine versprochen, diesem Pablo ihre Briefe zukommen zu lassen. Aber es ist mir unendlich peinlich, deshalb extra in den Teesalon zu gehen oder vor der Parfümfabrik auf ihn zu warten. Oder schlimmer noch, mich mit ihm zu verabreden. Ich weiß wirklich nicht, was ich machen soll!«

Violette schluckte das triumphierende Lächeln herunter, das sich auf ihre Lippen zu schleichen drohte. Dann trat sie einen Schritt an Sophie heran und legte ihr tröstend den Arm um die Schultern.

»Ich kann dein Zaudern verstehen«, sagte sie. Und bevor ihre Freundin noch groß darüber nachdenken konnte, fügte sie hinzu: »Für mich wäre es überhaupt kein Problem, Pablo einen Gefallen zu tun und ihm die Briefe zu geben. Wir sind wirklich gut befreundet, das würde gar keine Umstände machen.«

Ihre Arbeitskollegin war sprachlos, denn damit hatte Violette ihr wirklich eine große Last von den Schultern genommen.

»Oh, meine Liebe, du hast ja keine Ahnung, wie sehr du mir damit weiterhilfst. Was meinst du, was los wäre, wenn meine Tante herausfindet, dass ich für die beiden den Liebesboten spiele! Gott, nein, nein … Das will ich mir gar nicht erst ausmalen. Dadurch könnte ich in die größten Schwierigkeiten geraten.«

Aber Violette hörte ihr längst nicht mehr zu, sie war selig. Wenn das Schicksal auf diese Art und Weise für sie die Weichen gestellt hatte, dann musste das doch etwas zu sagen haben, oder? An Zufälle hatte sie nämlich noch nie geglaubt.

6

Am dunklen Himmel zeigten sich erste Sterne, und Pablo war immer noch nicht da.

Violette stieß ein böses Lachen aus, das nach Alkohol schmeckte, während eine Welle des Hasses in ihr aufstieg. Sie wollte die Gedanken in ihrem Kopf ordnen, doch sie verhedderten sich wie Wollknäuel. Verzweifelt saß Violette da und grübelte, dann zündete sie sich eine Zigarette an und sah dabei zu, wie der Rauch spiralförmig zur Decke stieg.

»Das waren wirklich schöne Briefe. Armes Ding! Nur schade, dass du auf keinen davon antworten konntest, mein lieber Pablo«, murmelte sie halblaut vor sich hin. Der Alkohol löste ihr stets die Zunge.

Als Violette kurz darauf die Zigarette im Aschenbecher ausdrückte und die Augen wieder schloss, kam es ihr vor, als ob sich Nadeln in ihre Lider bohrten. In ihrem Kopf drehte sich alles, und sie spürte ein unangenehmes Rauschen in den Ohren. Violette schenkte sich ein zweites Glas ein und setzte sich wieder hin. Die Erinnerung an jene magische Nacht in Nizza mit ihrem Duft nach Meer, Blumen und Frühling zauberte ihr ein

Lächeln auf die Lippen. Dort hatten Pablo und sie sich getroffen und sich dann zum ersten Mal geliebt. Niemals hatte sie vergessen, wie sich seine heißen Lippen angefühlt hatten, wie ihre Haut unter seiner Berührung geglüht hatte. Noch immer hörte sie seine raue Stimme an ihrem Ohr, wie ein Flüstern der Nacht. Damals hatte sie gedacht, dass Pablo Claudine endlich aus seinem Gedächtnis getilgt hatte. Aus den Augen, aus dem Sinn. In jener Nacht hatte Pablo ihr gehört und sie ihm. Sie hatte sich ihm auf eine Art und Weise hingegeben, wie sie es nie wieder bei irgendeinem anderen Menschen getan hatte oder tun würde.

Traurigkeit stieg in Violette auf und ließ sie erbeben. Nun konnte sie die Tränen nicht länger zurückhalten.

Wo waren sie hin, diese Küsse, all die Zärtlichkeiten? Wo war das Verlangen, das an jenem Abend in seinem Blick gestanden hatte?

Mit müden Augen betrachtete Violette das leere Glas, während draußen vor den Fenstern der Himmel immer dunkler wurde.

Die Erinnerungen wurden quälender.

Jene Nacht der Leidenschaft hatte sich damals nicht wiederholt, weil Pablo ihr danach aus dem Weg gegangen war.

Er hatte Angst, wollte wohl seine Freiheit nicht verlieren. Sie waren ja noch so jung!

Und Violette hatte keine Eile und übte sich in Geduld. Bis Pablo plötzlich ohne ein Wort des Abschieds nach Paris abgereist war.

Irgendwann hatte sie sich die Tränen abgewischt und war zu Clément gegangen, der für sie schon immer der kürzeste Weg zu Pablo gewesen war. Dass sie den jungen Mann damit verletzte, dem sie doch schon einmal wehgetan hatte, war ihr dabei egal. Sie hatte einzig Pablo im Kopf und wollte wissen, wo er steckte, wie sie ihn finden konnte.

Clément war überrascht und tief getroffen. Wie konnte es nur sein, dass er nie etwas von Violettes Gefühlen für Pablo geahnt hatte? War er denn so blind gewesen? Und warum hatte Pablo ihm gegenüber nie etwas gesagt?

Die Überzeugung, dass sich Pablo und Violette liebten, bohrte sich wie ein Dorn tief in Cléments Herz, weil er seine Gefühle für das Mädchen von nebenan nie überwunden hatte. Niemals hatte er Ähnliches für ein anderes Mädchen empfunden, und der Schmerz darüber hatte ihm seine typische Unbekümmertheit geraubt. Violette trug die Schuld daran, dass er inzwischen ein trauriger junger Mann mit melancholischem Blick war.

Obwohl Violette ihm wehtat, konnte Clément sie nicht leiden sehen. Die Tränen in ihren Augen rührten ihn, und so bekam die junge Frau, was sie wollte – wieder einmal: Clément gab ihr Pablos Adresse in Paris.

Violette wartete nicht länger, kündigte ihre Arbeitsstelle, packte ihren Koffer und ging nach Paris. Dabei verschwendete sie nicht einen Gedanken daran, dass sie durch ihr Handeln nicht nur Clément das Herz gebrochen, sondern vermutlich auch die Liebe und das Vertrauen zerstört hatte, die Pablo und Clément bislang wie zwei Brüder verbunden hatten.

Als Violette in Paris zum ersten Mal auf Pablo traf, war dieser nur noch ein Schatten seiner selbst. Er arbeitete den ganzen Tag und zog sich dann abends in seine winzige Wohnung im Marais zurück, die er völlig verkommen ließ. Die Küchenschränke waren leer, aber Pablo schien auch keine Nahrung zu brauchen. Während seiner wenigen freien Stunden beschäftigte er sich damit, vergilbte alte Blätter mit seltsamen Formeln zu entziffern.

Violette zog bei Pablo ein und widmete sich nur noch ihm, machte sauber, kaufte ein, kochte. Wenn Pablo am Abend nach Hause zurückkehrte, duftete es nach frischen Blumen, mit denen Violette die Wohnung schmückte. Dabei schien Pablo weder Violette noch den veränderten Zustand seiner Wohnung zu bemerken. Allerdings bat er sie auch nicht zu gehen. Mit der Zeit gewöhnte er sich an ihre Anwesenheit, und irgendwann kam der Tag, an dem er ihr auch sein Herz öffnete. Er sprach mit Violette über Claudine, über seine Liebe zu ihr und ihr wortloses Verschwinden, über Einsamkeit und Ausweglosigkeit.

Violette hörte zu und tröstete ihn, um dann später, wenn sie allein war, verzweifelt in ihr Kissen zu weinen. Aber sie ließ sich nicht vom Schmerz beherrschen. Sie schluckte ihn hinunter, genau wie die Wut, die Eifersucht und die Enttäuschung. Und sie wartete ab.

Als Kameradin, Freundin, Vertraute.

Und irgendwann stellte Pablo fest, dass Violette längst ein fester Bestandteil seines Lebens war.

7

Als plötzlich jemand das Licht im Wohnzimmer einschaltete, hielt sich Violette geblendet eine Hand vor die Augen. Bernadette war zurückgekehrt und schaute ihre Dienstherrin mit verschlossenem Gesichtsausdruck an. Violette wurde sich bewusst, was für ein Bild sie abgab, während sie sich hier auf dem Sofa mit wirrem Haar und zerknittertem Kleid im Alkoholdunst alten Erinnerungen hingab. Mit halb geschlossenen Augen sah sie zu dem jungen Mädchen auf und fragte mit schwerer Zunge: »Was ist? Hat mein Mann angerufen? Bestimmt kann er heute Abend nicht, weil ihm etwas dazwischengekommen ist, oder?«

Das Hausmädchen starrte zu Boden und nickte.

Violette schleuderte das leere Glas gegen die Wand und stieß einen Schrei aus, der die Stille zerriss: »Verschwinde! Lass mich allein!«

Die Angestellte verließ eilig das Zimmer und zog die Tür hinter sich zu.

Violette ließ sich aufs Sofa sinken und begann bitterlich zu weinen, während das Mondlicht durch die großen Fenster ins Wohnzimmer fiel und silberne Muster auf den Fußboden warf.

Fluchten

Paris, 1940
Provence, 1942

1

Pablo stand am Fenster und sah zu, wie der Regen an der Scheibe herunterlief und sich die Straße in eine Symphonie aus schwarzen Regenschirmen verwandelte. Parfums Royal, die Parfümfirma, deren Mitbesitzer Pablo war, lag in der Rue Laffitte in der Nähe der Kirche La Madeleine. Obwohl die lange gerade Straße eher unscheinbar war, hatten sich dort vor der Okkupation die besten Kunstgalerien von Paris befunden. Nun waren davon nur noch wenige übrig.

Pablos Geschäftspartner, André Goutal, betrachtete ihn schweigend. Als sich Pablo zu ihm umdrehte und den blassen, gekrümmt dastehenden Mann anschaute, erinnerte ihn nur noch wenig an den André, mit dem er sich vor ein paar Jahren geschäftlich zusammengetan hatte. Andrés trauriger, matter Blick wurde flehend, als er die Frage stellte: »Und? Was hast du beschlossen?«

Pablo fuhr sich mit der Hand über die roten, von Schlaflosigkeit gezeichneten Augen. Das Schicksal seiner Projekte war besiegelt. Bevor er etwas sagen konnte, meldete sich noch einmal Goutal zu Wort:

»Du weißt ganz genau, dass bald niemand mehr Geld für Parfüm haben wird. Und solange der Krieg andauert …«

Pablo atmete tief ein und stieß die Luft dann mit einem schweren Seufzer aus. Sein Blick wurde finster, und er biss die Zähne aufeinander, um seine Wut zu beherrschen.

André ging zwei Schritte auf ihn zu und sprach mit eindringlicher Stimme weiter:

»Die Deutschen haben ganz Paris unterjocht und scheinen sich hier wie zu Hause zu fühlen. Sie sitzen in Theatern, Kabaretts und Restaurants, spazieren durch die Parks und besuchen Museen. In vielen Unternehmen haben sie bereits die Kontrolle übernommen. Vielleicht ist es für uns die einzige Lösung …«

»Nein!«

Nachdem Pablos Ausruf die Anspannung im Büro zerrissen hatte, folgte unangenehmes Schweigen.

»Ich werde unsere Parfüms auf keinen Fall an die Deutschen verhökern, und erst recht werde ich keines extra für sie entwickeln, falls du das andeuten wolltest. Ich werde nicht um jeden Preis weitermachen, so nicht!«

Er schüttelte heftig den Kopf und fügte mit leiser Stimme hinzu: »Es ist vorbei.«

Schweigend starrten Pablo und sein Partner sich an. Nun war alles gesagt. Hier endete Pablo Sotos Karriere als Unternehmer. Der Krieg hatte ihm alles genommen, alle Träume und Hoffnungen …

Allerdings hatte es auch vor dem Krieg schon genügend Schwierigkeiten gegeben. Parfums Royal hatte gute

Zeiten erlebt, doch zuletzt Schulden und Verluste hinnehmen müssen.

Pablo hatte sich von einigen seiner Besitztümer trennen müssen, zum Beispiel von der Wohnung im Zentrum von Paris, um damit die Schließung der Firma abzuwenden. Eine Schließung, die mit dem Ausbruch des Krieges und der Besetzung durch die Deutschen nun unumgänglich erschien.

2

Pablo war 1924 mit leeren Händen in Paris angekommen. Damals hatte er nicht mehr gehabt als seine dank Ernest Beaux erworbenen Kenntnisse über die moderne Parfümherstellung. Und dann hatte Coco Chanel ihm das alte Medici-Pergament geschenkt.

Damals war er wie besessen davon gewesen, die alte Formel zu enträtseln und sie an die aktuellen Techniken der Duftherstellung anzupassen. Diese Obsession hatte ihm über die Leere nach Claudines Verschwinden hinweggeholfen.

Und die mehr als ein Jahr dauernden Anstrengungen hatten sich gelohnt, denn daraus war der explosive Duft L'Acqua della Regina entstanden.

Jacques Guerlain war verblüfft und beeindruckt, als er zum ersten Mal an dem Parfüm seines Lehrlings geschnuppert hatte. Seine feine Nase und die große Erfahrung hatten ihm sofort gesagt, dass er es hier mit einem ganz besonderen Aroma zu tun hatte. Also hatte er

Pablo die Vermarktungsrechte abgekauft und den Duft als Produkt seiner jahrhundertealten Marke auf den Markt gebracht.

Dieser schnelle Erfolg war für Pablo ein großartiger Einstieg in die Pariser Welt der Parfümherstellung.

L'Acqua della Regina öffnete ihm die Türen zu einem ganz neuen Leben: Geld, eine große Wohnung, Reisen, Feste … Doch darum ging es ihm nicht, sondern um seine berufliche Zukunft.

Wenn er bei Guerlain blieb, würde seine Arbeit nämlich immer mit dem Ruhm und dem Prestige dieses großen Hauses in Verbindung gebracht werden.

Ja, er würde vielleicht ein renommierter Parfümeur werden und nie wieder Geldsorgen haben. Aber letztendlich würde sich seine Tätigkeit auf die Mitarbeit an den Kreationen des berühmten Meisters beschränken.

Vielleicht würde Jacques Guerlain noch einmal einen von Pablos Düften vermarkten, so wie er es mit L'Acqua della Regina getan hatte. Aber auch so würde es ein Guerlain-Parfüm bleiben.

Ende der Dreißigerjahre hatte sich Pablo Soto dann die Gelegenheit geboten, seine beruflichen Ziele in die Tat umzusetzen. Parfums Royal, eine Firma, die der Unternehmer Pierre Goutal mehr als sechzig Jahre zuvor gegründet hatte, befand sich in einer schweren finanziellen Krise und steuerte auf den Bankrott zu.

Dem neuen Besitzer des Unternehmens, Pierre Goutals Sohn André, war es nicht gelungen, die von seinem Vater eingeschlagene Linie weiterzuverfolgen. Er hatte mit seinen neuen Düften nicht an die Erfolge früherer Düfte anknüpfen können, die die Firma berühmt gemacht hatten.

Also hatte Pablo André aufgesucht und ihm einen Vorschlag gemacht, der die Probleme beider Männer lösen und ihre beruflichen Ambitionen befeuern sollte.

Pablo wollte für Parfums Royal arbeiten und mit seinem frischen Talent die Parfümlinie der Firma komplett erneuern. Außerdem wollte er die Hälfte des Unternehmens kaufen und bot André Goutal eine Partnerschaft an, was die schon fast sichere Pleite noch einmal abwendete.

Froh über diese Gelegenheit, hatte André Goutal Pablos Angebot sofort angenommen, und Pablos Vorschlag wurde schnell in die Tat umgesetzt.

Pablo investierte einen großen Teil seiner Ersparnisse in die Firma, überließ deren Leitung dann André und brachte seinerseits sein ganzes Talent in die Firma mit ein. Von diesem Moment an kümmerte er sich nur noch um das, was ihn im Leben wirklich interessierte: um die Entwicklung neuer Düfte. Und diese Düfte verkauften sich gut, sodass sich Parfums Royal langsam erholte.

Endlich hatte Pablo das erreicht, was er sich immer gewünscht hatte: Er war ein großer Parfümeur, ein Künstler. Seine Qualitätsansprüche waren hoch, und die Herstellung seiner Produkte war äußerst kostspielig, weil er dabei nicht auf den Aspekt der Wirtschaftlichkeit achtete. Doch der Erfolg gab ihm recht.

Für die Entwicklung seines Parfüms Elle, das durch blumige Noten mit Anklängen von Holz und Aldehyden Schönheit und Romantik heraufbeschwor, reiste er im Jahr 1931 extra nach Südasien. Denn dort wuchs die Ylang-Ylang-Pflanze, deren Ernte und Destillation er persönlich miterleben wollte.

Das Aroma dieser Blumen entwickelt sich erst nach bis zu zwei Wochen Blütezeit, dann aber müssen die Blüten sofort geschnitten und zu Öl verarbeitet werden, was daher gleich vor Ort stattfinden muss.

Pablo reiste auch nach Indien, um für das Parfüm gleichen Namens exotische Gewürze und das beste Sandelholz zu suchen, das er schließlich in Mysore fand.

Das waren für ihn aufregende Jahre, in denen er endlich tun konnte, wonach ihm wirklich der Sinn stand. Er konnte sich als Parfümeur verwirklichen und sich in der Branche einen Namen machen, reiste, kreierte und wurde bewundert. Coco Chanel hatte recht behalten: Man konnte ein erfülltes Leben führen, auch wenn darin genau das fehlte, was man sich am meisten wünschte.

Pablo lernte, sein Leben zu genießen, obgleich es nicht vollkommen war und er sich in einer unglücklichen Ehe gefangen fühlte.

Um sich Violette zu stellen und ihr endgültig klarzumachen, dass er sie nicht liebte, fehlte Pablo die Kraft. Deshalb ging er ihr aus dem Weg und flüchtete sich lieber in so unbedeutende wie kurzlebige Abenteuer, wobei er in jeder Frau immer nur Claudine suchte.

Aber keine war so wie sie.

Auch Violettes Dasein war eine einzige große Enttäuschung. Sie wollte gern glauben, dass sie alles erreicht hatte, dass Pablo ihr gehörte, nur ihr. Sie hätte sich eher einen Arm ausreißen lassen, als zuzugeben, dass er sie nicht liebte und auch nie geliebt hatte. Bei jeder neuen Affäre ihres Mannes, die dieser nicht einmal zu verbergen versuchte, redete sie sich ein, dass Pablo damit einfach nur Bestätigung suchte. Das alles war gar nicht von Bedeutung, nicht so wichtig wie ihre unzerstörbare Ehe. Oder wie das Kind, das sie erwarteten. Wie lange sie darauf gehofft hatten! Dieses Kind stand schon vor seiner Geburt für den Beginn einer neuen Ära, denn es würde endlich ein harmonisches Familienleben für sie einläuten.

Dann wurde diese glückliche Zukunft jedoch in einer einzigen tragischen Nacht zerstört. Violette war im fünften Monat schwanger und wachte mit ganz furchtbaren Schmerzen auf. Da Pablo auf Reisen war, lag sie allein im Bett.

Violette verlor das Kind, und eine Infektion durch die Fehlgeburt verwehrte ihr jede Möglichkeit, noch einmal schwanger zu werden. Damit brach für Violette eine Welt zusammen. Und auch wenn sie es sich nicht eingestehen wollte, wusste sie tief in ihrem Herzen, dass dies der Anfang vom Ende ihrer Ehe war.

In dieser Zeit begann Violette damit, die bösen Stimmen in ihrem Kopf mit Alkohol zum Schweigen zu bringen. Sie trank viel und versuchte die Zeichen ihrer Sucht hinter Make-up, teurem Schmuck und eleganten Kleidern zu verbergen. Doch ohne ihre Verkleidung war Violette eine welke, verbrauchte Frau, die mit ihrer Unzufriedenheit den Menschen in ihrer Umgebung das Leben zur Hölle machte.

Eine verzweifelte, zutiefst unglückliche Frau.

3

Frühling. An diesem Morgen war die Luft sauber und frisch. Es hatte geregnet, und die Sonne ließ Tropfen auf den Blättern glitzern.

Der Geruch von Regen.

Von feuchter Erde.

Friedhofsgeruch.

Der Geruch des Todes …

Pablo schloss die Augen, als könnte er damit seine Erinnerungen verbannen, die Bilder von all denen, die vor ihm gegangen waren: die Mutter, der Vater … und jetzt auch noch Clément. Die Last des Todes ruhte schwer auf seinen Schultern.

Clément – Cousin, Bruder, Freund.

Als die Erde des ersten Spatenstichs auf den Sarg fiel, drohten Pablos Knie unter ihm nachzugeben.

Alphonse und Anne umarmten einander, ohne zu weinen, weil ihnen nach all den vergossenen Tränen keine mehr geblieben waren. Der Schmerz hatte sie zerrissen.

Arlette, Cléments Frau, hielt die Hand ihres Sohnes Léo fest umklammert. Der Kleine erinnerte Pablo an den schlaksigen und fröhlichen Jungen, der sein Cousin einst gewesen war und von dem jetzt nur noch die Erinnerung blieb.

Über Violettes Blick schien sich unter dem Schleier ihres Hutes eine Patina von Traurigkeit gelegt zu haben.

Es gab mal eine Zeit, da hatte auch sie Clément gern gehabt. Zumindest wollte Pablo das glauben.

Nun zogen am Himmel wieder unheilvolle Gewitterwolken auf, und das Geräusch der Erde auf dem Sarg wurde nach und nach immer leiser und dumpfer.

Sie hatten Clément zu Grabe getragen, die Erde hatte ihn verschluckt, doch der Schmerz blieb.

Als sie schließlich den Friedhof verließen, zerriss ein Blitz den Himmel, und einmal mehr leistete der Regen ihnen Gesellschaft.

4

Pablo und Violette verbrachten den Rest des Tages bei den Guerins in Grasse, wo das Gedenken an Clément sie alle wieder an einem Tisch zusammenführte. Pablos Platz an der Familientafel war viele Jahre über leer geblieben, und Violette setzte sich zum ersten Mal mit dazu. Ihr Schweigen und ihre abwesende Art während des Mittagessens schienen Ausdruck der Tatsache zu sein, dass sie sich in dieser Situation fremd und unwohl fühlte.

Anne war gefasst und servierte ihnen den Lieblingswein ihres Sohnes und mehrere Sorten Käse, die er gern gegessen hatte. Sie erzählte Geschichten und Anekdoten über Clément, die Pablo zum Lächeln brachten. Besondere Aufmerksamkeit schenkte sie dabei ihrem Enkel, und in ihren Augen zeigte sich ein neu erwachtes Leuchten, als sie verkündete:

»Für Alphonse und mich ist es so eine Freude, dass Arlette und Léo jetzt hier bei uns in Grasse leben werden. Wir werden alles dafür tun, dass Arlette sich nicht so allein fühlt und Léo glücklich werden kann.«

Sie betrachtete die junge Witwe und ihren Sohn voller Zärtlichkeit. Dann trank sie einen Schluck Wein, bevor sie weitersprach:

»Das ist fast so, als wäre Clément nicht ganz gegangen, nicht wahr, mein Schatz?«

Alphonse sah seine Frau aus stumpfen Augen an, in denen die Trauer um seinen Sohn geschrieben stand. Er brachte kein Wort hervor.

Arlette ließ die ganze Zeit über Léos Hand nicht los, als befürchte sie, sonst auch noch ihn zu verlieren. Der Vierjährige hatte den gleichen Blick wie sein Vater Clément und hatte trotz seines jungen Alters eine ernste Miene aufgesetzt. Er schien die Situation genau zu verstehen und hatte während der ganzen Mahlzeit noch kein Wort gesagt, als wolle er auf keinen Fall die Trauer der Erwachsenen stören.

Wenn Pablo Léo ansah, erkannte er sich selbst in diesem Kind wieder. Er dachte an jenen einsamen Jungen zurück, der erst hier in Grasse sein Lächeln wiedergefunden hatte, bei seiner neuen Familie und an der Seite eines unerwarteten Bruders, Clément, der nun als Einziger fehlte.

Pablo und Violette wollten noch am selben Abend aufbrechen, was sie mit dem Umstand entschuldigten, dass die Fahrt über Land jetzt im Krieg schwierig war. Dies war angeblich auch der Grund dafür, dass Pablo nicht öfter nach Grasse kam, obwohl sie doch seit einem Jahr im nahen Villefranche-sur-Mer lebten.

Am Anfang war Violette strikt dagegen gewesen, Paris zu verlassen. Erst hatten sie das Kind verloren, dann auch noch das Haus und beinahe allen Besitz. Und jetzt sollte sie auch noch Paris hinter sich lassen? Nicht einmal der Krieg war für sie Grund genug für eine Rückkehr in die Provence gewesen, die sie vor Jahren verlassen hatte.

Dabei wurde Paris von den Deutschen mit eiserner Hand regiert. Nach und nach füllten sich die Straßen mit Schildern, die den Weg zu den besetzten Gebäuden wiesen. Der Palais du Luxembourg war von der Luftwaffe besetzt worden, und das Hôtel de Crillon an der Place de la Concorde beherbergte das gefürchtete deutsche Hauptquartier. Autos mit Lautsprechern erinnerten die Bürger daran, dass auch nicht die geringste Unruhe geduldet würde. Es wurde eine Sperrstunde eingeführt und mit der Rationierung von Lebensmitteln begonnen.

Pablo drückte sich mit einem falschen medizinischen Attest vor dem Krieg. Es war eine Flucht, wieder einmal.

Dabei rechtfertigte er sie vor sich selbst mit der Überzeugung, dass er unbedingt in Paris bleiben müsse, um Parfums Royal zu retten. Das gelang ihm aber nur für kurze Zeit, bis das Ende unabwendbar war. Das Leben, an das er sich geklammert hatte, zerfiel vor seinen Augen, während die Welt um ihn herum immer beklemmender und unerträglicher wurde.

Schließlich hatte er wie so viele andere die besetzte Hauptstadt hinter sich gelassen und flüchtete damit nicht nur vor den Besatzern, sondern auch vor seinem eigenen Scheitern.

Er wollte zurück in die Provence, aber nicht nach

Grasse, womit ihn zu viele schmerzhafte Erinnerungen verbanden. Während all der Jahre hatte er Besuche bei seinen Verwandten vermieden und die Beziehung nur durch unregelmäßige Briefe an Tante Anne aufrechterhalten.

Er hatte Angst vor ihren vorwurfsvollen Blicken gehabt und noch mehr vor der Abwesenheit Cléments, der an der Front kämpfte.

Und jetzt war Clément tot und Pablo wieder in Grasse. Nun hätte er seinen Aufenthalt in Grasse am liebsten noch ein paar Tage verlängert. Er wäre gern durch die Straßen spaziert, die er schon so lange nicht mehr betreten hatte, wäre gern zum Friedhof gegangen, um sich an das Grab seines Cousins zu setzen und ihm endlich all das zu sagen, was er ihm im Leben nicht anvertraut hatte. Wie sehr diese unausgesprochenen Worte in ihm brannten!

Aber Violette, die sich der Vergangenheit wohl nicht stellen wollte, drängte auf baldigen Aufbruch.

Als sich Pablo nach dem Essen von seiner Tante verabschieden wollte, fand er sie im Schlafzimmer. Mit verlorenem Blick saß sie auf dem Bett und schaute aus dem Fenster. Plötzlich sah man ihr ihre beinahe siebzig Jahre an, da sie ihre heitere Schönheit wohl für immer eingebüßt hatte.

Als Anne ihren Neffen bemerkte, erhob sie sich und trat einen Schritt auf ihn zu. Zärtlich strich sie ihm übers Gesicht.

»Mein Pablo …«

Er griff nach der Hand, die ihn liebkoste, drückte einen Kuss darauf und ließ in diesem Moment voller Geborgenheit den Gefühlen freien Lauf, die er seit Jahren verdrängt hatte. Seine Stimme klang rau und gebrochen, als er in Annes tröstlicher Umarmung zu sprechen begann:

»Tante, ich habe mich nicht richtig verhalten. Ich … All diese Jahre lang …«

Anne schob Pablo ein Stück von sich, um ihm in die Augen zu sehen.

»So etwas will ich von dir nicht hören, das solltest du nicht einmal denken! Du hast etwas aus dir gemacht, bist als einer von Frankreichs bekanntesten Parfümeuren jetzt eine wichtige Persönlichkeit! Dein Onkel gibt ständig mit dir an. Wenn der dich jetzt so reden hören würde! Und Clément … der war auch furchtbar stolz auf dich.«

»Clément …«, wiederholte Pablo, und es klang wie ein Seufzen.

Seine Tante griff nach seinen Händen.

»Das Leben führt uns manchmal über verschlungene Pfade, mein Junge. Ja, es stimmt, dass sich die Wege von dir und Clément getrennt haben. Aber so ist das nun mal, wenn man erwachsen wird, das Nest verlässt und sein eigenes Leben führt.«

»Aber als ich Violette geheiratet habe, da hätte ich doch …«

Anne lächelte Pablo mit einer Wärme an, die den Schmerz in seinem Herzen linderte. Ihr Ton war so freundlich und sanft wie früher, wenn Tante und Neffe oft einfach zusammengesessen und geredet hatten, während ganz still, beinahe unbemerkt, die Zeit verstrichen war.

»Nein, nein, du brauchst wirklich nicht zu glauben, dass Violette euch entzweit hat. Himmel, ihr wart damals doch noch so jung. Er hatte sie längst vergessen und war mit Arlette glücklich.«

Pablo holte tief Luft und fixierte einen Punkt unter der Decke, bevor er schließlich antwortete:

»Aber ich hätte doch wenigstens mit ihm reden müssen.«

Anne legte ihm einen Finger auf die Lippen.

»Nach seiner Verletzung an der Front hat Clément mehrere Monate im Lazarett verbracht. Zum Sterben ist er jedoch nach Hause gekommen und war dabei bis zuletzt bei Bewusstsein. Mir bleibt der große Trost, dass ich vor dem Abschied noch über so viele Dinge mit ihm sprechen konnte! Und eins musst du wissen, mein Junge – er hat dich bis zum letzten Atemzug wie einen Bruder geliebt. Daran darfst du nie zweifeln, Pablo, niemals.«

»Aber, Tante, wenn ich das gewusst hätte... wenn man mir Bescheid gesagt hätte, dass es ihm so schlecht ging, dass er im Sterben lag...«

»Aber das wollte er eben nicht, Pablo. Clément wollte nicht, dass du und Violette ihn als dahinsiechenden Versehrten in Erinnerung behaltet. Was hättest du denn an unserer Stelle gemacht? Hättest du seinen letzten Wunsch nicht respektiert?«

Niedergeschlagen ließ sich Pablo am Fußende auf das Bett sinken und begann still zu schluchzen. Anne setzte sich zu ihm, und Pablo ließ den Kopf in ihrem tröstlichen Schoß ruhen, während ihm heiße Tränen über die Wangen rollten. Mit trockenen Augen und in der Vergangenheit verlorenem Blick, strich ihm Anne Guerin übers Haar. Zärtlich schob sie ihm die rebellische Strähne aus der Stirn, als wäre er wieder der elf Jahre alte Waisenjunge, der auf der ganzen Welt sonst niemanden hatte.

5

Der Regen ließ nicht nach und lief an den Fensterscheiben des Autos hinunter, als Pablo und Violette einstiegen. Es schien, als würde die ganze Welt weinen.

»Wir hätten schon früher aufbrechen sollen«, sagte Violette schlecht gelaunt, während sie sich langsam von Grasse entfernten.

Pablo antwortete nicht. Die beschlagenen Scheiben und die Dunkelheit jenseits der Scheinwerfer erschwerten das Fahren.

»Jetzt im Krieg sind die Straßen einfach nicht sicher, deshalb hätten wir gar nicht erst zur Beerdigung fahren sollen. Clément hat es nichts gebracht, der ist schließlich tot, und wir haben dadurch nur unser eigenes Leben in Gefahr gebracht!«

»Aber was redest du denn da, Violette! Es sind doch bloß fünfzig Kilometer! Und wir fahren ja nicht direkt an der Front vorbei.«

Dazu sagte Violette nichts mehr. Stattdessen ließ sie sich tiefer in den Sitz sinken und zündete sich eine Zigarette an.

Pablo richtete den Blick auf die kurvige dunkle Straße, die im Regen aussah wie glattes schwarzes Glas.

Zu Hause angekommen, verschwand Violette, die sich noch immer in Schweigen hüllte, in ihrem Zimmer.

Pablo war noch nicht müde, weshalb er sich ins Wohnzimmer setzte, von wo aus er einen beeindruckenden Blick aufs Meer hatte. Inzwischen herrschte tiefste Nacht, und obwohl in der Ferne noch dunkle Gewitterwolken am Himmel standen, hatte es inzwischen aufgehört zu regnen. Das Licht des beinahe vollen Mondes fiel durchs Fenster herein und zeichnete ein silbernes Rechteck auf den Fußboden.

Pablo wartete ab, bis aus dem Schlafzimmer kein Geräusch mehr erklang. Dann öffnete er eine kleine Kommode, zu der nur er den Schlüssel hatte, und nahm einen Brief heraus. Pablo las das Schreiben in aller Ruhe, ging dann mit dem Blatt Papier in der Hand zum Sofa hinüber, wickelte sich in eine Decke und legte sich hin.

Als er die Augen wieder aufschlug, war ihm der Brief aus der Hand geglitten und lag zu seinen Füßen. Draußen bahnte sich die Morgendämmerung bereits ihren Weg durch den Nebel. Nach dem Regen schien sich nun ein strahlender Tag anzukündigen.

Kurz darauf hörte Pablo Violette, die sich mit trägen Schritten in die Küche schleppte.

Sie sah schlecht aus, als er sie dort antraf. Während sie darauf wartete, dass das Wasser zu kochen begann, rauchte sie eine Zigarette.

»Hast du schon gefrühstückt?«, fragte sie mit rauer Stimme.

Pablo antwortete nicht. Er setzte sich auf einen der Baststühle, stützte die Ellbogen auf den Knien ab und beobachtete seine Frau.

Mit ihren fünfunddreißig Jahren erinnerte Violette längst nicht mehr an das frische junge Mädchen, das sie mal gewesen war. Sie trug einen Morgenmantel mit orientalischen Mustern in leuchtenden Farben und hatte tiefe Schatten unter den dunklen Augen. Abwesend und mit stumpfem Blick betrachtete sie den zur Decke aufsteigenden Zigarettenqualm. Pablo fragte sich, wann Violette eigentlich ihre Lebhaftigkeit verloren hatte. Doch er wusste es nicht. Erst da fiel ihm auf, wie dünn sie war. In letzter Zeit trank sie viel und aß kaum etwas. Und Pablo hatte nichts getan, um es zu verhindern.

In diesem Moment pfiff der Kessel, und Violette goss kochendes Wasser in einen Becher, um Tee aufzubrühen.

Mit der Tasse in der Hand drehte sie sich um und bemerkte überrascht den aufmerksamen Blick ihres Mannes. Es versetzte Pablo einen Stich, als sie ihn traurig anlächelte.

»Was ist denn los?«, fragte Violette. »Warum guckst du mich so an?«

»Setz dich bitte und lies das«, sagte er, während er den Brief auf den Tisch legte.

Violette nahm Platz, stellte die Tasse auf den Tisch und griff nach dem Blatt, das Pablo zu ihr hinüberschob.

Während sie las, legte sich ein bestürzter Ausdruck auf ihre Züge, und ihre Hände begannen zu zittern.

»Was ist das?«

»Das siehst du doch, man bietet mir Arbeit in einer wichtigen Parfümfirma in Barcelona an«, sagte er zögerlich.

»Aber… wie…? Du wirst ja wohl nicht zusagen, oder?«

»Doch, ich habe vor, die Stelle anzunehmen. Ich muss einfach wieder arbeiten.«

Violette sprang auf und hätte beinahe den Tee verschüttet.

»Bist du verrückt? Was sollen wir denn in Barcelona? Unser Platz ist in Paris, und wenn dieser verdammte Krieg endlich vorbei ist, kehren wir dorthin zurück!«

»Nicht *wir*, Violette«, unterbrach Pablo sie, der das unangenehme Gespräch endlich hinter sich bringen wollte. Jetzt wollte er tun, was er schon lange hätte tun sollen, um die Dinge ein für alle Mal klarzustellen.

»Nicht *wir*, sondern *ich*, Violette. *Ich* gehe nach Barcelona.«

»Das verstehe ich nicht. Eine Zeit lang, meinst du?« Mit einem Mal stand Panik in Violettes Blick.

Pablo holte tief Luft.

»Ich bitte dich um die Trennung, weil ich noch einmal ganz von vorn anfangen will. Damit ich endlich wieder ich selbst sein kann, und ich möchte gern ...«

»Nein!«, rief Violette aus, während ihr die Tränen in die Augen stiegen.

»Siehst du denn nicht, dass es das Beste für uns wäre? Ich bin so nicht glücklich, und du doch auch nicht, Violette. Was machen wir denn noch hier zusammen?«

»Mit wem gehst du nach Barcelona? Mit einem von deinen Flittchen?«

Violette ging zum Angriff über wie ein angeschossenes Tier. In Pablos Blick stand unendliche Müdigkeit.

»Nein, hier geht es um meinen Neuanfang im Leben. Der ist viel wichtiger als irgendeine Affäre. Ich verlasse dich und gehe allein.«

»Ich glaube dir kein Wort! Das ist doch nur wieder eins von deinen Techtelmechteln!«, brüllte Violette außer sich vor Wut.

»Du bist offensichtlich nicht dazu in der Lage, eine vernünftige Unterhaltung zu führen.«

Als Pablo beruhigend einen Schritt auf sie zumachte, ging Violette auf ihn los und schlug mit den Fäusten auf seine Brust ein. Pablos Worte hatten sie tief getroffen und sie in wütende Verzweiflung gestürzt.

»Ich werde nicht zulassen, dass du mir so etwas antust! Mir, ausgerechnet mir … Dabei hab ich doch alles nur für dich getan, Dinge, die du dir nicht einmal vorstellen kannst …«

Pablo packte sie an den Handgelenken und schob sie mit Gewalt von sich weg. Dann drehte er sich um und ging auf die Tür zu.

»Ich brauche erst einmal frische Luft. Wenn du dich ein bisschen beruhigt hast, reden wir weiter«, sagte er, ohne sie anzusehen.

Ja, falls Violette dann nicht zu betrunken sein würde, um auch nur aufrecht zu stehen, dachte er bei sich.

6

Die sanfte Melodie des Meeres beruhigte Pablos Nerven ein wenig. Er setzte sich an den Strand und ignorierte die Kälte des frühen Morgens. Mit zusammengebissenen Zähnen schlang Pablo die Arme um die angezogenen Knie und ließ den Blick über den Horizont wandern. Er seufzte tief, war jedoch fest entschlossen und versuchte seine Gedanken zu ordnen.

Still saß Pablo da und genoss die ersten Sonnenstrahlen, die sich schließlich am beinahe flüssig wirkenden Himmel zeigten. Er atmete tief ein und verlor sich in seinen Erinnerungen, die ihn zu Clément führten. Pablo dachte an die Zeiten zurück, als er in Grasse angekommen war, und an die Einsamkeit, unter der er damals gelitten hatte – eine viel zu große Last für ein so kleines Kind. Und dann hatte dort eine Familie auf ihn gewartet und ihn mit offenen Armen empfangen. Er rief sich seinen Cousin in Erinnerung, der stets ein Lächeln auf den Lippen getragen und ihm mit strahlenden Augen ein neues Leben gezeigt hatte. Im gemeinsamen Kinderzimmer hatten sie zusammen gelacht und geflüstert, sich leise ihre Geheimnisse anvertraut und auch die eine oder andere Träne vergossen. Später hatten sie dort am offenen Fenster und nur mit dem Mond als Zeugen gemeinsam ihre erste Zigarette geraucht. Im Nachhinein dachte Pablo nun, dass es sich dabei um die schönste Zeit seines Lebens gehandelt hatte. Und als er dann Claudine begegnet war, war sein Glück perfekt gewesen, weil er durch sie die Liebe kennengelernt hatte.

Nun aber war Clément verschwunden wie die Sterne, die am Himmel erloschen. Und mit dem Tod seines Cousins war auf einmal das Gefühl der Einsamkeit wieder da.

Der Schmerz ließ Pablo erbeben, während ihm die Traurigkeit Tränen in die Augen trieb. Durch Cléments Tod zerfiel alles, was sie gemeinsam erlebt hatten, ihre Kameradschaft, ihre Vertrautheit, ihr gemeinsames Glück, zu Staub.

Pablo stand auf, weil sich zu der Bitterkeit, die ihn erfüllte, nun auch noch die Kälte des feuchten Sandes gesellte. Sein Blick verlor sich über dem endlosen Meer. Was sollte er nur mit diesem Gefühl anfangen, das da in seiner Brust erwuchs? Sollte er einfach weiterleben und still die Zähne zusammenbeißen, um die Monster in Zaum zu halten? Wie bisher vor ihnen fliehen oder einen Neuanfang riskieren?

Er machte sich auf den Heimweg. Mit gesenktem Kopf schritt er voran und wagte es nicht einmal, den Schatten des Mannes zu betrachten, in den er sich verwandelt hatte. Als er schließlich zum Haus hinüberschaute, hatte er das Gefühl, aus einer tiefen Schlucht aufzusehen, aus dem Abgrund seines Lebens. Von Weitem sah er Violette am Küchenfenster auf ihn warten. Sie blickten einander einen kurzen, flüchtigen Moment an, wobei die Augen seiner Frau durch das Glas wie vernebelt wirkten, von tiefer Schwärze erfüllt.

Erneut stieß Pablo ein tiefes Seufzen aus, bevor er das kleine Tor zum Garten öffnete und hindurchging. Dabei löste er in keinem Moment den Blick von dem unscharfen Bild seiner Frau hinter der Scheibe. In diesem Moment machte Violette eine merkwürdige Handbewegung und hielt sich etwas an den Kopf, das Pablo nicht erkennen konnte.

Der Schuss ließ ihn in der Bewegung erstarren. Mit vor Schreck geweiteten Augen musste er mit ansehen, wie Violette hinter der blutbespritzten Fensterscheibe zu Boden sank.

Er blieb einfach stehen, reglos, ohne zu reagieren. Auf den Schuss folgte undurchdringliche Stille, so angespannt und zäh, dass man die Luft kaum noch atmen konnte. Das Blut in Pablos Adern schien zu gefrieren.

Ein beklemmtes Murmeln entfloh seinen Lippen:

»Violette, was hast du nur getan?«

Barcelona

Verlorene Gerüche

Barcelona, September 1942

1

Nachdem Pablo Violette in Grasse zu Grabe getragen hatte, hatte er das Gefühl, gegen den Strom des Schicksals zu schwimmen, der ihn mitreißen wollte. Clément und Violette waren im gleichen Alter kurz hintereinander gestorben, und nun war von dem fröhlichen, unzertrennlichen Trio seiner Kindheit nur noch er geblieben. Er war am Boden zerstört und fragte sich ständig, ob er es überhaupt verdient hatte, seine Freunde zu überleben.

Pablo flüchtete sich zu seiner Familie und blieb einige Monate in Grasse. Zu Anfang quälten ihn noch so viele Erinnerungen und Selbstvorwürfe, dass nichts seinen Schmerz lindern konnte. Schweigend brütete er vor sich hin und war davon überzeugt, dass ihn die Schuldgefühle wegen Violettes Tod niemals verlassen würden, dass ihn das Bild des blutenden Körpers seiner Frau bis an sein Lebensende verfolgen würde.

Mit der Zeit half ihm seine Familie jedoch aus dem dunklen Loch hinaus, und ihre Gesellschaft war Balsam für seine Seele. Tante Annes warme Zuneigung, Alphonses Güte, Arlettes Gesellschaft und Léos Unbekümmertheit, die so viel Hoffnung mit sich brachte, milderten langsam Schmerz und Wut.

Der Nebel, der Pablo nach Violettes Selbstmord umfangen hatte, lichtete sich nach und nach, um erste Gedanken an einen Neuanfang zuzulassen. Pablo konnte sich nicht ewig von schlechtem Gewissen, Gefühlsqualen und Machtlosigkeit lähmen lassen, sondern musste in seinem Leben wieder die Zügel in die Hand nehmen.

Das Beste für ihn würde eine sinnvolle Beschäftigung sein, in dem Umfeld, das seinem Dasein schon früher einen Sinn gegeben hatte. Einzig die Rituale im Parfümlabor würden etwas Ordnung in das Chaos bringen können, in das sich sein Leben verwandelt hatte.

Deshalb teilte er seinen Verwandten den Wunsch mit, noch einmal bei Null anzufangen, weit fort von allem, was ihn an die Vergangenheit erinnerte. Er würde weggehen.

»Wie schade, wir haben uns wirklich an deine Gesellschaft hier gewöhnt«, sagte Arlette, als sie von Pablos Entscheidung hörte. Dann fügte sie traurig hinzu: »Und vor allem Léo wird dich vermissen.«

Pablos Blick wurde traurig. Auch ihm würde es schwerfallen, Grasse hinter sich zu lassen und sich erneut von seiner geliebten Familie zu verabschieden. Aber ihm blieb keine Wahl.

Wie immer fasste Anne die allgemeine Stimmung in die aufrichtigsten Worte:

»Ich kann deinen Entschluss gut verstehen, mein Junge. Wenn du glaubst, dass du hier weggehen musst, um das zu finden, was du suchst… dann tu es! Flieh vor dem Krieg, lass all dieses Elend hinter dir! Du hast doch viele Kontakte, oder nicht? Vielleicht kann dir ja jemand dabei helfen, nach Argentinien oder Brasilien auszuwandern? Das machen jetzt viele Menschen, und du könntest jenseits des Ozeans ein ganz neues Leben anfangen.«

»Vielleicht später einmal, aber nicht jetzt, noch nicht. Um in die Zukunft blicken zu können, muss ich zunächst meine Wurzeln neu entdecken. Und dazu bietet sich nun Gelegenheit, man hat mir nämlich Arbeit in einem Labor in Barcelona angeboten.«

Ein paar Sekunden herrschte Stille im Esszimmer, die Alphonse schließlich durchbrach:

»Barcelona? Warum willst du denn ausgerechnet nach Barcelona zurück? Spanien macht schließlich eine schwere Nachkriegszeit durch, deshalb sind die Bedingungen für einen Neuanfang dort wirklich nicht ideal. Und du bist doch ein berühmter Parfümeur, der …«

»Ich *war mal* ein berühmter Parfümeur, Onkel. Jetzt bin ich nur noch …«

Pablo verstummte. Liebevoll hatte Anne ihre Hand über seine gelegt. Die Blicke von Tante und Neffe trafen sich und sagten einander still, was Worte nicht zum Ausdruck bringen konnten.

Dann machte sich Pablo an die Arbeit. Durch die Misere bei Parfums Royal hatte Pablo beinahe sein ganzes Vermögen verloren. Ihm war noch ein wenig Geld vom Verkauf der Wohnung in Paris geblieben, und davon hatte er während des letzten Jahres in Villefranche gelebt. Man konnte also sagen, dass er mit leeren Händen nach Barcelona gehen würde.

Mitten im Krieg zu reisen, würde auch nicht einfach werden. Weil Flüge für die Armee reserviert und nicht für Zivilisten zugänglich waren, beschloss Pablo, den Zug von Narbonne nach Portbou zu nehmen. Dort würde er umsteigen müssen, um seine Fahrt nach Barcelona fortzusetzen.

Eine gewagte Reise, so gefährlich wie einst die des elfjährigen Jungen von Barcelona nach Grasse. Damals war er noch so jung gewesen, dass er die Risiken nicht wahrgenommen hatte, und nun scherten sie ihn einfach nicht.

2

Nach und nach wurde der Zug langsamer, und als Pablo in der Ferne die ersten Lichter der Stadt entdeckte, lief ihm ein Schauder über den Rücken.

Barcelona! Er kehrte nach Barcelona zurück!

Als sie die Carrer d'Aragó erreichten, wurde das Tempo noch mehr gedrosselt, sodass Pablo das Fenster aufmachen und den Kopf hinausstrecken konnte. Er hatte ganz vergessen, wie feucht die Luft in Barcelona war, die ihn nun willkommen hieß. Pablo schaute zum Himmel auf, dessen Blau hart und metallisch wirkte, und schloss für einen Moment die Augen. Gleich darauf zeigte ein Pfeifen das Ende der Reise an, und sie liefen in die Estació de França ein.

Den kleinen Koffer mit den Überbleibseln der Odyssee seines Lebens in der Hand, stieg Pablo aus dem Zug und lief den Bahnsteig entlang.

Der Bahnhof erschien ihm geschäftig wie ein Bienenstock und präsentierte sich ihm in gedeckten Farben:

dem dunklen Grün der Soldaten und ihrer Seesäcke, den blauen Hemden der Falangisten, den weißen Hauben der Nonnen und dem schlichten Schwarz von Trauernden. Einige kamen an, andere brachen auf. Pablo war von Umarmungen, Küssen und Tränen umgeben, von Koffern, einfachen Bündeln und Lärm, unglaublich viel Lärm.

Er schlängelte sich in diesem Chaos voran, bis er bei einer Art Passagierkontrolle stehen blieb.

Männer in Uniform stießen die Ankommenden herum und befahlen ihnen in lautem Befehlston, Koffer und Taschen zu öffnen. Manche wurden nach der Passkontrolle ruppig zur Seite geführt und erst einmal festgehalten, während man ihnen das Gepäck wegnahm. Pablo verstand kaum, was geredet wurde.

Als er an der Reihe war, holte er seine Papiere hervor und zeigte sie einem der Uniformierten, einem kleinen, hageren Mann mit wachen Augen, die den ganzen Bahnhof mit einem einzigen Blick zu erfassen schienen. Er riss Pablo die Dokumente aus der Hand und ließ sich dann viel Zeit damit, sie durchzusehen. Anschließend gab er sie mit schroffer Geste zurück.

»Französischer Staatsbürger?«

»*Oui.*«

»Anlass Ihrer Reise?«

»Ich … Meine Arbeit«, brachte Pablo mühselig hervor. Da er nach seinem Weggang aus Barcelona nur selten dazu gekommen war, Spanisch zu sprechen, musste er die Sprache erst wieder lernen.

Katalanisch hatte er in seiner Kindheit in der Schule und auf der Straße gelernt und seitdem überhaupt nicht mehr gesprochen.

Der Uniformierte forderte ihn mit einer Kopfbewegung zum Weitergehen auf, ohne seinen Koffer zu öffnen, und Pablo hielt auf den Eingang zu. Dabei spürte er allerdings den Blick des Mannes noch im Nacken, bis er schließlich auf die Straße trat.

Während Pablo zum Pla de Palau lief, der jetzt Plaza Palacio hieß, erschien ihm die Stadt völlig fremd. Um sich nicht zu verlaufen, achtete er so konzentriert auf den Weg, dass er den Straßen und Gebäuden schließlich kaum noch Aufmerksamkeit schenkte. Sowohl die Zeichen der Zerstörung als auch die Siegessymbole der Nationalen entgingen ihm in diesem Augenblick völlig.

An der Via Laietana blieb er müde und irgendwie verloren stehen. Nach der langen Reise wog der Koffer schwer in seiner Hand, schließlich schleppte er darin seine ganze Vergangenheit mit sich herum.

All die schwarz-gelben Autos mussten wohl Taxis sein, und Pablo fragte sich, ob sie in seiner Kindheit auch schon diese Farben gehabt hatten. Er hielt einen dieser Wagen an und bat den Fahrer, ihn ins Stadtzentrum zu bringen.

»Hm, ins Zentrum… Was meinen Sie denn damit? Zur Plaça de Catalunya?«

»*Oui, ça va bien*… Gut, gut…«

Der Taxifahrer lächelte und wollte ein Gespräch beginnen, das ihnen die Fahrt verkürzen sollte. Er hatte nicht oft Gelegenheit, mit Leuten von außerhalb zu plaudern.

»Sie sind wohl zu Besuch, was? Das erste Mal in Barcelona?«

Als Pablo, der keine Lust auf eine Unterhaltung hatte,

nicht antwortete, schnalzte der Taxifahrer missbilligend und murmelte leise etwas vor sich hin, während er die Passeig de Colom entlangfuhr.

Pablo ließ sich in den Sitz sinken und versuchte erfolglos, die Bilder vor seinen Augen mit irgendwelchen Erinnerungen in Verbindung zu bringen.

Als sie dann, kurz vor dem Abbiegen auf die Rambla de Santa Mònica, das Portal de la Pau erreichten, sah Pablo schließlich das Meer. Das Meer von Barcelona. Er schloss die Augen und atmete durchs Taxifenster den salzigen Geruch. Für ihn trug das Aroma der Erinnerungen einen viel größeren Zauber in sich als jedes von Menschenhand gemacht Parfüm.

Der Fahrer hielt auf der Plaça de Catalunya vor dem Hotel Colón und stieg aus, um das Gepäck seines Passagiers aus dem Kofferraum zu holen. Während er das Geld für die Fahrt entgegennahm, sagte er mit einer Kopfbewegung in Richtung des Gebäudes:

»Falls Sie vorhatten, da abzusteigen, muss ich Sie leider enttäuschen. Das Hotel ist nicht mehr in Betrieb und wird bald abgerissen. Tja, wo das noch hinführen soll …«

Pablo musste sich konzentrieren, um alles zu verstehen, was der Mann da von sich gab. Doch nach und nach erwachte in seinem Verstand die etwas eingerostete Sprache wieder zum Leben. Daher wagte er es endlich, den Mund aufzumachen:

»Und ein … ein einfacheres Hotel?«

Der Mann deutete auf die Rambla:

»Probieren Sie's mal da, da gibt es jede Menge.«

Die Rambla war tatsächlich voll von Hotels. Und Blumen. Und Vögeln. Voller Menschen und Gerüche, die Pablo nicht ganz unbekannt vorkamen. Schließlich blieb er vor dem Hotel Cuatro Naciones stehen, das ihm als vorübergehende Bleibe für ein paar Tage ganz passend erschien. Zum Glück würde sein neuer Arbeitgeber alle Kosten übernehmen.

Pablo nahm sich dort ein Zimmer und schickte sich an, ein altes Versprechen einzulösen.

3

Direkt nach seiner Ankunft machte sich Pablo auf den Weg zum Friedhof in Horta, um seiner Mutter Blumen zu bringen, wie er es seinem Vater einst versprochen hatte. Außerdem wollte er Ramiro erzählen, wie es ihm im Leben ergangen war.

Unter Pablos Füßen raschelte das Herbstlaub, das der kalte Wind den Bäumen entrissen hatte, der seine Sommerjacke durchdrang und ihn frösteln ließ. Das Morgenlicht hatte eine wässrige Farbe angenommen, und es würde wohl bald regnen.

Der Gottesacker von Horta war klein. In seiner Mitte reckten sich grüne Bäume stolz in den Himmel und bewachten die großen Mausoleen jener, die ihren Reichtum auch mit ins Jenseits nehmen wollten. Dort wuchsen Zypressen, Kiefern und sogar einige Palmen. An den vier Seitenwänden des Friedhofs reihten sich Schiebegräber voller Staub und Tod aneinander. Weil sich die Grabnische von Pablos Eltern in der dritten Reihe der hinteren Wand, dem Eingang genau gegenüber, befand, musste er den ganzen Friedhof überqueren, um sie zu erreichen. Pablo ging mit langsamen Schritten voran, bis er schließlich vor der Gräberwand stehen blieb, die in ihm so traurige Erinnerungen wachrief. Er setzte sich auf eine Bank aus Stein und betrachtete die verblichenen und staubigen Lettern auf der Grabplatte vor der Nische seiner Eltern. Dort stand lediglich »Familie Soto«, keine persönliche Inschrift erinnerte an Ramiro und Marie. Aber das würde er jetzt ändern. Noch war es dafür nicht zu spät, und Tote hatten schließlich Geduld.

Pablo starrte auf den Strauß in seiner Hand. Er würde eine von diesen Leitern mit dem kleinen Podest suchen müssen, um die Blumen vor der Nische ablegen zu können, dachte er.

Obwohl er vor Kälte zitterte, rührte er sich zunächst nicht von der Stelle. Oder waren es vielleicht die Erinnerungen, die ihn erbeben ließen? Er grübelte und versuchte, sich die Gesichter seiner Eltern ins Gedächtnis zu rufen.

An das Gesicht seines Vaters erinnerte er sich noch. Und er hörte auch dessen Stimme in seinem Kopf.

Doch beim Gedanken an seine Mutter legte sich ein Schatten über seine Erinnerungen, und stattdessen sah er immer wieder das sanfte Antlitz Tante Annes vor sich. Wo auch immer Marie war, freute sie sich sicher darüber, dass ihre Schwester für Pablo zur Mutter geworden war.

Dennoch quälte sich Pablo. Er wusste nämlich, dass Menschen ganz langsam zu verschwinden beginnen, wenn sich niemand an sie erinnert oder über sie spricht. Und er wollte nicht, dass dies mit seiner Mutter passierte. Stattdessen wollte er ihr Andenken bewahren, so wie er es seinem Vater versprochen hatte.

Er wischte sich mit der Hand übers Gesicht, als wollte er all die Erinnerungen loswerden, die jetzt auf ihn einstürmten. Klar und deutlich kehrten die Szenen von der Beerdigung seines Vaters zurück. Plötzlich sah er wieder die Gesichter derjenigen vor sich, die ihn damals begleitet hatten: Quimeta und sein Kindheitsfreund Enric waren nicht von seiner Seite gewichen, genau wie der gute Pfarrer. Erneut hörte er ihre Stimmen, den flehentlichen Tonfall von Quimeta, als sie ihn bat, doch vom Grab wegzutreten, während die Überreste seiner Mutter herausgeholt wurden. Und dann stieg ihm sogar wieder der Geruch jenes fernen Tages in die Nase: nach feuchter Erde und Friedhof. Nach Einsamkeit.

Pablo betrachtete seine Hände. Einen Moment lang meinte er, wie damals seine Mütze in den Fingern zu halten, doch es war nur der Blumenstrauß.

Er dachte bei sich, dass das Leben schon seltsam war, so unvorhersehbar. Einst hatte er mitten im Krieg diese Stadt verlassen und das Meer überquert, und nun war er in den Wirren eines anderen Krieges zurückgekehrt.

Welch merkwürdiges Privileg ihm das Leben zugestanden hatte! Die Möglichkeit, Zeuge barbarischer Zerstörungswut zu werden, wie sie die Menschheit in solchem Ausmaß noch nie erlebt hatte. Zwei Weltkriege, und er hatte sie beide miterlebt!

Nun stand Pablo endlich auf, um eine Leiter zu suchen und die Blumen vor das Grab seiner Eltern zu legen. Die Kälte hatte seinen Körper, seine Erinnerungen, seine Seele ganz taub werden lassen.

4

Pablo verließ den Friedhof und machte sich zu Fuß auf den Weg in die Carrer d'Aiguafreda. Seine Schritte führten ihn so eilig dorthin, als wäre es für ihn auf einmal lebensnotwendig geworden, an diesem Ort nach den Spuren seiner Kindheit zu suchen.

Von dem Stadtviertel, in dem er die ersten Lebensjahre verbracht hatte, hatte sein Gehirn anscheinend keine besonders verlässlichen Bilder gespeichert, denn unterwegs fiel ihm nichts Bekanntes auf.

Es war Mittag, als er in seiner alten Straße ankam, ein bewölkter Mittag, aber noch ohne Regen.

Pablo sah sich nach dem Haus um, in dem er geboren und aufgewachsen war, wo er mit seinen Eltern gelebt hatte. Als er es schließlich entdeckte, wirkte es verlassen. Nur ein Vogel pickte im leeren Hof herum. Die Fenster mit den offenen Läden im ersten Stock und die Blumen auf dem Balkon deuteten jedoch darauf hin, dass das Häuschen bewohnt war.

Plötzlich überkam Pablo tiefe Verzweiflung, und er schloss für einen Moment die Augen, während sich jenes schreckliche Gefühl der Einsamkeit in ihm regte, das ihn nie verlassen hatte. Ferne Bilder kehrten in sein Gedächtnis zurück, zum Beispiel davon, wie er als kleiner Junge an heißen Tagen in den Waschtrog auf dem Hof geklettert war, um sich abzukühlen. Wie lange schon schlief dieses Kind tief in ihm?

Schließlich blinzelte er verwirrt und kehrte in die Gegenwart zurück, in die Wirklichkeit eines grauen Septembermittags. Noch einmal sah er sich das Häuschen an und dachte darüber nach, dass dort inzwischen eine andere Familie wohnte und es mit Leben erfüllte, mit Freud und Leid, Hoffnung und Sorge. Jemand anderes schlief nun in seinem Kinderzimmer, und ein fremdes Paar liebte sich in dem Schlafzimmer, das früher seinen Eltern gehört hatte. Fremde Menschen wuschen sich draußen im Waschtrog, kochten in der Küche und setzten sich im Esszimmer an den Tisch. Von Zeit zu Zeit nahmen sie vermutlich kleine Renovierungsarbeiten vor, strichen die Wände, von denen ihr Lachen und Weinen und gelegentlich auch mal ein Streit widerhallte.

Und das Haus hatte sich an diese neuen Bewohner angepasst, während die alten, vertrauten Gerüche aus Pablos Kindheit bestimmt längst verflogen waren. Nichts in diesen vier Wänden würde noch an seine Familie erinnern. Mit einem Mal erschien ihm jenes Häuschen, das doch einst sein Zuhause gewesen war, ganz fern und fremd. Und da wusste er, dass er hier gerade Abschied nahm und nie mehr zurückkehren würde.

Pablo presste die Fäuste mit aller Kraft gegen die Stirn, als wollte er aus seinem Kopf all die Erinnerungen vertreiben, die ihn zu überwältigen drohten.

Er wich ein paar Schritte zurück und spürte plötzlich das drängende Verlangen, hier so schnell wie möglich zu verschwinden, während er sich gleichzeitig nicht von der Stelle rühren konnte.

Unwillkürlich wanderte sein Blick von dem Häuschen, das jetzt nicht mehr seins war, zum Nachbargebäude hinüber, in dem einst Quimeta gewohnt hatte. Und da entdeckte er im Hauseingang einen Schatten.

Mit zögernden Schritten ging Pablo hinüber und erkannte, dass dort eine Frau auf einem Baststuhl saß. Sie war alt, ganz furchtbar alt, und die Jahre waren unbarmherzig zu ihr gewesen. Ihr Kopf saß tief zwischen den Schultern, und der schwarze Wollschal, mit dem sie sich vor der Kälte schütze, verbarg ihren buckligen Rücken. Pablo näherte sich mit einer Vorahnung, die sein Herz laut klopfen ließ. Um die Frau nicht zu erschrecken, fragte er leise:

»Quimeta, sind Sie das?«

Die Worte verließen seinen Mund ohne Schwierigkeiten in dem Katalanisch, das er mit Quimeta immer gesprochen hatte. In diesem Augenblick hatte er den Eindruck, als hätte er die Sprache seiner Kindheit nie hinter sich gelassen.

Die Frau schaute zu ihm auf und betrachtete ihn aus ihren kleinen Augen, die von tausend kleinen Fältchen eingerahmt wurden.

»Quimeta, ich bin's, Pablo, der Sohn von Marie und Ramiro.«

Als er die Namen seiner Eltern aussprach, wurde er plötzlich von Tausenden Bildern heimgesucht, von Erinnerungen, die in genau diesem Augenblick zurückkehrten. Unter anderem sah er sich selbst als kleinen Jungen mit einem Koffer in der Hand, begleitet von Enric und ebendieser Frau, nur viel, viel jünger. Zusammen standen sie hier auf der Straße vor dem Haus, um sich voneinander zu verabschieden, ein allerletztes Mal. Pablo spürte einen Kloß im Hals.

Während er die alte Frau erwartungsvoll ansah, öffnete sich jählings die Tür des Hauses, und ein korpulenter Mann um die fünfzig trat heraus. Er trug einen von grauen Haaren durchzogenen rauen Bart, hatte verschwindend kleine Augen und einen extrem schmalen Mund. Mit misstrauischer Miene wandte er sich an Pablo:

»Wer sind Sie denn? Und was wollen Sie von meiner Mutter?«

»Ich ... Ich bin Pablo, Pablo Soto. Früher hab ich hier nebenan gewohnt und war gut mit Enric befreundet.«

Nachdenklich musterte Pablo den Mann.

»Sie müssen wohl einer von Quimetas älteren Söhnen sein ... Leider kann ich mich nicht mehr an die Namen erinnern ...«

Ohne den skeptischen Blick von dem Fremden abzuwenden, griff der Mann nach dem Arm der alten Frau, half ihr liebevoll beim Aufstehen und führte sie ins Haus.

Pablo wurde von tiefer Traurigkeit erfasst, als er sah, wie zerbrechlich ihr greiser Körper war.

»Und Enric? Lebt der auch noch hier?«, fragte er schnell noch, bevor die beiden im Inneren des Hauses verschwanden.

Der Mann blieb stehen, und nun lagen in seinem Blick unendlicher Schmerz und tiefe Müdigkeit.

»Hier wohnt kein Enric mehr. Der einzige Enric, den es hier mal gab, war in Aragón an der Front und ist nie mehr zurückgekehrt. Und jetzt lassen Sie meine Mutter in Ruhe, die erinnert sich nämlich an nichts und niemanden mehr.«

Pablo blieb vor dem Haus stehen, während der Mann

die Greisin vorsichtig durch die Tür führte und diese dann hinter sich schloss.

Mit wehem Herzen drehte er sich um und ging. Hier war nichts, aber so gar nichts mehr wie früher. Wo würde er wohl suchen müssen, um ein Echo der Vergangenheit zu finden?

Der Wind blies jetzt stärker, und die Blätter der Bäume tanzten vor seinen Augen. Die am Himmel rasenden Wolken hingen so tief, dass es beinahe so aussah, als müssten sie im schläfrig daliegenden Stadtviertel jeden Moment gegen die Dächer der Häuser stoßen. Die Temperatur fiel, und schließlich spürte Pablo die ersten Regentropfen.

Kälte, Wind und Regen verstärkten das Gefühl der Einsamkeit noch, das in seiner Seele lauerte.

Mit langsamen Schritten entfernte er sich von der Carrer d'Aiguafreda, der Straße seiner frühen Kindheit.

Das Begrüßungsessen

Barcelona, September 1942

1

Modest Parés rauchte am Fenster seines Büros in der Carrer de Balmes ein aromatisches Zigarillo und beobachtete gedankenverloren den morgendlichen Verkehr. Erst vor wenigen Monaten war seine Kosmetikfirma in diese prächtigen modernen Räumlichkeiten an der Ecke zur Carrer de Mallorca umgezogen, die durch die Renovierung und Zusammenlegung zweier älterer Gebäude entstanden waren. Parés hatte Wert darauf gelegt, dass sein neuer Firmensitz einen gewissen klassizistischen Flair ausstrahlte, was sich vor allem in dem großen Eingangstor mit seinen Säulen zeigte sowie bei den Balkonen mit Balustern und Dreiecksgiebeln im ersten Stock, wo die Büros lagen. In den beiden oberen Stockwerken befanden sich die modernen Labors der Firma.

Modest Parés aus Vilassar de Mar, Jahrgang 1890, war nicht immer in der Kosmetikbranche tätig gewesen. In seiner Kindheit deutete alles darauf hin, dass er einmal im Weinberg arbeiten würde, so wie es sein Vater und davor der Vater seines Vaters und Generationen von Männern der Familie getan hatten, deren Spur sich in der Vergangenheit verlor.

Doch Modest hatte sich anders entschieden, eines Tages seinen Heimatort hinter sich gelassen und war nach Barcelona aufgebrochen.

Zum Glück kam er nicht mit leeren Händen in die Stadt, sondern hatte ein gewisses Budget zur Verfügung. So abgesichert, versuchte sich der unternehmungslustige junge Mann an verschiedenen Geschäftsideen, die allerdings nie lange Erfolg hatten.

Das Schicksal schien nicht auf seiner Seite zu sein, und mit jedem neuen Anlauf schrumpften seine finanziellen Mittel, während er nach und nach auch die Hoffnung verlor. Als sein Geld schließlich aufgebraucht war, bot sich ihm die Gelegenheit, eine Stelle in einer bekannten Kosmetikfirma der Stadt anzutreten, und er nahm dankbar an.

Am Anfang sah er in dieser Arbeit nur eine vorübergehende Lösung, weil er nie auf den Gedanken gekommen wäre, dass das Kistenschleppen im Lager der Grundstein seiner zukünftigen Karriere sein würde – und das ausgerechnet in der Kosmetikbranche.

Doch sein wacher Verstand und sein Ehrgeiz brachten ihn schnell voran.

Und schließlich präsentierte sich ihm das Glück in der Gestalt einer schönen jungen Frau mit geheimnisvollen, faszinierenden Augen. Trotz ihres zarten Alters – sie war erst siebzehn, also acht Jahre jünger als er – band sie ihn bald auf eine für ihn völlig unbekannte und unwiderrufliche Weise an sich.

Valèria Casanoves, so hieß das junge Mädchen, war die einzige Erbin des Unternehmens J. Casanoves Cosmeticos, eines Mitte des neunzehnten Jahrhunderts in

Barcelona gegründeten Herstellers von Seifen, Duftwässern, Pomaden und Kosmetik – ebender Firma, für die Modest arbeitete.

Gustau Casanoves hatte das Unternehmen Anfang des zwanzigsten Jahrhunderts geerbt, es mit viel Fleiß und Anstrengung vergrößert und modernisiert, sodass es den Anforderungen des aktuellen Marktes entsprach. Deshalb hatte er die Geschäftsräume auch von der Carrer de les Tàpies nach Sarrià verlegt.

Das Leben hatte Gustau Casanoves eigentlich nur eines versagt, nämlich einen Sohn, der seine Leidenschaft für die Arbeit und seine Opferbereitschaft teilte – in einem Wort, einen Erben.

Stattdessen hatte es ihm dieses ein wenig verrückte und rebellische Mädchen geschenkt, das ihm in nichts ähnelte, auch wenn er das lieber nicht laut aussprach.

Und als mit Modest Parés ein äußerst ehrgeiziger junger Angestellter aus seiner Firma bei Gustau Casanoves um Valèrias Hand anhielt, akzeptierte dieser die Verbindung der beiden ungleichen jungen Leute daher nicht nur, sondern war davon geradezu begeistert. Denn in dem aufstrebenden Modest sah er den Sohn, den er gern gehabt hätte und der nach seinem Tod das Fortbestehen der Firma sichern würde. Außerdem vertraute er darauf, dass Modests gesunder Menschenverstand ausgleichend auf Valèrias überschäumendes Temperament wirken würde, das schon mehrmals für Probleme gesorgt hatte. Seine Tochter war ein Wildfang, der das Leben in vollen Zügen genießen wollte. Und den nicht mehr jungen Eltern fiel es schwer, dem lebenslustigen jungen Ding klare Grenzen zu setzen.

Gustau Casanoves sollte mit seiner Einschätzung nicht falschliegen, zumindest was seine Erwartung betraf, dass Modest die Firma noch vergrößern würde.

Was Modests beruhigende Wirkung auf Valèrias Charakter anging, war der Erfolg nicht so durchschlagend. Valèria war diese Ehe nämlich mit dem Vorhaben eingegangen, sich endlich der strengen väterliche Kontrolle zu entziehen. Mit neunzehn Jahren nahm sie also ihr Leben selbst in die Hand und wurde Herrin in ihrem eigenen Haus.

Und damit würde sich ihr die Tür zur Freiheit und zum Vergnügen öffnen – dachte sie zumindest.

Jedoch bekam sie bald ihr erstes Kind, einen Sohn, und nach einem Jahr dann das nächste, eine Tochter, die sie gar nicht gewollt hatte. Und so wurde ihr nach und nach klar, dass es keinen großen Unterschied zwischen der Abhängigkeit von einem Vater und der von einem Ehemann gab.

Und ihre Liebe zu Modest – wenn es denn Liebe war, was sie für ihn empfunden hatte – verblasste schnell.

Gustau Casanoves wäre begeistert gewesen, wenn er den Erfolg des Familienunternehmens noch miterlebt hätte. Er starb jedoch im Jahr 1931, sodass die komplette Firma an seine Tochter überging, die wiederum die Leitung ihrem Ehemann übertrug. Damit hatte Modest freie Hand, um die geerbte Firma zu modernisieren. Sie sollte mit den Besten der Branche konkurrieren können, mit Myrurgia oder der berühmten Parfümerie Font, die für ihre neue hochwertige Kosmetiklinie Nilus bekannt war.

Modest beschloss, alles auf eine Karte zu setzen, und

diese Karte war ein geplantes Duftwasser, das der Firma ein neues Image verleihen und ihr größte Popularität verleihen sollte. Für dieses ehrgeizige Projekt stellte er Martí Rovira ein, einen Chemieingenieur mit Erfahrung in der Parfümherstellung. Modest wusste ganz genau, was er wollte, und Martí konnte seine Vorgaben entsprechend umsetzen. Und so entstand im Jahr 1933 Valèria, ein klassisches Eau de Toilette, dem Rovira eine Kopfnote aus Zitrusaromen verliehen hatte, gefolgt von einer Herznote, die von Rosmarin, Melisse und Bergamotte dominiert wurde, sodass das Produkt auf der Haut ein wohltuendes, frisches Gefühl hinterließ.

Modest Parés hatte mit dieser neuen Idee viel riskiert, sie stellte sich jedoch augenblicklich als Volltreffer heraus. Das Eau de Toilette Valèria erfüllte mit seiner frischen und lang anhaltenden mediterranen Note die Straßen von Barcelona, breitete sich immer weiter aus und hatte auch weit weg vom Ort seiner Entstehung Erfolg.

Dadurch vergrößerte Parés nicht nur die Gewinne der Firma, sondern auch sein privates Vermögen, und erfüllte sich darüber hinaus einen persönlichen Traum: Nach und nach wurde der Betrieb, dessen Namen Parés zu Perfumes Donna änderte, für die von ihm so bewunderten modernen Firmen zur ernsthaften Konkurrenz.

Das Unternehmen stellte neue Mitarbeiter ein und führte bei Maschinen und Herstellungsprozessen Verbesserungen ein, bis auf dem Höhepunkt des Erfolgs der Bürgerkrieg ausbrach und den Aufwärtstrend stoppte.

Nach den schrecklichen drei Kriegsjahren wurde die Produktion aber mit neuem Schwung wieder aufgenommen. Parés war nicht nur ehrgeizig wie eh und je, sondern hatte sich im Konflikt auch auf die Seite der Sieger geschlagen. Durch sein Bekenntnis zum neuen Regime, zum Spanien des Caudillo, galt er als unbescholtener Unternehmer, was sein Geschäft beflügelte.

Dadurch erreichte sein Duftwasser nicht nur schnell wieder die gleichen Verkaufszahlen wie vor dem Jahr 1936. Die Umsätze stiegen sogar noch an. Denn nach dem Krieg wollten die Sieger schnell den Geruch nach Tod, Rauch und Pulver vergessen, der ihr Land drei Jahre lang überzogen hatte.

2

Das prächtige barocke Gebäude, in dem die Parés wohnten, lag an der Carrer de Diputació. Die luxuriöse Wohnung hatte an der Hauptfassade drei Balkone, von denen aus man auf das Blättermeer der Rambla de Catalunya hinuntersah.

Die Familie wohnte im weitläufigen Hauptgeschoss, das über eine breite Marmortreppe zu erreichen war.

Einer der schönsten Räume der Wohnung war das große Esszimmer, das auf den mittleren Balkon hinausging, und dort herrschte gerade, genau wie im angrenzenden Salon, fieberhafte Aktivität.

Zwischen Kristall und Porzellan mühte sich eine junge Angestellte damit ab, nach den Anweisungen der Haushälterin den Tisch für sechs Personen zu decken. Auf der zarten Tischdecke mit Spitze wurden Teller mit Goldrand und Gläser mit ebenfalls goldenem Fuß arrangiert, und mitten auf der Festtafel thronte ein riesiges Blumengesteck.

»Rita, pass gut auf, dass du bei den Gläsern die richtige Reihenfolge einhältst. Die Likörgläser nach ganz rechts und im korrekten Winkel zu den anderen.«

Rita war erst sechzehn, klein und flink, und ihr Gesicht wirkte noch kindlich. Ihre kleinen Augen von unbestimmter Farbe und die lange schmale Nase machten aus ihr nicht gerade eine Schönheit. Wenn sie die Haube abnahm, fiel ihr eine dichte Mähne wirren braunen Haares auf die Schultern, das auch keinen besonderen Reiz hatte. Was an Rita am meisten auffiel, war ihr herzförmiger, ein wenig zu groß geratener Mund, der kaum in das kleine magere Gesicht zu passen schien. Immerhin strahlte er eine gewisse Sinnlichkeit aus.

Keuchend vor Anstrengung, wischte sich das junge Mädchen mit der Hand über die Stirn.

»Ich verstehe einfach nicht, was die ganzen Gläser überhaupt sollen. Die werden doch sowieso nicht alle benutzt.«

Matilde bedachte die junge Frau mit einem missbilligenden Blick. Sie selbst hatte kurz nach der Hochzeit der Parés bei dem Paar angefangen und stand inzwischen bereits seit fünfundzwanzig Jahren in ihrem Dienst. Nun, kurz vor ihrem fünfzigsten Geburtstag, erfüllte sie das Gefühl, die längste Zeit ihres Lebens dieser Familie gewidmet zu haben, der einzigen, die sie hatte. Sie war in schönen Augenblicken an ihrer Seite gewesen, wie bei der Geburt der beiden Kinder, und auch in harten Zeiten.

Inzwischen wurde ihr Haar bereits grau, doch sie bewegte sich noch immer mit der gleichen Energie durch die Räume und führte den Haushalt der Familie mit eiserner Hand.

»Wenn du deine Stelle hier halten willst, dann frag nicht so viel und tu, was man dir sagt. Aber ein bisschen plötzlich, wir haben nämlich nicht den ganzen Tag Zeit!«

Doch Matilde schimpfte ohne Boshaftigkeit, denn ihr mütterlicher Beschützerinstinkt war genauso groß wie ihre Autorität. Seit Ritas Ankunft im Haushalt hatte sie jeden Handgriff der jungen Frau überwacht und sie in alle Geheimnisse ihres Berufs eingeweiht.

Matilde hatte Rita geduldig gezeigt, wie man Teppiche bürstet – mit perfekten Strichen erst senkrecht, dann waagerecht –, und ihr die unschöne Art des Serviettenfaltens ausgetrieben. Selbst das richtige Putzen der Toilettenschüssel hatte sie ihr zeigen müssen!

Nun ging Matilde mit flotten leisen Schritten zur Anrichte hinüber, um das Besteck zu holen. Während sie Esslöffel, Gabeln, Messer und Teelöffel zählte und sortierte, sagte sie:

»Und denk daran, dass du ja gleich auch noch genug Zeit brauchst, um dich umzuziehen und die Uniform vorher zu bügeln!«

Rita schaute an sich herunter. Im Moment trug sie noch ihre Alltagsuniform, die weiße mit den grauen Streifen, und dazu ein weißes Häubchen auf dem unbezähmbaren Haar.

Bei dem Gedanken an die schwarze Uniform mit dem Spitzenhäubchen, der gestärkten weißen Schürze und dem weißen Kragen, der perfekt gebügelt sein musste, verzog die junge Frau das Gesicht.

Diese Festtagsuniform mochte sie überhaupt nicht! Zum einen passte Schwarz ihrer Meinung nach so gar nicht zu einem jungen Mädchen ihres Alters. Zum anderen war viel Arbeit nötig, bis diese Uniform so perfekt saß, wie Matilde es von ihr verlangte.

Rita wusste natürlich, warum hier so viel Aufwand betrieben wurde, schließlich gab es im Haushalt seit Tagen kein anderes Thema mehr: An diesem Abend war der französische Parfümeur eingeladen.

»Sag mal, dieser berühmte Gast, der nachher zum Essen kommt, der soll also mit Senyor Parés zusammen Parfüms herstellen?«, fragte Rita.

»Ja, so sieht es wohl aus.«

»Aber ist denn Senyor Rovira nicht der Experte für Parfüms?«

Matilde drehte sich zu ihr um und rief:

»Das Glas, Mädchen! Das ist zerbrechlich, reib doch nicht daran herum wie an einem fettigen Topf!«

Matilde brachte das Besteck zum Tisch, nahm Rita das Glas aus der Hand und zeigte ihr, wie vorsichtig sie mit dem zarten Material umgehen musste.

»So!«

Während sie das dünne Glas sanft bearbeitete, antwortete sie auf Ritas Frage:

»Na ja, es ist jetzt offenbar in Mode, dass Duftthersteller einen französischen Parfümeur haben. Die kennen sich da wohl am besten aus. Und weil der Senyor ja große Pläne für die Firma hat und sie zu einer der wichtigsten im Land machen will, braucht er eben einen Franzosen.«

»Aber das Eau de Toilette von Senyor Parés ist doch sehr gut, eins der besten der Welt!«

»Und jetzt will er eben auch Parfüms herstellen.«

»Wo ist denn da der Unterschied?«

»Ach, Rita, jetzt lass es aber gut sein. Geh und bügel deine Uniform, ich mache hier die Gläser fertig.«

Das junge Mädchen ließ sich nicht lange bitten und eilte davon.

Matilde stellte derweil das Glas ab und trat an den Balkon heran. Draußen gemahnte das Wetter eher an den nahenden Herbst als an den sich verabschiedenden Sommer. Frischer, duftender Wind fuhr die Prachtallee entlang und jagte die Blätter von den Bäumen. Die Tage wurden allmählich kürzer, und das ließ die Haushälterin melancholisch werden.

»Duftwasser oder Parfüm … Welchen Unterschied es da gibt? Wie soll ich das denn wissen, wenn ich so etwas noch nie benutzt habe! Es riecht alles gut, und damit hat es sich.«

3

Martí Rovira klopfte an die Tür von Modest Parés' Büro und trat dann so still und diskret ein, wie er alles im Leben tat. Er trug einen Mantel und nahm auf der Türschwelle den Hut ab. Seine Körperhaltung und der gutmütige Ausdruck auf seinem Gesicht zeigten, was für ein schüchterner Mann er war.

»Senyor Parés, wenn wir rechtzeitig bei Ihnen zu Hause sein wollen, sollten wir aufbrechen.«

Parés blickte von den Dokumenten auf, die er studiert

hatte. Als er seinen Angestellten mit der Kopfbedeckung in den Händen dastehen sah, erwiderte er sein höfliches Lächeln.

»Natürlich, Rovira!«, sagte er, stand auf und sah sich nach seinem Hut um. »Ich möchte auf keinen Fall zu spät kommen und den Franzosen warten lassen. Außerdem würde mich meine Frau dann wohl aus dem Haus werfen.«

Die beiden Männer verließen die Firma und machten sich auf den Weg zur Familienresidenz der Parés.

»Und, Rovira, was halten Sie davon, dass ich Pablo Soto eingestellt habe?«

»Das habe ich Ihnen ja bereits gesagt, Senyor Parés. Ich finde die Entscheidung gut. Wenn Sie sich in der Parfümbranche etablieren wollen, müssen Sie wie die großen Firmen einen Duft entwickeln, der zum Markenzeichen des Hauses wird. Und was das angeht, sind uns die Franzosen nun mal um einiges voraus.«

Parés ließ ein paar Sekunden verstreichen, als müsse er Roviras Worte erst einmal sacken lassen.

»Die Franzosen! Sie wissen doch, wie wenig Sympathie ich für die hege. Und mit seiner Rolle im Krieg fördert Frankreich unsere Interessen nun wirklich nicht.«

Besorgt stieß er die Luft aus.

»Soto ist wenigstens hier geboren, was mit ein Grund dafür war, dass ich gerade ihn eingestellt habe. Seine Wurzeln vergisst man schließlich nie, oder, Rovira? Ich hoffe, dass er dadurch anders ist, nicht ganz so, wie soll ich sagen… französisch.«

»Na ja«, sagte Rovira, »abgesehen von allem anderen ist er auch einfach ein fantastischer Parfümeur. Selbst wenn sein für uns entwickelter Duft nur halb so gut wird wie seine bisherigen Kreationen ...«

Entsetzt schaute Parés ihn an.

»Nur halb so gut? Aber was reden Sie denn da, mein Lieber?« Er echauffierte sich regelrecht. »Für uns soll er das beste Parfüm der Welt entwickeln, sonst kann er sich gleich wieder nach Frankreich trollen! Und Sie, behalten Sie ihn gut im Auge und helfen Sie ihm bei allem, was nötig ist! Mal sehen, ob wir alle zusammen vielleicht ...«

Er verstummte und blieb vor der Tür eines Blumenladens stehen.

»Warten Sie doch bitte einen Moment.«

Als Parés wieder aus dem Geschäft trat, hielt er eine gelbe Rose in der Hand. Martís Blick fiel auf die Blume, er hielt es aber für vernünftiger, dazu besser nichts zu sagen.

»Für meine Frau, Rovira, für meine Frau«, erklärte Parés. »Wir sind jetzt seit fünfundzwanzig Jahren verheiratet, und dabei ist kaum ein Tag vergangen, an dem ich ihr nicht eine gelbe Rose mitgebracht habe.« Er roch daran. »Das ist nämlich ihre Lieblingsblume.«

Martí Rovira schaute aus dem Augenwinkel zu seinem Chef hinüber. Er arbeitete schon seit Jahren für Modest Parés, und in diesem Moment wurde ihm wieder einmal klar, wie wenig er doch in Wirklichkeit über die Personen in seinem Umfeld wusste. Menschen waren eben wie Zwiebeln, bei denen sich unter jeder Schicht die nächste verbarg.

Und dann noch eine.

Und noch eine.

4

Angèlica Parés betrachtete sich in ihrem Zimmer in dem ovalen Spiegel des Frisiertisches und musterte ihr Kleid mit dem Rock aus weißem Tüll. Mit einem Finger zog sie die Linie ihrer geschwungenen Brauen über den strahlend blauen Augen nach.

Sanft kniff sie sich in die Wangen und biss sich auf die Lippen, die immer noch so üppig und voll wie die einer Heranwachsenden waren, obwohl Angèlica inzwischen schon vierundzwanzig war. Sie hatte sich noch nie gern geschminkt und griff deshalb auf derartige kleine Tricks zurück, um ihre natürliche Schönheit ohne künstliche Mittel zu unterstreichen.

Manchmal ging ihr durch den Kopf, dass sie vielleicht mehr Anstrengung auf ihr Äußeres verwenden, sich Lidschatten und Kajal kaufen und lernen sollte, ihre Augenbrauen zu betonen, so wie es ihre Freundinnen taten.

Sie nahm ihre Bürste und bearbeitete damit das lange braune Haar, das ihr in leichten Wellen auf die Schultern fiel und sofort zu glänzen begann. Anschließend fixierte sie es auf Höhe der Schläfen mit zwei glitzernden Spangen.

Dann griff sie nach dem Parfümfläschchen auf dem Frisiertisch. An diesem Abend würde sie zum ersten Mal Indien von Parfums Royal auftragen, schließlich bot sich ihr dazu die perfekte Gelegenheit. Sie konnte immer noch nicht fassen, dass der Schöpfer dieses Parfüms, der große Pablo Soto, gleich zum Abendessen kommen würde. Wie sie ihn bewunderte! Er war ein Genie der Parfümherstellung, ein wahrer Künstler!

Die junge Frau öffnete den Flakon und tupfte ein paar Tropfen des Parfüms auf die Körperstellen, an denen das Blut pulsierte: die Handgelenke, das Schlüsselbein und in die Kniekehlen. Als Angehörige eines Kosmetikimperiums wusste sie, dass man Parfüm besser nicht hinter die Ohren gab, weil der Alkohol dort zu schnell verflog.

In diesem Moment ging die Tür ihres Zimmers auf, und ihre Mutter, Valèria, erschien.

»Bist du fertig? Papà wartet schon im Salon auf uns.«

Mit besorgter Miene sprang Angèlica auf.

»Ach, Mamà, ich fürchte, ich habe mich für das falsche Kleid entschieden.«

Valèria, die selbst ein ärmelloses schwarzes Modell aus Musselin trug, schaute ihre Tochter an.

»Was stimmt denn damit nicht? Das ist doch extra für heute Abend angefertigt worden.«

Angèlica drehte sich einmal um die eigene Achse und ging dann zum Ganzkörperspiegel an ihrem Schrank hinüber. Sie musterte sich von vorn und von der Seite. Dann wandte sie dem Spiegel den Rücken zu und versuchte, sich mit verdrehtem Hals von hinten zu sehen.

»Ich weiß auch nicht, irgendetwas stört mich daran … Vielleicht ist es die Farbe. Findest du nicht auch, dass dieser Pfirsichton etwas kindlich wirkt?«

Sie beäugte jedes einzelne Detail des hübschen Cocktailskleids aus Organdy – den züchtigen Herzausschnitt, die breiten Träger, die schmale Wespentaille und den Rock aus drei luftigen Lagen Tüll.

»Komm, Angèlica, jetzt lass es mal gut sein mit dem Spiegel. Wenn man dich so sieht, könnte man ja meinen, dass heute um deine Hand angehalten werden soll!«

Valèria nutzte jede Gelegenheit, um ihrer Tochter vorzuwerfen, dass sie in ihrem Alter immer noch nicht verheiratet war und es damit auch nicht eilig zu haben schien.

Das gab Angèlicas Laune sofort einen Dämpfer, und sie bedachte die elegante Erscheinung ihrer Mutter im Spiegel mit einem finsteren Blick.

»Jetzt schau mich nicht so an«, sagte Valèria kühl. »Ich werde nie aufhören, dir das zu sagen, Angèlica: Es ist an der Zeit, dass du dein Leben in die richtigen Bahnen lenkst. Auch wenn es dir im Moment noch nicht so vorkommt: Die Jahre verstreichen schneller, als man meint. Und irgendwann wirst du plötzlich begreifen, dass es für dich längst zu spät ist. Hier bei uns kannst du nicht bleiben, das muss dir doch klar sein. Such dir deshalb jemanden, der dir im Leben Sicherheit bietet.«

Diese Moralpredigt kannte Angèlica längst auswendig und verstand genau, was sich dahinter verbarg.

Es war die Art ihrer Mutter, ihr zu sagen: »Jetzt zieh endlich aus, damit wir hier unsere Ruhe haben!«

Valèria ging zur Tür hinüber und hielt mit der Hand am Knauf noch einmal inne.

»Du siehst doch selbst, dass all deine Freundinnen längst eine gute Partie gemacht haben und unter der Haube sind!«, stichelte sie weiter. Sie war bereits durch die Tür getreten, als sie sich noch ein letztes Mal zu ihrer Tochter umwandte.

»Übrigens, weißt du, wo Eugeni steckt?«

»Nein, Mamà. Mein Bruder erzählt mir normalerweise nicht, was er so vorhat.«

Als sich Angèlica auf den Weg nach unten machte, war sie wieder einmal von der üblichen Frustration erfüllt, zu der fast jedes Gespräch mit ihrer Mutter führte.

Valèria quälte sie mit ihren Vorwürfen und der kühlen Überlegenheit, die sie Angèlica gegenüber zeigte. Die Beziehung zwischen Mutter und Tochter war alles andere als herzlich und liebevoll, weil Valèria wohl nur genug Mutterliebe für den ein Jahr älteren Eugeni gehabt hatte. Früher hatte sich die junge Frau oft unter Tränen gefragt, warum ihre Mutter ihr gegenüber nicht die gleichen Gefühle hegte wie für ihren großen Bruder.

Die Antwort auf diese Frage bekam Angèlica dann, als sie an einem unheilvollen Abend unbeabsichtigt ein Gespräch ihrer Mutter mit einer Freundin mitanhörte. Eine Unterhaltung, die nun wirklich nicht für ihre Ohren bestimmt war.

»Ich weiß ja, dass es nicht richtig ist, Josefina. Aber du kannst dir gar nicht vorstellen, wie mich das mitgenommen hat, als mir klar wurde, dass ich wieder schwanger war.«

Die Freundin schwieg ein paar Sekunden überrascht und schockiert.

»Aber Valèria, die Religion erlegt uns doch die heilige Pflicht auf, unsere Ehe mit Kindern zu segnen!«

Valèria entfuhr ein zynisches Lachen. Sie war noch nie besonders gläubig gewesen, obwohl sie nach außen hin natürlich den Schein wahren musste.

»Pah, Josefina, jetzt hör aber auf! Diese schrecklichen neun Monate, in denen sich der Körper verändert und ganz unförmig wird, und danach muss man dann das Gebrüll von noch einem Blag ertragen und ihm all seine Zeit widmen. Nein, nein, mit Eugeni hab ich meine Mutterpflichten erfüllt. Er hat mir alles gegeben, was eine Frau von ihrem Kind erwarten kann – er war ein wunderschöner Säugling und kommt ganz nach der Familie Casanoves. Glaub mir, ich wollte nicht noch einmal Mutter werden. Außerdem gleicht Angèlica in allem ihrem Vater und treibt mich manchmal einfach in den Wahnsinn!«

In diesem Moment war Angèlica wie der Blitz aus ihrem Versteck gestürzt und hatte sich in ihr Zimmer geflüchtet.

Die Worte ihrer Mutter taten ihr unendlich weh, und es wäre ihr lieber gewesen, wenn sie sie nicht gehört hätte; andererseits hatte sie nun endlich Klarheit. Von diesem Tag an war Angèlica davon überzeugt, dass sie Valèrias Zuneigung niemals gewinnen konnte, egal, was sie tat. Denn nun wusste sie, dass sie im Leben ihrer Mutter nur ein ärgerliches Anhängsel, ein Störfaktor war.

Zum Glück war es mit ihrem Vater ganz anders. Modest vergötterte Angèlica, verwöhnte und verhätschelte sie, obwohl seine Frau ihm deshalb Vorwürfe machte. Als er sie an diesem Abend in ihrem pfirsichfarbenen Organdy-Kleid so wunderhübsch die Treppe herunterkommen sah, leuchteten seine Augen vor Glück und Stolz.

Er breitete die Arme aus und drückte seine Tochter an sich, die eine tröstliche Umarmung in diesem Moment gut gebrauchen konnte. An der Schulter ihres Vaters geborgen, sah die Welt gleich wieder viel schöner aus.

In diesem Moment klingelte es, und Matilde machte sich auf den Weg zur Tür.

Kurz darauf kehrte die Haushälterin in Begleitung eines großen, eleganten Mannes in den Salon zurück. Er hatte klar definierte Gesichtszüge, einen kantigen Kiefer und ein liebenswertes Lächeln, das ihm zwei Grübchen auf die Wangen zauberte. Pablo war nach wie vor ein stattlicher Mann, der durch den Eintritt in die reiferen Jahre sogar noch an Reiz gewonnen hatte.

Angèlica sah zu, wie er hereinkam, mit selbstsicheren, entschlossenen Schritten auf ihre Mutter zuging und ihr die Hand küsste, bevor er dann ihren Vater begrüßte. Die junge Frau musste einen Moment die Augen schließen.

Plötzlich war die Luft im Raum von einem äußerst angenehmen Aroma erfüllt – frisch und natürlich, zugleich aber auch geheimnisvoll. Angèlica hatte den Eindruck, als hätte ein ganzer Wald seinen Duft in ihr Wohnzimmer ergossen.

Als sie die Augen wieder öffnete, stand der Gast bereits vor ihr. Ungelenk streckte sie ihm die Hand entgegen. Denn sie war wie berauscht von diesem betörenden Duft, von Pablo Sotos Parfüm.

5

Eugeni Parés kam eine halbe Stunde zu spät nach Hause und sah jämmerlich aus.

Der attraktive, charmante junge Mann mit den tiefblauen Augen und dem dichten blonden Schopf, den er mit Brillantine bändigte, legte normalerweise größten

Wert auf sein Äußeres, was man ihm nun jedoch nicht ansah. Das Haar hing ihm wirr in die Stirn, er hatte das Jackett nicht zugeknöpft und trug die Krawatte lose um den Hals. Und der Hut saß ihm so schief auf dem Kopf, dass er jeden Moment herunterfallen konnte.

Es war offensichtlich, dass Eugeni getrunken hatte.

Als Rita den Schlüssel im Schloss hörte, eilte sie zur Wohnungstür.

»Senyoret, Senyoret, die Herrschaften haben bereits zu speisen begonnen, Ihr Herr Vater hat nicht auf Sie warten wollen.«

Mit benebeltem Blick schaute der junge Mann das Hausmädchen an.

»Na und? Das ist mir doch egal!«

Dann zog er sich linkisch das Jackett aus und warf es im Eingangsbereich auf einen Stuhl, strich sich das Hemd glatt und versuchte erfolglos, sich die Krawatte neu zu binden.

Rita starrte ihn aus großen Augen an.

»Aber wo wollen Sie denn hin, Senyoret?«

»Wo soll ich deiner Meinung nach schon hinwollen? Ins Esszimmer!«, lallte er mit schwerer Zunge.

Rita packte ihn am Arm und zog ihn mit sich.

»Nein, nein, Senyoret, jetzt kommen Sie mal mit. Während Sie sich waschen, lege ich Ihnen saubere Kleidung raus. So können Sie doch nicht am Esstisch erscheinen!«

Der junge Mann stieß ein beschwipstes Lachen aus.

»Gut, gut … Was auch immer du sagst.«

Während das Hausmädchen den jungen Mann in Richtung Schlafzimmer zog, presste Matilde im Schatten des Flurs die Lippen aufeinander, verschränkte die Arme vor der Brust und schüttelte den Kopf. Denn bei dieser Sache hatte sie gar kein gutes Gefühl.

Perfumes Donna

Barcelona, September 1942

1

Das Abendessen bei den Parés zeigte Pablo Soto ziemlich deutlich, mit was für einer Familie er es zu tun hatte und welche Rolle die einzelnen Mitglieder darin spielten.

Modest Parés, der Patriarch der Familie, war wohl nicht viel älter als fünfzig und trug beim Essen ein zweireihiges dunkles Jackett, ein weißes Hemd und eine diskrete Krawatte. Es handelte sich um teure maßgeschneiderte Kleidung, die aus irgendeinem Grund trotzdem nicht richtig saß. Vermutlich lag es an seiner breiten Figur mit dem runden Bauch eines Genussessers.

Pablo beobachtete seinen neuen Arbeitgeber während der Mahlzeit und kam zu dem Schluss, dass das Attraktivste an diesem Mann mit dem am Hinterkopf schon schütteren schwarzen Haar die tiefgründigen dunklen Augen waren. Sein forschender, aufmerksamer Blick strahlte, wenn er auf seiner Tochter ruhte, erstarrte jedoch beim Anblick seines Sohnes.

Modest Parés war ein Mensch, der Tatkraft und Souveränität ausstrahlte, dies wohl vor allem wegen seiner tiefen, kräftigen Stimme und seiner stets klaren, entschlossenen Worte. Dieser Mann war es gewohnt, in der

Öffentlichkeit zu sprechen und gehört zu werden. Wenn er redete, zog er stets kaum merklich die Augenbrauen hoch. Um zu sehen, welchen Eindruck Modest Parés auf andere machte, brauchte man nur Martí Rovira zu beobachten. Wenn Modest sprach, schwieg Rovira ehrfürchtig und wagte höchstens hier und da ein zustimmendes Nicken.

In dem Salon, in dem Pablo empfangen worden war, hatten mehrere Fotografien einen Ehrenplatz, durch die er noch andere Dinge über den Besitzer von Perfumes Donna schlussfolgern konnte. Und diese Aspekte musste er bei seinen ersten Schritten auf diesem neuen, unbekannten Terrain berücksichtigen. Auf den meisten der Aufnahmen posierte Parés lächelnd neben Männern mit dunkler Uniform und hellem Hemd, wie Pablo sie bei seiner Ankunft in Barcelona am Bahnhof gesehen hatte. Die meisten dieser Männer trugen einen knapp gestutzten Schnurrbart und das Lächeln der Sieger auf den Lippen.

Valèria Casanoves, die Dame des Hauses, war mit ihrer ein wenig geistesabwesenden Art schwieriger einzuschätzen. Sie war um einiges jünger als ihr Mann und von nüchterner Eleganz. Ihre feinen Gesichtszüge waren gleichmäßig, edel, klar definiert.

Das blonde Haar trug sie hochgesteckt, um prächtige Smaragdohrringe zur Schau zu tragen, und ihre schönen eisblauen Augen betrachteten alles mit kühlem prüfendem Blick. Modest Parés' Ehefrau war klein, hatte aber eine gute Figur, und sie wirkte ein wenig unnahbar.

Valèria Casanoves de Parés versteckte sich während des ganzen Abendessens hinter eleganter Sprödigkeit, die sie wie ein Schutzschild umgab. Nur als ihr Sohn das Esszimmer betrat, huschte ein Funken Menschlichkeit über ihre Züge.

Was Angèlica Parés anging, war Pablo gleich klar, was für eine junge Frau er da vor sich hatte. Mit dem für ihr Alter eigentlich zu kindlichen Kleid, den keusch nach hinten gekämmten Haaren und den prinzessinnenhaften Spangen konnte Angèlica Parés niemandem etwas vormachen. Sie war die typische Tochter aus gutbürgerlichem Hause, nur dazu erzogen, eine gute Partie zu machen. Bestimmt spielte sie Klavier und sprach vielleicht sogar Französisch, obwohl sich Pablo keine Gelegenheit bot, das herauszufinden. Während des ganzen Essens sagte sie kein Wort, sondern schaute nur mit süßem, schüchternem Lächeln zu ihm hinüber.

Pablo konnte allerdings nicht verleugnen, dass sie schön wie eine Rose war, klein und zart wie ihre Mutter, von der sie nicht nur die Figur, sondern auch die Farbe der Augen geerbt hatte. Die ihren waren jedoch dunkler und nicht so kühl und wirkten stattdessen wie zwei strahlende blaue Edelsteine. Angèlica hatte volle Lippen und ein liebliches Lächeln, das perfekte Zähne zeigte.

Ja, sie war schön, aber ein unreifes junges Ding.

2

Die Labors von Perfumes Donna waren noch so nagelneu, dass Pablo das Gefühl hatte, ein Geschenk entgegenzunehmen, das er erst noch auspacken musste. Die hochmodernen Räumlichkeiten verfügten über alles, was Pablo für seine Arbeit brauchte, und noch über weitaus mehr. Allerdings fehlte ihm dort etwas, was ihm bei Guerlain und Royal so gut gefallen hatte: die Geschichte und Tradition des Hauses, gewisse Rituale, eben die im Laufe der Zeit erworbene Patina.

Beinahe überall im Laboratorium wurde bereits gearbeitet. Seifen wurden hergestellt, sowohl die parfümierten als auch die durchsichtigen aus Glyzerin, Kosmetikprodukte für Damen wie Mandelmilch, Lidschatten oder Lippenstift, und natürlich das berühmte Eau de Toilette Valèria sowie eine Flüssigseife mit dem gleichen Duft.

Ein Bereich der Einrichtung war bisher jedoch noch nicht genutzt worden: der Teil, in dem Pablo ein neues Parfüm entwickeln und herstellen sollte. Sein eigenes Labor. Natürlich war es mit den modernsten Gerätschaften ausgestattet, außerdem stand dem Parfümeur zur Unterstützung ein Grüppchen von Mitarbeitern zur Verfügung. Dazu zählten Martí Rovira, der junge Laborgehilfe Anselm Huguet und Modest Parés' Sekretärin Victòria Dalmau, an die er sich ebenfalls mit eventuellen Anliegen wenden konnte.

Modest Parés hatte Pablos Einstellung an eine Bedingung geknüpft, nämlich dass sein Sohn Eugeni im Parfümlabor mitarbeiten dürfe. Modest wollte seinen Erstgeborenen gern in die Welt der Duftherstellung einführen, und konnte es dafür einen besseren Lehrer geben als einen der Großen der Branche?

Im Gegenzug hatte auch Pablo eine Bedingung gestellt: Er wollte bei der Entwicklung des Parfüms völlig freie Hand haben, um ohne Druck oder bestimmte Anforderungen arbeiten zu können.

Die beiden Männer waren schnell zu einer Einigung gekommen.

Allerdings erschien Eugeni Parés gar nicht, als sich Pablo an seinem ersten Arbeitstag mit seinen Mitarbeitern und den Räumlichkeiten vertraut machte. Das überraschte Soto nicht, und es war ihm im Grunde ganz recht. Während des Begrüßungsessens hatte der junge Mann keinen sehr positiven ersten Eindruck auf ihn gemacht. Er war zu spät gekommen und hatte während der Mahlzeit keinen Hehl daraus gemacht, dass er lieber woanders wäre. Und obgleich er elegant gekleidet und frisch gekämmt war, verrieten seine glasigen Augen und die Art, wie er sprach, dass er kurz zuvor noch ein Gläschen getrunken hatte. Oder auch mehr als nur eins.

Anstatt ihres Bruders erschien dafür Angèlica, angekündigt durch ihr Parfüm. Am Abend des gemeinsamen Essens war Pablo bereits aufgefallen, dass sie verschwenderisch seinen Duft Indien von Parfums Royal aufgetragen hatte. Vermutlich hatte sie ihm damit gefallen wollen, dabei war es für eine natürliche junge Frau wie sie viel zu exotisch und aufregend. Indien passte nicht zu Angèlica, während der Valèria-Duft, den sie vermutlich sonst benutzte, viel besser mit ihrer rosigen Haut und ihrem honigbraunen Haar harmonieren würde, das ihr in sanften Wellen auf die Schultern fiel und sich frei von Spangen nun rebellisch über der Stirn lockte.

An diesem Tag trug Angèlica ein blattgrünes Kleid aus dickem Leinenstoff, das auf Höhe des weißen Brustlatzes mit Knöpfen geschlossen wurde. Zusätzlich schützte sie sich mit einer dicken schwarzen Strickjacke vor der kühlen Septemberluft. Als Pablo bemerkte, dass sie flache Schuhe und keinen Hut trug, musste er den Eindruck revidieren, den er am Abend des Essens von der jungen Frau gewonnen hatte.

Angèlica Parés war offenbar keine besonders eitle junge Dame und verstand es nicht, ihre körperlichen Vorzüge zu betonen. Sie hatte bei Weitem nicht die Eleganz und Präsenz ihrer Mutter, was wirklich schade war, denn sie war tatsächlich bildhübsch.

Martí und Anselm unterbrachen ihre Arbeit, um Angèlica zu begrüßen, die ihnen lachend einen guten Morgen wünschte.

Dann wandte sie sich mit ernsterer Miene an Pablo:

»Guten Tag, Senyor Soto. Ich hoffe, dass ich Sie mit meiner Anwesenheit hier nicht störe.«

Mit ein wenig skeptischem Blick sah Pablo sie an.

»Natürlich nicht. Aber ich habe eigentlich Ihren Bruder erwartet und nicht Sie.«

Trotz seines höflichen Tonfalls empfand Angèlica Pablos Worte wie eine kalte Dusche. Außerdem betrachtete der Parfümeur sie mit einer Mischung aus Belustigung und Nachsicht, die typisch französisch war, wie die junge Frau später erfahren sollte. Weil Pablos Antwort sie völlig aus dem Konzept gebracht hatte, errötete sie und schien daran zu zweifeln, ob sie lieber gehen oder bleiben sollte.

Martí Rovira durchbrach sein übliches Schweigen, um für sie eine Lanze zu brechen:

»Glauben Sie mir, Senyor Soto, mit ihr sind Sie besser dran als mit ihrem Bruder. Angèlica ist nämlich …«

In diesem Moment verstummte er und errötete noch heftiger als die junge Dame. Dann drehte er sich um und tat auf einmal ganz geschäftig, als bereue er seine Indiskretion.

Anselm hingegen war nicht so zurückhaltend wie sein Kollege und führte den Gedanken zu Ende:

»Angèlica verbringt gern den ganzen Tag hier im Labor, Senyor Soto. Senyor Rovira sagt immer, dass sie von ihm längst alles gelernt hat, was er ihr beibringen kann. Aber sie will immer noch mehr wissen, stellt tausend Fragen und merkt sich alles. Oder, Angèlica?«

Mit hochroten Wangen schaute die junge Frau ihn flehend an.

»Sie werden schon sehen, Senyor Soto. Fragen Sie sie doch mal irgendwas!«

»Also, Anselm, jetzt sei schon ruhig!«, knurrte Angèlica schließlich.

Pablo musste lachen.

»Keine Sorge, junge Dame, man muss keine Prüfung bestehen, um bei mir im Labor mithelfen zu dürfen, und Senyor Rovira findet bestimmt irgendeine Aufgabe für Sie. Aber Sie haben doch sicher auch andere Verpflichtungen. Ich möchte nun wirklich nicht, dass Ihr Vater es mir übel nimmt, wenn ich Sie hier einspanne.«

»Senyor Parés?«, rief Anselm, der einfach seinen Mund nicht halten konnte, während er der Tochter des Chefs einen weißen Kittel reichte. »Senyor Parés erfüllt Angèlica doch jeden Wunsch …«

»So ist das ja nun auch nicht …«, verteidigte sich die junge Frau. »Wenn dem so wäre, würde ich nämlich längst offiziell hier im Laboratorium arbeiten. Stattdessen …«

Sie blickte zu Pablo auf und sagte mit schüchterner, zarter Stimme:

»Entschuldigen Sie bitte, Senyor Soto, dass wir Sie hier so bedrängen. Aber mein Vater findet eben, dass ein Labor kein Ort für eine Dame ist.«

Sie versuchte sich an einem Lächeln, während sie sich sorgfältig den Kittel zuknöpfte, und fragte dann: »Oder sind Sie etwa der gleichen Meinung?«

»Überhaupt nicht, in Frankreich stellen die Labors viele Frauen ein. Glauben Sie mir, Senyoreta, die erbrachten Leistungen hängen nicht vom Geschlecht, sondern von den Fähigkeiten der Mitarbeiter ab.«

Ein bewundernder Blick erhellte Angèlicas Miene, und als sie sich dann an die Arbeit machte, zeigte sich dank Pablos Worten ein zufriedenes Lächeln auf ihrem Gesicht.

Pablo beobachtete seine Mitarbeiter im Laufe des Morgens.

Martí Rovira war weit über vierzig, hatte dunkle Augen und schwarzes Haar. Sein Blick zeigte deutlich, dass er nicht nur ein zurückhaltender, sondern auch ein äußerst intelligenter Mann war.

Sobald Rovira sich in seine Aufgabe vertieft hatte, machte er eine erstaunliche Verwandlung durch und wirkte auf einmal selbstsicher und entschlossen. Pablo gefiel seine rücksichtsvolle und höfliche Art den beiden jungen Leuten gegenüber. Obwohl er so alt noch gar nicht war, hatte er in dieser kleinen Gruppe ein Art Vaterrolle inne.

Auch von Angèlicas Verhalten im Labor war Pablo positiv überrascht. Sie war fleißig und befolgte, ohne zu zögern, jede von Martís Anweisungen. Die junge Frau half den ganzen Morgen bei der Destillation, durch die Essenzen für das neue Parfüm gewonnen wurden. Parés' Tochter hörte aufmerksam zu, merkte sich alles ganz genau und schien für die Arbeit im Laboratorium wie gemacht zu sein.

Anselm Huguet, der durch einen Geburtsfehler hinkte, rief in Pablo lieb gewonnene Erinnerungen wach. Durch die Freude und Begeisterung, mit der er alles erledigte, fühlte sich Pablo nach Grasse zurückversetzt, wo er selbst als junger Bursche mit leuchtenden Augen das Entstehen eines der großen Parfüms des Jahrhunderts miterlebt hatte.

Ob sich ein solches Wunder in diesem Labor noch einmal wiederholen würde?

3

Als vorbildlicher Kapitän des Schiffs war Pablo der Letzte, der an diesem Nachmittag das Laboratorium verließ. Draußen leuchteten bereits die Laternen, als er auf die Straße trat. Er blieb stehen, um sich eine Zigarette anzuzünden und die letzten Strahlen der Sonne zu betrachten, die hinter den Gebäuden unterging. Dabei sog er den Geruch des Meeres ein, ein salziges algengrünes Aroma, das sich mit dem Duft der Platanen an der Allee, dem Aroma von Holz und Blättern, vermischte und zu einer unvergleichlichen Melange vereinte.

Pablo war so in Gedanken versunken, dass er den näher kommenden Mann gar nicht bemerkte und zusammenzuckte, als dieser ihn ansprach:

»Senyor Soto … Oh, entschuldigen Sie bitte, jetzt hab ich Sie erschreckt.«

Der Fremde hatte einen beachtlichen Bauchumfang und schütteres Haar. Er trug die Uniform eines Chauffeurs und hielt die dazugehörende Mütze in den Händen. Wie zur Bestätigung wandte er sich kurz ab und deutete auf einen imposanten Buick Century aus dem Jahr 1940, der vor dem Gebäude parkte.

»Ich bin Sebas, der Fahrer von Senyor Parés. Im Auto wartet jemand auf Sie.«

Neugierig folgte Pablo dem Mann zum Wagen. Als Sebas diensteifrig die hintere Tür öffnete, erschien Eugeni Parés' jugendliches Gesicht.

Der Sohn des Firmenbesitzers stieg aus und trat mit einem schelmischen Lächeln an Soto heran. Er wandte sich mit gedämpfter Stimme an ihn, so als wolle er ihm ein Geheimnis verraten:

»Guten Abend, Senyor Soto. Ich bin gekommen, um mich dafür zu entschuldigen, dass ich heute nicht bei der Arbeit erschienen bin. Glauben Sie mir, das tut mir wirklich leid. Vielleicht verzeihen Sie mir ja, wenn ich Sie in das Nachtleben von Barcelona einführe?«

Die Vorstellung, zu diesem kopflosen jungen Burschen ins Auto zu steigen, war so ziemlich das Letzte, wonach Pablo in diesem Moment der Sinn stand.

»Hören Sie, das halte ich nicht für sehr angemessen. Es war ein langer Tag, und morgen steht wieder einer an, außerdem …«

»Pablo, ich bitte Sie, ich möchte mich wirklich entschuldigen. Und wenn wir gut zusammenarbeiten sollen, dann müssen wir uns doch erst einmal besser kennenlernen, oder?«

Schweigend sah Pablo den jungen Mann mit dem lausbübischen Blick an. Irgendetwas war merkwürdig an ihm. Warum zeigte er sich auf einmal so furchtbar freundlich und interessiert, ganz anders als beim gemeinsamen Abendessen?

Pablo wusste selbst nicht so genau, wieso er schließlich nachgab und ins Auto stieg. Mit der Diskretion, die seine Zunft ausmachte, fuhr Sebas schweigend los.

Nachdem sie eine Runde durch Barcelona gedreht hatten und Eugeni dem Franzosen einige angesagte Orte gezeigt hatte, an denen das Nachtleben tobte, hielt der Wagen vor dem Ritz.

Im Gebäude des Hotels gab es ein Lokal, das unter dem Namen La Parrilla bekannt war. Der Saal, in dem es sich befand, hatte ursprünglich als eine Art Abstellraum gedient, in dem Tische und andere überflüssige Möbelstücke gelagert wurden, bis Bernard Hilda, ein Jude russischer Herkunft, es in ein kleines Vergnügungslokal verwandelt hatte. In Wirklichkeit hieß der Mann gar nicht Hilda, sondern Levitzky und war aus dem von den Deutschen besetzten Frankreich geflohen. Obwohl ihm selbst der Sinn wohl nicht nach feiern stand, dirigierte er dort ein Orchester für ein elegantes Publikum. Es war eine fröhliche Mischung aus juwelenbehängten Damen in langen Abendkleidern, Männern im Frack, Falangisten, Schwarzmarkthändlern, Spionen und deutschen Offizieren.

Als Eugeni und Pablo dort eintrafen, war bereits einiges los. Jeder in La Parrilla schien den jungen Parés zu kennen, der erst einmal eine Flasche vom besten französischen Champagner bestellte. Und bald fanden sich rund um ihren Tisch seine Freunde ein, junge Leute in seinem Alter, die verwöhnten Nachkommen der Sieger.

Dabei handelte es sich um unbändige junge Menschen, in deren Augen die neu gewonnene Macht funkelte. Mit jeder Geste, mit jedem Lachen zeigten sie, dass dieses Land jetzt ihnen gehörte, und zwar ganz und gar. Ebendeshalb, weil die anderen alles verloren hatten.

Im Laufe des Abends verhielt sich Eugeni immer enthemmter: Er trank maßlos, brüllte herum, lachte und wurde zum Zentrum des lustigen Trubels. Die Anwesenheit des neuen Parfümeurs schien er völlig vergessen zu haben. Pablo saß wie erstarrt da und beobachtete mit unbehaglicher Miene das Auftreten des jungen Mannes, das so gar nichts mit seinem Benehmen zu Hause unter den vorwurfsvollen Blicken seines Vaters zu tun hatte.

Im Kreise seiner Freunde gebärdete sich Eugeni als wahrer Verführer, als zugänglicher, origineller Typ, den alle zu bewundern schienen. Vor allem die Frauen konnten seinem frechen Charme nicht widerstehen, seiner beinahe femininen Schönheit, die alle Blicke anzog.

Als die Gruppe vergnügungssüchtiger junger Männer beschloss, den Abend an einem »weniger formellen« Ort fortzusetzen, wie Eugeni es ausdrückte, sah Pablo für sich endlich die passende Gelegenheit zum Aufbruch. Denn in dieser Gesellschaft hatte er sich alles andere als wohlgefühlt.

»Es war sehr freundlich von Ihnen, dass Sie mich eingeladen haben, Eugeni. Aber ich gehe jetzt wohl lieber.«

»Ah, natürlich … Sie müssen ja morgen früh ins Labor!«

Eugeni brach in schallendes Gelächter aus, als hätte er gerade etwas unglaublich Lustiges gesagt.

Die Gruppe verschwand, und als auch Pablo aufstand, wandte sich jemand auf Französisch an ihn.

»Monsieur Soto?«

Bernard Hilda hatte die Pause des Orchesters genutzt, um an seinen Tisch zu kommen und ihn zu begrüßen. Er war ein eher kleiner, schlanker, lebhafter Mann mit olivfarbenem Teint und zurechtgestutztem Schnurrbart. Das weiße Jackett mit der schwarzen Fliege war seine Arbeitskleidung.

»Kennen wir uns?«, fragte Pablo verblüfft.

»Ah, offenbar erinnern Sie sich nicht mehr daran,

aber ich habe in Monte-Carlo für die musikalische Unterhaltung gesorgt, als Sie dort Ihr Parfüm Indien vorgestellt haben.«

»Das war vielleicht ein Fest!«, rief Pablo mit einem Lächeln aus, als er an jenen Tag zurückdachte.

»Ja, und es waren andere Zeiten«, murmelte Hilda. »Wäre es Ihnen recht, wenn wir uns einen Moment in eine ruhigere Ecke setzen?«

Sie zogen sich an einen Tisch am äußeren Rand zurück und unterhielten sich bei einem Glas Champagner, mit dem sie auf die alten Zeiten anstießen. In schützenden Zigarettendunst gehüllt, beobachtete Pablo besorgt, wie am Nachbartisch zwei deutsche Offiziere mit zwei jungen Damen schäkerten.

Hilda folgte seinem Blick.

»An deren Anwesenheit gewöhnt man sich irgendwann«, sagte er, während er an seiner Zigarette zog.

»Das wird mir schwerfallen.«

Der Musiker schaute zur Bühne hinüber und lächelte.

»Etwas anderes bleibt uns leider nicht übrig. Sie sind eben hier und halten sich selbst für die Herrscher der Welt. Oder glauben zumindest, dass sie es bald sein werden. Gucken Sie sich die beiden doch an … ihre Arroganz und Selbstgefälligkeit.«

Hilda verstummte. Er hatte sich mitreißen lassen. Sonst war er lieber vorsichtig, weil man in diesen Zeiten nie sicher sein konnte, mit wem man gerade sprach.

Beide Männer nahmen einen Schluck Champagner.

»Sind Sie schon lange in Barcelona, Monsieur Hilda?«

»Ein paar Monate. Und Sie?«

»Erst kurz. Ich bin gekommen, um für Donna ein

neues Parfüm zu entwickeln. In Frankreich ist es mir im Moment unmöglich, meinen Beruf auszuüben. Und… na ja, persönliche Gründe haben mich in meiner Entscheidung bestärkt, nach Barcelona zu kommen. Ich weiß nicht, ob Sie wissen, dass ich hier in der Stadt geboren wurde und erst als Elfjähriger nach Frankreich gezogen bin.«

»Stimmt, ich habe so etwas gehört.«

Pablo senkte die Stimme, um Hilda mit einem Seitenblick zu den Offizieren am Nachbartisch zu fragen:

»Sagen Sie mal, wie genau ist denn hier in Barcelona die Stimmung? Ich bin gar nicht im Bilde, weil ich ja nach meinem Weggang aus der Stadt nie wieder hier war.«

Hilda schnalzte mit der Zunge und schüttelte den Kopf, während er sich ein wenig entspannter auf seinem Stuhl zurücklehnte.

»Hier sind die Wunden noch offen. Glauben Sie mir, in Wirklichkeit ist der Bürgerkrieg noch längst nicht zu Ende, und jetzt wird abgerechnet.«

Bernard Hilda fixierte Pablo und sagte dann in vertraulichem Tonfall etwas, was wie eine Warnung klang:

»In Barcelona sind viele den Deutschen wohlgesonnen, Franzosen hingegen sind nicht gern gesehen, das werden Sie schon noch merken.«

»Verstehe.«

Hilda leerte sein Glas mit einem Zug.

»Ich muss jetzt weiterarbeiten.«

Er sprach etwas lauter weiter:

»Es war mir wirklich ein Vergnügen, Monsieur Soto. Die Begegnung mit Ihnen hat mich in alte Zeiten zurückversetzt, Sie verstehen schon.«

»Allerdings.«

Hilda ließ Pablo allein und kehrte zu der mit französischem Charme dekorierten kleinen Bühne zurück, die er mit seinen zehn Musikern völlig ausfüllte. Kurz darauf erklangen neue französische Balladen im Saal.

Nach der Begegnung mit dem Musiker fühlte sich Pablo nicht mehr ganz so fehl am Platz und beschloss, doch noch etwas zu bleiben. Wesentlich entspannter bestellte er ein weiteres Glas Champagner und beobachtete in aller Ruhe das Lokal und die Gäste. Hier bot sich ihm ein Abbild der wohlhabenden Gesellschaft Barcelonas: elegant, aber diskret gekleidete Männer und Frauen, Zigarren und hochwertiger Alkohol.

Das war die neue, dem Franquismus zugetane Führungsschicht, die Champagner quasi zu ihrem Erkennungszeichen gemacht hatte.

Mit einem Mal bemerkte Pablo den Blick aus einem Paar zimtfarbener Augen, die ihn unentwegt musterten. Sie gehörten zu einer Frau von exotischer Schönheit, schlank und mit leicht gewelltem langem schwarzem Haar. Die Fremde hatte sinnliche volle Lippen und eine markante Nase. In ihrem engen, tief ausgeschnittenen Kleid, zu dem sie nur eine schlichte Kette trug, war sie nicht zu übersehen. Vermutlich eine Prostituierte, dachte Pablo, weil nur solche Frauen ein Lokal dieser Art allein betraten.

In diesem Moment nahm die Fremde eine Zigarette aus einem Päckchen und steckte sie sich an. Die Frau sog den Rauch tief ein, legte dabei den Kopf in den Nacken und sah erneut zu Pablo hinüber, der aufgestanden war und mit zögerlichen Schritten zu ihrem Tisch hinüberging. Während er näher kam, musterte sie ihn von Kopf bis Fuß.

Nachdem der Parfümeur sich vorgestellt und an ihren Tisch gesetzt hatte, begannen die beiden eine Unterhaltung. Und plötzlich stieg in Pablo brennendes Verlangen auf.

Sie verließen den Saal getrennt, um sich draußen vor dem Eingang zu treffen und mit einem Taxi in sein Hotel zu fahren.

4

Als Pablo am nächsten Morgen die Augen aufschlug, war die Frau schon nicht mehr da. Nur ihr billiges Parfüm zeugte noch davon, dass sie je da gewesen war.

Mit trägen Lidern stand Pablo widerwillig auf und hatte das Gefühl, dass sich eine schwere Decke aus Traurigkeit über ihn legte. Wie immer nach einer Nacht mit einer Frau, die er sich diesmal auch noch erkauft hatte, spürte er den Geschmack der Einsamkeit noch deutlicher auf der Zunge.

Und sofort überfiel ihn die Erinnerung an seine verlorene Liebe, an die einzige, die er je gekannt hatte.

Am Anfang hatten die Gedanken an sie ihn schier verzweifeln lassen, und im Laufe der Zeit war daraus brennender Schmerz geworden, der sich nach und nach in dumpfe Traurigkeit verwandelt hatte und dann in Melancholie.

Und diese Melancholie ließ Pablo in Momenten wie

diesen zu dem Morgen mit Claudine zurückkehren, an dem sie zum ersten Mal gemeinsam in seiner kleinen Wohnung in Paris erwacht waren.

Wütend versuchte Pablo, die Bilder zu verdrängen. Er zog die halb geschlossenen Vorhänge beiseite, die das Licht von draußen gedämpft hatten. Graue Dämmerung mit orangefarbenen Pinselstrichen lag über der langsam erwachenden Stadt, bis sich der Himmel schließlich zu dunklem Blau verfärbte. Eine Armee von Wolken rückte voran.

Pablo lehnte die Stirn an die Fensterscheibe, und das Gefühl der Kälte verschaffte ihm ein wenig Erleichterung.

Er versuchte, sich an die Frau zu erinnern, die er in der vergangenen Nacht so stürmisch geliebt hatte. Sie hatte melancholische Augen gehabt.

Pablo lächelte traurig. Es war immer das Gleiche – an mehr konnte er sich nicht erinnern, weil der Liebesakt in seiner Seele keine Spuren hinterlassen hatte. Während er ins Bad hinüberging, dachte er resigniert, dass er einfach nicht zu den Männern gehörte, die sich eine innige, langfristige Liebesbeziehung wünschten.

Nein, inzwischen nicht mehr.

So ist das Leben

Barcelona, Oktober 1942

1

Pablo war bereits seit etwa einem Monat in Barcelona, als Parés ihm eine Wohnung ganz in der Nähe des Labors anbot. Sie lag im zweiten Stock eines Gebäudes in der Carrer de Mallorca, das man durch einen prächtigen Eingang mit üppigen Ornamenten betrat. Die Balkone waren mit Blumenmustern in Sgraffito-Technik geschmückt, und das Gebäude hatte seitlich verglaste Vorbauten. Bei den Bewohnern handelte es sich um wohlhabende Familien, weshalb ein Pförtner das Kommen und Gehen im Gebäude überwachte und sich um alle Anliegen der Mieter kümmerte. An diesem Ort erinnerte nichts daran, dass sich Barcelona noch vor Kurzem im Kriegszustand befunden hatte.

Pablo begann die Besichtigung in der Hoffnung, schon bald einziehen zu können, weil er das Provisorium des Hotels leid war. Doch als er die Wohnung betrat, gefror ihm das Blut in den Adern, denn es schien, als hätten die Bewohner nur kurz das Haus verlassen und würden jeden Moment zurückkehren. Im Salon und im Esszimmer standen Vitrinen mit allerlei wertvollen Objekten, die mit Sicherheit von Generation an Generation weitergegeben worden waren und die Geschichte einer Familie erzählten.

Die Räume waren komplett möbliert, die Betten gemacht. Im größten Zimmer betrachtete Pablo einen prächtigen Frisiertisch mit nach außen gewölbten Schubladen und silbernen Griffen. Auch im Arbeitszimmer, dessen Wände von Bücherregalen bedeckt waren, stand alles an seinem Platz, und im Bad thronte eine Wanne aus Porzellan und Eisen.

Jedes Detail dieser Wohnung erzählte von Verrat und Rache, von Siegern und Verlierern. Als Pablo den Pförtner nach den früheren Bewohnern fragte, antwortete dieser mit grimmigem Schweigen, was seine Vermutung bestätigte. Sofort war für ihn klar, dass er diese Wohnung nicht beziehen würde, da ihre Wände traurige Geschichten erzählen und ihn nur deprimieren würden. Pablo war nun wirklich nicht nach Barcelona zurückgekehrt, um die Tragödie anderer Menschen auszunutzen.

Parés gegenüber redete sich Pablo mit einer Notlüge heraus und behauptete, etwas Kleineres und Praktischeres im Sinn gehabt zu haben, eher eine Junggesellenwohnung. Und dann machte er sich sofort daran, sich selbst eine Mietwohnung zu suchen, die nicht von der Kälte des Verlusts beherrscht wurde.

Eines Tages fiel ihm während des Frühstücks im Hotel unter den Anzeigen in der Tageszeitung *La Vanguardia* eine besonders ins Auge:

Schön eingerichtete Wohnung […], Heiz. […], Telef. […], an Pärchen ohne Kinder, Balmes 62

Die Angabe »ohne Kinder« war ein Indiz dafür, dass es sich um eine Wohnung handelte, die entweder wegen ihrer geringen Größe oder wegen ihrer edlen Einrichtung nicht für Familien geeignet war. Beides erschien Pablo interessant, und die Adresse lag auch ganz in der Nähe seiner Arbeit.

Er nahm sich vor, dort mal vorbeizuschauen und sich die Sache anzusehen. Tatsächlich hatte er seit seiner Ankunft nicht viel Zeit gehabt, Barcelona zu erkunden. Pablo arbeitete den ganzen Tag, und wenn er mal das Hotel verließ, ging er meistens nicht weiter als bis zur Passeig de Gràcia oder zur Rambla de Catalunya. Da war die Wohnungssuche eine willkommene Gelegenheit, die Stadt neu zu entdecken, die er vor so vielen Jahren hinter sich gelassen hatte.

Pablo ging in sein Zimmer hinauf, um seinen Mantel zu holen, weil es draußen inzwischen ziemlich frisch war. Dieser Herbst erinnerte immer mehr an den Winter. Die Luft war feucht, die Tage waren kurz, und der Himmel war grau wie Blei. Vor dem Spiegel fuhr sich Pablo mit der Hand durch das volle braune Haar, das er wie immer nach hinten gekämmt trug.

Mit den Jahren hatte er gelernt, seinen rebellischen Pony in den Griff zu bekommen, in dem sich inzwischen bereits graue Strähnen zeigten.

Er rückte sich die Krawatte zurecht und strich sich über das Jackett aus Viskose, damit es sich an seinen Körper schmiegte. Mit dem Krieg war auch die Eleganz wollener Anzüge verschwunden, dachte er dabei. Wegen der Knappheit des Wollstoffs benutzte man diesen inzwischen nur noch für die Produktion von Militäruniformen.

Außerdem hatte die Herrenbekleidung jegliche Details eingebüßt, die nicht unumgänglich waren, wie Taschenklappen oder die Bügelfalten der Hosen. Sogar, was die Farbe anging, war die Mode karger und strenger geworden und wurde von ernsten, dunklen Tönen dominiert wie dem Grau, das er jetzt im Spiegel vor sich hatte.

Pablo drängte sich der Gedanke auf, dass er sich schon lange so kleidete, als wäre das Leben eine einzige Beerdigung. Er verzog das Gesicht, während er in seinen Mantel schlüpfte, und rückte den Hut schräg nach vorn, wie er es immer tat.

Als er das Hotel verließ, war die Temperatur draußen jedoch angenehmer als erwartet. Deshalb beschloss er, auf dem Weg zur Carrer de Balmes eine Runde durch Straßen zu drehen, die er noch nicht kannte. In Paris war er immer gern ohne Eile durch die Gegend gebummelt und hatte das Spazierengehen genossen.

Als er die Rambla hinunter in Richtung Mercat de la Boqueria ging, riefen einige Gebäude, wie das Liceu oder der Palau de la Virreina, vage, unscharfe Erinnerungen in ihm wach. Er bog in die Carrer del Carme ab und schlenderte schließlich die Carrer de Xuclà entlang. Dort entdeckte er ein ganz neues Barcelona, unbekannt, hässlich und düster. Diese Straßen schienen in grauen Schatten zu liegen.

Viele der Gebäude in den kleinen Gassen, die Pablo jetzt ziellos durchstreifte, waren in schlechtem Zustand. An den Mauern klebten Franco-Plakate mit dem Symbol von Joch und Pfeilen und ließen keinen Zweifel daran, wem die zerstörte und besiegte Stadt nun gehörte. Diese Gegend unterschied sich stark von dem bürgerlichen

Barcelona, in dem sich Pablo sonst bewegte. Hier wirkten auch die Menschen ganz anders. Es war ein geisterhafter Ort, der von hungrigen Männern, Frauen und Kindern mit eingefallenen Gesichtern und traurigem Blick bewohnt war. Sie trugen allesamt Schwarz, die Farbe von Trauer und Schmerz, und waren des Kriegs und der Rationierung überdrüssig, des Hasses, der sie unterdrückte.

Pablo fiel auf, dass die Schilder vor den Lebensmittelgeschäften nicht über das tägliche Angebot informierten, sondern vielmehr darüber, was es nicht gab. Dabei kam ihm gleich das üppige Abendessen bei den Parés in den Sinn.

An einer Hauswand entdeckte er eine große Hakenkreuzfahne, konnte aber nicht erkennen, um was für ein Gebäude es sich handelte. Bei genauerem Hinsehen fielen ihm dann noch weitere Nazisymbole auf, in vielen Schaufenstern sah man neben Fotos von Franco und José Antonio Primo de Rivera sowie faschistischen Parolen auch die Fahne der deutschen Nationalsozialisten. Pablo dachte zurück an die Offiziere, die sich an jenem Abend im Ritz amüsiert hatten, und rief sich Bernard Hildas Worte in Erinnerung:

»Sie sind eben hier und halten sich selbst für die Herrscher der Welt. Oder glauben zumindest, dass sie es bald sein werden.«

Pablo überkam ein Schaudern, gefolgt von tiefer Traurigkeit. Dies war längst nicht mehr die Stadt seiner Kindheit. Und Hilda hatte recht: Noch war dieser Krieg nicht ausgestanden.

2

Pablo musste mehrmals nach dem Weg fragen, um aus dem Labyrinth der Gassen wieder hinauszufinden. Endlich erreichte er die Carrer de Pelai und schließlich auch die Carrer de Balmes.

Das Haus mit der Nummer 62 hatte eine in drei Bereiche unterteilte Fassade mit einer Mischung unterschiedlicher Stile. Am mittleren Teil gab es durchgehende breite Balkone, an den Seiten einen Balkon pro Fenster.

Entschlossen durchschritt Pablo die Eingangstür, die von steinernen Löwenköpfen flankiert war.

In der weiten Eingangshalle hingen zwei große polierte Lampen von der Decke, und links führte eine Treppe in die oberen Stockwerke und zum Aufzug. Rechts befand sich, ein wenig versteckt unter der Treppe, die Tür zum düsteren, kümmerlichen Kabuff der Pförtnerin, das beinahe wie eine andere Welt wirkte.

Die Portiersfrau selbst fegte in diesem Moment energisch den Eingangsbereich. Sie war schon älter, schwarz gekleidet und sah aus, als sei mit ihr nicht gut Kirschen essen.

Als sie die Anwesenheit des Fremden bemerkte, hielt sie inne, stützte sich mit beiden Armen auf dem Besen ab und musterte Pablo kritisch, bevor sie mit barscher Stimme fragte:

»Ja, Sie wünschen?«

Pablo führte zum Gruß die Hand an den Hut.

»Hier wird doch etwas vermietet, oder?«

»Ah, natürlich, im zweiten Stock. Die Wohnung von Senyora Maspons.«

Nun klang die Stimme der Frau etwas sanfter, und sie bedachte Pablo mit einem eindringlichen prüfenden Blick auf seine Eignung als zukünftiger Mieter.

»Wissen Sie, die Wohnungen hier sind groß. Aber weil Senyora Maspons ja jetzt allein ist, hat sie aus einer zwei kleine Appartements gemacht. Eins für sich und eins zum Vermieten, wissen Sie? Aber keine Angst, die Mietwohnung ist wirklich schön geworden, sehr elegant eingerichtet, das hab ich selbst gesehen. Und glauben Sie mir, sie macht das ja nicht des Geldes wegen. Aber so viel Platz, und dann all die Erinnerungen und …«

»Meinen Sie, dass ich mir die Wohnung vielleicht mal ansehen könnte?«, fiel Pablo der Frau ins Wort, um ihren Redeschwall zu unterbrechen.

»Hören Sie mal, Sie sind doch Ausländer, oder?«

»Nein«, antwortete Pablo kategorisch, obwohl man ihm seinen französischen Akzent natürlich anmerkte.

Ein argwöhnischer Ausdruck huschte über die Züge der Pförtnerin, schließlich sagte sie jedoch:

»Ich bringe Sie hoch.«

Senyora de Maspons war eine kleine Frau, rundlich und adrett, die das sorgfältig frisierte Haar nach hinten gekämmt trug. Im Blick der Witwe konnte man Verlust und Traurigkeit lesen. Sie empfing Pablo freundlich, holte die Schlüssel und ging mit ihm in die Wohnung hinüber. Von Weitem wurden sie dabei von der Pförtnerin genau beobachtet, die Pepita hieß und auf keinen Fall etwas verpassen wollte.

Tatsächlich hatte Senyora de Maspons die ursprüngliche Wohnung halbiert, sodass jeder der beiden Hälften einer der mittleren und einer der seitlichen Balkone geblieben war. Das zu vermietende Appartement lag, von der Straße aus gesehen, links.

Wie die Pförtnerin Pablo bereits versichert hatte, war die Wohnung wirklich schön hergerichtet. Das Wohn- und das Esszimmer waren freundliche, helle Räume, die auf den mittleren Balkon hinausgingen. Eines der beiden Schlafzimmer lag ebenfalls zur Straße hin und verfügte über den Einzelbalkon.

Das zweite Schlafzimmer ging nach hinten hinaus, genau wie die winzige, aber gut ausgestattete Küche und das einfache, aber mit allen Annehmlichkeiten versehene Badezimmer.

Für Pablo war diese Wohnung einfach ideal: modern möbliert, praktisch und zentral gelegen. Die Gegenstände darin wirkten ein wenig unpersönlich, aber so hatten sie wenigstens nichts mit dem Leben zu tun, das er hinter sich ließ. Dies war ein Ort, an dem er noch einmal ganz von vorn anfangen konnte.

»Die Wohnung gefällt mir«, sagte er und lächelte. Der Witwe Maspons entgingen die Grübchen nicht, die dies auf seine Wangen zauberte, und sie erwiderte sein Lächeln. Pablo war der perfekte Gentleman und würde sicher ein angenehmer Mieter sein.

Ihrer beider Lächeln besiegelte das Einverständnis, mit dem die Witwe Maspons ihren neuen Mieter willkommen hieß. Und auch Pepita, die Portiersfrau, war mit ihrer Wahl einverstanden.

3

Modest Parés schaute nur selten im Laboratorium vorbei. Daher war sein Besuch an einem Tag Ende Oktober, an dem die Sonnenstrahlen die gelben Blätter der Bäume draußen zum Leuchten brachten, durchaus eine Überraschung.

»Mein Freund«, sagte er zu Pablo, nachdem er die anderen Mitarbeiter begrüßt hatte. »Ich hab Sie schon seit Wochen schrecklich vernachlässigt, das kann ich mir kaum verzeihen. Aber die Einrichtung der neuen Labors war arbeitsaufwendiger, als wir gedacht hatten. Heute habe ich mir jedoch gesagt: ›Modest, geh jetzt mal rüber zu Senyor Soto und lad ihn zum Essen ins La Puñalada ein.‹ Was halten Sie davon?«

Pablo kannte La Puñalada nicht und hatte eigentlich auch gar keine Zeit für ein ausgiebiges Mittagessen. Aber eine Einladung des Firmenbesitzers konnte er natürlich schlecht ausschlagen. Natürlich war ihm klar, dass Parés ihn bei dieser Gelegenheit zu den Fortschritten bei seiner Arbeit befragen würde, was ja völlig legitim war.

»In La Puñalada?«, rief in diesem Moment Anselm aus und humpelte heran. »Wenn Sie nicht wollen, dann gehe *ich* gerne mit, Senyor Soto, das Essen da ... ist nämlich köstlich!«

Parés lachte belustigt.

»Dich nehme ich dahin mit, wenn du angefangen hast, dich zu rasieren, Jüngelchen!«

»Aber das hab ich doch längst, Senyor Parés, ich rasier mich ja schon …«

La Puñalada war ein großes elegantes Restaurant an der Passeig de Gràcia, an der Ecke zur Carrer de Rosselló. Abgesehen vom großen Saal im Erdgeschoss gab es dort noch ein balkonartiges Halbgeschoss, das Parés nun betrat, während ihn das Personal als offensichtlichen Stammkunden begrüßte.

Die Stimmung war locker und das Essen üppig, Parés bestellte das Beste, was die Karte zu bieten hatte. Als sie schließlich bei Kaffee und Likör angekommen waren, brachte Parés dann das Thema zur Sprache, das dem Unternehmer auf der Seele lag.

»Sagen Sie doch mal, Senyor Soto, wie macht sich mein Junge denn so, benimmt er sich auch bei der Arbeit? Glauben Sie, dass er Talent hat? Ich hab Ihnen ja schon erklärt, dass er auf mein Anraten hin Chemie studiert hat, aber es wäre schön, wenn er sich für die Parfümherstellung begeistern könnte, für unsere Branche.«

Damit hatte Pablo nicht gerechnet und nahm zunächst einen Schluck vom bernsteinfarbenen Likör, bevor er Modest Parés ansah und antwortete:

»Im letzten Monat hat ihr Sohn vielleicht zwei- oder dreimal im Labor vorbeigeschaut und ist dann nicht lange geblieben.«

Parés schlug mit der Faust auf den Tisch, sodass Tassen, Gläser und Besteck klirrten und sich die Gäste an den Nachbartischen zu ihnen umdrehten.

»Dieser Taugenichts!«

Die Miene des Unternehmers versteinerte.

Er bemühte sich jedoch, sich zusammenzureißen, schließlich waren sie nicht allein. Deshalb holte er erst einmal eine Schachtel Zigarillos aus der Innentasche seines Jacketts und bot Pablo eines an. Als dieser ablehnte, zündete sich Parés selbst eines an und nahm einen tiefen Zug.

Parés bebte vor Wut, der aromatische Rauch schien ihn jedoch zu beruhigen. Er sah auf seine Finger hinab, die das Zigarillo hielten.

»Bekommen Sie bloß keine Kinder, Pablo, wirklich nicht.«

»Sagen Sie doch so was nicht. Wenn ich daran denke, wie Ihre Augen beim Anblick Ihrer Tochter zu leuchten beginnen.«

Etwas entspannter lächelte sein Chef.

»Sie haben ja recht, Angèlica ist wirklich ein Geschenk des Himmels. Aber Eugeni … Wissen Sie, er ist doch schließlich der Firmenerbe. Eines Tages muss er das Unternehmen weiterführen, ich werde ja nicht ewig leben. Ich will gar nicht leugnen, dass sich der Junge schon mehr als einmal in Schwierigkeiten gebracht hat. Es war nichts Schlimmes, und ich habe die Sache wieder in Ordnung gebracht. Dieser Tunichtgut! Vielleicht würde er ja zur Vernunft kommen, wenn er seine Suppe mal allein auslöffeln müsste. Aber ich greife ihm immer wieder unter die Arme, damit meine Frau am Abend nicht mit traurigem Blick ins Bett gehen muss. Sie vergöttert Eugeni und könnte es nicht ertragen, wenn …«

Parés verstummte. Nun stand der traurige Blick in *seinen* Augen.

Pablo hatte schon gehört, dass sich im Spanien der

Nachkriegszeit selbst die Kirche recht tolerant und verständnisvoll zeigte, wenn ein Mann gegen das sechste Gebot verstieß. Und ein paar mitangehörte Unterhaltungen im Labor hatten ihn darauf schließen lassen, dass auch Frauen die Untreue ihrer Männer in Kauf nahmen, solange dadurch der familiäre Frieden nicht gestört wurde.

Deshalb war Pablo zu dem Schluss gekommen, dass die Bourgeoisie der Stadt einer fröhlichen Doppelmoral frönte und ihre Untaten gern unter den Teppich kehrte.

Bei einem Blick in Modests Augen wurde Pablo jedoch klar, dass sein Chef in dieser Hinsicht anders war. Offensichtlich liebte Parés seine Gattin, die doch aus Eis gemacht zu sein schien. Um sie nicht leiden zu sehen, ertrug er schweigend all die Missetaten seines nutzlosen Sohnes wie ein Steinchen im Schuh.

»Aber Sie haben doch noch ein Kind, Modest. Eine Tochter, die eine ganz besondere Gabe hat, ein wirklich feines Näschen. Dazu kommen bei ihr noch außergewöhnliche Wissbegierde und Arbeitseifer. Warum erlauben Sie ihr denn nicht, offiziell im Labor zu arbeiten, so wie sie es sich wünscht? Sie ist dafür wie geboren und wäre mir eine wunderbare Assistentin.«

Parés winkte ab.

»Unfug! Angèlicas Aufgabe besteht darin, sich eine gute Partie zu suchen, endlich vor den Traualtar zu treten und uns schnell ein paar Enkel zu gebären. Sie ist ein ganz entzückendes junges Ding, hat aber Flausen im Kopf. Wo gibt es denn so was: eine Frau, die in einem Laboratorium voller Männer arbeitet und deren Aufgaben übernimmt?«

Er sah Pablo streng an.

»Ich verbiete Ihnen, solche Ideen auch noch zu unterstützen! Im Moment drücke ich da noch ein Auge zu, aber wenn ihre Mutter herausfinden würde, wie viel Zeit Angèlica im Labor verbringt, dann wäre zu Hause die Hölle los. Sie haben ja keine Ahnung, wie sehr sich meine Frau grämt, weil Angèlica mit ihren fast vierundzwanzig Jahren noch nicht verheiratet ist.«

Parés nahm einen weiteren tiefen Zug von seinem Zigarillo und stieß langsam den Rauch aus. Er sah Pablo warnend an.

»Hören Sie, Soto, wir haben hier mit dem Bürgerkrieg harte Zeiten durchgemacht. Aber zum Glück ist in diesem Land« – die letzten Worte betonte er ganz besonders – »inzwischen wieder Disziplin eingekehrt, und eine junge Frau kann hier nicht einfach ohne die Zustimmung ihres Vaters oder Ehemanns arbeiten gehen. In Spanien herrschen ordentliche Verhältnisse, Soto.«

Pablo hörte seinem Chef besorgt zu. Er hatte das Land, in dem er geboren worden war, bei seiner Rückkehr völlig verändert vorgefunden. Und manches von dem, was er nach und nach entdeckte, ließ ihn erschaudern.

Andererseits hatte er nun wirklich nicht das Recht, sich in die Angelegenheiten dieser Familie einzumischen, deshalb schwieg er lieber. Etwas anderes blieb ihm sowieso nicht übrig. Aber beim Gedanken an Eugeni und Angèlica musste er zugeben, dass das Leben manchmal seltsame Wege ging.

Modest Parés trank seinen Kaffee und seinen Likör aus und legte die zerknitterte Serviette und einen Geldschein mit Franco-Konterfei auf den Tisch. Dann stand er auf. Offenbar wollte er nun so schnell wie möglich das Restaurant verlassen.

Auf dem Weg zurück zu Perfumes Donna sprachen die beiden Männer kaum ein Wort.

Als Modest Parés wieder in seinem Büro war, griff er zum Telefon und wählte eine Nummer.

»Stellen Sie mich bitte zu Saavedra durch … Carlos? Ich bin's, Parés. Hör mal, du musst mir einen Gefallen tun …«

Die Felder

Barcelona, Dezember 1942

1

Der Näh- und Bügelraum war der Treffpunkt für die Angestellten des Hauses Parés. Am meisten los war dort am Mittwochnachmittag, wenn die Plätterin Roser vorbeikam, die mit ihren gut zwanzig Jahren ein aufgewecktes, lebhaftes junges Ding war. Dann nutzten Matilde und Rita den Moment, um sich dazuzusetzen und die Textilien des Haushalts durchzusehen. Bis es für sie an der Zeit war, das Abendessen vorzubereiten, stieß häufig auch noch die Köchin Tina zu ihnen. Dann hörten sie sich im Rundfunk gemeinsam die Sendung der Briefkastentante und Hörspiele an, plauderten und tratschten bei der Arbeit jedoch eifrig, sodass ihre Stimmen sich mit dem Murmeln aus dem Radio vermischten.

»Jeder muss sich so kleiden, wie es seiner Stellung entspricht, Rita. Oder würdest du es etwa für normal halten, dass ein Mädchen wie du als feine Dame auf die Straße geht? Eine Hausangestellte muss sich auch wie eine Hausangestellte anziehen! Ich finde es nicht richtig, dass junge Mädchen vom Personal sich zum Ausgehen schick zurechtmachen und sich als etwas ausgeben, was sie gar nicht sind. Und damit meine ich auch dich.«

Das junge Mädchen blickte Matilde an.

»Und ich finde, dass ich in meiner Freizeit tun und lassen kann, was ich will, dass ich aussehen darf, wie ich möchte …«

»Still, jetzt hört schon auf«, unterbrach Roser die Diskussion zwischen den beiden, die jetzt schon länger andauerte. »Es geht los!«

Die SER präsentiert …

Kubanische Musik ertönte.

»Was kommt denn heute? Das Stück vom letzten Mal hat mir ja gut gefallen.«

»Ach nein, Matilde, das war doch so traurig.«

»Ehrlich gesagt, hab ich die Geschichte gar nicht richtig verstanden.«

… das Rundfunktheater …

Matilde hatte wieder etwas zu meckern:

»Weißt du, Rita, du bist einfach eine Träumerin, und das wird dich im Leben nicht weiterbringen, lass es dir gesagt sein. Solche Romantikerinnen wie du enden meistens mit gebrochenem Herzen.«

»Ach, das hat doch gar nichts miteinander zu tun, Matilde. Das Stück beim letzten Mal war traurig und langweilig, da gebe ich Tina recht.«

»Still jetzt!«

… unter der Regie von Antonio Calderón.

»Mädchen, du solltest dich wirklich um andere Dinge kümmern. Du Traumtänzerin, ich weiß einfach nicht, was wir mit dir machen sollen.«

»Jetzt lass sie schon, Matilde, sie ist doch noch so jung.«

Musikalische Leitung: Remedios de la Peña.

Die wohlklingenden Stimmen der Radiosprecher erfüllten den Raum mit neuen Geschichten.

»Habt ihr gehört, dieses Mal ist Pedro Pablo Ayuso mit dabei. Der hat vielleicht eine Stimme!«

»Dann ist das heute bestimmt eine Liebesgeschichte, der spielt doch immer den Galan!«, sagte Rita mit leuchtenden Augen.

Ohne mit dem Bügeln aufzuhören, schaute Roser zu ihr auf, und die beiden jungen Frauen kicherten verschwörerisch.

Nach und nach wurde es still, und die vier Bediensteten konzentrierten sich ganz auf das Hörspiel, das die Rundfunkwellen in den Raum transportierten.

In jenem langen Nachkriegswinter mit den endlosen grauen Tagen voller Enttäuschung und Hoffnungslosigkeit waren Sendungen wie diese ein Sonnenstrahl, der das Haus mit einem gewissen Zauber erfüllte.

Hörspiele, Musikwettbewerbe oder die Ratschläge der Briefkastentante waren für viele der einfachen, von der Welt abgeschnittenen Menschen jenes Spaniens, das noch immer Trauer trug, oft die einzige Zerstreuung und die einzige Art von Kultur, zu der sie Zugang hatten.

An jenem Nachmittag konnte sich Matilde jedoch

weder auf die Hörfunksendung noch auf die Kleidung konzentrieren, die sie ausbesserte.

Stattdessen dachte sie über Rita und deren unmögliches Verhalten in der letzten Zeit nach, das Matilde Sorgen machte, ihrer jungen Kollegin aber nicht einmal bewusst zu sein schien.

Sobald Eugeni nach Hause kam, trug Rita heimlich etwas von Fräulein Angèlicas Parfüm auf, beobachtete den jungen Herrn dann verstohlen und folgte ihm wie ein Schoßhündchen durch die ganze Wohnung. Wenn er in ihrer Nähe war, spielte sie eine Rolle, gab sich für etwas aus, was sie nicht war. Das alles bedrückte Matilde, weil sie sich für die jungen Frauen verantwortlich fühlte, die in ihrem Haushalt arbeiteten. Und diese Anzeichen kannte sie bereits von Ritas Vorgängerin, die entlassen worden war, nachdem Eugeni Parés sie benutzt und dann wie ein schmutziges Taschentuch weggeworfen hatte.

Matilde fuhr sich mit der Hand über die Augen, in denen nun Tränen aufstiegen.

Was wohl aus Consol geworden war? Die Haushälterin hätte ihr damals so gern geholfen, hatte aber nichts für sie tun können. Was denn auch, sie war ja niemand. Matilde wusste nicht einmal, ob sie das Kind bekommen hatte oder nicht, nachdem Senyor Parés ihr einfach Geld in die Hand gedrückt und sie vor die Tür gesetzt hatte. Und die Senyora hatte von alldem nicht einmal etwas erfahren. Die Hausherrin bekam nichts von den dunklen Schatten mit, die sich über die Räume der Wohnung legten und so viele Geheimnisse in sich bargen. Oder vielleicht wollte sie es ja so.

»Heute war das Stück viel schöner!«, rief Rita am Ende mit vor Tränen glänzenden Augen. »Oder, Matilde? Jetzt sag bloß nicht, dass es dir nicht gefallen hat!«

Die ältere Frau lächelte. Sie hatte schweigend und geistesabwesend dagesessen und hatte dabei die Näharbeit auf ihrem Schoß komplett vergessen.

Nun schüttelte sie resigniert den Kopf. »Natürlich fand ich es gut, na klar!«

2

Pablo hörte Angèlica und Anselm schon seit Tagen über den Ausflug reden, den sie an diesem Sonntag nach Vilassar de Mar machen wollten. Eigentlich mischte er sich ungern in die Unterhaltungen anderer ein, aber da die jungen Leute über nichts anderes mehr sprachen, hatte er es natürlich mitbekommen.

»Dein Vater wird sich wirklich freuen, dich zu sehen, Anselm. Du hast ihn ja schon seit einem Monat nicht mehr besucht.«

Die junge Frau lächelte, als sie Pablos verblüfften Blick bemerkte. Sie war zufrieden, weil sie das Interesse des Parfümeurs geweckt hatte. Daher erklärte sie ihm, ohne von ihrer Arbeit abzulassen:

»Wissen Sie, Senyor Soto, mein Vater und der Vater von Anselm kommen nämlich beide aus Vilassar und kennen sich schon ihr Leben lang. Die sind sogar zusammen zur Schule gegangen. Anselms Vater lebt noch immer dort und baut auf seinen Feldern Blumen an.«

Pablo wirkte überrascht.

»Er baut Blumen an? Gibt es tatsächlich Blumenfelder in der Nähe von Barcelona?«

Anselm wandte sich zu ihm um.

»Na, und ob es die gibt! Allerdings nicht in dem Ausmaß wie in der Provence, Senyor Soto. Eigentlich ist der Boden im Maresme nämlich nicht gut genug für Blumen, deshalb muss man die Kapillarwirkung mit viel Wasser, Mist und Dünger ausgleichen.«

»Und warum werden diese Felder dann überhaupt für den Anbau von Blumen genutzt? Warum nimmt man nicht geeignete Pflanzen?«, fragte Pablo, der sich für das Thema immer mehr zu erwärmen begann.

Nun mischte sich auch Martí Rovira ein, der sich mit der Materie ebenfalls auskannte:

»Das ist eine lange und ziemlich interessante Geschichte, Senyor Soto.«

Erwartungsvoll schaute der Parfümeur seinen Mitarbeiter an.

»Die Nelken sind durch einen Italiener namens Beniamino Farina in Vilassar eingeführt worden, einen Blumenbauern, der seine Heimat in Ligurien verlassen hat, um in den USA sein Glück zu suchen.«

»Irgendwann ist er dann nach Europa zurückgekehrt und nach dem Ersten Weltkrieg, so um 1921 herum, in Vilassar angekommen. Die Küste des Maresme erschien ihm perfekt für seine Nelkenplantagen«, erklärte nun Anselm.

Martí sprach weiter:

»Dabei waren die Anfänge gar nicht so einfach, zuerst haben die Bauern in der Gegend diese Geschichte mit den Blumen nämlich gar nicht ernst genommen. Aber er hat an seine Vision geglaubt und Ableger aus Nizza gepflanzt.«

Als Pablo den Namen dieser Stadt hörte, leuchteten seine Augen auf. Nachdenklich rieb er sich übers Kinn und wandte dann ein:

»Ich verstehe aber immer noch nicht, warum dieser Italiener ausgerechnet diese Region gewählt hat, wenn sie für so einen Anbau überhaupt nicht geeignet ist.«

»Weil durch die Nähe zu Barcelona die Vermarktung einfach war«, entgegnete Martí. »Und bald haben sich ihm immer mehr Bauern angeschlossen. Der Blumenanbau hat dann in den Dreißigerjahren einen großen Aufschwung erlebt, allerdings nur bis zum Ausbruch des Bürgerkriegs.«

Während des folgenden Schweigens schien sich jeder wieder auf seine Arbeit zu konzentrieren und seinen Gedanken nachzuhängen.

Schließlich sagte Anselm:

»Inzwischen werden in Vilassar kaum noch Blumen angebaut, im ganzen Maresme nicht mehr, weil man sich heutzutage auf essbare Feldfrüchte konzentrieren muss, Senyor Soto. Sie verstehen schon.«

Seufzend fügte er hinzu:

»Aus Nelken kann man eben keine Suppe kochen.«

Angèlica hatte schweigend zugehört und warf jetzt ein:

»Aber dein Vater hat doch immer noch Blumenfelder, und was für welche!«

»Ja, vor ein paar Jahren hat er Land gekauft und mit dem Anbau von Nelken begonnen. Und es läuft gar nicht schlecht. Die Ernte verkauft er hier in Barcelona an die Blumenhändler auf der Rambla und auch hier und da an Parfümeure. Senyor Parés war von Anfang an einer seiner besten Kunden und kaufte ihm Blumen für die Produktion von Seifen und Haushaltsprodukten ab.«

»Für das neue Parfüm wird er doch sicher noch viel mehr Blumen brauchen, meinen Sie nicht, Senyor Soto?«

Angèlica lächelte begeistert.

»Und Anton Huguet hat die schönsten Blumen des ganzen Maresme!«

Doch Pablo war so mit seinen Gedanken beschäftigt, dass er von ihrem Elan kaum etwas mitbekam.

»Und, was halten Sie von der Geschichte, die wir Ihnen da erzählt haben? Sie sind ja so still, Senyor Soto.«

Es wirkte, als erwachte Pablo aus einem Traum.

»Würde es Sie stören, wenn ich am Sonntag mitkomme?«

3

Der Buick mit Sebas am Steuer sauste die Küstenstraße entlang und legte Kilometer um Kilometer die kurze Entfernung zwischen Barcelona und der Comarca Maresme zurück. Es war ein Sonntagmorgen Anfang Dezember, der so klar war, dass er wie frisch gewaschen wirkte.

Pablo ließ Angèlica und Anselm fröhlich plaudern und konzentrierte sich lieber auf die Landschaft, die er hier gerade entdeckte: von Weinbergen und Feldern, die als wilde Symphonie von Farben die Hänge bedeckten, bis hin zu stillen langen Sandstränden an den Mündungen der Flüsse.

Pablo atmete tief durch. Nie hätte er gedacht, dass es in unmittelbarer Nähe zu Barcelona solche Schönheit gab.

Vilassar war ein ruhiges kleines Städtchen direkt am Meer mit weniger als viertausend Einwohnern, das im Grunde nichts Besonderes zu bieten hatte. Weder gab es auffallende geografische Wahrzeichen, noch hatte sich an diesem Ort irgendetwas zugetragen, was ihn in die Geschichte hätte eingehen lassen.

In Pablos Augen machte aber gerade dies Vilassar zu einem magischen Ort: Für ihn war das Küstenstädtchen mit seiner Schlichtheit und Menschlichkeit ein kleines Paradies direkt am Meer.

Das Auto fuhr an der Strandpromenade entlang, die für Besucher so etwas wie ein Schaufenster der Schönheit dieser Stadt darstellte.

Soto lauschte den Erklärungen von Angèlica und Anselm, während er die bunte Mischung aus Baustilen betrachtete, die vor seinen Augen vorbeizog, als führen sie geradewegs durch ein avantgardistisches Architekturmuseum. Seite an Seite mit wahren Perlen des Modernismus nahmen andere Gebäude, wie der beeindruckende Can-Nadal-Turm oder der Kirchturm aus dem achtzehnten Jahrhundert, der ganz in der Nähe des Meeres die Häuser überragte, den Betrachter in die Vergangenheit mit.

Plötzlich riss Angèlicas fröhliche Stimme Pablo einen Moment aus seiner Verzückung:

»Sehen Sie mal, Senyor Soto, da!«

Aufgeregt zeigte die junge Frau ihm ein nicht besonders großes zweistöckiges Haus, dessen Fassade mit bunten Keramikelementen dekoriert war.

»Das ist unser Sommerhaus!«, rief sie und erfüllte mit ihrem Lachen das Auto.

»Wie schön!«, entgegnete Pablo ehrlich beeindruckt und wandte den Kopf, um das märchenhafte Gebäude genauer zu betrachten.

Ein paar Minuten später hielt Sebas am Ortsausgang vor einem alten, leicht verfallenen Haus, zu dem eine ungepflasterte Einfahrt hinaufführte. Als die drei Fahrgäste ausstiegen, durchdrang die Kälte ihre Mäntel.

Ein groß gewachsener und extrem dünner Mann stand ein wenig gebeugt vor dem Haus und erwartete sie. Dieser Mann mit dem gelassenen, aber unbeirrbaren Blick war Anton Huguet.

Anselm lief direkt zu ihm hinüber.

»Vater, wie geht es Ihnen?«

»Gut, mein Junge, gut. Ich freue mich sehr, dich zu sehen.«

Nach der Umarmung seines Sohnes ging Huguet zu Angèlica hinüber, um sie respektvoll zu begrüßen.

Die hingegen wollte von Formalitäten nichts wissen und drückte ihn ebenso fest und herzlich wie Anselm zuvor. Dann stellte sie ihren Begleiter vor:

»Anton, das ist Senyor Pablo Soto. Er ist der Parfümeur, der aus Frankreich gekommen ist, um mit Papà zusammenzuarbeiten.«

Anton reichte Pablo seine von Erde schmutzige Hand. Er hatte raue und knochige, ein wenig steife Finger. Pablo empfand seinen Händedruck als warm und freundschaftlich.

»Ich habe für Sie ein ordentliches Frühstück vorbereitet, Sie haben doch sicher Hunger.«

»Senyor Soto möchte vor allem die Felder sehen, Vater.«

Mit freundlichem Interesse sah Huguet Pablo an.

»Wenn das so ist, dann schauen wir uns die Blumen besser jetzt gleich an, solange die Sonne noch etwas wärmt.«

Anton Huguet führte die Besucher um das Haus herum und unterhielt sich dabei angeregt mit seinem Sohn. Als sie die Felder erreichten, streckte er in einer umfassenden Geste beide Arme aus.

»Sehen Sie, das ist mein Land, drei Quartera mit mehr als zwanzigtausend Nelkenablegern.«

Pablo betrachtete die Felder mit den an Schilfrohrstücken festgebundenen Nelken, die sich vor ihm erstreckten.

»Diese hier habe ich im Herbst gepflanzt, und wir werden sie im Februar ernten.«

»Vater, zeigen Sie ihm doch die Rosen.«

»Ach, Rosen bauen Sie auch an?«, fragte Pablo überrascht.

»Na ja, ich probiere eben neue Sachen aus. Bei den Gerbera hatte ich schon ein paar gute Ernten, aber bei den Rosen bin ich noch in der Experimentierphase. Leben kann ich zurzeit nur von den Nelken.«

Ungeduldig fasste Anselm Pablo am Ärmel und zog ihn mit.

»Kommen Sie, ich bringe Sie zu den Rosenstöcken.«

Dort angekommen, tat Anton, was er vor dem Händedruck mit Pablo nicht gemacht hatte: Er wischte sich die Hände an der Hose ab und brach dann so vorsichtig eine Rose ab, als griffe er nach einem Traum, der jeden Moment zerplatzen könnte.

Perfekt senkrecht hielt er die Blume dann seinen Besuchern hin. Mit ihren üppigen Blütenblättern, feurig dunkel im Inneren, heller weiter außen, strahlte die gelbe Rose unendliche Sinnlichkeit aus.

Pablo griff nach der Blume und sog ihren Duft ein. Um ihn ganz in sich aufzunehmen, schloss er dabei für einen Moment die Augen. Dieser Duft war nicht süß wie der roter Rosen, sondern kräftig und würzig und ein wenig säuerlich.

»Diese Rosen verlieren ihre Farbe irgendwann«, erklärte Anton. »Sie werden weiß und geben dann ein sehr intensives Aroma ab.«

»Ich weiß«, sagte Pablo, ohne den Blick von der Blüte lösen zu können. Er lächelte, weil er in dem Mann einen wahren Blumenzauberer erkannte, der ganz verrückt nach seinen Blüten war. Von dieser Sorte Mensch hatte er in Grasse so einige kennengelernt. Vielleicht war sich Anselms Vater seiner Gabe nicht einmal bewusst. Aber diese Rosen, die er als Experiment bezeichnete, waren den majestätischen Blüten der Provence sehr ähnlich. Und Pablo fand, dass ihr Aroma dem besten aller Parfüms würdig war.

4

In Barcelona hatten Hausmädchen normalerweise am Sonntagnachmittag und dann noch an einem anderen Tag unter der Woche frei. Bei Rita war das der Donnerstag. Einige junge Hausangestellte trafen sich regelmäßig und verbrachten ihren freien Tag zusammen. Rita jedoch kannte in Barcelona niemanden oder fast niemanden.

Sie war erst ein Jahr zuvor aus Sant Hilari in die Stadt gekommen, um im Haushalt der Parés zu arbeiten. Der Kontakt war über eine Cousine von Rita entstanden, die für eine gute Freundin von Senyora Valèria arbeitete.

Rita fand es schwierig, sich anderen Menschen gegenüber zu öffnen. Es fiel ihr nicht leicht, neue Freundschaften zu schließen. Seit ihrer Ankunft in der Stadt hatte sie sich nur hier und da mal mit ihrer Cousine Montse getroffen, und das auch nicht oft.

Matilde war das, was für Rita in Barcelona einer Familie am nächsten kam. Die junge Frau hatte die Haushälterin wirklich lieb gewonnen, auch wenn sie sich von ihr so einiges anhören musste. Matilde schimpfte mit ihr, weil sie bei der Arbeit vor sich hin sang oder Kleider trug, die einem Hausmädchen wie ihr nicht angemessen waren. Aber Rita wusste, dass Matilde all dies nur aus Sorge um sie machte, und freute sich über ihre Zuneigung.

An ihrem freien Tag spazierte Rita am liebsten allein durch die Stadt und zögerte dabei die Rückkehr so lange wie möglich hinaus. Gelegentlich ging sie ins Kino und ließ sich von den Heldinnen aus den Filmen in eine Welt der Träume entführen, in der alles möglich war. Sogar, dass sich ein Prinz in ein armes Aschenputtel verliebte.

Manchmal machte Rita auch einen Schaufensterbummel, und das war für sie das allergrößte Vergnügen!

Wie oft hatte sie verträumt vor den Auslagen der Kurzwarenhandlung La Selecta gestanden, ganz in der Nähe von zu Hause zwischen der Carrer de Provença und der Carrer de Rosselló! Auch wenn sie gar nichts brauchte, schlenderte sie gern durch diesen Laden, in dem merkwürdigerweise nur Männer arbeiteten. Wenn sie einen von ihnen um Perlmuttknöpfe oder Häkchenverschlüsse bitten musste, errötete sie verlegen. Ansonsten blieb sie einfach wie vernarrt vor den Reißverschlüssen in all den verschiedenen Farben oder den Quasten und Troddeln für Vorhänge stehen, um die bunte Vielfalt zu betrachten.

Und das war noch gar nichts im Vergleich zu den Fantasien, die sie vor dem Schaufenster des Modehauses Santa Eulalia am Passeig de Gràcia 60 sponn, wo es Kleider zu kaufen gab, von denen sie nur träumen konnte. Oder vor der Parfümerie Ideal an der Avinguda de José Antonio, wo alles angeboten wurde, womit sich Frauen hübsch machen konnten.

Aber seit drei Wochen zog Rita an ihrem freien Tag nicht mehr los, um einen Schaufensterbummel zu machen, und ging auch nicht mehr ins Kino. Stattdessen trug sie am Donnerstag heimlich ein paar Tropfen von diesem teuren Duft auf, über den Senyoreta Angèlica gesagt hatte, dass ihn der französische Parfümeur erfunden hatte. Dann zog sie ihre besten Kleider an und setzte sich auf eine Bank unten an der Promenade, um das Kommen und Gehen von Senyoret Eugeni zu beobachten.

Sie folgte dem jungen Herrn, weil sie wissen wollte, warum er denn am frühen Nachmittag so elegant gekleidet das Haus verließ und mit wem er verabredet war. Wenn sich Senyoret Eugeni mit einer Frau treffen würde, würde sie ganz genau aufpassen, um herauszufinden, welche Art von jungen Mädchen ihm gefiel. Rita überlegte sogar, ihm auf der Straße einmal »zufällig« über den Weg zu laufen. Es bestand ja durchaus die Möglichkeit, dass er sie ohne ihre Dienstmädchenuniform hübsch fand. Und dann würde ihm vielleicht endlich klar werden, dass Rita überhaupt existierte.

Beim ersten Mal, als Rita auf ihrer Bank Senyoret Eugenis geharrt hatte, hatte sie kein großes Glück gehabt, da er direkt zum Auto hinübergegangen war, sich selbst ans Steuer gesetzt hatte und davongefahren war.

Am zweiten Donnerstag war Rita ihm zu Fuß diskret bis zur Plaça de Catalunya gefolgt, wo er sich mit einem anderen elegant gekleideten jungen Mann getroffen hatte. Die beiden waren in ein Taxi gestiegen und verschwunden.

An diesem Tag jedoch sah es ganz so aus, als würde Senyoret Eugeni ihr nicht entkommen. Um zwanzig vor sieben kam er elegant herausgeputzt wie immer aus dem Haus und schlenderte ohne Eile los, eine Zigarette in der einen Hand, die andere in der Manteltasche vergraben.

Auch Rita setzte sich in Bewegung. Sie achtete darauf, dass sich immer eine Person zwischen Eugeni und ihr befand, ließ ihn dabei aber nicht aus den Augen. Sie hatte das Gefühl, als würde ihr die sanfte Wintersonne, die in dünnen Strahlen auf den Asphalt schien, bei ihrer Mission Gesellschaft leisten. Dennoch zog die feuchte Kälte Barcelonas Rita bis in die Knochen.

Ohne Eile ging Eugeni Parés bis zur Plaça de Catalunya hinunter, bog dann in die Carrer de Fontella ab und auf der Plaça de Urquinaona in die Carrer de les Jonqueres.

Rita blieb an einer Ecke stehen und beobachtete, wie Eugeni dort in einem Haus verschwand. Was sie nicht sah, war der Mann auf der gegenüberliegenden Straßenseite, der ebenfalls jeden von Eugeni Parés' Schritten überwacht hatte.

5

Eugeni wurde in ein Büro mit geschlossenen Fensterläden geführt, die das letzte Nachmittagslicht nach draußen verbannten.

Hinter dem Schreibtisch saß ein Mann, den er bisher erst ein einziges Mal, beim Abschluss ihres Geschäfts, getroffen hatte. Seinen wahren Namen kannte Eugeni nicht, er wurde von allen nur El Americano, der Amerikaner, genannt. Der Mann trug das schüttere Haar mit Brillantine nach hinten gekämmt, und seine in dem hageren Gesicht viel zu großen Augen betrachteten den Besucher mit unverfrorenem Blick. El Americano lehnte sich auf seinem Stuhl gemütlich zurück, und ein arrogantes Lächeln umspielte seine verschwindend dünnen Lippen.

Hinter ihm wachte im Halbdunkeln ein weiterer Mann, dessen Gesicht Eugeni nicht erkennen konnte, der jedoch jung und kräftig wirkte.

Mit einer Geste forderte El Americano Eugeni auf, sich zu setzen, und zündete sich dann in aller Ruhe eine kubanische Zigarre an. Die kleine Flamme des Streichholzes erhellte für einen Moment sein Gesicht. Er zog ein paarmal an der Zigarre, bis der Tabak zu glühen begann, und stieß dann eine Rauchwolke aus, die die Luft im Raum mit ihrem Aroma erfüllte.

Eugeni Parés beobachtete ihn schweigend.

Schließlich richtete El Americano sich auf seinem Stuhl auf und begann zu sprechen:

»Schön, dass Sie meiner Einladung sofort gefolgt sind, Parés. Sie gewaltsam herbringen zu lassen, wäre mir wirklich unangenehm gewesen.«

»Ich weiß schon, dass ich mit der Zahlung im Rückstand bin«, entgegnete Eugeni mit kaum vernehmbarem Zittern in der Stimme. »Und ich versuche, alles an Geld aufzubringen, was ich irgendwie …«

»Wie wollen Sie das denn bewerkstelligen?«, unterbrach ihn der Mann, ohne seinem Gegenüber die Gelegenheit für eine Erklärung zu geben. »Wollen Sie etwa Ihren Vater um die Summe bitten? Oder lieber weiter darum spielen und dabei noch mehr Geld verlieren?«

»Ich hatte einfach nur eine Pechsträhne.«

»Eine ziemlich lange Pechsträhne. Sind Sie sich dessen bewusst, dass Sie uns fünfzigtausend Peseten schulden?«

Die Stimme des Mannes klang metallisch und drohend, und Eugeni musste sich zusammenreißen, um einen kühlen Kopf zu bewahren.

»Wissen Sie …«

»Wir haben Ihnen doch klar und deutlich gesagt, dass wir streng auf die Einhaltung der Fristen achten, oder, Parés?«, fragte El Americano und sah seinen Besucher vorwurfsvoll an.

»Ja, das haben Sie«, bestätigte Eugeni, der zu zittern begann, nach langem Schweigen.

Wieder paffte El Americano an seiner Zigarre. Dann betrachtete er sie beinahe stolz, als hielte er einen Schatz zwischen den Fingern.

»Ich habe gehört, dass Sie großen Erfolg bei den Damen haben, Parés. Stimmt das?«

Eugeni nickte. Sein Magen zog sich zusammen, und eine böse Vorahnung stieg in ihm auf. Zwar wusste er nicht genau, wohin das hier führen sollte, aber er befürchtete das Schlimmste. Das Herz in seiner Brust begann zu rasen.

»Klar, mit so einem hübschen Gesicht …«

Der andere Mann, der bisher still hinter dem Tisch gestanden hatte, kam nun mit katzenhaft leisen Schritten zu Eugeni herüber. Und ehe der junge Parés es sich versah, hielt er ihm eine Messerklinge an die Wange.

»Ich erkläre Ihnen jetzt mal, wie wir solche Sachen regeln. Wenn Sie uns das Geld in zwei Tagen nicht gebracht haben, dann wird mein Freund hier Sie aufsuchen. Und keine Angst, er wird Sie finden, wo auch immer Sie sich verstecken. Und dann wird er Ihr niedliches Gesichtchen für immer entstellen.«

Eugeni spürte, wie die kalte Spitze der Klinge über seine Haut glitt und dann ein Blutstropfen darüberrollte.

Der Mann nahm das Messer weg, zog ein Taschentuch hervor und säuberte die Klinge, bevor er wieder den Platz hinter seinem Boss einnahm.

»Wenn all die Wunden verheilt sind, erwarten wir aber immer noch die Rückzahlung. Und wenn die nicht erfolgt, dann bringen wir Sie um.«

Nach diesen Worten lehnte sich der Mann auf seinem Stuhl in aller Seelenruhe wieder zurück.

Dem völlig erstarrten Eugeni lief der Schweiß den Hals hinab, und er spürte im ganzen Körper sein Blut pulsieren.

»Aber so weit …«

El Americano lächelte und musterte Eugeni Parés ein paar Sekunden, bevor er weitersprach.

»… braucht es ja gar nicht zu kommen. Wissen Sie, junger Mann, es herrschen schlechte Zeiten. Wenn man in dieser Welt überleben will, die uns beschieden ist, dann muss man sich auf so einiges einlassen. Man muss die Ohren spitzen und jede Gelegenheit zu einem Geschäft nutzen. Und rein zufällig habe ich da gerade etwas Interessantes in Aussicht. Wissen Sie, warum ich Ihnen das alles erkläre?«

Eugeni schüttelte lediglich den Kopf, weil er kein Wort herausbekam.

»Vielleicht könnten Sie mir das, was Sie mir schulden, ja auch auf andere Art und Weise zurückzahlen. Quasi in Naturalien. Drücke ich mich klar aus?«

Dieser winzige Hoffnungsschimmer gab Eugeni die Stimme zurück. Ihm war klar, dass sein Leben am seidenen Faden hing. Aber nun schien sich ihm eine Tür zu öffnen, die ihm einen Ausweg bot.

Ganz langsam stieß er die Luft aus, die sich in seiner Lunge angesammelt hatte.

»Nein, so richtig verstehe ich Sie nicht«, antwortete er.

»Dann hören Sie mir mal gut zu ...«

6

Der Mann stieg mit einem Koffer in der Hand aus dem Zug. Er war sehr dünn und ging gebeugt, als ließe er sich von seinem Gepäck hinunterziehen. Irgendwann stellte er den Koffer für einen Moment ab, während er den trägen Blick aus seinen dunklen Augen über die imposanten Gleise unter dem Gewölbe aus Metallgittern wandern ließ. Die durchlässige Struktur sorgte dafür, dass tagsüber der ganze Bahnhof in Licht getaucht wurde. Ihm erschien die Station sehr elegant, wie es für den ersten Halt auf der Strecke zwischen Frankreich und Barcelona angemessen war.

Der Mann rückte seinen Hut zurecht und hängte sich den Mantel über den Arm, während er mit der freien Hand wieder nach dem Koffer griff. Dann ging er auf die große Halle zu, die ihn ebenso wenig enttäuschte. Er konnte sie in Ruhe betrachten, weil zu dieser nächtlichen Stunde nur wenige Menschen unterwegs waren. Sowohl die Materialien, die für die Dekoration verwendet worden waren – wie Marmor und Bronze –, als auch die großen Fenster und die elegante Uhr erschienen ihm äußerst prachtvoll.

Draußen überraschten ihn feiner Sprühregen, der die Stadt einhüllte, und leichter, aber unangenehmer Wind. Wieder stellte er den Koffer ab, zog sich den Mantel an und schlug den Kragen hoch.

Er dachte an den Grund für seinen Besuch hier in Spanien, atmete tief durch und füllte die Lunge mit frischer Luft, um die Angst vor dem Scheitern abzuschütteln. Sein Plan durfte nicht misslingen, und das würde er auch nicht. Schließlich konnte man in Barcelona genau wie in Paris und in jedem anderen Winkel der Welt mit Geld alles erreichen.

Und an finanziellen Mitteln fehlte es ihm nicht.

Der Wellenbrecher

Barcelona, Januar 1943

1

An diesem Morgen war Pablo im Labor an seinem Arbeitstisch beschäftigt, auf dem jede Menge Aluminiumfläschchen mit ätherischen Ölen standen.

Neben weiteren Zutaten in Glasbehältern, Reagenzgläsern und Destillierkolben, hatte er sich auch Pipetten und Trichter aus Papier zurechtgelegt. Auf einem Tischchen an seiner Seite, auf dem die Essenzen gemischt wurden, befand sich ein Messzylinder.

In seinem unentbehrlichen schwarzen Notizbüchlein, in das er auch die Blotter mit den Düften ausgewählter Mischungen klebte, notierte er die exakten Grammzahlen der verwendeten Essenzen.

In den Momenten des Experimentierens dachte Pablo immer daran, was für ein besonderes Talent nötig war, um Dutzende von einzelnen Duftnoten zu einem sinnlichen, wiedererkennbaren Bouquet zu vereinen. Denn darin lag die Magie eines guten Parfümeurs.

Es war ein ungewöhnlicher Vormittag, da Anselm unterwegs war, um Material zu kaufen, und Martí zu Hause eine heftige Erkältung auskurierte. Auch Eugeni, der sich in letzter Zeit mit einer gewissen Regelmäßigkeit im Laboratorium einfand und dabei überraschenderweise sogar eine positive und freundliche Haltung zeigte, hatte sich für diesen Tag aus persönlichen Gründen entschuldigt. Deshalb war Pablo den ganzen Morgen über mit Angèlica im Labor allein.

Ihm sagte zu, wie diese junge Frau arbeitete; ihm gefielen ihr Wissensdurst, ihre Fragen und sogar die Freiheiten, die sie sich beim Erledigen ihrer Aufgaben manchmal herausnahm. Pablo schmunzelte, als ihm bewusst wurde, dass er wohl ebenso ein Meister für sie war wie Ernest Beaux für ihn in Grasse.

Der sehnlichst vermisste Ernest Beaux!

Sein geliebter Mentor!

»Ich hätte mir ja nie träumen lassen, dass bei der Entwicklung eines neuen Parfüms monatelange Versuche nötig sind«, sagte Angèlica irgendwann.

Pablo lächelte, ohne von seiner Arbeit abzulassen.

»Das ist auch nicht immer so. Manchmal finden Parfümeure nur auf der Basis einer Intuition schnell, was sie suchen. Durch einen Versuch, der von Erfolg gekrönt ist. Wissen Sie, Angèlica? Ich vergleiche die Entwicklung eines Parfüms immer mit der Komposition eines Musikstücks oder dem Schreiben eines Romans. Die Entstehung hängt vom Künstler ab, vom Moment der Inspiration, seinem Ziel, seiner Arbeitsweise…«

»Haben Sie denn bei all Ihren Parfüms einen derart langen Prozess durchlaufen? Auch beim ersten?«

Ein Schatten legte sich über Pablos Blick.

»L'Acqua della Regina ist unter ganz besonderen Umständen entstanden. Eines Tages werde ich Ihnen mal davon erzählen.«

Angèlicas neugieriger Blick wollte ihn ermuntern, das Geheimnis auf der Stelle zu enthüllen.

»Nein, nein … das ist eine lange Geschichte. Ich kann Ihnen nur schon einmal verraten, dass es L'Acqua della Regina ohne Coco Chanel nicht geben würde.«

Angèlica schwieg verblüfft. Sie konnte nur schlecht verbergen, wie sehr sie Pablo bewunderte, für sein Talent und für das, was sie für ein erfolgreiches Leben hielt. Ihr stets ehrfürchtiges Lächeln und das Zittern in ihrer Stimme zeigten diese Hochachtung deutlich.

Diese Situation war Pablo ein wenig unangenehm, der nun wirklich keinen großen Wert auf solche Verehrung legte.

»Aber ich muss zugeben, dass der Entstehungsprozess meiner Parfüms immer recht lang war. Vielleicht, weil ich tief in meinem Inneren nach Emotionen suche, die ich durch den neuen Duft zum Ausdruck bringen will. Ich weiß nicht, ob Sie das verstehen können. Für einen neuen Duft sind fundierte Kenntnisse und jede Menge Experimente nötig, aber auch eine ganz Welt von Empfindungen und Bildern, die oft Erinnerungen entspringen. In gewisser Weise ist jedes Parfüm auch ein Stück von mir selbst.«

Pablo ging zu seiner Parfümorgel hinüber. Er hatte den Eindruck, als könne er bereits die Vielzahl der Düfte wahrnehmen, die sich darin verbargen: Jasmin, Melisse, Sandelholz, Vanille, Orchidee … Er betrachtete die Flakons der Orgel, als wollte er die Aromen mit Blicken einfangen, während Angèlica ihm beeindruckt zusah.

»Haben Sie sich nie gefragt, warum die Menschheit seit Anbeginn der Zeiten versucht hat, der Natur das Geheimnis ihrer Düfte zu entreißen?«

»Vermutlich weil wir Menschen schon immer das Bedürfnis hatten, unserer Nase etwas Gutes zu tun«, antwortete die junge Frau.

»Es ist mehr als nur das: Parfüm hat sogar eine religiöse Funktion und wurde auch immer schon als Waffe der Verführung benutzt. All das ist eng mit menschlichen Gefühlen verknüpft.«

»Wollen Sie damit sagen, dass Parfüm eine Art Lockruf der Liebe ist?«, fragte Angèlica arglos.

»Das und noch viel mehr«, antwortete Pablo mit einem Anflug von Traurigkeit in der Stimme. »Bei der Umarmung eines geliebten Menschen nehmen wir als Erstes den Geruch seines Haars wahr.«

Als gefalle ihm gar nicht, welche Richtung ihre Unterhaltung eingeschlagen hatte, kehrte er rasch zu seinem Arbeitstisch zurück. Er griff nach einem Fläschchen und gab daraus ein paar Tropfen auf einen Blotter.

Dann forderte er Angèlica auf:

»Riechen Sie mal.«

Verzagt tat die junge Frau, wie ihr geheißen. Denn sie vergaß nie, wen sie vor sich hatte: Pablo Soto, einen der erfolgreichsten Parfümeure der Welt. Und dass er seinen Arbeitsplatz mit ihr teilte, war ein wahres Wunder, brachte aber auch große Verantwortung mit sich.

»Das ist ein scharfer Duft«, sagte sie, während sie sich mit geschlossenen Augen konzentriert den Papierstreifen unter die Nase hielt.

Dieses Parfüm war berauschend und hatte sie gepackt.

»Vielleicht von Gewürzen?«

»Genau.«

Wieder schnupperte sie an dem Streifen.

»Es könnte Koriander sein, der hat einen ziemlich intensiven Geruch. Bei mir zu Hause wird er einigen Konserven zugegeben, und für mich riecht das hier genauso.«

»Ja, damit haben Sie recht!«, bestätigte Pablo begeistert. »Und was erkennen Sie noch, Angèlica?«

»Irgendetwas ist noch stärker und würziger als der Koriander … Aber ich weiß nicht, worum es sich handelt.«

»Um Wacholderbeeren und Pfeffer. Diese Kopfnote ist wirklich spritzig und gewagt. Manchmal lohnt sich so ein origineller Ansatz, auch wenn er für die Gesamtkomposition ein Risiko darstellen mag. Schnuppern Sie noch mal daran.«

Die junge Frau wedelte mit dem Blotter und wartete, bis ihr die Herznoten der Mischung in die Nase stiegen. Sie atmete tief ein.

»Zitrone, ganz klar!«

»Sehr gut, ein zartes Zitronenaroma und ein blumiger Waldfruchtduft vor einem Hintergrund aus Zedernholz und Moschus. Ich überlege, auch noch Ambra hinzuzufügen.«

»Das Konzept ist mir noch nicht ganz klar, aber ich finde diese Mischung spektakulär. Ist das der Duft, den Sie meinem Vater vorstellen wollen?«

Pablo hob die Hand und strich sich das Haar aus dem Gesicht. Je konzentrierter er arbeitete, desto rebellischer schien sich sein Haar zu verhalten.

»Nein, noch nicht. Bislang ist das nur ein Entwurf, eine Ausgangsidee. Das Parfüm ist bereits ziemlich ausgearbeitet, vom Endprodukt bin ich jedoch noch weit entfernt, weil ich mir dafür eine noch viel größere emotionale Wirkung wünsche. Was Sie hier gerade gerochen haben, hat noch keine Seele, Angèlica«, sagte Pablo, der in Wirklichkeit längst nur noch mit sich selbst sprach.

Denn in den Momenten, in denen er destillierte, filterte und eine unbändige Welt aus Düften komponierte, war nur Platz für ihn und sein neues Parfüm.

»Bisher existiert es lediglich hier drin.«

Pablo deutete auf seinen Kopf und schloss die Augen.

»Ich kann seine zarte Aura geradezu vor mir sehen, ein Bild von grüner, feuchter Natur. Mir schwebt ein Duft vor, der mit beiden Aspekten spielt: der äußeren Umgebung und der in Kleidung gehüllten, geschützten Haut. Können Sie das nachvollziehen, Angèlica?«, fragte er, als hätte er sich gerade wieder an die junge Frau erinnert, die da neben ihm stand.

Mit leuchtendem Blick schaute die Angesprochene zu ihm auf. Sie wagte es nicht einmal zu atmen, weil sie sich an der Seite des Meisters so klein und unbedeutend fühlte.

»Nein.«

Er lächelte.

»Das kann man nur schwer erklären! Für mich ist es so, als würde ich dieses Parfüm in meinem Inneren bereits riechen, aber noch ohne es umsetzen zu können.«

Er verstummte.

»Ich bin mir sicher, dass Sie es schaffen werden, Senyor Soto«, sagte Angèlica, die den Blotter noch immer in der Hand hielt. Nun warf sie den Papierstreifen jedoch weg, weil der Duft verflogen war wie ein Flügelschlag.

Pablo konzentrierte sich wieder auf sein Experiment. Er hatte einen Tropfen Essenz auf einen Filter gegeben und roch nun daran, um zu entscheiden, wie er weiter vorgehen sollte. Jeder Geruch war wie ein Gefühl, das von ihm Besitz ergriff und ihn nicht wieder loslassen würde, bis das Parfüm fertig war. Möglicherweise ging es einem Schriftsteller ähnlich, dessen Romanfiguren zu leben begannen, ihn für sich beanspruchten und erst wieder Ruhe gaben, wenn das Buch vollendet war. Auf die gleiche Art und Weise verloren sich Pablos Sinne in diesem Aroma, und nichts anderes schien ihn mehr zu interessieren.

2

Eugeni setzte sich in einer diskreten Ecke des Café Zurich zu dem Mann, der sein Leben in der Hand hielt.

Seit sich der junge Parés bei der Unterredung in der Carrer de les Jonqueres bereit erklärt hatte, seine Schulden auf andere Art und Weise zurückzuzahlen als mit Geld, hatten sie sich ein paarmal gesehen.

Erst bei dem Treffen in jener Wohnung war Eugeni klar geworden, um was für einen Menschen es sich bei El Americano handelte und wozu dieser Mann fähig war. Bis diese furchtbare Angelegenheit nicht geregelt wäre, würde Eugeni nicht aufatmen und zu seinem normalen Leben zurückkehren können, das war ihm klar.

»Und, wie läuft unser Geschäft?«

»Im Moment experimentiert Soto weiter. Es gibt noch nichts Konkretes.«

»Sind Sie sich da sicher?«

Eugeni griff nach dem Bier, das der Kellner gerade gebracht hatte, und nahm einen tiefen Schluck.

»Ganz sicher. Ich hab mich benommen und war jeden Tag bei der Arbeit. Dort arbeite ich mit, passe gut auf und höre zu, damit Soto mir zu vertrauen beginnt. Was soll ich denn sonst noch tun?«

»Was auch immer Sie können.«

»Ich kann doch keine Formel stehlen, die es noch nicht gibt.«

»In Ordnung, dann warten wir eben ab, Parés, aber verlieren Sie Ihr Ziel nicht aus den Augen. Und versuchen Sie auf keinen Fall, uns zu hintergehen. Das würde für Sie schlimm enden.«

»Schon klar. Ich versichere Ihnen, dass Sie die endgültige Formel bekommen, sobald unser Meisterparfümeur sie in sein schwarzes Notizbuch geschrieben hat.«

Er stieß ein Seufzen aus und nahm all seinen Mut zusammen, bevor er in sachkundigem Tonfall fortfuhr:

»Ich weiß ja nicht, wie gut Sie sich da auskennen, aber ein Parfüm entsteht nun mal nicht von heute auf morgen. Und Pablo Soto arbeitet besonders langsam. Er will eben etwas wirklich Erhabenes kreieren.«

El Americano nickte, während sein Blick Eugeni zu durchbohren schien und unverhohlen seine Verachtung für dieses Jüngelchen aus reichem Hause zeigte.

Der junge Parés spürte, wie sich ihm unter diesem Blick der Magen umdrehte. Inzwischen war die Angst für ihn zu einem ständigen Begleiter geworden.

Am Nebentisch nahm ein dürrer Mann mit einem so dünnen Schnurrbart, dass er wie aufgemalt wirkte, ebenfalls einen Schluck Bier, während er Zeitung las.

Wobei er Letzteres nur vorgab. Und als El Americano und Eugeni Parés aufstanden und das Lokal verließen, wartete der Mann mit dem Schnurrbart, der einen Trenchcoat und stark abgelaufene Schuhe trug, zur Sicherheit einen Moment ab und erhob sich dann ebenfalls.

Zu Fuß lief er zum Kommissariat an der Via Laietana hinüber. Dort marschierte er die lauten, vollen Gänge entlang, in denen es warm und stickig war, schob sich durch den Dunst aus Körpergerüchen, Tabak und jener unverkennbaren Mischung von billigem Parfüm und Haarfestiger.

Er ging in den zweiten Stock hinauf und klopfte an die Bürotür von Inspector Saavedra, seinem Vorgesetzten.

»Herein!«

Der Inspector schaute von den Dokumenten auf, die er gerade gelesen hatte.

»Ah, López! Was gibt's?«

Sein Mitarbeiter nahm den Hut ab und blickte sehnsüchtig zu dem Stuhl hinüber, der vor dem Schreibtisch stand.

»Ja, setz dich doch.«

Schnaufend nahm der Mann Platz.

»Also, Chef, tut mir leid, Ihnen das so sagen zu müssen, weil es ja um den Sohn von Ihrem Freund Parés geht. Aber der Junge ist wirklich dumm wie Bohnenstroh.«

Saavedra blickte sein Gegenüber ungeduldig an und forderte ihn mit einer Geste zum Weitersprechen auf.

»Wissen Sie, mit wem das Bürschchen sich eingelassen hat?«

López legte eine Kunstpause ein, um es spannend zu machen, was bei Saavedra jedoch keinen großen Effekt zeigte.

»Mit El Americano höchstpersönlich!«

Damit hatte er dann doch die volle Aufmerksamkeit seines Vorgesetzten gewonnen. Ein triumphierender Ausdruck legte sich über López' Züge, während er ein bitteres Lachen ausstieß, das vom Tabak rau klang.

»Bist du sicher?«

»Chef, die beiden treffen sich schon seit einiger Zeit regelmäßig. Da geht es nicht nur um die Begleichung irgendwelcher Schulden. Als El Americano den Jungen in seinen Bau an der Carrer de les Jonqueres bestellt hat, dachte ich ja, dass er ihm da mal ordentlich die Daumenschrauben anlegen wollte. Aber er hat dem Burschen kein Haar gekrümmt! Heute haben sie sich auf ein Bierchen getroffen ... Inspector, irgendwas gefällt mir da gar nicht, die Sache stinkt doch zum Himmel! El Americano hat irgendwas geplant, und der junge Parés wird sich damit in ganz ordentliche Schwierigkeiten bringen, schließlich gibt sich dieser Typ nicht mit Kleinkram zufrieden.«

Saavedra blickte nachdenklich vor sich hin.

»Verlier die beiden nicht aus den Augen und halt mich auf dem Laufenden, López. Mal sehen, auf was wir noch stoßen, wenn wir an der Sache dranbleiben.«

López nickte ergeben.

3

Als Eugeni gegen Mittag nach Hause zurückkehrte, hatte er nicht nur vom Bier einen bitteren Geschmack im Mund, sondern auch von der Unterhaltung mit El Americano. Der Gedanke daran, dass er die Parfümformel stehlen sollte, in die sein Vater so große Hoffnungen setzte, machte ihn alles andere als glücklich. Allerdings ging es um sein Leben.

Er hatte keine weiteren Fragen gestellt, wollte gar nicht wissen, für wen die Formel bestimmt war. Eugeni malte sich lieber nicht aus, welche Folgen sein Handeln für die Firma und damit letztlich auch für ihn selbst, für sein Erbe, haben würde. Im Moment wollte er einfach nur dieser aussichtslosen Situation entfliehen. Und danach … würde dann alles anders werden. Kein Glücksspiel mehr, keine Schulden. Er würde hart arbeiten, um seine Familie aus der von ihm selbst verschuldeten Krise herauszuholen.

Alles würde sich ändern.

Alles.

Als Rita den Schlüssel in der Tür hörte, sagte ihr ihr sechster Sinn, dass es der junge Herr sein musste. Ihr Herz begann heftig zu klopfen. Sie rückte sich unter der Dienstmädchenhaube das Haar zurecht, strich sich die Schürze glatt und kniff sich in die Wangen. Als sie im Flur am Spiegel vorbeikam, lächelte sie sich selbst zufrieden zu.

Eugeni kam herein und zog sich im Eingangsbereich den Mantel aus. Der junge Mann war blass, und in seinem Blick stand ein aggressives Funkeln, aber das alles bemerkte Rita gar nicht. Sie hatte nur Augen für seine beinahe perfekten Züge, für die edle Nase und den sinnlichen Mund.

»Guten Tag, Senyoret. Geben Sie mir doch den Mantel, ich hänge ihn gern für Sie auf. Brauchen Sie vor dem Essen noch irgendetwas? Ich könnte Ihnen …«

Eugeni fiel ihr einfach ins Wort und ließ all seine angestaute Wut an der armen Rita aus:

»Finger weg, du machst mir den Mantel ja bloß schmutzig! Verschwinde!«

Die junge Frau merkte, dass ihre Wangen zu brennen begannen und ihr Tränen in die Augen stiegen.

»Du sollst verschwinden, hab ich gesagt!«

Rita machte auf dem Absatz kehrt und rannte in die Küche, wo sie sich Matilde in die Arme warf.

»Was ist denn los?«, fragte die Haushälterin und drückte die junge Kollegin schützend an sich.

Rita wollte es ihr erklären, doch ihrem Mund entfuhr nur ein Schluchzen.

»Na, na, was es auch ist, dafür gibt es doch sicher eine Lösung.«

»Hat dir etwa die Senyora eine Standpauke gehalten?«, fragte Tina, die Köchin, ohne sich von dem großen Topf wegzubewegen, der auf dem Herd vor sich hin blubberte. »Komm, so schlimm ist das doch nicht. Wenn ich dir erzählen würde, wie oft die mich in die Mangel genommen hat!«

Während Rita nur den Kopf schüttelte, führte Matilde

sie sanft zur Küchenbank hinüber und setzte sich neben sie. Tina brachte ihr ein Glas Wasser.

Nach ein paar Minuten hatte sich das Schluchzen in leises Seufzen verwandelt.

»Der junge Herr … der junge Herr …«, versuchte sie zu erklären, während die anderen beiden Frauen sie erschrocken ansahen. »Der junge Herr hasst mich einfach. Er ekelt sich vor mir.«

Matilde erstarrte, und ihr Blick war plötzlich von Schmerz erfüllt. In beinahe barschem Tonfall sagte sie:

»Jetzt hör gut zu, was ich dir zu sagen habe, meine Kleine. Darüber, dass dich Senyoret Eugeni nicht mag, kannst du wirklich froh sein. Ich kann nur hoffen, dass das auch so bleibt.«

4

Um ein Uhr mittags ließ Pablo von seiner Arbeit ab und rieb sich die Augen. Müde stand er auf, um sich ein wenig zu recken, und blickte durch die Fenster des Labors nach draußen. Dort schien die Sonne den zähen Kampf gegen die dichte Schicht aus weißen Wolken, die den ganzen Morgen über der Stadt gelegen hatte, allmählich zu gewinnen. Die hellen Strahlen munterten Pablo wieder ein wenig auf. Er war kein Wintermensch, mochte weder Nebel noch den bedeckten Himmel. Schon in Paris war es ihm schwergefallen, sich mit dieser Jahreszeit anzufreunden, und auch hier in Barcelona fehlte ihm das strahlende Licht des Himmels über der Provence.

»Finden Sie nicht, dass wir heute Morgen schon genug gearbeitet haben, Senyoreta Parés?«, fragte er.

Überrascht schaute Angèlica ihn an.

»Ach, ich weiß nicht, Senyor Soto, für mich vergeht die Zeit hier wie im Flug.«

»Sie wären wirklich eine ganz außergewöhnliche Laborgehilfin, vermutlich sogar eine gute Parfümeurin, wenn bloß Ihr Vater nicht ...«

»... so ein Dickkopf wäre?«

Sie lachten.

»Und ich kann noch von Glück reden, dass er mich hier überhaupt mithelfen lässt. Er hält das Ganze nur für eine Laune von mir, weil es eben etwas Neues ist. Seiner Meinung nach werde ich irgendwann von allein die Lust daran verlieren. Und wissen Sie was?«

Pablo zog eine Augenbraue hoch.

»Ich musste ihm versprechen, dass ich Mamà nichts davon erzähle. Sie würde meine Besuche im Labor sofort unterbinden, wenn sie davon wüsste.«

»Ach, Angèlica, machen Sie sich da mal keine Sorgen. Das Leben ist lang und hält viele Überraschungen bereit. Und Sie sind doch noch so jung.«

»So jung nun auch nicht mehr, in zwei Monaten werde ich vierundzwanzig!«

Lächelnd schaute Pablo zu Angèlica hinüber und nahm belustigt wahr, wie sie die Nase krauszog. Er holte die Mäntel und reichte ihr den ihren.

»Tja, junge Dame, jetzt ist es jedenfalls an der Zeit fürs Mittagessen. Ich lade Sie ein, aber Sie müssen das Lokal aussuchen. Überraschen Sie mich einfach. Also, wohin geht's?«

Angèlicas hübsches Gesicht errötete, während sich zugleich ein fröhliches Lächeln darauf zeigte. Sie ließ sich von Pablo galant in den Mantel helfen, sah ihm dann direkt in die Augen und erklärte:

»Ich nehme die Herausforderung an! Auf geht's!«

Kurz darauf erreichten die beiden das Portal de la Pau. Erneut hatten Wolken den Himmel verdunkelt, während eisiger Wind wütend an den Blättern der Bäume rüttelte. Pablo schlug den Kragen hoch und zog den Hut so tief hinunter, dass er beinahe die Augen verdeckte. Man sah kaum sein Gesicht. Er schob die Hände in die Manteltaschen.

»Wollen Sie mit mir etwa eine Hafenrundfahrt machen? Bei diesem Wetter?«

Belustigt schaute Angèlica ihn an. Auch sie hatte sich den Mantel bis oben hin zugeknöpft und zog den Kopf zum Schutz vor dem Wind zwischen die Schultern. Um den Hals hatte sie ein Tuch geschlungen.

»Sind Sie als Kind nie mit einem von den Golondrines-Schiffen gefahren?«, fragte sie lachend.

»Doch, doch.«

»Und waren Sie schon mal im Porta Coeli, dem Restaurant ganz am Ende des Wellenbrechers?«

Pablo betrachtete den dunklen Himmel, als suche er zwischen den Wolken nach einer bekannten Szene, einer Erinnerung … Schließlich lachte er auf und rief:

»Miesmuscheln und Sardinen! Das hatte ich völlig vergessen, aber jetzt kehren die Bilder langsam wieder zurück. Und der Geruch! Ich muss wohl sehr klein gewesen sein, weil meine Mutter damals noch gelebt hat. Wir waren dort alle drei zusammen.«

Er seufzte.

»Wie lange das schon her ist…«

Angèlica sah, dass kurz ein Schatten über Pablos Züge huschte. Doch im nächsten Augenblick wurden die dunklen Wolken von einem zärtlichen Lächeln vertrieben.

In diesem Moment kam eines der Golondrina-Schiffe und holte die wenigen Passagiere ab, die an diesem Wintermorgen den Weg bis zur Spitze des Flutbrechers wagten.

An Bord griff Angèlica wie ein freches Kind nach Pablos Hand und zog ihn mit nach oben zum ungeschützten Deck.

»Hier holen wir uns noch den Tod!«

»Senyor Soto… jetzt seien Sie mal kein Weichling!«

Als sich das Schiff in Bewegung setzte und vom Kai entfernte, beobachteten die beiden – sie begeistert, er verblüfft –, wie es die Wellen durchpflügte, während ihnen unbarmherzig der Wind um die Ohren pfiff. Aus Angèlicas Haarknoten hatten sich ein paar Strähnen gelöst und tanzten vor ihrem Gesicht. Belustigt sah Pablo dabei zu, wie sie sie geschickt wieder zu bändigen versuchte. Als er selbst nach einer der Strähnen griff und sie ihr hinters Ohr schob, begannen Angèlicas Wangen zu glühen. Sie murmelte ein hastiges »Danke«, wobei ihre eigene Stimme ihr fremd in den Ohren klang. Dann wandte sie sich ab, damit Pablo ihre Verunsicherung nicht bemerkte.

Noch vor ihrer Ankunft am Wellenbrecher spürten die beiden kleine Regentropfen auf den Wangen und retteten sich ziemlich durchgefroren ins Restaurant, wo sie Muscheln und Sardinen vom Grill bestellten und mit einem Glas Wein in der Hand allmählich wieder auftauten.

»Mir klappern immer noch die Zähne«, sagte Pablo nach einem tiefen Schluck vom vollen dunklen Wein.

Angèlica schloss ein wenig die Lider, während sie trank. Ihren dunkelroten Mantel hatte sie abgelegt. Darunter trug sie einen plissierten schwarzen Rock und darüber einen jener grauen Wollpullover, wie sie gerade in Mode kamen.

»Liebe Angèlica, Sie überraschen mich. Sie überraschen mich wirklich sehr.«

»Ach ja? Und wieso?«

»Ich hätte von Ihnen erwartet, dass Sie mich in ein teures Lokal im Zentrum führen würden. In eines von diesen Restaurants, in denen die Leute aus Ihren Kreisen verkehren, und stattdessen bringen Sie mich hierher, um mit mir am Wellenbrecher Muscheln und Sardinen zu essen.«

»Vielleicht war der Vorschlag doch zu gewagt …«

»Ich finde ihn einfach toll, aber wie sind Sie darauf gekommen?«

Angèlica sah ihn nachdenklich an, als sei sie sich nicht sicher, ob sie ihre Überlegungen tatsächlich mit ihm teilen sollte. Aber sie war eine offene, unverstellte Person ohne Hintergedanken. Daher sprach sie schließlich leise weiter:

»Wissen Sie, Senyor Soto …«

»Pablo.«

Angèlica lächelte.

»Wissen Sie, Pablo? Ich liebe Barcelona. Ich habe hier

eine sehr glückliche Kindheit und Jugend verlebt. Damals hat mir die Stadt so gut gefallen!«

Sie stieß einen Seufzer aus.

»Aber jetzt ist alles ganz anders …«

»Das kann ich mir vorstellen.«

»Die drei Kriegsjahre habe ich mit meiner Mutter und Eugeni in Vilassar verbracht, und bei meiner Rückkehr hatte sich so viel verändert.«

Mit sehnsüchtiger Miene schüttelte sie den Kopf.

»Daher suche ich seit Kriegsende nach dem Barcelona von früher. Ich betrachte den Krieg als eine Art Krankheit. Und jetzt müssen wir darauf warten, dass die Stadt sich von ihrem schweren Leiden erholt und wieder sie selbst wird.«

Sie verstummte für einen Moment und fuhr dann fort:

»Halten Sie mich bitte nicht für naiv. Mir ist natürlich klar, dass ich von Politik nicht viel verstehe. Meiner Erziehung lag die Überzeugung zugrunde, dass Politik und auch Religion kein angemessener Gesprächsstoff für Damen sind. Darüber redet man in meiner Anwesenheit nicht, und alle halten mich für ein junges Ding ohne Verstand oder Überzeugungen. Aber ich begreife durchaus, dass dieses Land nicht mehr ist, wie es einmal war. Und vielleicht werden wir nie wieder an die alten Zeiten anknüpfen können, vor allem, wenn die Deutschen den Krieg gewinnen.«

Sie seufzte und nahm einen Schluck Wein.

»Aber manches ist wieder wie früher oder zumindest fast, auch wenn es nur Kleinigkeiten sind. Die Golondrines zum Beispiel oder dieses Restaurant. Das Lokal und die Hafenschiffe waren während des Krieges nicht in Betrieb. Aber vor ein paar Monaten hat zumindest dieses Restaurant wieder eröffnet. Sicher kommt es Ihnen ganz schön albern vor, dass mich eine solche Kleinigkeit so glücklich macht!«

»Nein, überhaupt nicht.«

Angèlicas dunkelblaue Augen wirkten jetzt sanfter.

»Ich komme oft hier heraus. Die Fahrt hierher übers Meer, die kleinen Schiffe, die mir so riesig vorgekommen sind, wenn ich früher mit Papà an der Reling stand … Das alles ist für mich ein großer Trost.«

Bei der Erwähnung von Modest Parés schauten sie einander an und verstanden sich ohne Worte.

»Ihr Vater scheint die Dinge aber ganz anders zu sehen, nicht wahr?«

Angèlica senkte den Blick und zeichnete mit dem Finger die kleinen Quadrate auf der Tischdecke nach. Ihr Schweigen verriet Pablo, dass er da ein heikles Thema angesprochen hatte.

»Ich weiß schon, was Sie denken, Pablo. Mein Vater …«

Sie verstummte, griff wieder nach ihrem Weinglas und nahm einen Schluck.

Pablo beobachtete sie aufmerksam, während von seiner gerade angezündeten Zigarette Spiralen aus Rauch aufstiegen.

Angèlica sprach im Flüsterton weiter:

»Ich habe Ihnen ja schon gesagt, dass ich von Politik nicht viel verstehe. Trotzdem bin ich nicht begeistert von den neuen Machthabern und davon, dass mein Vater wie sie denkt. Ja, es stimmt, wir haben Dienstpersonal und ein Sommerhaus, und bei uns gibt es weißen

Zucker. Wir brauchen keine Rabattmarken, weil wir auf der Seite der Sieger stehen. Aber deshalb muss mir nicht gefallen, was da geschehen ist und immer noch passiert. Und Papà … Ja, was soll ich dazu sagen, Pablo? Ich habe meinen Vater immer bewundert. Er ist ein guter Mensch, aber ich …«

Angèlica verstummte, weil nun ein großes Tablett mit köstlichen Miesmuscheln den Moment der Vertrautheit unterbrach. Während sich das Mittagessen immer weiter in die Länge zog, verfielen sie in fröhlichen, angeregten Plauderton. Pablo dachte so bei sich, dass er mit seiner Einschätzung von Angèlica bei ihrer ersten Begegnung völlig falschgelegen hatte. Diese junge Frau war immer wieder für eine Überraschung gut.

Als sie schließlich mit dem letzten Golondrina-Schiff zurückfuhren, hatte der Regen nachgelassen, der Wind war jedoch immer noch kalt und feucht. Deshalb zogen sie sich unter Deck zurück und schauten durch die Fenster nach draußen auf das immer dunkler werdende Meer. Um zur Arbeit zurückzukehren, war es inzwischen zu spät, und sie hatten beide auch keine Lust dazu. Deshalb bot Pablo Angèlica an, sie nach Hause zu begleiten.

Als sie schon fast da waren, sagte die junge Frau:

»Darf ich Sie mal etwas fragen, Pablo?«

»Natürlich.«

»Ihr Parfüm … das ist … wirklich ungewöhnlich. Welchen Duft tragen Sie selbst eigentlich?«

Pablo lachte.

»Ich stelle ihn nach einer Formel meines Meisters Ernest Beaux selbst her, allerdings habe ich ihn im Laufe der Jahre ein wenig abgewandelt. Dieses Parfüm war eines der vielen Geschenke, die Beaux mir mit auf den Weg gegeben hat.«

»Das ist so ein … frisches Aroma.«

»Wie alle Fougère-Düfte, Angèlica. Die grünen Duftnoten verleihen ihnen eine intensive natürliche Frische. Und ich habe für meine persönliche Mischung noch spritzige Zitrusöle und Mittelmeerkräuter dazugemischt.«

»Wie Lavendel!«

»Richtig, Lavendel aus der Provence. Der fehlt mir so sehr, dass ich ihn gern auf der Haut mit mir herumtrage. Dann kommt eine Herznote mit blumigen Akkorden und ein großes Finale aus erdigen Harmonien mit Ambra und Hölzern. Dabei habe ich die grünen Töne meines Meisters immer respektiert: das moosige Aroma von Pinien, das etwas fruchtigere der Tanne … Alles, was ihn an die Wälder und Steppen seiner Heimat erinnert hat.«

Angèlica starrte ihren Chef fasziniert an. Als ihr dies bewusst wurde, schreckte sie aus dieser Verzauberung auf.

»Jetzt bin ich an der Reihe, Senyoreta Parés.«

»Haben Sie auch eine Frage?«

»Eher einen gut gemeinten Rat.«

Die junge Frau lächelte nervös.

»Also?«

»Tragen Sie besser ein anderes Parfüm als Indien. Das passt nicht zu Ihnen.«

Angèlica errötete bis über beide Ohren.

»Ich … Ich habe eben gedacht … Das hab ich benutzt, weil … Oh, wie peinlich! Dabei trage ich es heute doch gar nicht.«

Sie waren vor dem Hauseingang des Gebäudes stehen geblieben, in dem die Familie Parés lebte.

»Das ist mir nicht entgangen.«

Pablo trat einen Schritt näher an sie heran, und Angèlica spürte seinen prüfenden Blick. In diesem Moment musste sie beinahe übermenschliche Kräfte aufbringen, um ruhig zu bleiben und sich ihre Aufgeregtheit nicht anmerken zu lassen.

»Ihr Haar, Angèlica«, sagte er, griff nach einer Strähne und schnupperte daran, »es strömt einen leichten Zitronenduft aus. Das ist ein sauberer, junger und ganz entzückender Geruch. Und Ihre Haut …«

Nun nahm Pablo ihre Hand und schloss die Augen, während er auch daran roch. Das natürliche Aroma dieses jungen Mädchens, in dem sich die jugendliche Frische ihrer Haut auf ganz natürliche Weise mit Nuancen von Moschus mischte, erschien ihm betörend. Es war ein inspirierender Duft von erlesener Eleganz.

»Lassen Sie die Aromen Ihres Körpers sprechen, denn sie sind Ihre wahre Essenz. Und wenn Sie sie eines Tages mit Parfüm unterstreichen wollen, dann wählen Sie eines, das Ihrer persönlichen zauberhaften Mischung so ähnlich wie möglich ist.«

Ganz langsam ließ er die Hand der jungen Dame sinken, die ihn stumm anstarrte, wie in eine andere Welt versetzt.

»Einen schönen Abend noch, Angèlica«, verabschiedete sich Pablo. »Bis morgen!«

Während er sich entfernte, dachte er über den komplexen Charakter dieser jungen Frau nach und versuchte ihn mit Düften zu beschreiben: Sie war wie Zitronen, aber mit Bergamotte-Noten, zunächst eher beißend, dann intensiv in der Herznote und süß im Abgang.

Angèlica hingegen stand wie festgewachsen vor der Haustür und schaute ihm nach. Obwohl er sich schon in einiger Entfernung befand, blieben sein Duft und seine Worte bei ihr.

Der saure Geschmack der Gewalt

Barcelona, Februar 1943

1

Das Manhattan an der Ecke Carrer de Urgell und Carrer de Rosselló war auf den ersten Blick ein ganz normales Lokal, dessen Räumlichkeiten sich nicht gerade durch ihre Reinlichkeit auszeichneten.

El Americano war im Manhattan Stammkunde und nahm dort regelmäßig an illegalen Kartenspielen teil, bei denen es um exorbitante Summen ging.

Weil er sich an diesem Ort wie zu Hause fühlte, hatte er auch seinen Kunden dorthin bestellt.

»Hören Sie mal«, sagte dieser nun, als sie schließlich bei einem Kaffee und einem Glas Kognak beisammensaßen, »ich warte jetzt bereits seit zwei Monaten. Und Sie können sich ja vorstellen, dass es in den heutigen Zeiten gar nicht so einfach ist, ständig zwischen Paris und Barcelona zu pendeln. Außerdem wird meine Zeit langsam knapp, weil man mir natürlich auch Druck macht. Ich will die Formel, und ich will sie jetzt.«

El Americano hatte mit düsterem Blick zugehört.

»Ich habe Ihnen doch gesagt, dass ich alles unter Kontrolle habe. Aber dieser Soto arbeitet eben langsam, das sollten Sie doch wissen ...«

»Jetzt erzählen Sie mir keine Märchen!«, unterbrach der andere ihn gereizt. »Das interessiert mich nicht. Ich habe Ihnen viel Geld vorgestreckt, über fünfzigtausend Peseten, um Ihren Kontakt in der Firma zu bezahlen. Und Sie wollen doch sicher auch den Rest noch haben, oder? Aber hören Sie mir gut zu: Wenn Ihnen dieses Geschäft nicht durch die Lappen gehen soll, dann müssen Sie sich irgendetwas überlegen, um den Prozess zu beschleunigen. Ich will diese Formel, der Rest ist Ihr Problem.«

El Americano betrachtete den Mann mit stechendem Blick. Musterte das ihm so unangenehme bleiche, beinahe kränklich wirkende Gesicht aufmerksam. Doch der Kunde, der gerade seine Zigarette in der Kaffeetasse ausdrückte, ließ sich dadurch nicht einschüchtern.

»Ich gebe Ihnen noch eine Woche, und dann reicht es mir, verstanden? Wenn dieser Soto zu langsam arbeitet, dann müssen Sie ihn eben ein wenig antreiben. Verdammt, jagen Sie ihm mal so richtig Angst ein! Darauf verstehen Sie sich doch, oder nicht? Wenn ich in einer Woche bezüglich der Formel nichts von Ihnen gehört habe, sehe ich unsere Vereinbarung als hinfällig an. Ich werde nicht mehr nach Barcelona kommen, und Sie werden Ihr Geld nicht erhalten. Ist das klar?«

El Americano schwieg. Seine einzige Reaktion bestand in einem kaum merklichen Nicken.

2

Dafür, dass das Nueva Criolla als »fabelhaftes Kabarett im Stil der großen Revuetheater in Paris« angepriesen wurde, wirkte das Lokal in der Carrer de les Tàpies Nr. 5 ziemlich heruntergekommen: von den Palmen nachempfundenen Säulen rund um die Tanzfläche über die große Wandmalerei mit zwei schaukelnden nackten Frauen zwischen tropischen Papageien bis hin zum bunten Strauß von »sensationellen« Künstlern, die dort abends auftraten. Und dass es sich im Barri Xino befand, in dem sich das Elend nach dem Krieg noch verschlimmert hatte, machte das Ganze auch nicht besser.

Aber das alles schien Eugeni Parés nicht zu stören, und das Nueva Criolla war eines seiner Stammlokale. Und von der neuen Hauptattraktion der Show, einer Brünetten mit runden Hüften, üppigen Brüsten und ziemlich zweifelhafter Moral, die zwar aus Almeria kam, sich aber Dolly nannte, war er regelrecht besessen.

An diesem Abend Ende Februar war Eugeni in Begleitung seines engen Freundes Alberto Gil im Kabarett erschienen. Alberto war ein Opportunist ohne Skrupel, der sich wegen seiner Parteitreue Hoffnung auf einen hohen Posten im Regime machte.

Eugeni hatte nicht nur ordentlich Alkohol, sondern auch Kokain im Blut, als er kurz nach Mitternacht Dolly durch das Lokal scheuchte. Die junge Frau hatte bei seinen Spielchen mitgemacht und sich von ihm betatschen lassen, weil sie sich dadurch ein gutes Geschäft erhoffte. Letztlich hatte sie aber erkannt, dass Eugeni nur ihre üblichen Kunden vertrieb, und den lüsternen Jüngling abserviert.

Der junge Parés fühlte sich an der Nase herumgeführt und erniedrigt, weshalb er im Laden zu toben und zu fluchen begann, bis Alberto ihn schließlich nach draußen verfrachtete, bevor die Sache noch böse ausging. Als Alberto seinen wutschnaubenden Freund gerade in Richtung Carrer del Marqués del Duero vorantrieb, wurden sie von zwei Gestalten überrascht.

Diese fielen so schnell über die beiden Freunde her, dass diesen kaum Zeit blieb, irgendwie zu reagieren. Das Ziel des Angriffs war eindeutig Eugeni, dem beide Männer zur Begrüßung gleich einen kräftigen Boxhieb verpassten: Ein Schlag aufs Auge ließ ihn Sternchen sehen, der zweite landete direkt auf seiner Nase.

Das gab Alberto die Gelegenheit, das Klappmesser aus dem Jackett zu ziehen, das er immer bei sich trug. Nun war der Kampf ausgeglichener, obwohl sich Eugeni kaum verteidigen und lediglich mit den Händen vor den Faustschlägen schützen konnte, die auf ihn einregneten. Irgendwann erwischte Alberto einen der beiden Fremden mit der Klinge am Arm. Der Mann stieß einen Schrei aus, nahm die Beine in die Hand und verschwand in den dunklen Straßen. Allerdings packte in diesem Moment der andere mit raschen, geschickten Bewegungen Eugeni am Hals und hielt ihm ein riesiges Messer an die Kehle. Zu Alberto sagte er:

»Still, oder ich mache Hackfleisch aus ihm!«

Ohne ihn loszulassen, warnte er dann Eugeni:

»Und du hörst mir jetzt mal gut zu: Der Chef will das Notizbuch, und zwar sofort. Du hast nur noch eine Woche Zeit!«

Als er Eugeni losließ, sank dieser zu Boden, rollte sich zusammen und schützte seinen Kopf mit den Armen.

Der Mann verschwand, wie er gekommen war: lautlos wie eine Kobra in der Nacht.

»Was wollten die denn von dir? Was hat der da von einem Notizbuch gefaselt?«, fragte Alberto, vor Anstrengung schwitzend.

Eugeni schüttelte zunächst nur den Kopf, da er kein Wort herausbrachte. Irgendwann antwortete er dann mit rauer Stimme:

»Frag nicht, Alberto. Es ist besser, wenn du nichts davon weißt.«

»Was? Die bringen uns hier fast um, und ich darf nicht einmal den Grund dafür erfahren?«

Alberto packte seinen Freund am Arm und zog ihn hoch.

»Was verschweigst du mir? Jetzt red schon, verdammt!«

Und Eugeni packte aus.

3

Auch Pablo Soto hatte sich an diesem Abend ins Nachtleben gestürzt, und zwar in Begleitung von Angèlica.

Nach ihrem gemeinsamen Mittagessen am Wellenbrecher hatte er sie zum Tanzen eingeladen. Zum einen, weil er sich einfach schon viel zu lange nicht mehr auf diese Art amüsiert hatte, zum anderen, weil Angèlicas Gesellschaft in seinem sonst so düsteren Leben wie eine frische Brise wirkte.

Im perfekt geschnittenen Nadelstreifenanzug, mit weißem Hemd, Seidenkrawatte und ebenfalls seidenem Einstecktuch verließ er die Wohnung. Den Mantel trug er über dem Arm, den grauen Hut in der Hand.

Pablo holte Angèlica zu Hause ab, und dann gingen sie in der kühlen Abendluft zu Fuß die kurze Strecke zur Plaça de Catalunya hinunter. Dort befand sich die Casa Joan Girona, die im Erdgeschoss ein Lokal namens Rigat beherbergte, das derzeit unter den wohlhabenden Vertretern der Bourgeoisie sehr in Mode war.

Als sie im Rigat eintrafen, legte Angèlica den langen Mantel aus schwarzem Velours und den Pelzkragen ab. Zum Vorschein kam ein Kleid, das mit dem vom Abend ihrer ersten Begegnung beim Willkommensessen wenig gemein hatte. Die leuchtend rote Robe war schmal geschnitten und hatte einen Stehkragen, der Angèlicas schmale Schultern betonte. Das Kleid saß wie angegossen und brachte ihre Figur äußerst vorteilhaft zur Geltung.

Angèlica sah so wunderschön aus, dass Pablo zum ersten Mal auffiel, was für eine sinnliche Frau in Modest Parés' Tochter steckte.

Während Pablo die Mäntel zur Garderobe brachte, nahm Angèlica einen kleinen Spiegel aus ihrer Handtasche und zog sich mit koketter Geste den Lippenstift nach.

Lächelnd schaute Pablo ihr dabei zu, bevor sie dann

Arm in Arm den großen, modern eingerichteten Saal im Erdgeschoss betraten.

Sie setzten sich an einen Tisch bei einer Säule in unmittelbarer Nähe zu den Musikern, die in diesem Augenblick den Bolero »Nosotros« spielten. Eine Frau mit Samtstimme sang dazu den melancholischen Text:

Wir beide,
so offen und ehrlich,
lieben uns doch
seit dem ersten Blick.
Wir beide
haben die Sonne
der Liebe
mit unserer Romanze geweckt.

Pablo und Angèlica nippten an ihren Cocktails – einem Bronx für ihn und einem Gin Fizz für sie. Angèlica sang leise den Text des Liedes mit, das ihr so gut gefiel, und ließ den Blick durch den Saal und über die Tanzfläche mit den eng umschlungenen Paaren wandern.

»Das ist der beste Tanzsaal in ganz Barcelona«, erklärte sie aufgekratzt und fing an zu lachen, als hätte sie gerade etwas furchtbar Lustiges gesagt. »Verstehen Sie mich nicht falsch, Pablo. Es ist nicht so, dass ich jede Nacht durch die Kabaretts der Stadt ziehe. Aber von diesem Lokal habe sogar ich gehört.«

Wir beide
müssen trotz aller Liebe
eigene Wege gehen

und frag jetzt nicht nach dem Grund.
Es liegt nicht am Gefühl,
weil ich dich wirklich liebe,
dich geradezu verehre.
Doch aus Liebe und zu deinem Besten
sag ich dir Lebewohl.

Während Angèlica weiter mitsang, betrachtete Pablo sie lächelnd und genoss die Mischung aus Gin, Wermut und Orangensaft in seinem Glas.

»Hach, das ist ja so romantisch!«, rief Angèlica schließlich ein wenig verlegen aus. Dann stützte sie den Ellbogen auf den Tisch, lehnte sich zu Pablo hinüber und bat ihn begeistert:

»Erzählen Sie mir doch von Paris, Pablo, von der Stadt vor dem Krieg, wie Sie sie kennengelernt haben. Berichten Sie doch mal aus Ihrem Leben, denn Sie sind sicher um die halbe Welt gereist und haben ganz außergewöhnliche Dinge erlebt, oder? Wissen Sie, am schlimmsten finde ich an diesen Zeiten, in denen ich lebe, dass ich nicht reisen kann. Manchmal fürchte ich, irgendwann zu sterben, ohne auch nur eine andere Stadt als Barcelona gesehen zu haben und …«

Angèlica blickte Pablo in die Augen und errötete.

»Entschuldigung, ich sollte Sie wirklich nicht so bedrängen. Aber es gibt so viele Dinge, die ich gern wüsste … Schließlich haben Sie sogar Coco Chanel persönlich kennengelernt! Mein Gott, wenn ich mir das nur vorstelle …«

In dem Moment erklang »Bésame mucho«. Pablo, der im Gegensatz zu der überschwänglichen jungen Frau an seiner Seite seltsam still geblieben war, fragte:

»Wollen wir vielleicht tanzen?«

Zusammen mit anderen Paaren betraten Pablo und Angèlica die Tanzfläche und begannen sich im Takt des bekannten romantischen Liedes zu bewegen. Angèlica spürte Pablos warme Hand an der Taille, und sie hatte Schmetterlinge im Bauch, als Pablos raue Wange flüchtig die ihre streifte. Die junge Frau schloss die Augen und ließ sich von dem Strudel der Gefühle mitreißen.

Das Lied war schon fast zu Ende, als Pablos Lippen den kurzen Weg von Angèlicas Wange bis zu ihrem Ohr zurücklegten, wo sie flüsterten:

»Glauben Sie mir, Angèlica, ich verdiene Ihre Verehrung gar nicht.«

Sie löste sich ein wenig von ihm und wollte protestieren, er brachte sie jedoch mit seinem Blick zum Schweigen. Pablo sah ihr in die Augen und sagte:

»Ich bin nur ein Mann, der seine einzige große Liebe nicht halten konnte und seine Ehefrau hat sterben sehen. Sie hat sich das Leben genommen, weil ich sie nicht lieben konnte. Was soll daran denn bewundernswert sein?«

Obwohl die Musik längst verstummt war, standen die beiden immer noch mitten auf der Tanzfläche. Angèlicas Herz raste in ihrer Brust, und nur mit größter Anstrengung hielt sie all die Fragen zurück, die sich ihr nun aufdrängten. Pablo legte ihr den Arm um die Taille und führte sie zum Tisch zurück, wo sie ihre Sachen zusammensuchten. Sie holten ihre Mäntel und gingen, weil ihnen die Lust zu tanzen schlagartig vergangen war.

Auf der Straße verwandelte die feuchte Luft das Licht der Laternen in gelblichen Dunst. Schweigend schritten die beiden voran, und nach ein paar Minuten begann es leicht zu regnen, was sie aber gar nicht zu bemerken schienen.

»Erzählen Sie mir doch, was passiert ist, Pablo. Würden Sie das tun?«

»Wollen Sie das wirklich wissen? Das ist keine besonders schöne Geschichte, nicht sehr passend für einen Abend mit einer zauberhaften jungen Dame.«

»Ich bitte Sie.«

Pablo seufzte, und als er dann zu sprechen begann, schien ihm jedes Wort schwerzufallen:

»Ich habe mich Hals über Kopf in ein Mädchen mit rotem Haar und wassergrünen Augen verliebt. Und sie sich auch in mich, aber dann hat das Schicksal mit uns Katz und Maus gespielt. Wir haben uns verloren und wiedergefunden, und trotzdem hat sie sich für ein Leben weit weg von mir entschieden. Den Grund dafür habe ich nie erfahren, aber ich habe dann eine andere Frau geheiratet, die ich seit meiner Kindheit kannte. Sie hat mich geliebt, ich konnte ihre Zuneigung jedoch nicht erwidern und habe damit ihre Seele zerstört. Aus diesem Grund ist sie zu einer distanzierten, unangenehmen Person geworden, und als ich sie verlassen wollte, hat sie sich umgebracht.«

Im heftig wehenden Wind gingen sie die Passeig de Gràcia entlang. Als der Regen plötzlich stärker wurde, griff Pablo nach Angèlicas Hand und zog die junge Frau mit sich in einen Hauseingang.

Von ihrem schützenden Unterschlupf aus sahen sie gedankenverloren dabei zu, wie das Wasser den Bürgersteig entlanglief und im Gully verschwand. Beiden stand nach dieser traurigen Geschichte die Bestürzung ins Gesicht geschrieben.

»Wissen Sie, ich weiß gar nicht, warum eigentlich, aber ich liebe den Geruch des Regens einfach«, sagte Angèlica schließlich, um das Thema zu wechseln, und sog eifrig das vertraute Aroma mit seinen frischen Meeresnoten ein.

Und dann spürte Pablo auf einmal die süße Feuchte eines Kusses auf den Lippen.

»Angèlica …«

»Ich … Entschuldigen Sie bitte … Ich …«

Doch Pablo ließ sie nicht zu Wort kommen. Plötzlich übermannte ihn ein vielleicht schon länger unterdrücktes Verlangen. Er beugte sich vor und presste mit halb geschlossenen Augen seine Lippen auf die Angèlicas. Und als sie seinen Kuss bereitwillig empfing, trank er ihren süßen Atem mit seit Jahren vergessener Leidenschaft.

4

Alle schienen zu schlafen, als Angèlica pitschnass, aber auf Wolke sieben schwebend, die Wohnung betrat, Pablos Duft noch auf den Lippen und der Haut. Sie musste sich zusammenreißen, um nicht glücklich vor sich hin zu kichern. Weil ihr kalt war, wollte sie in der Küche noch schnell etwas Warmes trinken, bevor sie in ihrem Zimmer in den Erinnerungen an diesen unvergesslichen Moment schwelgen würde.

Es war ihr egal, dass sich Pablo nach dem Kuss überschwänglich entschuldigt und das Geschehene als völlig unangemessen bezeichnet hatte. Was scherten sie denn der Altersunterschied und wer weiß was für andere Argumente! Als ob er ein Tattergreis wäre! Er war der attraktivste Mann, dem sie je begegnet war, und sie fühlte sich ihm viel näher als all den jungen Burschen, die sie bislang umworben hatten.

Da mochte er sich noch so oft entschuldigen und diesen Kuss scheinbar furchtbar bereuen, sie hatte doch gespürt, wie viel Leidenschaft darin gelegen hatte. Das war ein Kuss voller Liebe gewesen, dachte sie, obwohl sie von Küssen und Liebe ja gar nicht viel verstand.

Die Küche der Parés war groß und gut ausgestattet, es fehlte darin an nichts. In diesem Raum hatte Angèlica die schönsten Momente ihrer Kindheit verlebt, in der Gesellschaft von Matilde und den unterschiedlichen Köchinnen, die im Laufe der Zeit hier gearbeitet hatten. Sie hatte sich vom Geruch der Eintöpfe, Gemüsekuchen und Torten einhüllen lassen, vom Geplapper der Frauen und dem Ticken der Uhr, durch das man den Verkehr der großen Stadt draußen nicht hörte.

An diesem Abend war die Küchentür geschlossen, man konnte jedoch einen Streifen Licht darunter erkennen. Als Angèlica die Tür öffnete, entdeckte sie Matilde, die auf der Küchenbank sitzend vor sich hin döste.

»Guten Abend, Matilde.«

Ruckartig fuhr der Kopf der Haushälterin hoch, die einen sehr leichten Schlaf hatte.

»Von wegen ›Abend‹, so spät, wie es ist!«

Als die junge Frau zu der Hausangestellten hinüberging und sie umarmte, wurde deren Miene sanfter.

Immerhin war sie bei Angèlicas Geburt dabei gewesen und hätte sich selbst eine Tochter wie sie gewünscht, wenn ihr das Schicksal denn etwas anderes als die Arbeit in einem fremden Haushalt beschert hätte.

»Jetzt sag bloß nicht, dass du mit mir schimpfen wirst, nur weil ich mal ausgegangen bin und mich ein bisschen amüsiert habe«, neckte die junge Frau Matilde und zog eine Schnute.

»Ach, Senyoreta! Sie wissen doch, dass ich nicht einschlafen kann, bis ich nicht die Wohnungstür gehört habe und weiß, dass Sie wohlbehalten zurück sind.«

Angèlica drückte ihr einen Kuss auf jede Wange und setzte sich dann.

»Na, dann mach mir doch mal ein Glas Milch warm, da draußen herrscht nämlich ein Wetter …«

Sofort stellte Matilde einen Topf Milch auf den Herd und fragte dann:

»Sind Sie mit Ihren Freundinnen ausgegangen, Senyoreta?«

Ein schelmisches Lächeln legte sich über Angèlicas Züge.

»Was für Freundinnen meinst du denn? Oh, Matilde, die sind doch längst alle verheiratet oder haben sogar schon Kinder.«

»Tja, Senyoreta, und so sollten Sie es besser auch machen.«

»Du klingst ja schon wie Mamà!«, murrte die junge Frau. Dann fügte sie hinzu:

»Meinen Eltern habe ich natürlich irgendetwas von einem Abend mit Freundinnen erzählt.«

»Aber Senyoreta!«

»Ach, Matilde, erkennst du denn gar nicht, dass ich längst eine erwachsene Frau bin?«

»Trotzdem ist es wirklich nicht schön, Vater und Mutter anzulügen.«

»Und das hier vor ihnen zu verstecken, noch viel weniger.«

Sie stand auf, zog den Mantel aus und zeigte der Haushälterin das beeindruckende blutrote Kleid, das sich elegant an ihren Körper schmiegte.

Matilde schlug die Hände vor den Mund.

»Das Kleid von Senyora Valèria!«

»Sie zieht es ja sowieso nicht mehr an, es steht ihr nämlich gar nicht. Mir hingegen ...«

Angèlica drehte sich einmal um die eigene Achse, um sich von allen Seiten zu zeigen.

Matilde nahm den Topf vom Herd, goss die Milch in ein Glas und gab zwei Löffel Honig hinein. Dann ging sie mit dem Glas in der Hand zur Bank zurück, auf der Angèlica sich wieder niedergelassen hatte.

»Und darf man erfahren, mit wem Sie dann ausgegangen sind, junges Fräulein? Und warum Sie sich so schick gemacht haben? Gibt es da etwa einen neuen Verehrer?«

»Einen Verehrer? Nein, nein ... so würde ich ihn nicht bezeichnen.«

»Sondern?«

»Ich bin mit Pablo Soto, unserem Parfümeur, ausgegangen.«

Matilde riss die Augen auf und führte unwillkürlich das Glas zum Mund, um einen tiefen Schluck zu nehmen.

»Verdammt, jetzt hab ich mir den Mund verbrannt! Der Parfümeur?« Sie setzte sich hin. »Himmel Herrgott noch mal, in dieser Familie wird es bald ein ordentliches Donnerwetter geben, das kann ich Ihnen jetzt schon sagen. Ich habe da so eine dunkle Vorahnung, Senyoreta.«

»Ach, Matilde, jetzt schimpf doch nicht mit mir, und mal den Teufel nicht an die Wand. Mach mir bitte den schönsten Abend meines Lebens nicht kaputt. Weißt du, ich hab… Schmetterlinge im Bauch. Ja, ich bin richtig verliebt!«, sagte Angèlica, als würde es ihr gerade erst selbst klar. Sie schwebte im siebten Himmel. So hatte sie sich noch nie gefühlt!

Matilde nahm noch einen Schluck Milch und dachte bei sich, dass sie anstatt des Honigs besser einen ordentlichen Schuss von Tinas Kochkognak hinzugefügt hätte.

Angèlica stützte kichernd die Ellbogen auf dem Tisch auf und schlug die Hände vors Gesicht.

»Hättest du für mich jetzt vielleicht auch noch ein Glas Milch?«

Die junge Frau brach in lautes Gelächter aus, während die Haushälterin perplex das halb leere Glas in ihrer Hand anstarrte. Dann fasste sie sich an den Kopf und fiel in Angèlicas Gelächter ein.

5

Rita konnte einfach nicht einschlafen. Als die Wohnungstür ins Schloss fiel, stand sie auf und sah, wie die Senyoreta in die Küche ging. Etwas später kam sie dann mit Matilde heraus, und alles war wieder still und dunkel.

Auf Zehenspitzen kehrte Rita ins Bett zurück und war

schon fast eingeschlafen, da ging erneut die Tür. Dieses Mal musste es doch wohl der junge Herr sein! Richtig, da hörte sie auch schon seine Schritte auf dem Gang!

Aufgeregt schlüpfte Rita in einen Morgenmantel und schob sich barfuß in den dunklen Flur. Im Schatten verborgen, beobachtete sie, wie Eugeni sich im Badezimmer einschloss, aus dem kurz darauf eindeutig schmerzerfüllte Klagelaute zu hören waren. Da bekam Rita es mit der Angst zu tun. Ihr Herz schlug heftig, und sie wusste nicht, was sie tun sollte. Sie war drauf und dran, an die Tür zu klopfen und sich zu erkundigen, ob es Eugeni auch gut ging. Dann rief sie sich jedoch in Erinnerung, wie verächtlich er sich üblicherweise ihr gegenüber verhielt. Und weil sie ihn nicht schon wieder wütend machen wollte, wartete sie lieber ab.

Als Eugeni schließlich aus dem Badezimmer kam und im Flur das Licht einschaltete, konnte das Hausmädchen sein blutverschmiertes Gesicht mit geschwollener Nase und halb geschlossenem rechten Auge erkennen.

Rita schlug die Hände vor den Mund und trat spontan einen Schritt vor.

»Aber Senyoret Eugeni, was ist denn mit Ihnen passiert?«

Irritiert sah er sie an.

»Nichts, lass mich!«

Er ging auf sein Zimmer zu, während ihm die junge Frau mit dem Blick folgte und seinen starken Geruch nach Alkohol und Zigaretten wahrnahm. Ohne weiter darüber nachzudenken, trottete sie hinter ihm her.

»Aber Senyoret, diese Wunden müssen doch desinfiziert werden.«

»Das hab ich längst gemacht.«

»Matilde hat eine Salbe gegen blaue Flecke, die reinste Wunder wirkt. Wenn Sie die jetzt auftragen, dann sieht man morgen kaum noch etwas.«

Er blieb stehen, daher sprach Rita weiter:

»Wenn Ihre Mutter dann fragt, was passiert ist, können Sie einfach sagen, dass Sie gegen eine Tür gelaufen sind. Soll ich die Salbe holen?«

»Ja, los!«

Rita rannte zum Badezimmer der Bediensteten, wo Matilde im Medizinschrank ihre Cremes und Pomaden aufbewahrte. Sie griff nach dem entsprechenden Gläschen und nahm außerdem noch Verbandszeug, Watte und Desinfektionsmittel mit zum Zimmer des jungen Herrn.

Eugeni lag mit halb geschlossenen Augen auf dem Bett, als Rita anklopfte und eintrat.

»Setzen Sie sich doch bitte hin, ich verarzte Sie.«

Langsam richtete Eugeni sich auf und ließ sich von Rita die Wunden desinfizieren und mit Salbe behandeln. Dabei drängten sich hinter seiner Stirn die Szenen dieses fürchterlichen Abends, die Schläge und Drohungen der beiden Fremden. Und dann auch noch Dollys Abfuhr. Diese verfluchte Hure, was erlaubte die sich denn? Frauen waren alle gleich und ja doch nur für eines gut.

Rita konzentrierte sich auf ihre Aufgabe und kam seinem Gesicht dabei ganz nahe. Es war das erste Mal, dass Eugeni sie wirklich wahrnahm. Ihr Morgenmantel hatte sich ein wenig geöffnet, sodass er darunter ihr Nachthemd sehen konnte, das kleine feste Brüste erahnen ließ.

Plötzlich spürte er eine unbändige Gier, die ihn seine

Schmerzen vergessen ließ. Er sprang auf und packte Rita am Arm, wobei der Verband und die Salbe zu Boden fielen. Mit animalischer Kraft umfing er Ritas Taille und versuchte das Hausmädchen auf den Mund zu küssen.

Nun waren sie einander so nah, dass jeder den Atem des anderen spüren konnte, und Rita wurde schlecht, als sie Eugenis Fahne roch. Sie wollte sich den jungen Herrn vom Leib halten, versuchte, ihn vorsichtig wegzuschieben, und drehte den Kopf zur Seite, um dem Alkoholgeruch auszuweichen. Noch hoffte sie, er würde sie von allein loslassen.

»Senyoret, bitte, ich möchte Sie doch verarzten … Ich muss ja …«

Er umfing ihr Gesicht mit den Händen und drehte es wieder zu sich hin. Dann presste der junge Mann seine feuchten warmen Lippen auf die Ritas, während er ihr mit den Händen über den ganzen Körper fuhr.

Die junge Hausangestellte verspürte Ekel, weil ihr schlagartig klar wurde, dass Eugenis Absichten nichts mit ihren Träumen zu tun hatten, mit Liebe und romantischen Gefühlen wie bei Aschenputtel und ihrem Prinzen.

»Nein … nein«, stöhnte sie und versuchte sich vor dem erstickenden Kuss zu retten.

Als sich Eugenis Griff für eine Sekunde lockerte, nutzte die junge Frau den Moment und rannte auf die Tür zu, Eugeni packte sie jedoch erneut und riss sie zornig zurück. Dann küsste er sie mit der gleichen Wut erneut auf den Mund. Ritas erfolglose Befreiungsversuche hatten sie Kraft gekostet und ließen sie hilflos zurück.

»Das wolltest du doch, oder nicht, du Flittchen? Hast

du es darauf denn nicht angelegt? Also wehr dich jetzt nicht, ich weiß doch, wie sehr dir das gefällt.«

Kalter Schweiß sammelte sich auf Ritas Stirn. Inzwischen fand sie die Situation nicht mehr unangenehm und ekelhaft, jetzt hatte sie einfach nur noch Angst.

Eugeni starrte sie mit den Augen eines Raubtiers an, mit unbarmherziger Miene und kaltem Blick. Es tat weh, als er ihren Arm packte. Rita kämpfte mit aller Kraft, um sich aus dieser Situation zu befreien, doch er schob sie Richtung Bett, während er ihr mit harten Lippen den Mund verschloss.

Mit einer Hand riss er ihr den Morgenmantel herunter, und dann spürte Rita seinen Mund an ihrem Hals. Er biss ihr in die Schulter und vergrub die Fingernägel in ihrem Rücken. Jeder neue Kontakt mit seinem Körper ließ ihr Herz noch heftiger und schmerzhafter schlagen. Rita fing an zu weinen.

Schließlich warf Eugeni sie aufs Bett und presste sie auf die Laken. Seine kalten Hände hielten das Hausmädchen fest, sodass es sich nicht mehr rühren konnte. Im durchs Fenster hereinfallenden Mondlicht starrte Rita ihren Peiniger voller Panik an.

Das blonde Haar hing ihm wirr in die Stirn, seine blauen Augen wirkten eisig, und sein Blick hatte kaum noch etwas Menschliches. Der saure Geruch seines Körpers stieg ihr in die Nase und verwandelte sich nach und nach in eine bestürzende tierische Ausdünstung. Dieser Geruch überflutete den Raum, drohte Rita zu verschlingen. Dann drang Eugeni brutal in sie ein, während er ihr mit der Hand den Mund zuhielt und so ihre verzweifelten Schmerzensschreie unterdrückte.

Nach und nach verwandelte sich Ritas Weinen in Wimmern, und sie spürte, dass ihr Blut über die Schenkel rann. Die junge Frau schloss die Augen und wünschte sich, ihrem Körper entfliehen zu können.

6

Rita stand vom Bett auf und griff nach ihrem am Boden liegenden Morgenmantel, um ihren nackten Körper damit zu bedecken. Beinahe gelang es ihr nicht, weil ihre Hände so sehr zitterten.

Bevor sie das Zimmer verließ, drehte sie sich an der Tür noch einmal zu Eugeni um. Er schlief, bis zur Taille mit einem zerknitterten Laken zugedeckt.

Eine Träne lief ihr übers Gesicht.

Mit unsicheren Schritten wankte sie durch den dunklen Flur hinüber zu ihrem kleinen Zimmer. Wie unwirklich auf einmal alles wirkte!

Als Rita ihr Zimmer erreichte, war sie so außer Atem, als hätte sie gerade einen Wettlauf hinter sich. Bitterer Geschmack stieg in ihr auf, und sie rannte zum Waschbecken hinüber, um sich zu übergeben.

Als sie sich endlich völlig leer fühlte, das nagende Ekelgefühl losgeworden war, betrachtete sie sich im Spiegel über dem Waschbecken. Über ihren eigenen Anblick erschrocken, sank sie mit dem Rücken an der Wand immer tiefer, bis sie schließlich auf dem Fußboden hockte. Das Haar klebte ihr an der Stirn, und sie spürte die Kälte der Bodenkacheln in sich aufsteigen.

Rita fühlte sich wie in Stücke gerissen. In weniger als zwei Stunden würde ein neuer Arbeitstag anbrechen, und sie musste sich besonders gründlich waschen, um diesen ganzen Schmutz loszuwerden. Niemand durfte wissen, was der junge Herr ihr angetan hatte, vor allem Matilde nicht, denn sie schämte sich zu Tode. Nun verstand Rita endlich die Warnungen der älteren Frau. Matilde hatte ihr klarmachen wollen, dass Eugeni kein guter Mensch war. Aber naiv, wie sie war, hatte sie nicht auf sie gehört.

Niemand durfte je herausfinden, was in dieser Nacht geschehen war.

Absolut niemand.

Falls es einen Gott im Himmel gab, würde Senyoret Eugeni jedoch für das bezahlen, was er ihr angetan hatte.

Offene Rechnungen

Barcelona, Februar 1943

1

»Fünf Tage!«, jammerte Eugeni, der neben dem Kamin stand und sich mit der Hand daran abstützte. »Mir bleiben nur noch fünf Tage, um dieses Notizbuch zu besorgen. Dabei steht die gewünschte Formel da noch nicht mal drin, das enthält doch nur jede Menge Skizzen.«

Er schaute Alberto an wie ein Lamm auf dem Weg zum Schlachthof.

»Was soll ich denn nur machen?«

Genießerisch zog sein Freund an seiner Zigarette und schickte Ringe aus Rauch in die Luft, die sich auf ihrem Weg zur Zimmerdecke verloren. Sein Gesichtsausdruck ließ nicht darauf schließen, dass er seinen Freund sonderlich bedauerte.

Eugeni hingegen war bleich und hatte Ringe unter den Augen, weil er schlecht geschlafen hatte. Er war in der letzten Nacht beim kleinsten Geräusch zusammengezuckt und selbst vom Ruf des Nachtwächters aufgeschreckt worden. Deshalb war er am Morgen schweißgebadet und angsterfüllt aufgewacht.

»Tja, dann musst du ihnen eben dieses verdammte Notizbuch beschaffen, mit Formel oder ohne. Vielleicht haben deine Auftraggeber ja gerade Interesse an diesen Skizzen, oder sie wollen dich auf die Probe stellen.«

»Wie meinst du das?«

»Na ja«, sagte Alberto und zog noch einmal an seiner Zigarette. »Vielleicht wollen sie auch einfach nur sehen, ob du genug Schneid hast, um das Büchlein zu stehlen, oder ob du sie bloß vertröstest.«

Eugeni fuhr sich durchs Haar und ließ sich auf das nächste Sofa fallen. Das Gesicht in den Händen vergraben, sank er dort in sich zusammen.

»Entweder, du zahlst ihnen die fünfzigtausend Peseten, die du ihnen schuldest, oder du überreichst ihnen in den nächsten Tagen das Notizbuch. Die haben dich in der Hand, mein Freund.«

»Daran brauchst du mich nun wirklich nicht zu erinnern.«

»Hast du mal überlegt, deinen Vater um das Geld zu bitten?«

Angespanntes Schweigen breitete sich im Raum aus, das schließlich von Eugenis tiefem Seufzen durchbrochen wurde.

»Das geht auf keinen Fall! Beim letzten Mal hat er ein ziemliches Theater gemacht und damit gedroht, mich auf die Straße zu setzen oder zu enterben ... Dabei war das damals keine besonders große Summe, und jetzt handelt es sich immerhin um fünfzigtausend Peseten ...«

»Dann bleibt dir wohl nichts anderes übrig, als das Ding zu klauen. Und wenn du Glück hast, glaubt dieser Parfümeur sogar, dass er sein blödes Notizbuch einfach verloren hat. So wichtig ist das ja nun auch nicht, und er kann doch wieder ein neues Parfüm erfinden. Jedenfalls wird der Verdacht bestimmt nicht auf dich fallen.«

Eugeni fuhr hoch, sprang auf und marschierte nun unruhig im Raum auf und ab.

»Das ist einfach unmöglich, du kennst den Kerl ja nicht. Er schließt das dumme Buch nämlich immer im Labor ein und zeigt es nie jemandem. Niemals! Für Soto ist das nicht einfach nur ein Notizbuch, sondern die Essenz seines Tuns, weil er darin jeden Schritt seiner Experimente dokumentiert. Deshalb schließt er es in seinem Arbeitstisch ein und trägt den Schlüssel immer bei sich. Aber irgendwie muss ich diesen Schlüssel an mich bringen. Vielleicht ergibt sich ja mittags eine Möglichkeit, wenn keiner im Labor ist …«

Er verstummte schlagartig, als sei ihm plötzlich etwas eingefallen.

»Aber er wird bestimmt sofort merken, dass man ihm die Notizen gestohlen hat. Und das Schlimmste ist, dass er sicher gleich meinen Vater informieren wird. Und der wird alle Hebel in Bewegung setzen, um denjenigen zu erwischen, der hinter seinem Parfüm her ist.«

Alberto verzog keine Miene.

»Dann musst du eben schlau sein und den Ereignissen zuvorkommen.«

»Und wie?«

»Arbeitet im Labor immer noch dieser dämliche Krüppel, über den dein Vater seine schützende Hand hält?«

»Anselm? Ja. Was hat der denn mit der ganzen Sache zu tun?«

»Kannst du ihm die Sache nicht irgendwie in die Schuhe schieben?«

Alberto lächelte. Er wusste, dass Eugeni Anselm hasste und überhaupt kein Verständnis dafür hatte, dass sein Vater diesem Hungerleider die Ausbildung bezahlt und ihm Arbeit in der Firma gegeben hatte. Und Alberto seinerseits begriff nicht, warum Angèlica Anselm mit diesem Blick voller Wärme anschaute, sich bei der Begegnung mit ihm selbst aber lieber abwandte.

Und nun war ihm eine geniale Idee gekommen, die im Grunde ganz einfach war: Unter einer politischen Führung, die Denunziation als »patriotische Tat« pries, waren Anschwärzungen bei der Polizei an der Tagesordnung. Man nutzte sie, um sich zu rächen oder sich Gefallen zu sichern. Und um sich mit den Behörden gutzustellen, was Alberto besonders wichtig war. Wenn er nun Anselm anzeigte und ihn des Verrats gegen das Regime bezichtigte, würde das diesen Hungerleider endlich auf seinen Platz verweisen. Alberto selbst würde in den Augen der Mächtigen an Ansehen gewinnen, was ihm den Weg zu einem hohen Posten ebnen konnte. Außerdem würde er damit Eugeni einen Gefallen tun, obwohl er sich manchmal fragte, ob dieser Taugenichts seine Hilfe eigentlich verdiente.

»Vertraust du mir?«

»Natürlich!«

»Dann tu, was ich dir sage: Morgen verschaffst du dir Zugang zu dem Notizbuch und bringst es mir. Uns bleibt ja kaum noch Zeit, deshalb müssen wir uns ranhalten. In ein paar Tagen gebe ich dir eine Kopie für deinen Auftraggeber. Glaub mir, das ist deine einzige Möglichkeit, diesem Schlamassel zu entkommen.«

2

Eugenis Vorahnung sollte sich bestätigen. Als Pablo zwei Tage später das Verschwinden seines Notizbuchs bemerkte, war er sich hundertprozentig sicher, dass er es nicht aus Unachtsamkeit verloren hatte. Dieses Büchlein, in das er sämtliche Ergebnisse seiner langen Arbeitsstunden und der vielen Experimente eintrug, war für ihn fast wie ein Teil seiner selbst. Es war eine materielle Verkörperung seiner Erinnerungen, weshalb er es jeden Abend sorgfältig im Labor einschloss. Und genau so hatte er es auch am Vortag gemacht, daran hatte er keinen Zweifel.

Dennoch hatte er nichts dagegen, als sich seine Mitarbeiter auf die Suche danach machten. Martí, Anselm, Angèlica und natürlich auch Eugeni durchforsteten jeden Winkel des Labors, während Pablo selbst Parés über diesen merkwürdigen und beunruhigenden Umstand informierte.

»Ich habe das Buch gestern Abend persönlich weggesperrt und trage den Schlüssel bei mir. Soweit ich mich erinnern kann, habe ich ihn nirgendwo hingelegt. Allerdings …«

Er zögerte.

»Manchmal steckt der Schlüssel in der Tasche meines Laborkittels. Dort hätte ihn jemand in einem unbeobachteten Moment herausholen können.«

Unruhig rutschte Pablo auf seinem Stuhl hin und her.

»Wie auch immer, ich bin mir jedenfalls sicher, dass

jemand eine Kopie des Schlüssels angefertigt und mir auf diese Weise das Heft gestohlen hat, die Schublade war nämlich nicht aufgebrochen.«

Mit besorgter Miene marschierte Parés in seinem Büro auf und ab wie ein Tiger in seinem Käfig.

»Aber… Wie schätzen Sie die Situation denn ein? Wen haben Sie in Verdacht?«, fragte er mit zusammengekniffenen Augen.

»Ich weiß nicht, wie das hier in Spanien läuft, Parés. In Frankreich hat es durchaus Fälle von Spionage zwischen Rivalen gegeben, bei denen Parfümformeln gestohlen wurden. Auswüchse des Konkurrenzkampfs, Sie verstehen schon. Haben Sie unter Ihren beruflichen Rivalen denn irgendwelche Feinde?«

Parés lächelte zynisch.

»Das Wort Rivale an sich ist ja schon nicht besonders freundschaftlich, finden Sie nicht, Soto?«

Pablo schwieg ein paar Sekunden nachdenklich. Dann sagte er:

»Noch habe ich mich auf keine endgültige Formel festgelegt. Aber ich bin mir sicher, dass ein erfahrener Parfümeur aus meinen Notizen, vor allem aus den Einträgen der letzten Tage, seine Schlüsse ziehen und ähnliche Ideen entwickeln könnte. Er könnte ein Parfüm wie meines kreieren oder zumindest etwas sehr Ähnliches.«

Modest Parés ließ sich geräuschvoll in seinen Lehnstuhl fallen und vergrub das Gesicht in den Händen.

»Das ist eine ernste Sache, eine wirklich hässliche Angelegenheit.«

Da gab Pablo ihm völlig recht:

»Allerdings. Und besonders unangenehm ist mir, dass

es jemand aus dem Labor gewesen sein muss, also eine Person, der ich vertraue.«

»Sie haben Ihre Mitarbeiter in Verdacht?«

»Sie oder jemanden aus einem der anderen Labors. Allerdings habe ich zu den anderen Abteilungen kaum Kontakt. Derjenige, der mir die Notizen gestohlen hat, muss mich aber ganz genau beobachtet haben.«

Sie schauten einander an, als suchte jeder von ihnen die Antworten in den Augen des anderen.

»Was werden Sie jetzt tun, Senyor Parés?«

»Lassen Sie mich mal ein wenig herumtelefonieren.«

3

Am nächsten Morgen fand sich Inspector Saavedra in Modest Parés' Büro ein. Offensichtlich schuldete er dem Kosmetikfabrikanten einen Gefallen, und zwar einen großen, denn normalerweise eilte er nicht sofort zu einem besorgten Bürger, wenn dieser ihn darum bat.

Der Polizist war für seine untadelige Arbeit bekannt, daher vertraute Parés ihm blind. Vor allem wusste er, dass er auf den Inspector zählen konnte, wenn es um heikle Angelegenheiten jeder Art ging.

»Mensch, Saavedra, du hast ja keine Ahnung, wie dankbar ich dir bin...«, sagte Modest Parés, stand auf und ging zur Tür hinüber. Er geleitete den Polizisten herein und bot ihm einen Stuhl an.

Inspector Carlos Saavedra hatte ein einprägsames Gesicht: bleiche Haut, spitzes Kinn, große Nase. Nur seine leuchtend braunen Augen sorgten für eine gewisse Harmonie. Der Inspector war ein äußerst adretter und gepflegter Mann, der sich gern elegant kleidete. Mit seiner Ankunft erfüllte der intensive Duft seines Rasierwassers das Büro.

»Na, na, keine Ursache! Aber ich verstehe nicht, was es mit diesem Diebstahl überhaupt auf sich hat. Wieso ist dieses Notizbuch denn von solcher Bedeutung?«

Er nahm eines der Zigarillos entgegen, die Parés ihm anbot. Der Kosmetikfabrikant nahm sich ebenfalls eines und zündete beide an, dann sog er den Rauch ein und stieß ihn langsam durch den Mund wieder aus.

»Ich hab dir doch erzählt, dass ich einen neuen Parfümeur eingestellt habe, der zu den Besten seines Fachs gehört. Er hat zwar lange in Frankreich gelebt, ist aber hier geboren.«

Saavedra verzog das Gesicht. Die Sieger des Bürgerkriegs, die nun auf einen deutschen Triumph hofften, hatten für das Nachbarland nicht viel übrig.

»Die Firma muss sich schließlich neuen Herausforderungen stellen, deshalb habe ich auf seine Erfahrung gesetzt. Das verstehst du doch sicher. Na ja, jedenfalls hat er sich in diesem Heft Notizen über seine Arbeit an dem neuen Parfüm gemacht. Die Rede ist also von Formeln und Informationen, die die Arbeit von Monaten dokumentieren… Was hältst du von der Sache? Das sieht doch nach einer Intrige der Konkurrenz aus, oder?«

Der Inspector wischte sich ein wenig Asche des Zigarillos von der Hose.

»Könnte sein, aber für solche Schlüsse ist es eigentlich noch zu früh. Könnte dein Parfümeur das Büchlein nicht auch einfach verloren haben?«

»Verdammt, Saavedra, ich hab dir doch gesagt, dass er es immer eingeschlossen hat! Wer es auch immer genommen hat, muss eine Kopie des Schlüssels besessen haben.«

»Ja, ja …«

»Was soll das denn heißen?«, fragte Parés, dem der Tonfall des Polizisten gar nicht gefiel.

»Nichts, nichts. Wir sehen uns das mal an.«

Parés rutschte unbehaglich auf seinem Stuhl hin und her. Denn da gab es noch eine Angelegenheit, die ihm Sorgen bereitete.

»Und was ist mit meinem Sohn?«

»Wir haben noch nichts Sicheres, aber …«

»Verdammt, Saavedra, jetzt komm mal zum Punkt!«

»Na ja, ich hab einen meiner Männer auf ihn angesetzt. Damit hab ich einiges riskiert; meine Vorgesetzten schätzen es nämlich gar nicht, wenn ich Personal und Ressourcen für solche Nichtigkeiten vergeude. Du hast ja keine Ahnung, wie viel Arbeit wir jetzt mit den ganzen Roten und sonstigen Verrätern haben!«

Parés sah über die vorwurfsvolle Miene seines Freundes hinweg. Solange der Inspector ihm unter die Arme griff, war ihm egal, was das ansonsten für Konsequenzen hatte.

Nun lehnte sich der Polizist ein wenig vor und sprach in vertraulicherem Tonfall weiter:

»Hör mal, Parés, ich hab dir bisher nichts davon erzählt, weil ich die Details noch nicht kenne. Aber ich kann dir jetzt schon mit Sicherheit sagen, dass sich dein Sohn mit wenig empfehlenswertem Gesindel eingelassen hat.«

Beinahe flüsternd fügte er hinzu:

»Ein wirklich gefährliches Pack. Allerdings weiß ich bislang noch nicht, um was für Geschäfte es dabei geht. Gib mir also noch etwas Zeit.«

Saavedra stand auf und drückte das Zigarillo im Aschenbecher aus, dann brachte Parés ihn zur Tür.

»Sei unbesorgt, Parés, sobald ich mehr weiß, gebe ich die Informationen an dich weiter.«

Wieder allein, setzte Modest Parés sich in den Lehnstuhl, der in seinem großen hellen modernen Büro mit den luxuriösen Möbeln stand, und fuhr sich mit der Hand übers Gesicht, als wollte er etwas loswerden, was seit Saavedras Besuch daran klebte.

Als Pablo Soto ihn darüber informiert hatte, wie oft Eugeni im Laboratorium fehlte und wie wenig Interesse er an der Arbeit dort zeigte, hatte Modest bereits geahnt, dass sich sein Sohn wieder einmal in Schwierigkeiten bringen würde. Deshalb hatte er sich mit Saavedra in Verbindung gesetzt, um Gewissheit zu erlangen. Und das, was er gerade aus dem Mund des Polizisten gehört hatte, hatte ihn nicht gerade beruhigt. Worin war sein Sohn da bloß verwickelt?

Auf einmal überkam ihn eine Ahnung, die ihn in große Sorge versetzte.

Der Inspector verließ derweil das Gebäude und trat in die Winterkälte hinaus. Dabei ließ er sich die ganze Angelegenheit noch einmal durch den Kopf gehen. Eugeni Parés hatte sich mit einem der berüchtigtsten Mafiosi der Stadt eingelassen. El Americano war für jede Menge Verbrechen verantwortlich: Erpressung, Diebstahl, Mord und das ungeklärte Verschwinden von Personen.

Er hatte Kontakte bis hinauf in die höchsten gesellschaftlichen Sphären und wusste sich die Polizei vom Hals zu halten. Zum einen konnte er den Behörden wichtige Informationen zuspielen, wenn es nötig war, zum anderen erkaufte er sich das Schweigen der großen Fische durch Geld und Geschenke. Er war ein gefährlicher Typ, hochgefährlich.

Und nun traf er sich seit einiger Zeit regelmäßig mit Eugeni, schien mit ihm Geschäfte zu machen, und ausgerechnet jetzt war in Parés' Firma dieses wichtige Büchlein verschwunden. Saavedra konnte eins und eins zusammenzählen. Er fragte sich, ob dieser verwöhnte und unmoralische junge Mann es wohl fertigbrachte, den eigenen Vater zu bestehlen, um seinen Hals zu retten.

Die Antwort lag auf der Hand.

4

Die Neuigkeit schlug im Labor ein wie eine Bombe. Ein anonymer Hinweis hatte die Polizei in das Zimmer geführt, in dem Anselm Huguet zur Untermiete wohnte. Die Beamten hatten dort alles auf den Kopf gestellt und dabei belastende Papiere gefunden, die Huguet als Roten und Verräter entlarvten.

Außerdem hatte man bei ihm auch ein schwarzes Büchlein voller Notizen und Formeln entdeckt.

Angèlica weinte ununterbrochen. Sie war sofort ins

Büro ihres Vaters gerannt, hatte sich an ihn geklammert und wiederholte nun ein ums andere Mal:

»Papà, das kann einfach nicht sein… Das ist doch unmöglich… Sie kennen ihn ja auch und wissen sicher, dass alles gelogen ist, was da über Anselm behauptet wird. Für Politik hat er sich doch nie interessiert, und was den Diebstahl des Notizbuchs angeht…«

Die junge Frau verstummte einen Moment, wischte sich die Tränen weg und putzte sich die Nase. Mit gepresster Stimme fuhr sie fort:

»Er hat das Büchlein nicht mitgenommen. Anselm würde Sie doch nie bestehlen, Papà. Wir müssen unbedingt etwas tun!«

Parés schaute seine Tochter mit ernstem Blick an.

»Wenn es nur um das Notizbuch gehen würde, wäre alles viel einfacher. Dann würden wir auf eine Anzeige verzichten und ihn lediglich wegen des Vertrauensbruchs entlassen, Angèlica. Wenn man von jemandem nämlich erst einmal betrogen wurde…«

Modest schwieg einen Moment und sprach dann weiter:

»Aber was die anderen Anschuldigungen angeht, kann ich leider nichts tun.«

»Doch, das können Sie, Papà, ganz bestimmt. Anselm kann keiner Fliege etwas zuleide tun, er hat sich noch nie in Schwierigkeiten gebracht und…«

»Ich weiß ja, dass ihr gut befreundet seid, mein Mädchen. Aber du musst jetzt die Augen aufmachen. Anselms Überzeugungen sind nicht nur gefährlich, sondern auch verboten.«

»Was denn für Überzeugungen? Ich kann einfach

nicht fassen, dass Sie diese Anschuldigungen wirklich glauben, Papà. Anselm lebt doch nur dafür, mit seiner Arbeit hier im Labor seinen Vater zu unterstützen. Irgendwer hat ihm eine Falle gestellt, jemand, der ihn furchtbar hassen muss. Bitte, Papà, das alles wissen Sie doch so gut wie ich. Sie kennen Anselm von klein auf! Warum geben Sie jetzt vor, an diese Lügen zu glauben?«

Angèlica begriff nicht, dass Modest Parés auf diese Frage keine Antwort geben konnte. Es stimmte schon, im ersten Moment war er furchtbar wütend gewesen, in den letzten Stunden hatte jedoch auch er an den unfassbaren Anschuldigungen zu zweifeln begonnen. Inzwischen fragte er sich selbst, wer dem Burschen da bloß so grausam mitspielte.

Aber der Antwort darauf konnte er sich im Augenblick noch nicht stellen.

Auch der Gedanke an den nächsten Schritt lastete schwer auf seinen Schultern. Parés musste Anton Huguet aufsuchen, Anselms Vater, und zwar so schnell wie möglich.

Parés nahm den Telefonhörer ab, und am anderen Ende der Leitung meldete sich seine Sekretärin.

»Victòria, sagen Sie Sebas, dass er den Wagen vorbereiten soll. Ich muss heute Nachmittag noch nach Vilassar.«

5

Erinnerungen drängten sich in Modest Parés' Verstand und Herzen, während das Auto den Weg nach Vilassar zurücklegte. Vor vielen Jahren hatte sich zwischen ihm und seinem ehemals besten Freund, Anton Huguet, ein tiefer dunkler Abgrund aufgetan, und seitdem lag ein Schatten über ihrer Beziehung.

Durchs Autofenster betrachtete Parés die vertraute Landschaft und dachte darüber nach, dass vielleicht jenes kleine Insekt an allem schuld war, das über Frankreich die Weinberge des Maresme und ganz Kataloniens heimgesucht hatte. Alles hatte ein paar Jahre vor seiner Geburt angefangen. Damals hatte es zunächst die französischen Weinberge getroffen, wodurch die katalanischen Winzer einen großen Aufschwung erlebt hatten. Modest war in der Zeit dieses Wohlstands aufgewachsen. Allerdings hatte die Reblausplage dann auch das Maresme erreicht, die Rebstöcke abgetötet und die Region in eine schwere Krise gestürzt. Traditionell hatten die Winzer in dieser Gegend die Weinstöcke mittels einer Vereinbarung gepachtet, die als Rabassa morta bekannt war. Diese Art des Vertrags hatte dazu geführt, dass die Ländereien von den Winzern dauerhaft genutzt wurden. Als dann die Reblaus die Weinberge heimsuchte, wurde diese Absprache hinfällig, und die Grundbesitzer hatten die Möglichkeit, neue Pachtverträge mit für sie günstigeren Bedingungen auszuhandeln. Ramon Parés, Modests

Vater, verlor dadurch die von den Huguets gepachteten Ländereien, auf denen er mit seiner Familie lebte, und war finanziell ruiniert.

Joseph Huguet hingegen war froh, seine Weinberge zurückzuhaben, obgleich auf ihnen nur tote Reben standen. Die einzige Möglichkeit, den Weinanbau wiederzubeleben, bestand damals in der Okulation oder im Anbau von amerikanischen Rebsorten, die gegen die Plage resistent waren. Jahrelang wurde von Befürwortern und Gegnern über diese Möglichkeiten diskutiert, nach und nach setzten sich dann die amerikanischen Reben durch. Diese trugen so reiche Ernte, dass man damit auch den Export nach Lateinamerika aufrechterhalten konnte. Die Huguets hatten sich für diese Lösung entschieden und lebten nun selbst vom Weinbau.

Für Ramon Parés hingegen war alles zu Ende. Er hatte kein Land mehr, war vom Pech verfolgt und geriet nach und nach in eine Schuldenspirale. Mit Alkohol und Glücksspiel machte er dann alles noch schlimmer.

Als er noch vor seinem fünfzigsten Geburtstag starb, war sein einziger Sohn Modest ein junger Bursche, der nun völlig auf sich gestellt war. Er verdiente seinen Lebensunterhalt als Arbeiter auf fremdem Land, unter anderem auch auf dem Gebiet, wo seine Familie generationenlang ihren Wein angebaut hatte und das jetzt wieder von den Huguets bewirtschaftet wurde. Das gärte in ihm, und dieses Gefühl warf einen Schatten auf seine Freundschaft zu Anton, dem jüngsten Sohn der Huguets.

Und dann geschah etwas, was alles noch viel schlimmer machte. Eines Abends verließ der junge Modest mit schwerem Herzen vorzeitig die Bar, in der Anton Huguet die gelungene Ernte feierte. Er lief durch die menschenleeren dunklen Straßen, als sich ihm plötzlich eine düstere Gestalt in den Weg stellte. Dabei handelte es sich um seinen Nachbarn, Ignasi Montagut, einen Mann mittleren Alters mit einem großen roten Gesicht und aufbrausendem, grobem Naturell. Durch das Glücksspiel hatte Modests Vater bei Montagut viele Schulden hinterlassen. Und weil Ramon nicht mehr da war, ließ Montagut nun seine Wut an dessen Sohn aus.

Wenn sich die beiden über den Weg liefen, beschimpfte und erniedrigte Montagut den jungen Mann und gab ihm die Schuld an etwas, für das er ja gar nicht verantwortlich war.

Modest hatte mit der Zeit gelernt, dass er Montagut besser aus dem Weg ging. Das jedoch war ihm an diesem Abend nicht gelungen. Sein Nachbar war betrunken und geriet in Rage, als er sah, dass Modest auf seine Beschimpfungen nicht reagierte. Deshalb wurde er handgreiflich und warf sich auf den jüngeren Mann, der nicht nur nüchterner, sondern auch viel kräftiger war und deshalb keinerlei Probleme hatte, den Angreifer abzuwehren.

Modests zweiter Fausthieb schickte Ignasi Montagut zu Boden, wo er sich nicht mehr rührte. Der Mann reagierte auch nicht, als Modest ihn ansprach und leicht schüttelte. Um den älteren Mann aufzurichten, legte er ihm eine Hand in den Nacken, und als er sie wieder zurückzog, waren seine Finger voller Blut. Erschrocken tastete er nach Montaguts Herzschlag, jedoch vergeblich, denn der Mann war tot.

Als sich Modest Parès erhob und den reglosen Körper

betrachtete, riet ihm sein Verstand, so schnell wie möglich die Beine in die Hand zu nehmen.

Da fiel Modest auf, dass in der Cordjacke des Toten irgendetwas Voluminöses steckte. Er beugte sich vor und stellte fest, dass Montagut ein halbes Vermögen bei sich trug, ein dickes Bündel Scheine, das lieblos mit einer Schnur zusammengebunden war. Ohne weiter darüber nachzudenken, packte der junge Mann das Geld und verschwand dann in den Schatten der Nacht.

Als er mit klopfendem Herzen zu Hause ankam, wusste Modest, dass er mit diesem Geld endlich Vilassar hinter sich lassen und nach Barcelona gehen, dort ein neues Leben anfangen konnte.

Um keinen Verdacht aufkommen zu lassen, wartete er ein paar Tage ab und führte sein ganz normales Leben weiter, obwohl ihn die Anspannung innerlich zerriss.

Die Nachricht von Montaguts Tod verbreitete sich derweil wie ein Lauffeuer, und bald wusste man in jedem Winkel des Ortes Bescheid.

Als Modest hörte, dass die Guardia Civil einen Verdächtigen festgenommen hatte, konnte er es zunächst nicht fassen, zumal es sich bei dem angeblichen Täter ausgerechnet um Anton Huguet handelte. Es hieß, dass Montagut durch einen Schlag auf den Kopf umgekommen sei, und dass man Anton mit blutverschmierten Händen bei der Leiche entdeckt habe. Außerdem habe die Familie des Opfers ausgesagt, dass Ignasi alles gestohlen worden sei, was er bei sich getragen hatte, den Ertrag der gesamten Lese.

Da bekam Modest es mit der Angst zu tun und geriet in einen Strudel aus widersprüchlichen Gedanken. Sein

Gewissen sagte ihm, dass er sich stellen müsse, sein Verstand jedoch protestierte. Schließlich hatte er nie vorgehabt, Montagut umzubringen, sondern sich einfach nur verteidigt. Das alles war nichts weiter als ein unglücklicher Unfall, für den er nicht verantwortlich war, schließlich hatte Montagut ihn angegriffen und nur bekommen, was er verdient hatte. Und wenn er dabei unglücklich gefallen war, dann war das doch nicht Modests Schuld, sondern Schicksal, nicht wahr?

Von Schuldgefühlen zerfressen, sagte sich Parés immer und immer wieder, dass man Anton ja nichts anhaben konnte, weil er schließlich unschuldig war. Vielleicht freute er sich tief in seinem Inneren sogar ein kleines bisschen darüber, dass auch Anton mal die harten Seiten des Lebens zu spüren bekam.

Schließlich verließ Modest Vilassar und überließ Anton seinem ungewissen Schicksal, während er selbst in Barcelona sein Glück versuchte. Dabei legte er sich Tag für Tag einen immer dickeren Panzer zu, der ihn vor Erinnerungen, Schuldgefühlen und Vorwürfen schützte. Glaubte er zumindest.

Anton Huguet verbrachte für ein Verbrechen, das er nicht begangen hatte, drei Jahre im Gefängnis. Anton war nicht nur unschuldig, sondern wusste auch ganz genau, wer die Tat wirklich begangen hatte. Der Beweis dafür war, dass sein angeblich bester Freund Modest Parés seit Montaguts Tod aus dem Dorf verschwunden war und sich nicht einmal bei ihm gemeldet hatte.

Trotzdem brachte Anton Modests Namen nicht über die Lippen und beschuldigte den armen Burschen nicht, den außer ihm niemand in Vilassar vermisste.

Antons Vater, der bisher gut von seinen Weinbergen hatte leben können, verwendete nun sein ganzes Geld darauf, seinen Sohn aus dem Gefängnis zu holen. Schließlich wurde Anton Huguet nach einem langen Verfahren aus Mangel an Beweisen freigesprochen. Aber er war nicht mehr derselbe, als er das Gefängnis verließ. Inzwischen war sein Vater tot, und sein großer Bruder, der Anton wegen all der von ihm ausgelösten Probleme Vorwürfe machte, warf ihn aus dem Haus.

Modest Parés kehrte erst viele Jahre später als reicher Mann nach Vilassar zurück und kaufte dort ein Sommerhaus für seine Familie.

Es dauerte nicht lange, bis er Anton Huguet über den Weg lief, obwohl er in dem gebrochenen Mann kaum den Freund seiner Jugend wiedererkannte. Anton war Witwer, hatte einen verkrüppelten Sohn und hielt sich mehr schlecht als recht mit Gelegenheitsarbeiten über Wasser. Huguets Verachtung und Parés' Schuldgefühle hatten einen tiefen Abgrund zwischen den beiden Männern entstehen lassen, die die dunklen Schatten der Vergangenheit nicht vergessen konnten.

Allerdings hatte Parés in all den Jahren in Barcelona eines gelernt: dass Geld für alles eine Lösung war und dass riskante Aktionen ihre eigenen Regeln hatten. Deshalb kaufte er Land und überschrieb es Huguet. Modest empfahl Anton den Anbau von Blumen und garantierte ihm, dass er ihm die Ernte abkaufen würde. Antons Sohn wollte er die Ausbildung finanzieren und ihn später in seiner Firma einstellen.

Vermutlich um Anselms willen akzeptierte Huguet, bedankte sich aber nie bei Parés dafür. Modest hingegen kehrte mit der Überzeugung nach Barcelona zurück, dass er seinen Fehler, jenes unglückliche »Missverständnis«, ausgemerzt hatte. Dennoch begleitete ihn Huguets vorwurfsvoller Blick ein Leben lang. Und er ging seinem alten Jugendfreund nach Möglichkeit aus dem Weg.

Nun musste er ihm gegenübertreten und sagen, was mit seinem Sohn geschehen war, bevor er es aus anderer Quelle erfuhr. Zumal Anselm genauso unverschuldet in die Sache hineingeraten war wie einst sein Vater.

»Dein Sohn ist im Gefängnis.«

Anton Huguets kalter, vorwurfsvoller Blick durchbohrte Modest und traf ihn mitten ins Herz.

»Man wirft ihm politische Aktivitäten gegen das Regime vor.«

»Was denn für Aktivitäten? Mein Junge ist noch nie politisch gewesen, das weißt du doch so gut wie ich«, ereiferte sich Anton.

»Man hat belastende Dokumente bei ihm gefunden.«

»Glaubst du das etwa?«

Als Modest nicht antwortete, ging Anton Huguet einen Schritt auf ihn zu, packte ihn am Revers und begann ihn zu schütteln.

»Hol meinen Jungen aus dem Knast, bring das in Ordnung! Das schuldest du mir!«

Anton hatte noch nie angesprochen, dass Modest in seiner Schuld stand. Aber durch sein Schweigen war die Verpflichtung nicht verschwunden, und nun stand sie auf einmal wieder zwischen den beiden Männern, die sich von oben bis unten musterten, der eine verzweifelt, der andere verängstigt.

»Ich werde tun, was ich kann.«

Die Geister der Vergangenheit

Barcelona, März 1943

1

Wenn Inspector Saavedra sich mit El Americano treffen musste, tat er dies immer in einer einsamen Gasse und im Schutze der Nacht. Der schwarze Fiat 1500, mit dem er in Begleitung eines Kollegen unterwegs war, hielt hinter dem luxuriösen weinroten Ford Coupé, in dem El Americano eine Zigarette rauchte.

Beide Männer stiegen aus und begrüßten einander wortlos mit einem leichten Nicken, bevor sie zusammen die schlecht beleuchtete Straße entlangschlenderten.

Schließlich machte Saavedra als Erster den Mund auf:

»Ich hab gehört, dass Sie neuerdings in der Parfümbranche tätig sind.«

El Americano antwortete nicht.

»Sie müssen dieses Geschäft abbrechen«, fuhr Saavedra fort.

El Americano sah den Polizisten mit stechendem Blick fragend an.

»Das ist eine heikle Angelegenheit, die Ihnen mehr Ärger als Vorteile einbringen wird.«

Der Mafioso schaute nach vorn.

»Ich gebe nie ein gutes Geschäft auf, wenn es dafür keinen triftigen Grund gibt.«

»Davon gehe ich aus.«

Als Saavedra im Licht einer Laterne stehen blieb und einen Umschlag hervorholte, griff El Americano danach und nahm mehrere Fotos heraus. Darauf war er selbst zusammen mit mehreren anderen Männern und blutjungen Mädchen zu sehen. Die qualitativ schlechten, zum Teil verwackelten Bilder waren offensichtlich heimlich aufgenommen worden.

Den Umschlag in der Hand, schaute El Americano den Polizisten mit trübem Blick an und fragte verächtlich:

»Ja und?«

Der Inspector nahm ihm eines der Fotos aus der Hand und deutete auf eine der jungen Frauen, die darauf zu sehen waren:

»Raquel Matas, achtzehn Jahre alt, Tochter eines hochdekorierten Militärs. Sie hat mir erzählt, dass sie mit falschen Versprechen in diese Wohnung gelockt, dort eingesperrt und missbraucht wurde. Das ist eine sehr, sehr unschöne Angelegenheit, finden Sie nicht? Die junge Frau ist minderjährig und bereit zur Aussage. Ich will mir nicht einmal ausmalen, was passiert, wenn das ihrem ordenbehangenen Vater zu Ohren kommt.«

Saavedra lächelte siegessicher.

»Ihre Laster werden Ihnen noch mal zum Verhängnis.«

El Americano schwieg.

»Allerdings könnte ich in diesem Fall die junge Dame vielleicht dazu überreden, die Sache nicht zu Protokoll zu geben. Ich könnte ihr nahelegen, lieber auf den Pfad der Tugend zurückzukehren und sich neue Freunde zu suchen. Und damit wären dann alle zufrieden.«

Saavedra hielt dem Mafioso das Foto hin, als El Americano danach greifen wollte, zog er es jedoch rasch zurück und fügte hinzu:

»Dann müssten Sie allerdings Ihr plötzliches Bestreben aufgeben, unter die Parfümeure zu gehen, und mir die Kopie des verschwundenen Notizbuchs aushändigen.«

Saavedra gab seinem Gegenüber das Foto wieder und lächelte. Er hatte gewonnen, und wenn es nur dieses eine Mal war.

»Außerdem brauche ich den Namen der Person, die die Formel kaufen wollte.«

El Americano stieß ein Knurren aus. Es passte ihm gar nicht, von einem Polizisten aufs Kreuz gelegt zu werden und dabei auch noch ein lukratives Geschäft zu verlieren. Und das alles nur, weil er eine Vorliebe für riskante Feiern mit viel zu jungen Mädchen hatte.

Lange sah der Mafioso Saavedra an, während sich eisige Stille ausbreitete. Schließlich sprach El Americano mit blecherner Stimme den Namen aus, auf den der Inspector gewartet hatte.

Dann drehten sie sich um und gingen zu ihren Wagen zurück. Es war alles gesagt.

Saavedra dachte derweil bei sich, dass es in seinem Beruf wirklich nichts Neues gab. Immer wieder zeigte die menschliche Niedertracht ihr giftiges Gesicht.

2

Ein paar Tage nachdem Pablo sein Notizbuch zurückbekommen hatte, war er noch immer höchst beunruhigt. Natürlich war ihm klar, dass der Dieb aus seinem näheren Umfeld stammen musste, aber ausgerechnet Anselm?

Pablo konnte einfach nicht glauben, dass der Junge wirklich der Täter war, zumal Angèlica immer wieder betonte, dass man Anselm in eine Falle gelockt haben musste.

Am meisten beschäftigte Pablo die Frage, für wen das Heft eigentlich bestimmt gewesen war. Auf den letzten Seiten des Büchleins hatte er die verschiedenen Varianten des Duftes notiert, über den er schon einmal mit Angèlica gesprochen hatte. Zwar war eine definitive Formel noch nicht darunter, weil dem Parfüm aus seiner Sicht bisher die Seele fehlte. Aber er hatte keinen Zweifel daran, dass seine Aufzeichnungen einem anderen Parfümeur nützlich sein würden.

Die Frage war nun, ob der Dieb die Zeit gehabt hatte, die Informationen an einen möglichen Käufer weiterzugeben. Das Notizbuch war zwar wieder da, aber er hätte die Formeln schließlich auch abschreiben können.

Diese Dinge gingen Pablo durch den Kopf, während er an seinem Arbeitstisch im Labor die Post des Tages durchsah. Er bekam täglich so einige Briefe, und diesmal war eine Einladung zu einem Empfang im französischen Konsulat von Barcelona darunter.

Es war nicht ungewöhnlich, dass er zu einer solchen Veranstaltung eingeladen wurde. Durch seine Arbeit war er ein bekannter Mann, der sowohl von Spaniern als auch von Franzosen als Landsmann erachtet wurde.

Natürlich war strengste Etikette angesagt, und als Gastgeberin fungierte Senyora de Cubillies, die Ehefrau des französischen Botschafters in Madrid.

Pablo hielt die Einladung noch in der Hand, als Angèlica ins Labor kam, die er seit Anselms Festnahme nicht mehr hatte lachen sehen. Pablo vermisste ihren fröhlich leuchtenden Blick und die Scherze, mit denen sie normalerweise den Tag im Laboratorium auflockerte.

Plötzlich kam ihm jedoch eine Idee.

»Angèlica, Sie könnten mir bei einer Sache behilflich sein, kommen Sie doch bitte mal her.«

Ein wenig verwundert trat die junge Frau zu ihm. Er reichte ihr die Einladung und fragte, nachdem sie sie gelesen hatte:

»Was halten Sie davon?«

Angèlica zuckte nur mit den Achseln.

»Ich habe mich gefragt, ob Sie mir vielleicht den Gefallen tun würden, mit mir dorthin zu gehen.«

»Mir ist nun wirklich nicht nach feiern, Pablo.«

»Wie uns allen nicht«, entgegnete er ernst. »Aber gerade in so einem kritischen Moment sollten wir Mitarbeiter von Perfumes Donna uns doch in der Öffentlichkeit zeigen und den Anschein von Normalität wahren. Und Sie sind schließlich die zauberhafteste Botschafterin unseres Unternehmens.«

Ein schüchternes Lächeln zeigte sich auf dem Gesicht der jungen Frau.

»Wollen Sie mich im Namen der Firma auf dieses Fest begleiten?«

Angèlicas Lächeln wurde strahlender. Seit ihrem Kuss an jenem regnerischen Abend vor ein paar Wochen schien Pablo ihr aus dem Weg zu gehen. Er hatte sie nicht noch einmal um eine Verabredung gebeten und sprach eigentlich nur über berufliche Themen und in Anwesenheit anderer mit ihr. Sein Benehmen hatte sie verwirrt und traurig gemacht, und die junge Frau war zu dem Schluss gekommen, dass sie sich seinetwegen wohl falsche Hoffnungen gemacht hatte.

Danach war dann plötzlich so viel auf einmal passiert, so schreckliche Dinge, dass ihre Gefühle für ihn ganz in den Hintergrund getreten waren. Doch nun empfand sie seine Einladung zu dieser Veranstaltung plötzlich wie eine frische Brise inmitten all des Elends.

Natürlich hatte Angèlica durchschaut, dass Pablo sie eigentlich nur ablenken wollte. Aber er würde wieder mit ihr ausgehen, und das freute sie über alle Maßen. Deshalb leuchtete ihr Lächeln immer heller, als sie mit einem Nicken zustimmte.

3

Der Veranstaltungssaal des Konsulats erstrahlte am Abend der Feier in vollem Glanz. Wie ein Magnet hatte dieses Fest die höchsten Vertreter des neuen Regimes sowie die wichtigsten französischen Persönlichkeiten, die sich in der Stadt aufhielten, angezogen. In den letzten

Jahren hatte es nur wenig Gelegenheiten gegeben, Macht und Ansehen zur Schau zu stellen, weshalb die Menschen bei einem solchen Anlass begierig darauf waren, sich in der Öffentlichkeit zu zeigen.

Der Etikette gemäß trug Pablo einen Smoking mit schwarzer Hose und weißem Jackett mit einer Orchidee am Revers. Mit seinem bezaubernden Lächeln, den an den Schläfen ergrauten Haaren und dem tiefgründigen, faszinierenden Blick war er ein äußerst attraktiver Mann, der den typischen französischen Charme ausstrahlte. Angèlica leuchtete an seiner Seite im Glanz ihrer Jugend. Sie trug ein eierschalenfarbenes Chiffonkleid mit Herzausschnitt und schwarzer Spitze. Das Haar hatte sie sich zu einem Knoten hochgesteckt, dem nur ein paar verspielte Strähnen entkommen waren.

Als ein Kellner mit einem Tablett an sie herantrat, griff Pablo nach zwei Sektgläsern.

Während Angèlica an dem Champagner nippte, ließ sie den Blick über die anderen Gäste der eleganten Gesellschaft wandern, die überwiegend in Schwarz gekleidet waren. Plötzlich erhob sich im Saal deutlich vernehmbares Murmeln, das die Ankunft einer wichtigen Persönlichkeit ankündigte.

»Die Gattin des Botschafters!«, sagte eine Frau an Angèlicas Seite.

Das Paar wandte sich zum Eingang hin um, wo sich eine Menschentraube versammelt hatte, sodass man die eintreffende Gastgeberin zunächst überhaupt nicht erkennen konnte.

Dennoch begann Pablos Herz wild zu klopfen, als ihm auf einmal das intensive Aroma von Chanel No 5 in die Nase stieg. Aber er riss sich zusammen und schluckte die melancholischen Erinnerungen herunter.

Langsam bewegte sich die Frau des Botschafters auf die Mitte des Raumes zu, und noch bevor Pablo sie sah, hörte er ihre Stimme, die in seiner Erinnerung ein fernes, aber nicht vergessenes Echo wachrief. Auf einmal tobte in seiner Brust eine wilde Mischung aus Gefühlen.

Ihm wurde der Geruch von Regen und eine Abschiedsszene voll verzweifelter Küsse auf einem Pfad in Grasse wieder gegenwärtig.

Mit jedem Herzschlag empfand Pablo die Enge im Raum als erdrückender.

Um seine plötzliche Beklemmung zu überwinden, ließ Pablo Angèlica stehen und schob sich ungeduldig in die Menschenmenge, die die Frau des Botschafters umringte. In ihrer Mitte entdeckte er eine rothaarige Dame, die ihren wunderschönen Körper in eine mondfarbene Seidenrobe gehüllt hatte.

Sie drehte sich zu ihm um.

Pablo hatte das Gefühl, als wäre plötzlich die ganze Welt um ihn herum verschwunden. Während seine Füße ihn zu dieser Frau führten, auf diese strahlende Sonne zuhielten, brach in seinem Herzen ein Sturm los, der über alles andere hinwegfegte.

»Claudine…«, murmelte er. »Claudine…«

Wie süß dieser Name auf seiner Zunge schmeckte! Als er ihn aussprach, spürte er, wie er von Ruhe und Frieden erfüllt wurde. Es war ein ganz besonderer stiller Augenblick, und Pablo schloss kurz die Lider, als wolle er den Moment für immer festhalten. Da stieß jemand gegen ihn, und der Inhalt des Champagnerglases in seiner

Hand landete auf seinem makellos weißen Jackett. Er hörte eine nervöse Entschuldigung aus Claudines Mund.

Pablo suchte ihren Blick, und sie starrten einander fassungslos an.

4

»Es tut mir wirklich leid, Senyor, entschuldigen Sie bitte…«, murmelte Claudine vor sich hin und tupfte mit einem Taschentuch auf Pablos Anzugjacke herum.

»Frau Botschafterin, machen Sie sich keine Sorgen…«

Suchend sah sie sich um und flüsterte dann einer Frau etwas ins Ohr, bevor sie mit lauter Stimme hinzufügte:

»Anne, lassen Sie diesen Herrn doch bitte an einen ruhigen Ort bringen, damit er dort sein Jackett säubern kann.«

Dann wandte sie sich mit ihren großen grünen Augen wieder Pablo zu und sagte:

»Ich bin wirklich untröstlich, Senyor.«

Die Frau führte Pablo weg von der Gruppe neugieriger Zuschauer, unter denen sich auch Angèlica befand. Sie geleitete ihn einen leeren Gang entlang und brachte ihn in ein Büro des Konsulats.

»Wenn Sie bitte so freundlich wären, hier einen Moment zu warten…«

Als Pablo allein zurückblieb, zog er das befleckte Sakko aus und hängte es über eine Stuhllehne. Er sah sich im Büro um. Falls dies nicht der Arbeitsraum des Konsuls selbst war, dann aber vermutlich der eines führenden Mitarbeiters. Durch die Fenster blickte man auf den Garten des Konsulats. Pablo öffnete eines davon und atmete die hereinströmende duftende Luft ein. Es war März, und der Frühling stand vor der Tür. Pablo versuchte sich darauf einzustellen, was nun geschehen würde, während Claudines Bild in seinem Kopf und seinem Herzen tanzte. Noch einmal atmete er tief ein, als könnte er damit die intensiven Gefühle ein wenig abschwächen.

Dann ging endlich die Tür auf, und Claudine kam herein. Schweigend standen sie da und sahen sich an, während in Claudines Augen noch immer die Verblüffung zu lesen war.

»Pablo?«, sagte sie, als wolle sie sich vergewissern, dass er es auch wirklich war. Pablo trat an sie heran. Das sanfte Licht im Arbeitszimmer brachte Claudines weiße Haut zum Leuchten und erhellte ihr Gesicht. Er betrachtete seine einstige Geliebte hingebungsvoll, ließ den Blick über ihre Augen, den Mund und die Hände wandern, nahm ihre Bewegungen, ihre Art zu atmen in sich auf.

»Du …«

Unentschlossen huschte Claudines Blick über Pablos Züge, bis sie schließlich die Hand hob.

»Oh mein Gott, ich kann es einfach nicht fassen!«

Mit entschlossenen Schritten ging Claudine zum offenen Fenster hinüber und schaute hinaus. Mit dem Rücken zu Pablo betrachtete sie den Garten im weißen Mondlicht.

Pablo ließ sie dabei nicht aus den Augen. Es waren viel zu viele Jahre verstrichen, seit sie sich das letzte Mal gesehen hatten, eine lächerlich lange verlorene Zeit.

»Was kannst du nicht fassen?«, fragte er mit leiser, brüchiger Stimme.

Sie drehte sich zu ihm um und richtete ihre unvergleichlichen grünen Augen auf ihn, die Pablo so nie bei jemand anderem gesehen hatte.

»Entschuldige bitte, ich bin so durcheinander. Dass ich dich ausgerechnet hier und jetzt treffe …«

Als sie zum Schreibtisch hinüberging, beobachtete Pablo dabei jede ihrer Bewegungen in dem perlfarbenen Kleid, das ihre Figur umschmeichelte.

Ja, natürlich waren sie beide älter geworden, aber diese Claudine hier vor ihm war die Verkörperung reinster Weiblichkeit. Und Pablo erkannte auf einen Schlag, dass er sich all die Jahre etwas vorgemacht hatte. Er hatte sie nie vergessen und nie aufgehört, sie zu lieben. Aber Claudine hatte selbstverständlich recht. Welcher grausame Gott machte sich hier einen Spaß daraus, sie ausgerechnet in diesem Moment wieder zusammenzuführen?

Nach langem Schweigen sagte Pablo schließlich:

»Ich habe das Gefühl, dass dir unsere Begegnung unangenehm ist.«

»Nein, aber … Als ich dich da eben gesehen habe … So unerwartet …« Claudine presste sich die Hand aufs Herz, als wollte sie es beruhigen. Dann riss sie sich zusammen und richtete sich wieder kerzengerade auf. Als sie erneut sprach, klang ihre Stimme metallisch, und ihr Blick wirkte aufgewühlt wie ein stürmisches grünes Meer:

»Ich freue mich darüber, das musst du mir glauben. Zu wissen, dass es dir … so gut geht, macht mich wirklich froh. Aber du musst jetzt unbedingt gehen, weil wir nicht länger hier zusammen allein sein können, ohne Aufmerksamkeit zu erregen.«

Ohne den Blick von ihr zu lösen, nickte Pablo schwerfällig. Dann ging er zum Lehnstuhl hinüber und griff nach seinem Jackett, das er mit langsamen Bewegungen anzog. Er trat zur Tür und hielt sich mit geschlossenen Lidern einen Moment an der Klinke fest, da sich alles um ihn herum drehte. In diesem Augenblick verfluchte er sein Schicksal.

Bevor er ging, wandte sich Pablo noch einmal um und schaute zu Claudine hinüber.

»Übrigens finde ich es schön, dass du noch immer Chanel No 5 trägst. Wie ich sehe, hältst du deine Versprechen.«

Dann verschwand er abrupt und ließ die harten Worte zum Abschied im Raum stehen. Endlich allein, widersetzte sich Claudine nicht länger den Tränen, schlang die Arme um ihren Körper und weinte haltlos.

Niemals hätte sie gedacht, dass die Schatten der Vergangenheit je mit solcher Entschiedenheit aus ihrem verdammten Versteck hervordrängen würden.

5

Angèlica stieß erleichtert die angehaltene Luft aus, als Pablo den Festsaal wieder betrat. Sie eilte auf ihn zu:

»Pablo, geht es Ihnen gut?«

Sie erschauderte angesichts der neuen Härte, die in seinem Blick lag.

»Warum sollte es mir denn nicht gut gehen? Ich hab doch nur ein paar Tropfen Champagner abbekommen!«

»Ja … Aber ich hatte das Gefühl …«

Pablo griff nach ihrem Arm.

»Sie sind doch sicher müde, oder nicht, Senyoreta Parés? Vielleicht bringe ich Sie besser nach Hause.«

Angèlica hätte gern entgegnet, dass sie doch kaum vor einer Stunde hier eingetroffen waren und das Fest ja auch gerade erst losging, sagte jedoch nichts. Sie hatte einen Kloß im Hals und Tränen in den Augen. Pablos Worte hatten so kalt geklungen, dass sie ihm lieber wortlos nach draußen folgte.

Während sie in unbehaglichem Schweigen in einem Taxi zurück zur Rambla de Catalunya fuhren, klang Angèlica jener Satz in den Ohren, den Pablo am Abend ihrer Verabredung zum Tanzen zu ihr gesagt hatte: »Ich habe mich Hals über Kopf in ein Mädchen mit rotem Haar und wassergrünen Augen verliebt.«

Rotes Haar und grüne Augen, so wie bei der Gattin des Botschafters, deren Anwesenheit Pablo so aufgewühlt zu haben schien. Diese Frau hatte seinen Blick zu Stahl werden lassen und wie ein Geist aus der Vergangenheit gleichzeitig sein Lächeln und seine Freundlichkeit hinweggefegt.

Entscheidungen

Barcelona, März 1943

1

Draußen wurde es bereits dunkel, und Pablo schaute mit einem Glas Wein in der Hand durchs Fenster. Draußen schüttelte der Wind die Bäume, die mit ihren Ästen nach den Fenstern der unteren Stockwerke griffen.

Als es an der Wohnungstür klingelte und Pablo sich auf den Weg dorthin machte, rechnete er damit, das freundliche Gesicht der Witwe Maspons oder die neugierige Miene der Pförtnerin vor sich zu sehen. Doch stattdessen blickte er in Claudines grüne Augen und erstarrte.

»Darf ich reinkommen?«

Sein Herz begann schmerzhaft zu schlagen.

»Natürlich«, sagte er und war sich gar nicht dessen bewusst, dass er beinahe flüsterte.

Während er sie ins Wohnzimmer führte, betrachtete Claudine alles aufmerksam. Dann trat sie ans Balkonfenster und schaute auf die langsam dunkel werdende Carrer de Balmes. Pablo stand hinter ihr und konnte kaum fassen, dass diese reife, majestätische Frau wirklich Claudine war, seine Claudine.

»Kennst du die Stadt gut?«, fragte er schließlich.

Sie wandte sich zu ihm um.

»Ich lebe schon länger in Madrid, in Barcelona war ich erst ein paarmal.«

Schweigend schauten sie sich an und fingen plötzlich gleichzeitig an zu lachen.

»Das ist gar nicht so einfach, oder? Ich meine, nach so vielen Jahren ein Gespräch anzufangen«, sagte sie.

»Ich könnte dich zum Beispiel fragen, wie du an meine Adresse gekommen bist. Aber das dürfte für die Frau eines Botschafters ein Leichtes gewesen sein, oder?«

Claudine lächelte kokett.

»In diesem Land kann man innerhalb weniger Stunden alles herausfinden, was man über eine Person wissen möchte. Es gibt keine Information, die man hier nicht kaufen kann.«

Während sie sprach, goss Pablo ihr ein Glas Wein ein und reichte es ihr. Dann standen sie gemeinsam am Fenster und schauten hinaus, als würden sie den nächsten Schritt nicht wagen.

Nach einem Schluck stellte Claudine ihr Glas jedoch auf ein niedriges Tischchen und nahm ihren grünen Filzhut mit Feder ab.

»Ich habe deine beruflichen Erfolge während all dieser Jahre verfolgt. Wie du durch L'Acqua della Regina berühmt und dann durch Parfums Royal zu einem der besten Parfümeure Frankreichs geworden bist.«

Pablo lächelte.

»Aber du bleibst weiterhin Chanel No 5 treu, nicht wahr?«

Sie nickte mit melancholischem Blick.

»Ich habe alles über dich gelesen, was ich in die Hände

bekommen habe. Über deine Reisen und die Feiern, auf denen du mit deiner Frau zu Gast warst.«

Jetzt wirkte ihr Blick beunruhigt.

»Deine Frau … Sie kommt doch aus Grasse, oder? Lebt sie noch dort? Habt ihr euch getrennt? Wie ich herausfinden konnte, wohnst du hier schließlich allein …«

Pablo fiel ihr ins Wort:

»Sie ist tot.«

»Das tut mir leid.«

Er nickte und wechselte rasch das Thema.

»Und du? Wie sieht es mit deinem Leben aus?«

»Ich bin mit einem Diplomaten verheiratet und habe eine siebzehnjährige Tochter.«

Sie verstummte, als habe sie mit diesem Satz all die Jahre ohne Kontakt angemessen zusammengefasst und müsse nichts weiter hinzufügen.

Die beiden standen im inzwischen dunklen Wohnzimmer ganz nah beieinander, und nun trat Pablo noch einen weiteren Schritt an Claudine heran. Er löste ihr Haar, das sie sich zu einem Knoten hochgesteckt hatte, und strich mit der Hand darüber. In Claudines Augen brannte das Verlangen, als sie zu ihm aufschaute. Dann spürte sie seine Finger an ihrem Hals und wie er sie langsam zu sich heranzog.

Und endlich fanden sich ihre Lippen wieder, als wollten sie die dünne Schicht aus Eis zum Schmelzen bringen, die sich über die Vergangenheit gelegt hatte.

Pablo küsste Claudine ganz langsam und voller Hingabe, so wie früher, so wie er es jeden Tag seines Lebens hätte tun sollen. Und Claudine erwiderte seine Küsse mit warmen Lippen.

Nach und nach fand ihr Atem zum Gleichklang, während ihre bebenden Körper vor Lust zu zerspringen drohten.

2

Halb aufgerichtet ruhten sie Seite an Seite im Bett. Claudine hielt Pablos kräftigen Körper umschlungen, während er eine Hand in ihrem langen, weichen roten Haar vergrub und es mit den Fingern zärtlich kämmte. Es überraschte ihn, dass er noch genau gewusst hatte, wie seidig es sich anfühlte. Als wäre die Zeit genau im richtigen Moment stehen geblieben.

»Es wird Zeit für mich, Pablo, ich muss zurück nach Madrid. Mit meinem Besuch hier bei dir bin ich schon ein großes Risiko eingegangen …«

Ein Schleier der Traurigkeit lag über Claudines Stimme. Mehr sagte sie nicht, weil es nicht nötig war und sie ihm ja doch nur wehtun würde. Pablo fuhr ein letztes Mal mit dem Mund ihren Hals entlang und hinterließ auf ihrer Haut tröstliche kleine Küsse.

»Mach dir keine Sorgen und tu, was du tun musst«, sagte er, obwohl ihm klar war, dass Claudine gleich wieder einmal aus seinem Leben verschwinden würde. So wie früher. So wie immer.

Er wandte ihr den Rücken zu, um sich die aufsteigende Traurigkeit nicht anmerken zu lassen. Claudine presste die Wange gegen seinen muskulösen Rücken und fuhr dann mit den Fingern sehnsüchtig darüber.

Doch ihre Augen waren von einem neuen träumerischen Leuchten der Hoffnung erfüllt.

»Nein, Pablo. Jetzt, da ich dich endlich wiederhabe, wirst du mich so schnell nicht los. Ich komme zurück. Sobald ich es einrichten kann, sage ich dir Bescheid.«

Nachdem Claudine gegangen war, legte Pablo sich wieder in sein Bett. Dass er Claudine hier in Barcelona wiedergesehen hatte, dass er sie in die Arme geschlossen und sogar geliebt hatte, erschien ihm plötzlich wie ein Traum. Und doch war sie hier gewesen, hatte ihren Duft in seinem Bett und auf seiner Seele hinterlassen.

Er nahm eine Zigarette aus dem Päckchen, das immer auf seinem Nachttisch lag, und zündete sie an. Dann rauchte er genießerisch und betrachtete den Rauch, der spiralförmig zur Decke aufstieg. All die Erinnerungen, die er verdrängt hatte, stürmten nun auf ihn ein. Er dachte zurück an die Tage und Nächte, die er in Paris verbracht hatte, nachdem Claudine ihn dort verlassen hatte. Damals hatte die Finsternis ihre Hand nach ihm ausgestreckt, er hatte jedoch so schnell wie möglich den unendlichen Schmerz in einen versteckten Winkel seines Herzens verbannt. Um zu überleben. Bis jetzt.

Pablo drückte die Zigarette im Aschenbecher auf seinem Nachttisch aus und streckte sich lang aus, um endlich zur Ruhe zu kommen. Durchs Fenster fiel Mondlicht herein, und als er schon fast weggedämmert war, kam es ihm vor, als wäre Claudine niemals bei ihm gewesen, als wäre alles nur ein Zauber, ein Nebel der Erinnerungen gewesen. Doch dann nahm er erneut ihren Duft wahr. Und nahm ihn mit in den Schlaf.

3

Für Saavedra war der Fall des Notizbuchs nach seinem Treffen mit El Americano abgeschlossen. Der Inspector musste nur noch mit Modest Parés sprechen, den er in sein Büro an der Via Laietana bestellt hatte.

»Komm rein, Parés, setz dich doch«, sagte er, ohne aus seinem Lehnstuhl aufzustehen.

Modest Parés ließ sich mit ungeduldiger Miene auf einen Stuhl fallen. Der Kosmetikfabrikant war ein intelligenter Mann mit Intuition. Er konnte die Situation gut einschätzen und ahnte bereits, dass keine angenehmen Nachrichten auf ihn warteten. Was Saavedra zu sagen hatte, würde auf irgendeine Art und Weise sein Leben verändern. Auch wenn er es niemals zugeben würde, hatte Modest Parés seit seinem Aufbruch in Vilassar stets damit gerechnet, dass ihn die Finsternis irgendwann einholen würde. Schließlich trug er an einer schweren Schuld, und die Schatten rückten immer näher.

Saavedra redete nicht lange um den heißen Brei herum. »Dein Sohn hat dieses Notizbuch aus dem Labor gestohlen, Parés, und eine Kopie davon weitergegeben. Er war in Geldnot, weil er hohe Spielschulden hatte, und das vermutlich nicht zum ersten Mal, oder?«

Modest Parés gab keine Antwort.

»Diese Situation hat ein alter Bekannter von uns ausgenutzt, ein gefährlicher Mafioso, der über Leichen geht. Jemand hat ihm für den Diebstahl eures neuen Parfüms viel Geld geboten, und er brauchte dafür nur noch einen Verbündeten in eurer Firma.«

Modest Parés spürte, wie sich ihm bei diesen Enthüllungen der Magen umdrehte.

»Soll ich weiterreden?«, fragte Saavedra, als er bemerkte, wie bleich sein Gegenüber geworden war.

Der Geschäftsmann nickte kaum merklich.

»Er hat deinen Sohn beschatten lassen, um seine Schwächen herauszufinden, und ihm dann eine große Summe Geld geliehen, damit er seine Schulden bezahlen konnte. Damit saß dein Junge in der Falle. Und dann hat dieser Verbrecher Eugeni angeboten, ihm die Schulden im Gegenzug für einen kleinen Gefallen zu erlassen.«

»Verstehe«, sagte Parés. Was er jedoch nicht begriff, war, wie ein Sohn seinem Vater etwas Derartiges antun konnte. Die Enthüllungen des Inspectors durchbohrten ihm wie frisch geschliffene Messer die Seele.

Obwohl er kaum ein Wort herausbekam, wollte er wenigstens eine Sache noch erfahren:

»Verrätst du mir, wer die Formel kaufen wollte?«

Saavedra nickte.

»Ja, obwohl der Kerl für dich und deine Firma keine Gefahr mehr darstellt. Er hat mit eingezogenem Schwanz das Land wieder verlassen.«

»Er ist also Ausländer?«

»Franzose, genauer gesagt. André Goutal, der ehemalige Geschäftspartner deines Parfümeurs. Er hat sich mit den Deutschen arrangiert, um seine Firma zu halten, und hat ihnen einen ganz außergewöhnlichen Duft versprochen. Dazu kommt noch seine Wut auf Soto, der ihn seiner Meinung nach im Stich gelassen hat…«

»…und deshalb hat er es für das Leichteste gehalten, einfach unsere Formel zu stehlen.«

»Genau.«

Parés lehnte sich auf seinem Stuhl nach hinten. Plötzlich fühlte er sich unendlich müde, Saavedra war aber noch nicht fertig.

»Hör mal, Parés, ich kenne diesen Mafioso und weiß, wie rachsüchtig er ist. Aus seiner Sicht hat dein Sohn ihm da gerade ein einträgliches Geschäft vermasselt und ihm jede Menge Probleme bereitet. Außerdem ist da noch das Geld, das Eugeni ihm schuldet…«

»Schon klar«, unterbrach ihn Parés. Er hatte genau verstanden. »Was schlägst du vor?«

»Schick den Jungen irgendwohin, weit weg, bis sich die Wogen ein wenig geglättet haben.«

Modest blickte den Polizisten hilfesuchend an.

»Aber könnt ihr einen Verbrecher von diesem Kaliber denn nicht einbuchten?«

Saavedra hielt seinem Blick stand, antwortete jedoch nicht auf die Frage.

»Hör auf mich, Parés.«

Modest nickte am Boden zerstört. Das Denken fiel ihm schwer, als er benommen von dem unbequemen Stuhl aufstand und sich dabei mit den Händen auf den Knien abstützte, als wäre er plötzlich um zehn Jahre gealtert. Zum Abschied reichte er dem Inspector die Hand und flüsterte: »Danke.« Bevor er ging, fragte er aber noch:

»Den anderen Burschen, Anselm Huguet, lasst ihr doch wieder gehen, oder? Der ist schließlich unschuldig.«

Saavedra war bereits wieder mit seinen Papieren beschäftigt und blickte nicht einmal auf.

»Was das angeht, sind mir leider die Hände gebunden, Parés. Darum kümmert sich die Brigada Político-Social.«

Als Modest Parés nach draußen trat, bemühte er sich, Ordnung in das Gewirr seiner Gedanken zu bringen, das seine übliche Entschlossenheit bremste.

Er blieb mitten auf der Straße stehen.

Als Erstes musste er sich um Huguets Jungen kümmern, das war er seinem alten Freund schuldig. Dafür war er bereit, den restlichen Morgen oder nötigenfalls auch den ganzen Tag Klinken zu putzen. Er würde die langen Gänge zu den Büros der Mächtigen entlangmarschieren, wie er es schon so oft getan hatte, und bei jedem vorstellig werden, der ihm noch einen Gefallen schuldete. Und wenn es nicht anders ging, würde er drohen oder betteln und flehen.

Und danach war Eugeni an der Reihe. Doch wohin sollte er seinen Sohn schicken, wenn sich die halbe Welt im Krieg befand? Und wie in Gottes Namen sollte er das Valèria beibringen?

Modest Parés, der große Unternehmer, der Siegertyp, lehnte sich in dem schmutzigen, nach Urin riechenden Gässchen, in dem er sich befand, an eine bröckelige Hauswand. Mit einem Mal fühlte er sich wieder wie damals, wie der verschreckte junge Mann in Vilassar.

Aber nein, solche Schwäche durfte er sich in dieser Situation nicht erlauben.

4

Gereizt erteilte die Dame des Hauses dem Dienstpersonal Anweisungen und rauchte mit wütender, nervöser Miene eine Zigarette nach der anderen. In der ganzen Wohnung hörte man drohend ihre Absätze klappern. Sie wollte am Abend ausgehen und hatte auf dem Kostüm, das sie anziehen wollte, einen Fleck entdeckt. Dafür musste Matilde jetzt als Sündenbock herhalten, und Valèria brüllte herum, so als wäre die Haushälterin nicht nur für den Fleck, sondern selbst für den Zweiten Weltkrieg verantwortlich.

Als Matilde das Zimmer ihrer Dienstherrin wieder verließ, wirkte sie ungerührt. An derartige Szenen war sie längst gewöhnt, das gehörte zu ihrer Arbeit eben dazu. Sie kannte die Senyora und wusste, wie mit ihr umzugehen war. Wenn Valèria Parés auf diese Art und Weise die Nerven verlor, dann hielt man am besten den Mund und wartete ab, bis das Unwetter sich verzogen hatte. Allerdings würde Matilde dafür sorgen, dass für den Rest des Tages im Haushalt alles wie am Schnürchen lief. Sie wollte nun wirklich kein Öl ins Feuer gießen.

Zunächst machte sich die Haushälterin auf die Suche nach Rita. Die junge Frau bereitete ihr Sorgen, weil sie in letzter Zeit so abwesend wirkte. Matilde hatte sie ein paarmal in ihrem Zimmer weinen hören, und Rita war während der letzten beiden Wochen an ihrem freien Tag nicht ausgegangen. Stattdessen hatte sie erklärt, dass sie sich nicht wohlfühle und lieber zu Hause bleiben wolle. Matilde konnte nur hoffen, dass dabei Eugeni nicht wieder die Finger im Spiel hatte, dass er diesem noch so jungen, unschuldigen Wesen nicht wehgetan hatte.

Matilde fand das Hausmädchen im Salon, wo sie die Fenster putzte.

»Rita, wenn du damit fertig bist, geh bitte hinüber ins Arbeitszimmer des Herrn, wo wir gestern nicht alles geschafft haben. Bestimmt liegt da zwei Finger dick der Staub, und falls die Senyora dort zufällig nachschauen sollte, ist sonst das Gezeter wieder groß.«

Rita drehte sich nicht einmal zu ihr um.

»Hast du gehört?«

»Ja, ich soll das Arbeitszimmer sauber machen«, antwortete die junge Frau mit hohler Stimme.

Matilde seufzte und ging zur Küche weiter, um zu sehen, wie es dort lief.

Sobald Rita mit den Fenstern fertig war, machte sie sich mit dem Federwisch und ihrem Putzzubehör auf den Weg zum Arbeitszimmer des Hausherrn.

Dort fegte sie, schob den Dreck aufs Kehrblech und machte sich dann daran, auf dem großen Mahagonischreibtisch Staub zu wischen. Matilde hatte ihr eingeschärft, dazu immer den Federwisch zu benutzen und ja nichts anzufassen. Denn wenn sie irgendetwas verrückte, würde der Senyor es merken und furchtbar wütend werden. Mechanisch begann Rita mit ihrer Aufgabe, säuberte die Tischplatte, den Bereich mit den Schubladen … Von denen gab es auf jeder Seite des Sekretärs drei, die über ein Schloss in der obersten Lade zusammen abgeschlossen wurden.

Rita bemerkte, dass an diesem Tag das oberste Schubfach anders als sonst ein wenig offen stand. Vorsichtig zog sie es ganz auf und entdeckte darin alle möglichen Papiere, die wie beim Senyor üblich fein säuberlich geordnet waren. Ohne so genau zu wissen, warum, öffnete Rita auch die zweite Schublade, in der sie ein Kästchen mit Deckel entdeckte. Den glänzenden Gegenstand, den sie darin fand, hielt sie einen Moment mit beiden Händen fest und betrachtete ihn lange, bevor sie ihn dann in die Tasche ihrer Schürze steckte.

5

Auch Angèlica hatte in der Einsamkeit ihres Zimmers das Schimpfen ihrer Mutter und die eiligen Schritte des Personals in der ganzen Wohnung gehört.

Jeden Tag war Valèria schwerer zu ertragen. Sie interessierte sich nur für sich selbst, für ihr Aussehen, ihre Kleider und die verschiedenen Hilfsmittel, mit denen sie ihre einst so beeindruckende Schönheit zu erhalten versuchte.

Wieso bestand ihre Mutter nur ständig darauf, dass sie heiratete? Damit ihre Tochter wie sie selbst endete und ein genauso leeres, sinnloses Leben führte?

Angélica betrachtete sich im Spiegel ihres Frisiertischs. Wie naiv sie doch gewesen war, als sie sich wegen Pablo Hoffnungen gemacht hatte!

Wie euphorisch sie an jenem Abend gewesen war, an dem sie sich geküsst hatten! Aber leider hatte dieses

Glück nur kurz angehalten. Immerhin hatte Pablo ihr nichts vorgemacht und ihr von seiner Liebe zu jener rothaarigen Frau erzählt, die das Leben ihm entrissen hatte. Und nun war seine alte Liebe plötzlich wie ein Geist aus der Vergangenheit zurückgekehrt. Die Gattin des Botschafters… Seitdem war Angèlica nicht mehr im Labor gewesen. Sie konnte Anselms Abwesenheit und Pablos Schweigen nicht ertragen.

Stattdessen hatte sie sich feige zu Hause eingeschlossen.

Plötzlich stand die junge Frau auf und ging zum Schrank hinüber, nahm ein paar Kleidungsstücke heraus und warf sie aufs Bett. Anschließend verließ sie ihr Zimmer und machte sich auf die Suche nach Matilde, die sie in der Küche antraf.

»Matilde, bitte bring mir einen Koffer und gib Sebas Bescheid, damit er den Wagen fertig macht. Er soll mich in einer Stunde nach Vilassar bringen.«

»Nach Vilassar, Senyoreta?«, fragte Matilde überrascht. »Wollen Sie da etwa ganz alleine hin? Aber im Haus ist es doch jetzt viel zu kalt…«

Der jungen Frau standen Tränen in den Augen, aber ihre Stimme klang entschlossen und unbeirrbar:

»Ja, Matilde, ich fahre unbegleitet. Ich will nämlich allein sein.«

Die ferne Kindheit

Barcelona, März 1943

1

Der Tag nach Angèlicas Ankunft in Vilassar brach sanft und beschaulich an und duftete bereits nach Frühling.

Als die junge Frau einen Spaziergang zum Strand unternahm, wurde sie von der noch ein wenig schüchternen Sonne begleitet, die ihr den Nacken wärmte.

Angèlica setzte sich auf den feuchten Sand und betrachtete das Meer, genoss den Moment der so ersehnten Einsamkeit. Die warme Umarmung der Sonne machte sie ganz schläfrig, und das Murmeln der Wellen wirkte beruhigend. Angèlica schloss die Augen und sog den Geruch ein, der sie in ihre Kindheit zurückversetzte.

Nach und nach gelang es ihr, alle Gedanken aus ihrem Kopf zu verbannen. Langsam kam sie zur Ruhe, bis sie endlich von Frieden und Gelassenheit erfüllt war.

Und da kehrten die Bilder einer fernen Vergangenheit zu ihr zurück.

2

Angèlica erinnerte sich ganz genau daran, wie sie mit ihren Eltern zum ersten Mal nach Vilassar gekommen war. Es war an einem ganz typischen kalten und windigen Märzsonntag gewesen. Da Angèlica damals etwa acht oder neun Jahre alt gewesen war, musste es im Jahr 1927 oder 1928 gewesen sein. Ihre Mutter trug damals begeistert die Glockenhüte, die gerade in Mode waren, und hatte sich dafür extra einen kurzen Garçonne-Schnitt zugelegt, weil die engen, geraden Cloches bei längerem Haar nicht richtig passten.

Wie sehr Angèlica ihre schöne, elegante Mutter zu jener Zeit bewunderte!

Sie selbst hatte gerade einen ordentlichen Schuss in die Höhe gemacht und war deshalb dünn wie eine Bohnenstange. Erschaudernd dachte sie an den Mantel, den sie damals anhatte, bis zum Hals zugeknöpft und in einer fürchterlichen gelbgrünen Farbe.

Die Reise nach Vilassar unternahm die ganze Familie zusammen im Auto, wobei Modest selbst am Steuer saß, weil sie damals noch keinen Chauffeur hatten. Die Stimmung im Wagen war seltsam, und die Eltern sprachen während der ganzen Fahrt kein Wort miteinander.

Bei ihrer Ankunft parkte Modest Parés das Auto in einer Straße mit breiten Gehsteigen und kleinen Gärten zum Meer hin. Er erklärte ihnen, dass es sich um die Carrer de Sant Pau handelte, die Straße mit dem »größten Prestige« im Ort. Angèlica dachte bei sich, dass ihr Vater das ganz genau wissen musste, weil er ja in Vilassar geboren war. Valèria sah sich bloß mit kühlem Blick um und sagte nichts dazu.

Hohe Bäume schirmten die Carrer de Sant Pau von der Hauptstraße ab, obgleich in diesem Moment auch dort alles ruhig war. Angèlica überlegte glücklich, wie angenehm es im Sommer in deren Schatten wohl sein würde, wenn sie ihre Ferien hier in dem neuen Haus verbringen würden. Auf der anderen Seite der Hauptstraße gab es eine Promenade mit zum Meer hin ausgerichteten Bänken, auf denen damals aber niemand saß, weil es zu kalt war.

Sie wusste noch ganz genau, wie aufgeregt sie gewesen war. Angèlica fand alles wunderschön, hatte ein begeistertes Kribbeln in der Magengrube und wollte endlich wissen, welches Haus ihr Vater denn nun für den Sommer gekauft hatte. Diese Begeisterung teilte sie mit Modest, während Valèria und Eugeni wenig Interesse zeigten.

Schließlich lüftete ihr Vater das Geheimnis, führte sie zu einem der Häuser und verkündete stolz:

»Das hier ist es!« In Angèlicas Augen war es ein Haus wie aus dem Märchen. Das zweistöckige Gebäude war nicht besonders groß, hatte bunte Mosaike an Geländern und Friesen und einen Eingang, der in einem gartenähnlichen Hof lag.

Ihr Vater ging voraus, öffnete das Gittertor und führte seine Familie hinein. Als sie den Hof durchquerten, sah Angèlica diesen in ihrer Fantasie schon mit bunten Blumentöpfen dekoriert vor sich. Ihre Mutter hingegen setzte einen verächtlichen Blick auf und steckte sich beim Betreten des Hauses erst einmal eine Zigarette an.

Angèlica hörte, wie sie zu ihrem Vater sagte:

»Und hier soll ich den ganzen Sommer verbringen?«

Angèlica erinnerte sich noch gut an jenen ersten Sommer.

Sie dachte zum Beispiel an das Baden im Meer zurück, das für sie und ihren Bruder eine ganz neue Erfahrung gewesen war. Eugeni fand sich mit einem einteiligen gestreiften Badeanzug mit kurzer Hose und kurzen Ärmeln am Strand ein, während sie selbst zum Baden ein Matrosenkleid mit kurzer Hose darunter trug. Wie unbequem diese Schwimmbekleidung war, bemerkten sie damals gar nicht. Meistens begleitete Matilde sie zum Strand und rannte in ihrer Hausmädchenuniform verschwitzt hinter den Kindern her, die sie ganz schön auf Trab hielten, vor allem Eugeni.

Ihre Mutter fand es in Vilassar unendlich öde und langweilte sich dort zu Tode. Ohne ihre Freundinnen aus Barcelona, ihre Verabredungen und die Besuche bei der Schneiderin, ohne all das, womit Senyora Parés in der Stadt ihre Tage ausfüllte, wusste sie eben nichts mit sich anzufangen. Das Dorf gefiel ihr nicht, sie kannte niemanden, außerdem tobten die Kinder den ganzen Tag durchs Haus und gingen ihr auf die Nerven. Deshalb war sie ständig schlecht gelaunt, erst recht, wenn Modest am Wochenende nach Vilassar kam und sich auf zwei Tage mit seiner Familie freute. Für ihn war dieses Haus ein Symbol für all seine Ambitionen im Leben.

Dann waren regelmäßig Geschrei und lautes Türenschlagen zu hören, weil Valèria es ihrem Mann heimzahlen wollte, dass er sie ins Exil verbannt hatte. Und der arme Modest hatte keine Ahnung, wie er mit diesen Wutanfällen umgehen sollte.

Eines Tages hatte er die Idee, seiner Frau zum Geburtstag im Juli ein Klavier zu schenken.

»Du hast schon so lange nicht mehr gespielt«, sagte er. »Und so hast du wenigstens ein bisschen Ablenkung.«

Mit verächtlichem Blick zog sie am Mundstück ihrer Zigarette.

»Wie wäre es denn mit einem Klavierlehrer? Der könnte dann auch Angèlica unterrichten.«

Valèria war so furchtbar gelangweilt, dass sie schließlich zustimmte.

Der Klavierlehrer, den sie fanden, war ein attraktiver junger Mann mit romantischem Aussehen: Er hatte nach hinten gekämmtes schwarzes Haar und ein hageres bleiches Gesicht, dazu aber einen äußerst sinnlichen Mund, große dunkle Augen und die schlanken, zarten Finger eines Pianisten.

Durch die Klavierstunden wurde Valèrias Laune endlich besser, und alle im Ferienhaus atmeten auf. Angèlica wusste noch ganz genau, dass durch die Tür des Salons, in dem das Klavier stand, nicht nur die üblichen Tonleitern zu hören waren, sondern auch Gesprächsfetzen, Lachen und hier und da ein Stöhnen.

Ende August erschienen dann Anton Huguet und sein Sohn auf der Bildfläche.

Angèlica würde nie den Tag vergessen, an dem sie die beiden zum ersten Mal gesehen hatte. Es war am Abend eines unglaublich warmen Sonntags. Im Salon waren die Fensterläden geschlossen, sodass nur schwaches

Licht hereinfiel. Valèria döste auf dem Sofa vor sich hin, während die Kinder leise spielten. Sie wussten nämlich genau, wie viel Ärger es geben würde, wenn sie Lärm machten und ihre Mutter weckten.

Und dann kam Modest mit diesem unmöglich gekleideten Mann nach Hause, der seinen hinkenden Sohn dabeihatte.

Verärgert stand Valèria vom Sofa auf und starrte ihren Mann schweigend mit eisigem Blick an, bei dem einem angst und bange werden konnte.

Das war ihre Art, von ihm eine Erklärung zu verlangen, die sie jedoch nicht erhielt. Stattdessen stellte er den Mann einfach nur als einen alten Freund aus dem Ort vor und fügte noch hinzu, dass sie sich nun in sein Arbeitszimmer zurückziehen würden, weil sie etwas zu besprechen hatten.

Dann legte er dem Jungen, der etwa in Eugenis Alter war, die Hände auf die Schultern und sagte zu seinen Kindern:

»Dieser junge Mann heißt Anselm. Spielt mal schön mit ihm, während ich mich mit seinem Vater unterhalte.«

Eugeni starrte das fremde Kind voller Verachtung an und sagte:

»Aber der hinkt ja!«

Auf Valèrias Zügen zeigte sich ein Lächeln. Sie schien die große Klappe ihres Erstgeborenen immer furchtbar amüsant zu finden. Dieses Lächeln gefror jedoch, als Modest sich auf seinen Sohn stürzte und ihm eine Ohrfeige verpasste, bei der ihm die Lust auf weitere freche Sprüche verging.

Diese Erniedrigung sollten Valèria und Eugeni niemals vergessen, und beide konnten Anselm nicht ertragen, den sie immer bloß »Hinkefuß« nannten, als hätte er keinen Namen.

Als Anselm dann im Laufe der Jahre in ihrem Leben immer präsenter wurde, weil Modest seine schützende Hand über ihn hielt, wuchs ihr Hass auf den Jungen noch.

Valèria konnte einfach nicht verstehen, warum ihr Mann diesem Burschen die Schule bezahlte und ihn später auch noch im Familienbetrieb einstellte.

Vermutlich ahnte sie, dass Modest dafür triftige Gründe hatte. Allerdings gehörte sie zu den Menschen, die sich Problemen nicht stellten. Lieber redete sie sich ein, dass sie schon verschwinden würden, wenn man sie nur lange genug ignorierte.

Eugeni hatte seit der Ohrfeige beschlossen, dass er mit Anselm nichts zu tun haben wollte, und nutzte jede Gelegenheit, um seinem Altersgenossen eins auszuwischen.

Angèlica hingegen wusste von ihrer ersten Begegnung an, dass Anselm und sie gute Freunde werden würden. Der Junge hatte einen dunkelbraunen Lockenkopf und freundliche, lustige Augen, die etwas heller waren als sein Haar. Auf den ersten Blick war zu erkennen, dass er ein lieber Kerl war, aufgeweckt und mit großem Herzen. Wen scherte es da schon, dass bei ihm ein Bein kürzer als das andere war?

3

Das Krächzen von zwei Möwen rief Angèlica in die Gegenwart zurück. Sie bemerkte, dass sich die Sonne inzwischen hinter einer Wolke versteckt hatte und es allmählich kalt wurde. Deshalb erhob sie sich lieber und machte sich auf den Weg zurück nach Hause. Es war eine gute Idee gewesen, nach Vilassar zu kommen. Hier war alles viel einfacher und klarer.

Auf ihrem Weg nach Hause dachte sie darüber nach, was sie nun tun sollte. Wie Matilde vorhergesagt hatte, würde das Haus in Vilassar erst zu Beginn der Sommersaison wieder hergerichtet werden. Im Moment war es darin kalt, und die Möbel hielten unter weißen Laken Winterschlaf.

Das Hausmeisterehepaar hatte für Angèlica eilig ein Zimmer fertig gemacht und würde auch für sie kochen, aber lange konnte sie ganz allein nicht im Haus bleiben, das wäre wirklich eine merkwürdige Situation.

Mal abgesehen davon würden ihre Eltern ein riesiges Theater machen, sobald sie von ihrem kleinen Ausflug erfuhren. Ihr Vater war durchaus dazu in der Lage, hier aufzutauchen und sie wieder mit nach Hause zu nehmen. Angèlica musste jetzt eine Entscheidung treffen, von der womöglich ihre ganze Zukunft abhing.

All das ließ sie sich durch den Kopf gehen und verfluchte den Krieg, der die Welt fest im Griff hatte. Natürlich war das eine egoistische Sicht der Dinge, aber ohne diesen Konflikt hätte sie irgendwo weit weg studieren können, vielleicht in Paris.

Oder in Grasse, weil sie gehört hatte, dass sich dort zukünftige Parfümeure ausbilden ließen. Wobei sie davon natürlich erst ihren Vater hätte überzeugen müssen.

Aber es herrschte eben Krieg.

Wo sollte sie denn nur hin? Sie musste unbedingt eine Zeit lang raus, endlich einmal durchatmen …

Und da kam ihr plötzlich eine Idee.

Inzwischen befand sie sich schon in Sichtweite des Hauses und hatte es auf einmal furchtbar eilig. Wie der Blitz huschte sie hinein und nahm immer zwei Stufen auf einmal, bis sie am oberen Ende der Treppe die Bibliothek mit Blick auf den Garten erreichte.

Angèlica riss die Laken von den Möbeln und suchte herum, bis sie Briefpapier fand. Dann holte sie die alte Underwood aus ihrer Hülle und spannte das Blatt ein. Sie machte es sich, so gut es ging, in dem verwaisten Arbeitszimmer bequem und begann zu tippen.

Vilassar de Mar, 27.03.1943

Liebe Cristina,

voller Überraschung und Freude habe ich Deinen Brief mit der Nachricht von Deiner baldigen Mutterschaft erhalten. Ich kann es kaum fassen! Für mich war es ja schon ein seltsames Gefühl, dass meine beste Freundin sich in diesen gut aussehenden Kerl mit dem wichtigen langen Nachnamen verliebt hat und dann mit ihm nach Madrid verschwunden ist, um ihn zu heiraten! Und jetzt wirst

Du auch noch Mutter … Mir kommt es vor, als wäre es erst gestern gewesen, dass wir zusammen in der Schule waren!

Wenn man so weit entfernt voneinander lebt, dann ist es leicht, sich aus den Augen zu verlieren, meine liebe Cristina, viel zu leicht. Aber ich will Dich nicht vergessen und wäre bei diesem bedeutenden Meilenstein in Deinem Leben gern in Deiner Nähe.

Deshalb habe ich beschlossen, die Einladung anzunehmen, die Du mir gegenüber doch schon so oft ausgesprochen hast. Und zwar am besten, noch bevor das Kind auf die Welt kommt, weil Du dann bestimmt keine Zeit mehr für eine alte Freundin haben wirst.

Du und ich, wir haben uns doch immer die Wahrheit gesagt, oder, Cristina? Deshalb will ich Dir auch nicht verschweigen, dass ich Dich vor allem deshalb besuchen möchte, um eine Möglichkeit zu finden, länger in der Hauptstadt zu bleiben. Das muss ich einfach, ich brauche Abstand von so vielen Dingen, die mir kürzlich passiert sind. Worum es sich handelt, werde ich Dir ausführlich erklären, wenn wir erst zusammen sind und Gelegenheit für vertrauliche Gespräche haben, so wie früher.

Meinst Du, dass Dein Ehemann mit seiner einflussreichen Familie vielleicht eine Anstellung für mich finden könnte? Nur für ein paar Monate. Ich weiß auch nicht … eventuell könnte ich mich um Kinder kümmern oder als Verkäuferin in einem eleganten Geschäft arbeiten …

Ich muss lachen, wenn ich mir ausmale, was für ein Gesicht Du vermutlich gerade machst, meine liebe Freundin. Aber vertrau mir, ich brauche einfach dringend Abwechslung.

Wenn es Dir recht ist, dass ich Dich besuche, dann ruf mich doch bitte sobald wie möglich an. Ich selbst kann mich nicht telefonisch bei Dir melden, weil ich heute in Vilassar bin, aber ich kehre morgen nach Barcelona zurück.

Und ich hoffe wirklich, schon bald bei Dir zu sein.

Alles Liebe, Deine
Angèlica

Es gibt doch einen Gott

Barcelona, April 1943

1

Eugenis Verrat hatte seinen Vater schwer getroffen. Modest Parés' Familienleben war die Hölle, und die Regelung der Angelegenheit, die ihm noch bevorstand, lag ihm äußerst schwer im Magen. Er hatte seinen Sohn schon immer für verantwortungslos gehalten, für einen Nichtsnutz, der von seiner Mutter verwöhnt worden war und den er selbst nicht hatte zügeln können. Doch nun hatte Eugeni seinen wahren Charakter gezeigt: Er war ein durch und durch unmoralischer Mensch ohne Herz oder Gewissen. Deshalb war Modest inzwischen beinahe froh darüber, dass er ihn nun aus dem Haus jagen musste, obwohl ihn der Gedanke daran, wie Valèria wohl auf den unschönen Abschied von ihrem geliebten Sprössling reagieren würde, die Angelegenheit deutlich erschwerte.

An diesem Abend war das Ehepaar Parés bei Freunden zum Essen eingeladen, Modest gab jedoch vor, sich nicht wohlzufühlen, um zu Hause bleiben zu können. Er hatte Eugeni für Punkt acht Uhr zu sich bestellt, um ihn vor vollendete Tatsachen zu stellen.

Um Viertel vor acht saß Modest Parés im Salon und

stellte sich mental auf das anstehende Gespräch ein. In der Hand hielt er ein Ticket für einen Flug in die Schweiz.

Es waren harte Worte, mit denen er die Unterredung beginnen würde:

»Du verschwindest jetzt aus dieser Wohnung, weil du jedes Recht darauf verwirkt hast, hier zu leben und dich meinen Sohn zu nennen. Außerdem muss ich sonst wohl noch miterleben, wie die Kerle, mit denen du dich eingelassen hast, dich umbringen.«

Diese beiden Sätze wiederholte Modest Parés für sich schon seit Stunden. Es waren vermutlich die traurigsten Worte, die er je über die Lippen bringen würde. Wie sehr er sich wünschte, dass es nie so weit gekommen wäre!

Modest hatte Eugeni noch nie für übermäßig intelligent gehalten, dennoch war es ein Schock für ihn gewesen, dass er eine derartige Dummheit begangen hatte. Der Junge hatte alles kaputt gemacht, und das Schlimmste daran war, dass er damit seiner Mutter das Herz brechen würde.

Wie sollte Modest die ganze Sache nur Valèria beibringen?

Parés fuhr sich mit der Hand übers Gesicht, legte den Umschlag auf einen Beistelltisch und erhob sich mit bleischweren Beinen mühsam aus dem Sessel. Dann ging er zum Fenster hinüber, durch das man auf die Rambla de Catalunya hinuntersah.

Der Wechsel der Jahreszeiten sorgte für gewittrige Spannung in der Luft, die sich zum Abend hin noch verstärkte. Doch Modest achtete nicht auf das Wetter, sondern dachte nur daran, dass er seinen Sohn mit einem zivilen Flugzeug in die Schweiz schicken würde. Obgleich das Land neutral war, war der Weg dorthin nicht ungefährlich, und es konnte durchaus sein, dass dieser Flieger niemals ankommen würde. Aber wenn Eugeni in Barcelona blieb, war er so gut wie tot.

Was blieb ihm also anderes übrig?

Modest Parés wandte sich zu der Uhr auf dem Kaminsims um. Es war zehn vor acht.

2

Um Viertel vor acht überquerte Eugeni Parés auf dem Weg nach Hause die Carrer de la Diputació. Er ließ den Kopf hängen, weil er bei dem Gespräch mit seinem Vater das Schlimmste erwartete.

Modest Parés' Miene und Tonfall hatten dem jungen Mann klargemacht, dass es sich um etwas Ernstes handeln musste. Und falls sein Vater herausgefunden hatte, dass er hinter der Geschichte mit dem Notizbuch steckte, hätte er noch ein Problem, dabei war das alles doch schon schwierig genug!

Alberto hatte seinen Teil der Abmachung eingehalten und den Verdacht auf Anselm gelenkt. Dann hatte er Eugeni eine Kopie des Notizbuchs gegeben, die er an El Americano weitergereicht hatte. Eigentlich war er davon ausgegangen, dass er damit von seinen Schulden befreit war – bis zu dem Moment, an dem sowohl das Büchlein als auch die Kopie wieder aufgetaucht waren.

Was war da bloß passiert? El Americano hatte sich

nicht noch einmal mit ihm in Verbindung gesetzt, was Eugeni erst recht Sorgen bereitete. Ständig rechnete er damit, auf der Straße von den Männern des Mafioso überfallen und übel zugerichtet zu werden. Seine Angst war so groß, dass er sogar schon mit dem Gedanken gespielt hatte, seinem Vater die Wahrheit zu gestehen, damit er die ganze Sache in die Hand nehmen konnte.

Der junge Mann blieb mitten auf der Rambla de Catalunya kurz stehen, um sich eine Zigarette anzuzünden. Noch war es früh. Unsicher schaute er sich um und zog gierig an der Zigarette, als sollte es seine letzte sein. Er beruhigte sich etwas, als er merkte, wie still und verlassen die Straße dalag. Dann stieß er den Rauch aus und dachte daran, dass er schon viel zu lange mit dieser Last auf den Schultern lebte. Natürlich war er sich dessen bewusst, dass er für all seine Probleme selbst verantwortlich war. Und irgendwie ahnte er auch schon, dass ihm dieses Mal nicht einmal sein Vater helfen konnte.

Eugeni warf den Zigarettenstummel zu Boden, überquerte die Straße und ging auf das Gebäude zu, in dem seine Familie lebte. Dabei bemerkte er gar nicht, dass sich auf der rechten Seite El Americanos beeindruckender weinroter Ford Coupé Luxe näherte. Dafür blieb ihm keine Zeit. Denn bevor der Wagen ihn erreichte, ertönte von der Mitte der Rambla de Catalunya her ein Schuss und machte dem Leben von Eugeni Parés ein Ende.

3

Um fünf vor acht schaute Modest Parés noch immer mit geistesabwesendem Blick durchs Fenster auf die Rambla de Catalunya hinaus. Erst als er sah, wie Eugeni die Straße überquerte und auf das Haus zuhielt, erwachte er aus seinen finsteren Gedanken. Vor Schmerz zog sich ihm das Herz in der Brust zusammen. Der junge Mann dort unten war sein Sohn, und er würde es immer bleiben, auch wenn er sich noch so gedankenlos benahm. Modest liebte Eugeni, in den er all seine Hoffnungen gesetzt, für den er so große Zukunftspläne geschmiedet hatte. Und jetzt würde er ihn verlieren.

Vielleicht für immer.

Für weitere Überlegungen blieb ihm keine Zeit, weil in diesem Moment ein durch die Fensterscheibe gedämpfter Knall an sein Ohr drang. Entsetzt beobachtete Modest, wie Eugeni einer leblosen Puppe gleich zu Boden sank. Völlig außer sich stürzte Parés aus dem Salon. An der Wohnungstür hätte er beinahe die erschrockene Matilde überrannt, und im Treppenhaus lief er an Rita vorbei, ohne sie zu bemerken.

Modest sank an der Seite seines Sohnes auf die Knie. Zwischen Eugenis blonden Haaren war das blutende Einschussloch an der Schläfe gut zu erkennen. Der junge Mann hatte die Augen weit aufgerissen, die mit einem überraschten Ausdruck erstarrt waren.

Rita stieg ganz, ganz langsam die Treppe zum Hauptgeschoss hinauf und schien den Menschenauflauf, der sich auf der eben noch so leeren Straße bildete, gar nicht zu bemerken. Doch sie lächelte vor sich hin und dachte bei sich, dass es also doch einen Gott gab, dass er gut war und Sünder für ihre Vergehen büßen ließ.

4

Matilde war an der offenen Haustür stehen geblieben und wusste nicht so recht, was sie tun sollte. Sie ahnte, dass etwas Schlimmes passiert sein musste, was die Familie Parés betraf.

In dem Moment kam Rita herein, die leichenblass war, mit abwesendem Blick ihre Handtasche umklammert hielt und sie sich gegen die Brust presste.

»Rita, was ist nur passiert? Hast du den Senyor nicht gesehen? Er muss an dir vorbeigerannt sein.«

Rita jedoch hörte sie gar nicht, weil hinter ihren Schläfen das Blut rauschte und sie im Kopf völlig benebelt war. Sie hatte das verwirrende Gefühl, in eine neue, seltsame und unbekannte Realität gelangt zu sein. Wie von einer geheimnisvollen Macht gesteuert, betrat sie die Wohnung. Als sie wie ein Gespenst an Matilde vorbeiging, sprach sie einen Satz, der der Haushälterin das Blut in den Adern gefrieren ließ:

»Ich habe Senyoret Eugeni umgebracht.«

Und in diesem Moment erkannte Matilde, dass die Wirklichkeit manchmal selbst die dunkelsten Vorahnungen übertraf.

5

Auf diesen fürchterlichen Abend folgte eine Nacht voller Weinen und Wehklagen.

Sobald der Leichnam bewegt werden durfte, wurde er nach oben in die Wohnung gebracht und auf sein Bett gelegt.

Valèria hatte von ihrem Mann eine beunruhigende Nachricht erhalten und kehrte, mit dem Schlimmsten rechnend, eilig nach Hause zurück. Als sie ihren toten Sohn sah, brach sie zusammen und musste von einem Arzt versorgt werden.

Modest Parés lief zwischen dem Zimmer seiner Frau und dem seines Sohnes hin und her und konnte noch nicht fassen, was gerade passiert war.

Dabei fiel ihm gar nicht auf, dass Rita nirgendwo zu sehen war, die Matilde vorsorglich in ihrem Zimmer eingesperrt hatte.

Erst um zwei Uhr morgens schloss Matilde die Tür zum Zimmer des Dienstmädchens wieder auf. Die Haushälterin hatte rot geweinte Augen und fragte sich, was Rita mit diesem furchtbaren Satz wohl hatte sagen wollen. Bestimmt war ihre junge Kollegin nur durcheinander, weil sie den Mord mitangesehen hatte.

Matilde fand Rita auf dem Bett sitzend vor, genauso wie sie sie Stunden zuvor zurückgelassen hatte. Die junge Frau hatte sich nicht bewegt. Und sie hatte auch die Handtasche nicht sinken lassen, die sie noch immer an sich presste, als fürchte sie, jemand könne sie ihr wegnehmen.

»Meine arme Kleine«, murmelte Matilde, setzte sich zu ihr und strich ihr mütterlich übers Haar. »Was hast du denn da beobachtet?«

Rita starrte sie mit irrem Blick an, der der älteren Frau Angst machte.

»Ich hab ihn umgebracht, Matilde. Ich war's.«

»Du weißt ja gar nicht, was du da redest. Sicher stehst du bloß unter Schock.«

Statt zu antworten, öffnete Rita einfach nur ihre Handtasche und holte die Pistole hervor. Erschrocken starrte Matilde auf die Waffe und schlug sich die Hände vor den Mund, um einen Schrei zu unterdrücken.

»Nein … Das kann doch nicht sein …«

»Er hat mir wehgetan, Matilde, ganz furchtbar weh. Ich wollte bloß seine Wunden verarzten, aber dann hat er mich nicht mehr aus dem Zimmer gelassen …«

Die arme Haushälterin machte das Kreuzzeichen, während in Ritas Augen Tränen aufstiegen und die ganze Wahrheit aus ihr herausbrach. Endlich konnte sie das Gefühl des Entsetzens mit jemandem teilen, das sie in all den einsamen Stunden in ihrem Zimmer erfüllt hatte, während sie sich Rache geschworen hatte.

»Ich wollte nicht, dass er mir wieder wehtut. Matilde, ich hatte solche Angst. Du hattest mich ja gewarnt, aber ich war so dumm und wollte nicht hören.«

Weinend umarmten sie einander. Der Revolver lag nun auf Ritas Schoß, und die junge Frau konnte den Blick nicht davon abwenden.

»Der Senyor hat vor ein paar Tagen seine Schreibtischschubladen offen gelassen, und da hab ich die Pistole eingesteckt, die er darin aufbewahrt. Weißt du, er hat das gar nicht bemerkt. Willst du sie dir mal anschauen?«, fragte Rita und hielt Matilde die kleine und leichte silberfarbene Waffe entgegen.

Ihre Kollegin wich entsetzt zurück.

»Siehst du, die wiegt gar nicht viel! Ich hab mir gedacht, dass das Zielen mit so einer Pistole noch viel einfacher sein muss als mit Vaters Jagdgewehr. Zu Hause durfte ich manchmal damit schießen, und es war ein berauschendes Gefühl.«

Die Erinnerung ließ sie lächeln und brachte wieder ein wenig Farbe auf ihre bleichen Wangen. Entschieden fuhr sie sich mit der Hand übers Gesicht, um die Tränen wegzuwischen.

»Ich hab vor dem Haus gewartet, bis der junge Herr zurückgekommen ist, und dann hab ich die Pistole mit beiden Händen gepackt und auf seinen Kopf gezielt. So.«

Rita wiederholte die Geste, mit der sie ein paar Stunden zuvor dem Leben von Eugeni Parés ein Ende gemacht hatte. Matilde konnte einfach nicht fassen, was sie hier hörte und sah.

»Oh mein Gott!«

Da legte ihre junge Kollegin die Pistole aufs Bett und liebkoste das tränenüberströmte Gesicht der Frau, die sie wie eine Mutter liebte.

»Wein doch nicht, Matilde. Verstehst du denn nicht? Der kann jetzt niemandem mehr wehtun.«

»Aber mein Mädchen … und was wird aus dir?«

Mit angsterfülltem Blick sahen sie einander an. Bisher war in Ritas Kopf für etwas anderes als ihre Rache kein

Platz gewesen. Es war, als hätte die normale Rita aufgehört zu existieren, und sie hatte nicht ein Mal über die Konsequenzen ihrer Tat nachgedacht.

»Ich werd einfach alles gestehen«, beschloss sie und griff erneut nach der Pistole, um sie wieder in ihrer Handtasche zu verstauen.

Matilde jedoch nahm ihr die Waffe ab und sprang auf. Mit leiser, ernster Stimme redete sie auf das Dienstmädchen ein:

»Der ist es nun wirklich nicht wert, dass du dir seinetwegen das Leben ruinierst.«

Dann verbesserte sie sich:

»Er *war* es nicht wert.«

»Matilde, aber ich muss doch die Wahrheit sagen«, antwortete die junge Frau und schaute zu ihrer Kollegin auf.

»Nein! Ich kümmere mich um die Pistole! Wir hätten es wahrscheinlich mitbekommen, wenn der Senyor das Ding vermisst hätte. Und wenn es ihm wirklich nicht aufgefallen ist, dann gibt es auch eine Lösung. Die Polizei wird dich sicher fragen, was du heute so gemacht hast. Und du musst dann antworten, dass du den ganzen Tag nicht aus dem Haus gegangen bist. Ich werde das bestätigen.«

»Aber Senyor Parés ...«

»Hier hat heute niemand irgendetwas mitbekommen, Rita. Und deshalb ist das, was wir zu Protokoll geben, eben die Wahrheit. Du hast den ganzen Tag die Wohnung nicht verlassen. Verstanden?«

Rita starrte Matilde aus großen Augen an und nickte dann langsam.

Eine Flasche Chanel

Barcelona, April 1943

1

Claudine hatte Pablo am Abend angerufen, weil sie in Barcelona war und die beiden die Nacht zusammen verbringen konnten.

Zufrieden lächelte der Parfümeur. Endlich würden sie sich wiedersehen! Obwohl seit ihrer unverhofften Begegnung erst ein paar Wochen verstrichen waren, hatte seine Geliebte es eingerichtet, jetzt schon nach Barcelona zurückzukehren. Seinetwegen! Dieses Mal hielt Claudine also ihr Versprechen. Weil das Herz in seiner Brust raste, dachte Pablo bei sich, dass die Stunden der Vorfreude an diesem Tag wohl genauso intensiv sein würden wie ihr Wiedersehen selbst. Trotz allem ging ihm dabei eine Frage nicht aus dem Kopf: Und was dann? Was konnten Claudine und er denn von dieser Liebe erwarten, die nach so vielen Jahren in ihr Leben zurückgekehrt war?

Deshalb hatte sein Lächeln für Pablo einen bitteren Beigeschmack. Er wusste ja, dass er sich seine Fragen besser verkniff, weil er keinerlei Ansprüche stellen durfte. Das Leben hatte ihm zwar Claudines Rückkehr beschert, aber dadurch auch eine gemeinsame Zukunft? Nein.

An die Zukunft durfte er nicht denken. Sein Leben war die Gegenwart, und diese Gegenwart würde gleich Claudines Gestalt annehmen. Pablo verbannte aus seinem Herzen auch den letzten Funken Hoffnung.

Um Punkt acht Uhr abends setzte ein Taxi Claudine vor dem Eingang des Gebäudes ab. Pepita, die Pförtnerin, sah sie aussteigen und erkannte in ihr gleich die elegante Dame wieder, die Senyor Soto vor nicht allzu langer Zeit schon einmal besucht hatte. Für die Portiersfrau sah die Fremde aus wie ein Filmstar, wie eine dieser Schauspielerinnen mit schwer auszusprechendem Namen.

Die Dame betrat das Gebäude, schaute Pepita aus ihren ruhigen grünen Augen an und grüßte mit einer Kopfbewegung.

Pepita erwiderte die Geste mit offenem Mund und bestaunte dabei die elegante zweireihige Jacke, die eine zarte Wespentaille zur Schau stellte. Sie bewunderte den knielangen Rock, den nach vorn geneigten Hut mit Blume und einem kleinen Schleier und natürlich die Schuhe mit den hohen Absätzen sowie die Handtasche, die am Ellbogen der fremden Dame hing.

Als Pablo Claudine die Tür öffnete, stand ein belustigter Ausdruck in ihren Augen.

»Eure Pförtnerin bewacht euer Haus ja wie ein General seine Truppe.«

Pablo verdrehte die Augen.

»Das kannst du laut sagen.«

Sie lachten mit glücklichem, sehnsüchtigem Blick.

»Wie lange kannst du dieses Mal bleiben?«, fragte er.

»Die ganze Nacht.«

Claudine nahm den Hut ab und befreite ihr rotes Haar, das nach dem Jasmin und den Rosen von Chanel No 5 duftete.

Sie wiederholte:

»Die ganze Nacht.«

2

Den nackten Körper in ein Laken gehüllt, sah Claudine mit ruhigem Gesichtsausdruck dabei zu, wie sich Pablos Brustkorb im Schlaf sanft hob und senkte. Sie dachte daran, wie lange sie sich bereits kannten und wie viel in dieser Zeit passiert war.

Noch einmal rief sie sich in Erinnerung, wie sie einander im Geschäft von Coco Chanel begegnet waren und eine Woche der Liebe in Paris verlebt hatten. Und wie sie Pablo dann verlassen hatte, weil sie sich nicht dazu in der Lage gefühlt hatte, alles andere hinter sich zu lassen. Sie war damals ja noch so jung gewesen!

Diese Entscheidung hatte sie dann jeden Tag ihres Lebens bereut. Nicht etwa, weil ihr Leben so furchtbar gewesen wäre, sondern einfach deshalb, weil sie nicht glücklich gewesen war. Sie hatte an der Seite eines guten Menschen gelebt, in den sie zwar nie verliebt gewesen war, den sie jedoch zu respektieren gelernt hatte. Und sie war Mutter eines zauberhaften Mädchens geworden. Die Zeit nach der Geburt ihrer Tochter war eine süße Atempause gewesen, während der die Mutterpflichten sie von ihrer unerfüllten Sehnsucht abgelenkt hatten.

Aber Kinder werden irgendwann groß, und mit einer jugendlichen Tochter war Claudine in ihr bequemes Luxusleben zurückgekehrt, in dem es aber an Gefühlen fehlte. Und deshalb verging kein Tag, an dem sie nicht an den einzigen Mann dachte, den sie je geliebt hatte. Innerlich sah sie ständig das aparte Gesicht mit dem rebellischen Haar vor sich. Die sanften Augen, die zu leuchten begannen, wenn er sie anblickte.

Claudine hatte all die Zeit über große Anstrengungen aufbringen müssen, um das Verlangen nach Pablo zu verdrängen. Das war für sie ein ewiger Kampf gewesen, und nun fing nach all den Jahren alles wieder von Neuem an. Ihre Geschichte, ihre Liebe, ihre Leidenschaft ging dort weiter, wo einst alles aufgehört hatte.

Als wäre nichts geschehen. Ohne Fragen zu stellen, dankten sie einfach nur dem Leben dafür, dass es ihnen diese neue Gelegenheit bot.

Claudine wandte sich von Pablo ab und schaute zum Fenster hinüber, hinter dem hell und grau der Morgen anbrach.

»Als wäre gar nichts passiert«, sagte sie sich leise. Dabei war doch so viel geschehen! Seit ihrem Wiedersehen hatten sie wenig über sich selbst gesprochen, dennoch war ihr klar, dass Pablos Leben trotz seiner beruflichen Erfolge nicht einfach gewesen war. Deshalb hatte er sich verändert, vielleicht sogar schon an jenem Tag, an dem Claudine ihn und Paris hinter sich gelassen hatte. Nun stand in seinen Augen ein neuer Blick: trauriger, besorgter. Und sein Lächeln, dieses für Claudine so unvergessliche Lächeln, erhellte seine Züge nicht mehr so oft wie zuvor.

Pablo hatte ihr erklärt, dass er nach Barcelona zurückgekehrt war, um einen Neuanfang zu wagen und seine durch den Krieg unterbrochene Karriere wieder in Gang zu bringen. Claudine ahnte jedoch, dass es da noch etwas anderes gab und Pablos Seele von tiefem Schmerz erfüllt war. Von einem Schmerz, den er nicht mit ihr teilte, weil er keine gemeinsame Empfindung war.

Einerseits wollte Claudine gern glauben, dass sich zwischen ihnen nichts verändert hatte. Andererseits hatte sie doch offensichtlich alte Wunden wieder aufgerissen, als sie dem jahrelangen Verlangen nachgegeben und sich Pablo in die Arme geworfen hatte. Was hatte sie sich dabei bloß gedacht? Hatte sie währenddessen auch nur einen Gedanken an die anderen Menschen in ihrem Leben verschwendet? Und was konnte sie denn von dieser Beziehung erwarten? Was konnte sie Pablo geben? Und er ihr? Pablo war noch immer der leidenschaftliche Liebhaber aus ihrer Erinnerung, aber er sah sie nicht mehr mit dem gleichen Blick an.

Tief in ihrem Inneren nagte an Claudine die Gewissheit, dass sie ihre Chance verpasst hatten. Leider gab es für sie beide kein Zurück mehr. Während draußen träge die Minuten bis zur Dämmerung verstrichen, richtete Claudine sich auf und begann sich leise anzuziehen. Sie hatte einen Kloß im Hals, der ihr das Atmen schwer machte. Aber sie blieb ruhig und würde tun, was sie tun musste. Barfuß ging sie zum Fenster hinüber und schaute nach draußen, wo sich bleiern und grau das erste Licht des Tages zeigte.

Feiner, aber stetiger Regen lief an der Scheibe hinunter. Claudine zeichnete seinen Weg mit dem Finger nach und zuckte zusammen, als Pablos verschlafene Stimme erklang.

»Willst du etwa schon wieder verschwinden, ohne dich von mir zu verabschieden?«

Claudine drehte sich zu ihm um und stellte sich seinem eindringlichen Blick. Ihre Kehle war immer noch wie zugeschnürt, und etwas lag ihr schwer im Magen – die Gewissheit, dass ihre Traurigkeit nie ein Ende finden würde.

»Mein Geliebter … So ist es einfach das Beste.«

»Für wen denn?«

»Für dich. Und auch für mich.«

In Claudines Augen stand der schmerzliche Verlust geschrieben, den sie empfand.

»Dass wir einander wiederbegegnet sind, war eine wunderbare Überraschung, ein wahrer Traum! Wir haben beide davon geträumt, in die Vergangenheit zurückzukehren und die verlorenen Jahre aufzuholen … Aber das geht nicht. Wir können die Uhr nicht zurückdrehen und ändern, was einmal geschehen ist.«

Sie seufzte, während sie zu Pablo hinüberging und ihn mit liebevollem, traurigem Blick liebkoste.

»Wir sollten uns wirklich nichts vormachen, sonst tun wir uns ja doch wieder nur weh. Das Leben hat uns hier lediglich die Möglichkeit geboten, eine Tür zu schließen, die einst offen geblieben ist. Ja, das Schicksal gibt uns die Gelegenheit, uns ohne Groll Lebewohl zu sagen.«

Claudine biss sich auf die Lippe und schluckte die Tränen herunter. Vermutlich sahen sie sich gerade zum letzten Mal, und sie wollte in Pablos Erinnerung nun wirklich nicht das Bild einer weinenden Claudine hinterlassen.

Pablo regte sich nicht, während er mit der Lawine von widersprüchlichen Gefühlen kämpfte, die ihn mitzureißen drohte. Er richtete sich ein wenig auf, streckte die Arme aus und zog Claudine an sich.

Schweigend ließen sie die Minuten verstreichen und genossen die Umarmung, die ihren endgültigen Abschied bedeutete.

Schließlich machte sich Claudine von Pablo los, stand auf und holte Handschuhe, Hut und Handtasche.

Sie durfte keine Zeit mehr verlieren. Wenn sie nicht sofort ging, würde sie es vielleicht niemals tun.

Sie drückte einen Kuss auf ihre Finger und hauchte ihn zu Pablo hinüber.

Dann verschwand sie aus der Wohnung.

3

Claudine zog sich auf dem Weg die Treppe hinunter fertig an. Barfuß erreichte sie den Eingangsbereich des Gebäudes, wo Pepita bereits den Wischmopp schwang. Die Pförtnerin stand immer besonders früh auf, damit niemand sie dabei störte, weil sie keine Fußabdrücke auf ihrem frisch gefeudelten Boden ertrug.

Deshalb starrte sie Claudine mit finsterem Blick an, als sie sie mit den Schuhen in der Hand und verknitterter, eilig übergestreifter Kleidung entdeckte.

Claudine lächelte jedoch und zog sich mit einer eleganten Bewegung die Schuhe an. Dann richtete sie sich auf den Absätzen auf, um ihre typische stolze Haltung einzunehmen, was ihr ohne große Schwierigkeiten gelang.

Aus ihrer Tasche holte sie einen Flakon Chanel No 5 hervor und reichte ihn der Pförtnerin.

»Das ist für Sie«, sagte sie auf Französisch.

Pepita stand schweigend da und starrte die elegante Dame verständnislos an. Mit ihren vom Putzen und Waschen roten Händen griff sie nach der erlesenen Parfümflasche und blickte die fremde Frau an, die ihr immer noch wie ein Wesen aus einer anderen Welt erschien.

Claudine fügte noch hinzu:

»Die brauche ich jetzt nicht mehr.«

Dann ging sie.

4

Pablo verbrachte den ganzen regnerischen Sonntag allein in seiner Wohnung, wo er über Claudines Abschied und ihre Worte nachdachte. Trotz des Schmerzes, den sie in ihm ausgelöst hatten, hatte er das Gefühl, als würde plötzlich in einem vor langer Zeit vorherbestimmten Plan jedes Puzzleteil an die richtige Stelle fallen. Auch wenn er noch spüren konnte, wie Claudines Finger seine Wange entlangfuhren und ihn ihre Haarspitzen streiften!

Aber sie hatte ja recht: Das Leben hatte ihnen hiermit die Gelegenheit gegeben, sich auf süße Art und Weise ohne Missgunst voneinander zu verabschieden. Die Tür zu der Liebe, die sie einst miteinander verbunden hatte, schloss sich hinter ihnen. Und tatsächlich war Pablo auf einmal von Ruhe und Frieden erfüllt, obwohl er auch wusste, dass er Claudine nie vergessen würde. Nur das Gefühl, dass es für ihn ohne Claudine keine Zukunft geben konnte, war plötzlich verschwunden. Vielleicht, weil die Verbindung zwischen ihnen schon vor langer, viel zu langer Zeit gekappt worden war. Womöglich lag es aber auch daran, dass es in seinem Leben nun ein neues frisches Aroma gab, das ihn mit gelassener Freude erfüllte und ihm neue Hoffnung verlieh, durch das er sich lebendig fühlte.

Angèlicas Duft.

Pablo rieb sich die Augen und lächelte. Was für ein verwegener Gedanke! Immerhin gab es da einen Altersunterschied von … vielleicht fünfzehn Jahren? Allerdings musste er sich eingestehen, dass die Klugheit und der Charme der jungen Frau ihn bezauberten.

An jenem regnerischen Abend hatte Angèlica ihn mit ihrem Kuss betört, aber zu mehr hatte er es nicht kommen lassen, um sein Leben nicht noch komplizierter zu machen und vor allem um Angèlica nicht wehzutun.

In diesem Moment riss ihn das Klingeln des Telefons aus seinen Gedanken.

Am anderen Ende war sein Kollege Martí Rovira, und was er zu sagen hatte, ließ Pablo das Blut in den Adern gefrieren.

Die Seele eines Parfüms

Barcelona, April 1943

1

Die Nachricht verbreitete sich schnell in Barcelona. Ein solcher Vorfall ließ sich nicht vertuschen, verschweigen oder herunterspielen. Deshalb war in kürzester Zeit allgemein bekannt, dass der Sohn von Modest Parés, dem Eigentümer von Perfumes Donna, vor seiner eigenen Haustür ermordet worden war. Tragischerweise hatte sein Vater die Szene von der Wohnung aus mit ansehen müssen, aber nicht erkennen können, wer seinen Sohn niedergestreckt hatte. Weitere Zeugen gab es nicht.

Bei der Trauerfeier an einem regnerischen Samstag war die Kirche bis auf den letzten Platz gefüllt. Es waren viele Verwandte von Valèria Casanoves gekommen. Auch das gesamte Personal der Firma war da sowie etliche von Modest Parés' Kontakten: Leute, die ihm noch einen Gefallen schuldeten oder auf gute Geschäfte mit seiner aufstrebenden Firma hofften.

Die Bourgeoisie, die sich eifrig mit der neuen Macht im Staat arrangiert hatte, darunter etliche von Valèrias Freundinnen, war ebenfalls zahlreich vertreten.

Auch viele junge Leute, Freunde des Verstorbenen, waren gekommen.

Und dann waren da noch die Bediensteten: die Haushälterin, die Köchin, ein junges Dienstmädchen und der Chauffeur.

Darüber hinaus viele, viele Neugierige.

Der vom Schmerz zerrissene Vater musste von seiner ganz in Schwarz gekleideten Tochter Angèlica gestützt werden, die das Gesicht hinter einem Schleier verbarg.

Valèria Casanoves hingegen nahm nicht an der Trauerfeier teil. Unter den Anwesenden erzählte man sich, dass sie mit Medikamenten ruhiggestellt werden musste und diesen schweren Schlag wohl niemals verkraften würde.

Als der Verstorbene anschließend zur Beerdigung auf den Cementiri de Montjuïc gebracht wurde, war die Trauergemeinde auf eine kleinere Gruppe zusammengeschrumpft. Vor dem Familiengrab der Casanoves warteten nur noch die Angehörigen und ein paar Freunde auf den Sarg mit Eugenis sterblichen Überresten.

Bei der Grabstätte handelte es sich um ein enormes Mausoleum mit breiter Basis und einem von einer Frauenstatue gekrönten Obelisken. Valèrias Großvater hatte es errichten lassen, und seit 1914 wurden darin die Toten der Familie bestattet. Valèria hatte immer gewusst, dass man einst sie hier zur Ruhe betten würde. Aber nie hätte sie sich träumen lassen, dass Eugeni noch vor ihr dort zu Grabe getragen werden würde.

Auch Pablo war zum Friedhof gekommen, um sich von Eugeni zu verabschieden, und hielt sich diskret im Hintergrund. Hier und da hörte er Kommentare von Anwesenden, die den undurchsichtigen Vorfall zu erklären versuchten. Alle schienen sich die gleichen Fragen zu stellen; Antworten darauf hatte aber niemand. Als Pablo von dem Tod des jungen Mannes erfahren hatte, hätte er sich am liebsten gleich bei Parés und vor allem Angèlica gemeldet. Aber er wusste ja leider aus Erfahrung, wie man sich in solchen Situationen fühlt. Daher hielt er es für angemessener, den Schmerz der ersten Stunden zu respektieren und mit seinen Beileidsbekundungen bis zur Beerdigung zu warten. Dabei sehnte er sich so sehr danach, Angèlica wiederzusehen und ihr Trost zu spenden.

Nun beobachtete Pablo von Weitem, wie sie vor dem Familiengrab stand und ihren Vater stützte. Sie wirkte zarter und verletzlicher als je zuvor, und Pablo spürte, wie sein Herz zu klopfen begann und in ihm ein schmerzhaftes Sehnen aufstieg. Angèlicas Trauer und ihre Zerbrechlichkeit taten ihm in tiefster Seele weh und ließen ihm einen kalten Schauder über den Rücken laufen.

Wie sehr er das unschuldige Lächeln auf ihren Lippen vermisste, die Zärtlichkeit in ihrem Blick, wenn sie ihn bewundernd ansah! Wie sehr ihm Angèlica fehlte! Die Angèlica mit ihrem fröhlichen Plappern, dem herzlichen Lachen, all der Freude und Begeisterungsfähigkeit. Die Angèlica, die ihn in einer Winternacht im Regen schüchtern geküsst hatte.

Angèlica.

Warmer Trost an einem regnerischen Abend.

Das Parfüm seines neuen Lebens.

Pablo schloss die Augen, um das erlesene Aroma dieses Parfüms erschnuppern zu können.

2

Die Wohnung der Familie Parés wirkte in dieser düsteren Zeit wie eine Grabkammer. Den ganzen Tag über waren die Fensterläden geschlossen, und das neue Frühlingslicht blieb ausgesperrt.

Verzweifelt klammerte sich Modest Parés an die Hoffnung, dass Valèria sich irgendwann wieder erholen würde. Doch wenn die Wirkung der Beruhigungsmittel nachließ, erfüllte das laute Weinen seiner Frau die Räume der Familienresidenz und ging all ihren Bewohnern durch Mark und Bein. Valèria wollte niemanden sehen und ertrug keine tröstenden Worte, weder die Gesellschaft von Modest noch von Angèlica. Und immer wieder stellte sie die Frage, warum der Tod ihr ausgerechnet ihren Sohn entrissen hatte.

Wenn Valèria dank der verabreichten Medikamente schlief, blieb Modest die ganze Zeit an ihrer Seite. Dann erzählte er seiner Frau – leise, um sie nicht zu wecken – alles, was er ihr im Wachzustand nicht sagen konnte. Modest gestand ihr die Schuldgefühle, die ihn innerlich zu zerfressen drohten. Wie hatte er bloß zulassen können, dass sein Sohn derart auf Abwege geriet? Warum hatte er nicht besser auf ihn aufgepasst, anstatt ihm ständig nur Vorwürfe zu machen? Modest gab sich selbst und niemandem sonst die Schuld an Eugenis Tod und drohte in einen tiefen dunklen Abgrund zu stürzen.

Wenn Valèria aus ihrem Dämmerschlaf erwachte,

musste Modest ihr Zimmer verlassen, weil sie seine Anwesenheit nicht ertrug. Dann schlich er mit hängendem Kopf davon und wurde von Matilde abgelöst. Die Haushälterin kam mit einem Tablett herein und versuchte ihre Dienstherrin dazu zu überreden, doch eine Kleinigkeit zu essen.

Darauf folgten allerdings nur Geschrei, das Klirren des von Valèria zu Boden geschleuderten Geschirrs und Matildes Klagerufe. Auch die Haushälterin machte sich innerlich die größten Vorwürfe, weil sie nicht früh genug erkannt hatte, was mit Rita geschehen war.

Rita betrachtete all dies wie aus der Ferne und suchte in ihrem Herzen nach einem Anflug von Bedauern, der ihr inneren Frieden geben würde. Den jedoch fand sie nicht; sie bereute ihre Tat nicht eine Minute.

Zwischen all den Tränen, dem zügellosen Schmerz und den Schuldgefühlen schlich Angèlica wie eine geisterhafte Erscheinung durchs Haus. Dabei war sie so leise und unsichtbar wie möglich, um niemanden durch ihre Anwesenheit zu stören.

Sie hatte das Gefühl, sich plötzlich in einer völlig neuen Wirklichkeit zu bewegen, die nichts mehr mit ihrem vorherigen Leben zu tun hatte. Manchmal meinte sie, in einem Albtraum festzustecken. Und dieser Albtraum löschte Stunde für Stunde, Tag für Tag, langsam die Züge ihres Bruders aus. Sie merkte, dass Eugenis Gesicht, seine Stimme und die gemeinsamen Erinnerungen, selbst all das, was sie entzweit hatte, in ihrem Gedächtnis nach und nach verblassten.

Eugenis Tod war für Angèlica eine wichtige Lektion, auch wenn sie diese lieber nicht gelernt hätte. Aber nun begriff sie, dass der Tod ohne Vorwarnung an die Tür klopfen konnte und dass er die Hinterbliebenen mit leeren Händen zurückließ.

Die Idee ihres Besuchs in Madrid hatte sie aufgegeben, weil sie trotz allem das Gefühl hatte, in ihrem trauernden Elternhaus gebraucht zu werden, vor allem von ihrem Vater. Wenn sie sich Gesellschaft leisteten, gemeinsam zu Mittag oder Abend aßen, dann spielte Angèlica die starke Tochter. Sie schluckte die Tränen hinunter, redete ihrem Vater Mut zu und lächelte ihn an. Sie versicherte ihm, dass die lähmende Trauer ihrer Mutter durchaus normal war, dass sie diese schwierige Zeit nun eben überstehen mussten, es jedoch besser werden würde.

Wenn Angèlica in diesen Tagen allein war, konnte sie nur noch weinen. Die Sehnsucht nach ihrem bisherigen Leben wurde übermächtig, weil sie sich ganz sicher war, dass nun eine Existenz ohne jede Hoffnung auf sie wartete.

In den Wochen nach Eugenis Tod gab es für Angèlica nur eine gute Nachricht, einen Lichtstrahl inmitten all der Finsternis: Anselm kam aus dem Gefängnis frei.

3

Die Parés hielten strikte Trauer ein und empfingen daher keinen Besuch. Modest hatte sogar angewiesen, das Telefon ausstöpseln zu lassen. Eines Tages klingelte aber doch jemand an der Wohnungstür, und Angèlica hörte aus dem stets verdunkelten Esszimmer, wo sie allein beim Frühstück saß, Matildes Schritte auf dem Gang. Ferne Stimmen hallten im Flur, und dann erschien Anselm Huguet in der Tür des Esszimmers.

»Anselm!«, rief Angèlica, sprang auf und warf sich ihm so stürmisch in die Arme, dass sie ihren Freund beinahe zu Fall brachte.

Eine Weile blieben sie Arm in Arm stehen, während Matilde ihnen mit Tränen in den Augen dabei zusah. Auch Angèlica schluchzte, und selbst Anselm musste sich zusammenreißen, um nicht die Fassung zu verlieren.

Als sie sich schließlich wieder voneinander lösten, musterte Angèlica ihren Freund aufmerksam. Blutergüsse und zwei fehlende Zähne zeigten deutlich, wie brutal man mit ihm umgegangen war. Aber das Schlimmste war, dass das Leuchten, mit dem Anselm früher der Welt begegnet war, nicht mehr in seinen Augen stand und sich ein düsterer Schleier aus Traurigkeit und Verzweiflung darübergelegt hatte. Angèlica begriff schnell, dass er einen Teil von sich selbst in diesem furchtbaren Gefängnis zurückgelassen hatte, einen Teil seiner Kraft und Hoffnung, seiner üblichen Freude.

»Was haben die nur mit dir gemacht?«, flüsterte sie schließlich und meinte damit weder die Hämatome noch die Zahnlücken.

Seine Freundin umarmte ihn noch einmal, drückte ihn ganz fest. Dann lud sie ihn ein, sich zu setzen, um einen Kaffee zu trinken und mit ihr zu frühstücken.

»Wann haben sie dich gehen lassen?«

»Vor zwei Tagen. Als die in meiner Zelle erschienen sind, hab ich schon das Schlimmste befürchtet«, erzählte er, während sich sein Blick noch mehr verfinsterte. »Aber dann haben sie mir gesagt, dass ich frei bin und gehen kann.«

Angèlica griff nach seiner Hand. Matilde hatte Anselm eine Tasse Kaffee hingestellt, die er jedoch nicht anrührte. Er hatte auch noch nichts gegessen.

»Ich war mir sicher, dass Papà Himmel und Hölle in Bewegung setzen würde, um dich aus dem Gefängnis zu holen!«, versetzte Angèlica voller Überzeugung.

Daraufhin wurde Anselms Blick noch eisiger, und mit bitterer Stimme erwiderte er:

»Das, was dein Vater verbrochen hat, kann er niemals wiedergutmachen, Angèlica!«

Angèlica sah ihn betroffen an. Anselms Worte hatten sich wie ein Dolch in ihr Herz gebohrt, und sie zog die Hand zurück, als hätte sie sich die Finger verbrannt.

»Aber was redest du denn da?«

Er wandte den Blick nicht von seiner Freundin ab, deren Hände nun in ihrem Schoß ruhten.

»Mein Vater konnte mich im Gefängnis nur ein einziges Mal besuchen, weil sie es nicht öfter zugelassen haben, und bei dieser Gelegenheit hat er mir alles erzählt. Ich habe lange darüber nachgedacht, ob ich mit dir darüber reden soll. Und ich bin zu dem Schluss gekommen, dass du die Wahrheit verdient hast. Du solltest wissen, dass dein Vater einen Mann getötet und bestohlen hat und dass er meinen Vater dafür hat büßen lassen. An dem Geld, mit dem er sein Vermögen aufgebaut hat, klebt Blut.«

Angèlica war aufgesprungen und starrte Anselm mit erschrockenem Blick an. War er nur gekommen, um ihr

Lügenmärchen aufzutischen und ihr damit wehzutun? Hatten sie in diesem Haushalt denn nicht schon genug gelitten? Sie fragte sich ernsthaft, ob Anselm im Gefängnis vielleicht verrückt geworden war.

»Aber … was erzählst du da nur? Hast du etwa den Verstand verloren?«

Vor Entrüstung bebend, wandte sie ihm den Rücken zu. Als sie ihren alten Freund wieder anschaute, standen Tränen in ihren geröteten Augen.

»Papà hat immer dafür gesorgt, dass es dir und deinem Vater an nichts fehlt. Er hat deine Schulbildung bezahlt und dir Arbeit gegeben. Und jetzt hat er dich sogar aus dem Gefängnis geholt …«

Anselm nickte.

»Offenbar hatte er einen guten Grund dafür, meinst du nicht?«

»Du lügst!«, rief die junge Frau zornig und wäre beinahe auf Anselm losgegangen.

»Frag deinen Vater doch selbst danach, Angèlica! Du bist ein braves Mädchen, ein viel zu guter Mensch, und solltest darüber Bescheid wissen, wer Modest Parés wirklich ist.«

»Raus! Verschwinde aus unserer Wohnung!«

Als Anselm ging, ließ sich Angèlica auf ihren Stuhl fallen, schlug die Hände vors Gesicht und weinte bitterlich. Als leise die Tür aufging, schaute sie auf und sah ihren Vater, der mit finsterer Miene auf der Schwelle stand.

»Sie haben alles mitangehört, oder?«

Er sagte nichts, regte nicht einen Muskel.

Angèlica ging zu ihm hinüber und blieb direkt vor ihm stehen, während die Luft im Raum immer zäher wurde.

Der Gesichtsausdruck ihres Vaters, sein schuldbewusster Blick, ließen Angèlica das Blut in den Adern gefrieren.

»Jetzt reden Sie schon, Papà, sagen Sie, dass es nicht wahr ist!«

Er schwieg.

Er sagte rein gar nichts, sondern starrte nur ins Leere.

In die Schatten.

Angèlica rannte an ihm vorbei, als Übelkeit in ihr aufstieg und sie sich übergeben musste. Noch am selben Nachmittag beschloss sie, nach Madrid zu fahren, und packte auf der Stelle die Koffer. Dieser Ort, an dem gerade ihre Seele zerbrach, war nicht mehr ihr Zuhause. Mit einem Mal war ihr Vater für sie ein Unbekannter und ihre Mutter eine Fremde.

Irgendwo musste es doch einen Platz für sie geben, an dem sie durchatmen konnte.

Sie verabschiedete sich von Matilde.

»Senyoreta, das sollten Sie wirklich nicht tun. Ihr Vater braucht Sie doch jetzt.«

»Nein, Matilde, glauben Sie mir, mein Vater braucht niemanden«, antwortete Angèlica und spürte einen bitteren Geschmack auf den Lippen, als sie das Wort »Vater« aussprach.

Die Haushälterin wischte sich mit dem Schürzenzipfel über die Augen.

»Jetzt wein doch nicht, Matilde, bitte nicht. Es wird alles gut, und ich bin bestimmt bald wieder da. Du wirst schon sehen ...«

Matilde sah ihr nach, als sie ging, und konnte nicht fassen, was das Unglück in diesem Haus angerichtet hatte: Rita, die sich ihr Leben kaputt gemacht hatte. Eugeni, der so jung gestorben war. Ihre armen Dienstherren, die nie wieder dieselben sein würden. Und jetzt ging auch noch ihr Mädchen von zu Hause weg, schlich sich einfach davon, als hätte sie etwas verbrochen. Dabei war sie doch die Beste von allen.

Matilde bekreuzigte sich und sprach ein Gebet, dann verschwand sie murmelnd in den Schatten der Wohnung.

4

Mit dem Koffer in der Hand trat Angèlica an diesem Sonntagabend auf die Straße, wo sich an den Zweigen der Platanen winzige grüne Knospen zeigten, um den Frühling fröhlich willkommen zu heißen. Die Tage wurden länger, und es fiel auch nicht mehr so viel Regen wie in den letzten Wochen. Hier draußen schienen die dunklen Schatten zu verfliegen, mit denen Angèlica während der letzten Wochen gelebt hatte.

Sie trug ein Frühlingskostüm mit knielangem Rock und Jackett in Honiggelb, und als sie nun die duftende Luft einsog, ging ihr das Herz auf.

Natürlich wusste Angèlica, dass sie Leid und Schmerz mit ihrem Aufbruch nicht einfach zurücklassen würde. Aber sie wollte auch nicht darin versinken. In Madrid, weit weg von dem bedrückenden Ambiente ihres Zuhauses, würde sie versuchen, einen klaren Kopf zu kriegen und ein paar Entscheidungen über ihre Zukunft zu treffen.

Sie hatte Sebas nicht darum gebeten, sie zum Bahnhof zu bringen, und wollte stattdessen ein Taxi nehmen. Ihr Zug fuhr allerdings erst in zwei Stunden, sodass ihr noch genug Zeit blieb, um kurz im Labor vorbeizuschauen.

Sie hatte das Bedürfnis, von diesem Ort Abschied zu nehmen, weil sie die Arbeit und den Zusammenhalt der Kollegen so furchtbar vermisste. Und natürlich auch Pablo. Seit Wochen hielten die Geschehnisse Angèlica von dort fern, wo sie so glücklich gewesen war.

Sie hatte sich in Pablo verliebt und geglaubt, dass er ihre Gefühle erwiderte, bald aber erkennen müssen, dass sie dem Parfümeur gar nichts bedeutete. Während sie für ihn nur ein Kind war, ein junges Ding mit lauter Unsinn im Kopf, hatte er endlich seine große Liebe wiedergefunden.

Angèlica riss sich zusammen, um nicht in Tränen auszubrechen. Nein! Nein, sie wollte nun wirklich nicht mehr weinen, nun war der Moment für Entscheidungen gekommen. Hocherhobenen Hauptes machte sie sich mit entschlossenen Schritten auf den Weg zu Perfumes Donna.

Als sie vor dem Gebäude eintraf, öffnete ihr der Portier die Tür und nickte ihr zu. Angèlica ließ den Koffer bei ihm stehen und stieg die Treppe zum Laboratorium hinauf.

Sie wollte es noch ein letztes Mal sehen, bevor sie endgültig verschwand.

Als sie sich im zweiten Stock dem Labor näherte, verriet ihr ein Lichtstreifen unter der Tür, dass jemand dort sein musste, was für einen Sonntagnachmittag ungewöhnlich war.

Allerdings war Pablo schon oft am Wochenende oder auch nachts hergekommen. Seine Arbeit war schließlich seine Leidenschaft, bei der er keine festen Zeiten einhielt.

Der Gedanke an ihn ließ Angèlica innehalten. Am liebsten hätte sie einfach kehrtgemacht.

Aber wieso denn?, fragte sie sich dann selbst. Was hinderte sie daran, ihn noch einmal zu sehen und sich von ihm zu verabschieden? Sie hatten einander doch nichts vorzuwerfen. Er hatte Vertrauen in ihre Fähigkeiten gesetzt und ihr viel beigebracht, ihr in diesem Labor eine magische Welt gezeigt. Und er hatte sie geküsst, wie es sonst noch nie jemand getan hatte. Also riss sie sich zusammen und ging zur Labortür hinüber, um sie mit zitternden Fingern zu öffnen.

Noch bevor Angèlica Pablo sah, stieg ihr sein Duft in die Nase. Dieses Aroma! Sie schloss die Augen und konzentrierte sich auf das Parfüm, bis es jede Pore ihrer Haut durchdrang.

Pablo drehte sich um, als er Schritte hörte.

»Ach, du bist es, Angèlica!«, entfuhr es ihm. Es war das erste Mal, dass er sie duzte.

Reglos stand die junge Frau da und schaute ihn an. Was sie ihm hatte sagen wollen, löste sich nun in seinem Aroma auf und vermischte sich mit den anderen Gerüchen des Labors: Rose, Hölzer, Zeder … Es war wie eine Duftlawine!

»Angèlica, ich wollte so gern mit dir reden, aber man konnte dich ja nicht erreichen, nicht einmal per Telefon. Und auch auf dem Friedhof hatte ich keine Gelegenheit, dir zu sagen …«

Er verstummte.

Die junge Frau starrte ihn mit unbehaglichem Blick schweigend an. Dann schüttelte sie den Kopf.

Pablo ging einen Schritt auf sie zu und griff nach ihrer Hand.

»Komm mal mit«, sagte er und zog sie zu seinem Arbeitstisch hinüber.

»Erinnerst du dich noch an den Duft, den ich dir vor einiger Zeit gezeigt habe?«

Angèlica nickte. »Das Parfüm ohne Seele?«, fragte sie.

Er lächelte, während er mit einer Pipette ein paar Tropfen einer goldenen Flüssigkeit aus einem Flakon entnahm und sie auf ihren Handrücken gab.

Als Angèlica daran roch, eröffnete sich ihr ein ganz neues Duftuniversum. Unerwartet, wohlriechend, perfekt ausbalanciert, gleichzeitig doch gewagt und verblüffend, explodierte es ihr in der Nase und ergriff mit erschreckender Geschwindigkeit von ihren Sinnen Besitz. Mit einem Mal war sie von einem Hochgefühl erfüllt, das sie kaum kontrollieren konnte.

Sie ließ die Hand sinken und schaute Pablo mit völlig veränderter Miene an. Das Leuchten war in ihre Augen zurückgekehrt, und es standen sowohl Überraschung als auch Bewunderung darin. Auf ihren Lippen deutete sich ein Lächeln an, das Pablo wieder an die glückliche Angèlica erinnerte. Ungeduldig wartete er darauf, dass sie endlich etwas dazu sagte.

»Der würzige Duft von Koriander ist noch da, aber … er hat sich verändert und ist jetzt süßer! Und ich weiß nicht … Es gibt da auch eine florale Note, aber …«

»Wie würdest du die definieren? Was assoziierst du mit diesem Blumenduft?«, fragte Pablo erwartungsvoll.

Angèlica hob noch einmal die Hand an die Nase und schloss die Augen, um sich besser zu konzentrieren.

»Es ist eine ganz flüchtige Nuance... Aber sie ist deutlich erkennbar und betörend.«

Pablo griff nach Angèlicas Hand, auf die er das Parfüm gegeben hatte.

»Das ist der ätherische Duft von Angelika-Blüten nach dem Regen. Einfach und doch so erhaben wie eine unvergessliche Erinnerung. Dieses Parfüm vermittelt den Geruch einer kalten Regennacht, die Mischung der zarten, durchsichtigen Feuchtigkeit mit der Wärme deiner Haut. Es steht für Haben und Nichthaben, für alles oder nichts.«

Angèlica schaute Pablo in die Augen, während in ihr ein Strudel an Gefühlen aufstieg. Ihr blieb die Luft weg, und sie bekam kein Wort heraus, während sich gleichzeitig ein angenehmes, warmes Gefühl in ihrem Körper ausbreitete.

»Die Seele dieses Parfüms bist du, Angèlica, nur du. Die ganze Zeit hatte ich dich vor Augen und habe dich trotzdem nicht gesehen.«

In Angèlicas Augen begannen Tränen zu glänzen.

»Ich liebe dich. Bleib hier bei mir, an meiner Seite. Ich brauche dich, um zu leben und kreativ zu sein. Um mich in den Menschen zu verwandeln, der ich gern sein will«, sagte Pablo, während er Angèlica zu sich heranzog und sie in die Arme schloss.

Die ganze Welt schien um die junge Frau herum zu verschwimmen. Als sie den Kloß in ihrem Hals herunterzuschlucken versuchte, gelang es ihr nicht, weil ihr Mund so trocken war.

»Bleib bei mir, Angèlica, und dann werden wir dieses Parfüm und noch tausend weitere erschaffen. Nicht für deinen Vater oder irgendjemanden sonst, sondern nur für uns selbst. Wir werden unsere eigene Firma in dieser Stadt gründen, um sie aus dem Schlaf zu wecken. Und wenn der Krieg erst vorbei ist, reisen wir um die ganze Welt, um allen zu zeigen, was du und ich erreichen können. Und falls das nicht geht, falls wir all das nicht in die Tat umsetzen können, dann reicht es mir schon, dich einfach nur an meiner Seite zu haben. Das einzige Parfüm, das ich bis an mein Lebensende riechen will, bist nämlich du.«

Zärtlich liebkoste Pablo ihr Gesicht.

Sie küssten sich zärtlich, dann lehnte Angèlica den Kopf an seine Brust und schloss die Augen. Pablos Aroma und sein warmer Atem verhießen ihr eine Zukunft, die sie für immer verloren geglaubt hatte.

Während Pablo Angèlica sanft übers Haar strich, musste er an seinen Neuanfang denken. Der Sinn seiner Rückkehr nach Barcelona war doch gewesen, herauszufinden, wer Pablo Soto eigentlich war. Er lächelte. In Wirklichkeit war ihm das immer noch nicht klar, vielleicht würde er es ja auch nie wissen. Aber wenigstens hatte sich der Waisenjunge, dem damals sein Zuhause entrissen worden war, mit der Vergangenheit ausgesöhnt und sich selbst eine Zukunft erschaffen. Eine Zukunft, die er mit Angèlica zusammen verleben wollte.

»Übrigens!«, sagte Pablo jetzt und löste sich ein wenig von der jungen Frau, um ihr lächelnd in die Augen zu sehen. »Ahnst du vielleicht schon, wie dieses neue Parfüm heißen wird?«

Sie schaute zu ihm auf und blickte ihn mit jenem koketten Blick an, der ihm so gefehlt hatte. Angèlica setzte ein listiges Lächeln auf und zog die Nase kraus.

»Aber natürlich: Angèlica im Regen!«

Die Präsentation

Barcelona, April 1948

I

Angèlica machte sich vor dem Spiegel ihres Frisiertischs zurecht, während sie durch die offene Tür das fröhliche Krähen Pablitos und die Stimmen von Matilde und Tante Anne hörte. Die beiden führten – jede in ihrer eigenen Sprache – eine eigentlich unmögliche Unterhaltung miteinander. Es war schon verrückt, wie gut sie sich nur durch Blicke und Gesten verständigten, verbunden durch die gemeinsame Liebe zu diesem Kind, dem Sohn von Pablo und Angèlica.

Anne Guerin war schon vor mehr als einem Monat in Barcelona eingetroffen, um hier eine längere Zeit zu verbringen. Leider hatte sie es weder zur Hochzeit des Paares vor fünf Jahren noch zu Pablitos Geburt vor drei Jahren geschafft, weil ihr Ehemann schwer krank gewesen war. In dieser Zeit war sie nicht von Alphonses Seite gewichen, bis er schließlich seinem Sohn ins Jenseits gefolgt war.

Danach hatte dann nichts mehr gegen Annes Besuch in Barcelona gesprochen. Sie wurde langsam alt und hatte Pablo in ihren Briefen oft geschrieben, dass sie diese Welt nicht verlassen wolle, ohne vorher die letzte

Ruhestätte ihrer nie vergessenen Schwester Marie besucht zu haben.

Außerdem gab es wieder etwas zu feiern: die Präsentation des neuen Duftes von Perfumes Donna. Deshalb hatte Anne den Haushalt und auch die Leitung ihres Teesalons Arlette überlassen, die sich ohnehin überwiegend um das Geschäft kümmerte, und hatte sich für eine Zeit von ihrem Enkel Léo verabschiedet. Dann hatte sie sich auf den Weg nach Barcelona gemacht, um Pablo wiederzusehen, der für sie wie ein Sohn war, und um seine neue Familie kennenzulernen.

Angèlica lächelte. Das Geschrei und das Lachen aus dem Esszimmer wiesen darauf hin, dass ihr Kleiner den Kampf gegen die beiden Frauen gewann, die ihn inmitten einer Debatte über die Vorzüge der französischen und der katalanischen Küche zu füttern versuchten.

2

Pablo vergewisserte sich im Veranstaltungssaal des Hotel Ritz an der Gran Via, wo er sein neues Parfüm vorstellen würde, dass alles wie am Schnürchen lief. Für die Veranstaltung war der Saal, der mehr als zweihundert Quadratmeter groß war und Platz für zweihundert Gäste bot, von Tischen und Stühlen befreit worden. Mit den eleganten goldfarbenen Vorhängen, den großen Kronleuchtern und den von Mustern des neunzehnten Jahrhunderts inspirierten Teppichen hätte der Raum gut ins Schloss von Versailles gepasst.

Das Büfett würde gleich auf Tischen an den Seitenwänden serviert werden. Blickfang war jedoch an der Rückwand des Saales ein Podest zwischen zwei Säulen aus rosafarbenem Granit, direkt vor einem großen Spiegel, der den Raum reflektierte und um vieles größer wirken ließ. Auf diesem Podest verbarg sich unter einem Tuch aus grünem Samt das große Geheimnis des Abends.

Pablo hatte jedes Detail überwacht und brach erst auf, als alles für die Gäste bereit war.

Martí und Anselm würden sich bis zur Veranstaltung nicht von hier wegbewegen, falls es im letzten Moment noch irgendwelche Schwierigkeiten geben sollte.

Zusammen mit seiner Frau Marta arrangierte Anselm die Blumen, die sein Vater aus Vilassar geschickt hatte und die den Raum mit ihren Farben und ihrem Duft erfüllten.

Zu Füßen der beiden Säulen stand jeweils ein beeindruckender Strauß weißer Rosen. Pablo musste lächeln, als er daran dachte, was für ein Gesicht Angèlica beim Anblick der Blumenpracht machen würde. Er schob die Hand in die Sakkotasche und berührte den Brief, den er seiner Frau gleich unbedingt zeigen wollte.

Noch immer war es für ihn ein besonderes Gefühl, Angèlica in Gedanken so zu nennen: seine Frau. All die Jahre über hatte Pablo Liebe und Glück für unerreichbar erachtet, und nun teilte er bereits seit fünf Jahren sein Leben mit Angèlica, die ihm nicht nur Ehefrau, sondern auch Kollegin, Partnerin, Freundin und Vertraute war. Außerdem war sie die Mutter dieses zauberhaften kleinen Wesens, das ihr beider Leben mit einer ganz neuen Art von Freude erfüllte.

Die erste Zeit ihrer Ehe war gar nicht so einfach gewesen. Angèlica hatte sich völlig von ihrer Familie losgesagt und jedes Hilfsangebot ihres Vaters abgelehnt. Daher hatten sie für den Start in ihr neues, gemeinsames Leben nicht viel Geld gehabt.

Aber dafür hatten die frisch Vermählten etwas anderes: ein Parfüm, sogar ein ganz ausgezeichnetes, nämlich Angélique Sous la Pluie.

Der Krieg, der die Welt noch immer fest in der Hand hatte, machte es der internationalen Parfümindustrie schwer. In Spanien durchlebten die Menschen eine harte Nachkriegszeit, allerdings hatte das Einfuhrverbot für ausländische Kosmetikprodukte die Entstehung neuer katalanischer Parfümfirmen und den Aufschwung der existierenden begünstigt. Pablo und Angèlica träumten davon, eines Tages selbst ein Unternehmen zu gründen und ihre eigenen Düfte zu kreieren, obwohl ihnen natürlich klar war, dass dieses Ziel noch in weiter Ferne lag. Also war die Versteigerung von Angélique Sous la Pluie ihre einzige Chance auf ein Startkapital, wenn sie von der Parfümentwicklung leben wollten.

Die Sache lief gar nicht schlecht. Schließlich war Pablo durch seine früheren französischen Kreationen in der Branche immer noch bekannt, und das neue Parfüm war einfach exzellent.

Die Parfümfirma Dana war 1932 von einem ehemaligen leitenden Angestellten des Hauses Myrurgia in Barcelona gegründet worden. Nach dem Ausbruch des Spanischen Bürgerkriegs war der Hauptsitz des Betriebs nach Frankreich verlegt worden und nach der Invasion durch die Deutschen schließlich in die USA. Das Unternehmen war in Europa erfolgreich und öffnete sich gerade für den internationalen Markt. Jean Carles, einer der größten französischen Parfümeure, hatte für Dana bereits Düfte kreiert, und nun kaufte die Firma Pablo Sotos neues Produkt.

Das Jahr 1945 brach spannend an, weil Angélique Sous la Pluie schnell seinen internationalen Siegeszug antrat. Das Parfüm wurde in Danas Fabrik in Granollers hergestellt, jedoch erfolgreich in der halben Welt verkauft, vor allem auf dem amerikanischen Markt. Da sich so auch die finanzielle Situation der Sotos verbesserte, konnten sie aus Pablos kleinem Appartement ausziehen und eine größere Eigentumswohnung kaufen, in der sie auch das Kind großziehen wollten, das sie erwarteten.

In jener Zeit wurde Krebs bei Angèlicas Mutter diagnostiziert, die nach zum Glück kurzem Leiden wenige Monate später starb. Während Valèrias Krankheit kehrte Angèlica in ihr Elternhaus zurück, und dass sie ein Kind unter dem Herzen trug, brachte sie ihren Eltern wieder näher.

Modest hatte Eugenis Ermordung nicht überwunden, und nach Valèrias Tod fiel er in ein noch tieferes Loch. Angèlicas Trost und Beistand in diesen Tagen waren das Einzige, was ihn aufrecht hielt.

Die Geburt seines Enkels war nach langer Zeit das Erste, was Modest Parés wieder Freude machte. Und kurz darauf setzte er ein schon lange angedachtes Vorhaben in die Tat um: Er überschrieb die Firma seiner Tochter und kehrte nach Vilassar zurück, an den Ort seiner Geburt. In dem kleinen Sommerhaus seiner Familie mit den bunten Kacheln wollte er endlich seinen Frieden finden.

Inzwischen lebte er bereits seit drei Jahren dort und kehrte nur von Zeit zu Zeit nach Barcelona zurück, um seinen Enkel zu sehen. Da er längst nicht so oft kam, wie Angèlica es sich wünschte, fuhr sie stattdessen oft mit dem Kleinen die Küste hoch, um ihren Vater zu besuchen.

In Vilassar half Modest Anton Huguet mit seinen Nelken, und wenn es nichts zu tun gab, machten die beiden Männer lange Spaziergänge am Meer.

Über die Vergangenheit sprachen sie nie.

3

Als Pablo nach Hause kam, gab er als Erstes Pablito und Anne einen Kuss.

»Aber Tante, Sie haben sich ja noch gar nicht umgezogen!«

Annes Lächeln war so warm wie die Morgensonne in der Provence.

»Das mache ich gleich, wenn Pablito fertig gegessen hat. Wenn ich ihm nichts vorsinge, trinkt er nämlich seine Milch nicht. Dein Sohn ist wirklich ein Schlingel.«

»Aber es ist doch schon spät, und …«

Anne winkte ab und konzentrierte sich wieder völlig auf den kleinen Jungen.

»Wozu die Eile? Weißt du denn nicht, dass man in meinem Alter nur fünf Minuten braucht, um sich fertig zu machen? Schließlich hat Matilde schon alles bereitgelegt.«

Verschwörerisch sahen die beiden Frauen sich an, die sich wirklich blendend verstanden.

Pablo gab sich geschlagen und ging hinüber ins Elternschlafzimmer, wo Angèlica sich ganz anders als seine Tante viel Zeit nahm, um sich auf den großen Abend vorzubereiten.

Mit der Klinke in der Hand blieb er auf der Türschwelle stehen.

»Du siehst wunderschön aus!«

Angèlica schaute zu ihm hinüber und errötete wie immer, wenn ihr Ehemann sie bewunderte und ihr Komplimente machte. Sie eilte zu ihm hinüber und fiel ihm um den Hals. Die beiden hatten das große Glück, dass ihre Liebe sie immer noch verblüffte. Manchmal konnten sie gar nicht glauben, was für ein wunderbares Geschenk ihnen das Leben damit gemacht hatte!

Angèlica drückte Pablo einen Kuss auf die Lippen, löste sich von ihm und drehte sich einmal um die eigene Achse, um sich von allen Seiten zu zeigen. Sie hatte ihre Garderobe mit größter Sorgfalt ausgesucht, schließlich wollte sie für diesen besonderen Anlass entsprechend gekleidet sein.

Pablos Gesichtsausdruck zufolge war ihr das mit dem zweiteiligen schwarzen Kleid mit der großen Schleife um die Taille durchaus gelungen.

»Du siehst einfach umwerfend aus! Ich werde dich heute Abend nicht aus den Augen lassen«, rief Pablo und umarmte sie erneut.

Sie machte sich von ihm los.

»Jetzt lass es gut sein, sonst werde ich ja nie fertig! Und du musst dich auch noch umziehen.«

Gehorsam ging Pablo zum Schrank hinüber und nahm seine Sachen für die Feier heraus.

Seine Frau schlüpfte in schwarze Schuhe mit hohen Absätzen und zog die Jacke ihres Kostüms an, die einen quadratischen Ausschnitt, kurze Ärmel und einen Stehkragen hatte. Als Angèlica fertig war, ging sie zum Frisiertisch hinüber und griff nach dem Flakon des neuen Duftes von Perfumes Donna. Sie hatte bei der Entwicklung mitgearbeitet und war zum Beispiel dafür verantwortlich, dass in der Herznote Lilien hinzugefügt worden waren, die sie unglaublich ansprechend fand. Angèlica war davon überzeugt, dass der Abend ein großer Erfolg sein würde. Nur in einer Hinsicht hatte sie Zweifel:

»Bist du sicher, dass es eine gute Idee war, den Namen unseres neuen Duftes selbst vor der Presse geheim zu halten?«

»Ich glaube, dass uns die dadurch entstandene mysteriöse Aura nur zugutekommen kann«, antwortete Pablo, der sich gerade die Krawatte band.

Angèlica schloss die Augen, während sie an dem Fläschchen roch und das Parfüm mit ihrem üblichen Ritual auftrug. Dann trat sie an ihren Mann heran und sah ihm in die Augen.

»Aber das hast du nicht deshalb gemacht, oder?«

»Nein, du kennst meine Gründe doch«, antwortete Pablo mit samtiger Stimme, während er die Lider schloss und das Aroma des neuen Duftes einatmete, der mit dem Geruch von Angèlicas Haut verschmolz und ihn zurück in seine geliebte Provence versetzte.

Sie wollten das Zimmer schon verlassen, das fiel Pablo noch etwas ein:

»Ach, der Brief!«

»Was denn für ein Brief?«

Er nahm das Sakko, das er kurz zuvor abgelegt hatte, und holte den Umschlag heraus. Dann griff er nach Angèlicas Hand, zog seine Frau neben sich aufs Bett und zeigte ihr den Absender.

»Ernest Beaux? Dein alter Meister hat sich bei dir gemeldet?«

»Ja genau! Das ist ein ganz wunderbarer Brief. Beaux spricht mit großer Begeisterung von den Proben, die ich ihm geschickt habe. Soll ich dir seine Zeilen vorlesen?«

»Natürlich!«, rief Angèlica, während sie lange schwarze Handschuhe anzog.

Mit ergriffener Stimme begann ihr Mann:

»*Mon cher Pablo …*«

4

Die junge Frau nahm die Straßenbahn Nummer 20 in Richtung Marqués del Duero und stieg an der Passeig de Gràcia aus. Dann lief sie zu Fuß bis zur Avinguda de José Antonio, wie die Gran Via inzwischen hieß, und das alles mit dem Kind auf dem Arm. Der Kleine war jetzt achtzehn Monate alt und konnte eigentlich längst laufen, doch auf den Straßen der Stadt war er nicht dazu zu bewegen. Dabei hatte seine Mutter nach all der Schlepperei bereits taube Arme.

Sie hatte zu Hause sauber gemacht, aufgeräumt und für Miquel und Cinta das Abendessen hingestellt, das nur aufgewärmt werden musste, falls sie spät zurückkommen würde.

Allerdings hatte sie ihrer Schwiegermutter nicht erzählt, wohin sie gehen würde, was ja auch schwierig zu erklären gewesen wäre. Wie sollte Cinta denn verstehen, dass sie bis ins Zentrum von Barcelona fuhr, nur um sich die Gäste einer Parfümpräsentation anzusehen? Arme Cinta, sie war ja kaum je aus dem Poble Sec herausgekommen. Und sie würde vor allem nicht begreifen, dass ihre Schwiegertochter dazu den kleinen Lluïset mitnahm. Aber sie konnte den Jungen schließlich schlecht einfach zu Hause lassen.

Cinta war nicht gesund und konnte sich nicht um ihren Enkel kümmern, deshalb machte die junge Frau ja auch alles allein: ging einkaufen, kochte, wusch die Wäsche draußen im Trog und kümmerte sich darum, dass alles strahlte und glänzte, wenn Miquel abends aus der Fabrik kam. Vor allem versorgte sie aber ihren Sohn und die alte Frau. Damit blieb ihr nicht eine freie Minute, und vielleicht freute sie sich deshalb so sehr über ihren kleinen Ausflug.

Sie fand es nicht schlimm, so hart arbeiten zu müssen, daran war sie schließlich von klein auf gewöhnt. Und Miquel war ein guter Mann, der sie liebte. Als er um ihre Hand angehalten hatte, hatte sie daher nicht gezögert, obwohl sie genau gewusst hatte, dass dann die Pflege seiner Mutter zu ihren Aufgaben gehören würde.

Sie hatte ihn geheiratet und war zu ihm in die kleine Wohnung ins Poble Sec gezogen. Und nicht viel später war dann ihr Lluïset zur Welt gekommen, der der reinste

Engel war. Besser konnte es im Leben doch kaum werden, oder?

Oder vielleicht schon, klar. Es gab Leute, die es viel besser hatten, weil sie reich oder verliebt waren, aber ihr reichte ihr kleines Glück. Viel mehr hatte sie auch nicht verdient.

Sie hatte es aus dem Radio erfahren: Der Parfümeur Pablo Soto und seine Ehefrau Angèlica Parés stellten an diesem Abend im Ritz ihr neues Parfüm vor, das erste seit der Übernahme von Perfumes Donna.

Erwartet wurde die Crème de la Crème der Stadt, also alle, die in diesen harten Zeiten keine Not litten.

Als die junge Frau die Nachricht im Rundfunk gehört hatte, hatte ihr Herz einen Satz gemacht. Von Perfumes Donna, Senyor Soto und Senyoreta Angèlica zu hören, war wie eine Rückkehr in die Vergangenheit. Dabei hatte sie diese Vergangenheit doch weit hinter sich gelassen. Doch plötzlich hatte sie den fast obsessiven Wunsch verspürt, ins Zentrum zu fahren und sich dieses Spektakel anzusehen. Und schließlich wurde ihr klar, dass sie dem Impuls wohl besser nachgab, damit die Sache nicht ewig an ihr nagte.

Jetzt stand sie vor dem Ritz und sah zusammen mit anderen Schaulustigen dabei zu, wie Autos vorfuhren und elegante, schmuckbehangene Damen ausstiegen, die stolz ihre traumhaften Abendkleider zur Schau stellten.

Als sie dann in einer dieser Damen Fräulein Angèlica erkannte, überraschte es die junge Frau, wie sehr deren Anblick sie nach all der Zeit mitnahm. Wie wunderschön die Senyoreta war! Und so elegant mit dem schmal geschnittenen schwarzen Kleid! Ach, und sie war ja jetzt gar keine Senyoreta mehr, schließlich hatte sie ihren Ehemann, den Parfümeur, an ihrer Seite. Die beiden lächelten nach links und rechts und schauten sich dann ganz verliebt an. Sie wirkten so glücklich.

Beinahe wäre die junge Frau in Tränen ausgebrochen, und auch ihr kleiner Sohn wurde allmählich unruhig.

Sie wartete noch ein bisschen, sah ansonsten aber keine bekannten Gesichter. Senyor Parés kam nicht zur Präsentation, vielleicht deshalb, weil die Firma ja nicht mehr ihm gehörte.

Wenn Senyoret Eugeni noch am Leben wäre, dann wäre das Unternehmen in seine Hände übergegangen, dachte sie. Und diese Präsentation würde jetzt ganz anders verlaufen oder eventuell gar nicht stattfinden.

Aber er lebte ja nicht mehr, weil sie ihn erschossen hatte. Und das nicht nur, weil er ihr wehgetan hatte, sondern auch, damit er nie wieder irgendwen anders verletzen würde. Der junge Herr war wie ein Raubtier gewesen. Und zu Hause im Dorf hatte ihr Vater immer gesagt, dass man solche Bestien erledigen müsse, weil sie sonst alles zerstörten.

Sie hatte keine Minute bereut, was sie getan hatte, und Matilde hatte ihr damals beim Vertuschen ihrer Tat geholfen. Später war dann die ganze schmutzige Wäsche des Senyorets ans Licht gekommen. Es hieß, dass er ein Spieler gewesen sei und hohe Schulden gehabt habe.

Außerdem hatte er sich wohl mit zwielichtigen Gestalten eingelassen. Man beschuldigte einen einflussreichen Mafioso des Verbrechens, der aber nie festgenommen wurde. Und dann begannen die Menschen nach und nach, Eugeni Parés einfach zu vergessen. Wie sie, die gelernt hatte, nicht mehr an ihn zu denken.

Langsam wurde es dunkel, und ihr Sohn plärrte inzwischen laut vor sich hin.

Entschlossen wandte Rita sich ab und machte sich auf den Heimweg.

5

Das Ritz erstrahlte wie ein Leuchtturm an der breiten Allee, während all die Autos anhielten, elegant gekleidete Menschen ausstiegen und Pagen hin und her eilten. Das prächtige Spektakel zeigte, was für eine wichtige Veranstaltung an diesem Abend dort stattfand. Streng gekleidete Börsenmakler, Politiker und Geschäftsleute, zum Teil sogar mit Umhang statt Mantel, stiegen mit ihren ehrbaren Ehefrauen aus großen Automobilen. Begleitet wurden sie von jungen aufgeregten Töchtern in einem Traum aus Seide, Musselin, Moiré oder Satin in allen nur vorstellbaren Farbtönen. Unter den Gästen waren auch die eine oder andere berühmte Diva und viele andere Vertreter des Künstlervolks, das sich kein gesellschaftliches Ereignis entgehen ließ.

Sie alle waren äußerst neugierig auf das rätselhafte neue Parfüm, das hier der Gesellschaft vorgestellt werden sollte und dessen Name noch nicht enthüllt worden war. Allerdings waren viele der Anwesenden wohl auch noch aus einem anderen Grund gekommen: In gehobenen Kreisen war das Ehepaar Soto derzeit in aller

Munde, und jeder wollte sich die beiden mal aus der Nähe ansehen. Denn der aus Frankreich zurückgekehrte Parfümeur mit dem grau melierten Haar und dem gewinnenden Lächeln und die junge Frau, die nach dem tragischen Tod ihres Bruders und dem Rückzug ihres Vaters aus der Geschäftswelt Perfumes Donna geerbt hatte, bildeten ein Paar, das in der aus Finsternis und Überdruss erwachenden Stadt nicht unbeachtet blieb.

An diesem Abend enttäuschten Pablo und Angèlica ihre Gäste nicht. Sie hatten kein Detail vernachlässigt, und die Anwesenden fühlten sich in eine andere Welt versetzt, wenn auch nur für ein paar Stunden.

Schwarz gekleidete Kellner mit bodenlangen weißen Schürzen gaben ihr Bestes, die Gläser der Gäste immer wieder aufzufüllen. Nach und nach verschwanden die Kanapees von den Tabletts, und die Gespräche waren angeregt, sodass sie schließlich sogar das Orchester im Hintergrund übertönten. Angèlica und Pablo schlenderten lächelnd durch die Menge und begrüßten hier und da die Anwesenden. Der Parfümeur führte eine schwarz gekleidete Dame mit weißem Haar und gelassenem Blick am Arm, bei der es sich um seine Tante Anne Guerin handelte. Zufrieden schaute sich das Ehepaar von Zeit zu Zeit an, weil alles wie am Schnürchen lief.

Und dann kam endlich der große Moment.

Das Orchester hörte zu spielen auf, und Pablo stellte sich zusammen mit Angèlica und seiner Tante neben das geheimnisvolle Podest.

Als die Unterhaltungen nach und nach erstarben, wandte sich Pablo an die Anwesenden:

»Meine Damen und Herren, zunächst einmal möchte

ich Ihnen dafür danken, dass Sie heute Abend hier sind«, sagte er und ließ seinen Blick über die Menge wandern. »Ich will gar keine langen Reden halten, schließlich sind Sie alle gekommen, um zu sehen, was sich unter diesem grünen Tuch verbirgt.«

Hier und dort war im Saal leises, diskretes Lachen zu hören.

»Wenn ich unser neues Parfüm mit knappen Worten beschreiben sollte, würde ich es als eine Hommage an die Provence bezeichnen, in der ich aufgewachsen bin. Es handelt sich um einen süßen Blumenduft, in dessen Kopfnote Veilchen und fruchtige Nuancen zusammenfinden. Die meiner Meinung nach spektakuläre Blütenmischung der Herznoten wird von Vanille und Vetiver abgerundet.«

Er räusperte sich, und auf seinen Lippen zeichnete sich ein schelmisches Lächeln ab.

»Nun ja, vielleicht ist es nicht besonders angemessen, wenn der Parfümeur seine eigene Kreation als spektakulär bezeichnet, aber das ist sie, glauben Sie mir!«

Jetzt brach im ganzen Saal Gelächter aus.

»Tatsächlich wird sich dieser Duft aber nur in das von uns Erträumte verwandeln, wenn Sie ihn dazu machen. So, und bevor wir nun allen Damen hier im Raum ein Fläschchen davon als Geschenk überreichen, muss noch ein letztes Geheimnis gelüftet werden.«

Auf eine Geste von Pablo hin ging Anselm hinüber und zog das grüne Tuch beiseite.

Der Samtstoff enthüllte eine Parfümorgel voller Fläschchen mit dem neuen Duft. Auf dem großen Flakon, der über den kleinen Proben thronte, konnte man gut den Namen lesen: Marie.

Pablo wandte sich an Anne Guerin, seine zweite Mutter, und griff nach ihren Händen. Mit strahlenden Augen umarmte sie ihren Neffen, während eine Welle der Emotion über den Saal hinwegschwappte, als hätte man einen Parfümflakon geöffnet, dessen intensive Würze – von Pfeffer und Moschus – und zarter Rosenduft die Herzen der Gäste erfüllte.

Ohne sich von seiner Tante zu lösen, sagte Pablo zu ihr, aber auch zu den Gästen im Saal:

»Der Geruch der Provence ist der Duft meiner Mutter, Ihrer Schwester, die sie nie vergessen hat und auch von Ihnen nie vergessen wurde.«

Mit glänzenden Augen fügte er hinzu:

»Ich hab Sie von Herzen lieb, Tante.«

Mit zärtlichem, glücklichem Blick hatte Angèlica die Szene beobachtet und dachte, dass Pablo Soto, ihr Ehemann, wirklich einer der besten Parfümeure der Welt war, weil er das Aroma der Menschen, die er liebte, für die Ewigkeit bewahren konnte.

Und so würde es die Zeiten überdauern.

Die Parfüms in diesem Roman

Nuit Persane von Paul Poiret
Parfümeur: Maurici Schaller
Jahr: 1911
Familie: orientalisch
Duftnoten
Dieses Parfüm wurde nie vermarktet, daher gibt es keinerlei Hinweise auf seine Formel.

Chanel No 5 von Coco Chanel
Parfümeur: Ernest Beaux
Jahr: 1921
Familie: Blumig-aldehyd
Duftnoten
Kopfnote: Ylang-Ylang, Neroli, Aldehyde
Herznote: Jasmin, Rose, Iris, Maiglöckchen
Basisnote: Sandelholz, Vetiver, Moschus, Vanille, Zibet, Eichenmoos

Jicky von Guerlain
Parfümeur: Aimé Guerlain
Jahr: 1889
Familie: Zitrusnoten
Duftnoten
Kopfnote: Lavendel, Bergamotte, Zitrone, Mandarine
Herznote: Lilie, Vetiver
Basisnote: Patschuli, Ambra, Vanille, Moschus

L'Heure Bleue von Guerlain
Parfümeur: Jacques Guerlain
Jahr: 1912
Familie: semiorientalisch-blumig
Duftnoten
Kopfnote: Bergamotte, Anissamen, Neroli, Estragon
Herznote: Nelke, Jasmin, Rose, Neroli
Basisnote: Iris, Vanille, Sandelholz, Moschus

Shalimar von Guerlain
Parfümeur: Jacques Guerlain
Jahr: 1925
Familie: orientalisch-würzig
Duftnoten
Kopfnote: Mandarine, Zeder, Bergamotte, Zitrone
Herznote: Iris, Patschuli, Jasmin, Vetiver, Rose
Basisnote: Leder, Sandelholz, Moschus, Weihrauch, Tonkabohne

L'Acqua della Regina
In der Geschichte entwickelt Pablo Soto dieses Parfüm basierend auf dem Manuskript, das ihm Coco Chanel geschenkt hat, und lässt es von Guerlain vermarkten. Der fiktive Duft ist inspiriert von

Acqua di Colonia Santa Maria Novella
Auch bekannt als Acqua della Regina, wurde es ursprünglich im Jahre 1533 von Dominikanermönchen für Königin Katharina von Medici entwickelt. Die Mischung besteht aus frischen Essenzen wie Bergamotte, Zitrusnoten, weißen Blüten und exotischen Gewürzen.

Eau de Toilette Valèria
Das erste Duftwasser aus dem Labor von Modest Parés riecht so wie

Eau de Cologne 1916 von Myrurgia
Diese Mischung aus der Familie der Zitrusnoten enthält Rosmarin, Orangenblüte, Bergamotte und Zitrone. Es handelt sich um ein frisches Duftwasser, das seit 1982 im Handel ist und sowohl von Männern als auch Frauen benutzt werden kann.

Air Pur (Pablos Duft)
Pablos Sotos eigenes Parfüm, das die Frauen so betört, basiert auf

Fougère Royale von Houbigant
Parfümeur: Rodrigo Flores-Roux (in der modernen Version)
Jahr: 1882, neu aufgelegt 2010
Familie: Fougère
Duftnoten
Kopfnote: Zitrusöle, Lavendel, Ringelblumenöl
Herznote: Rondeletia, Geranie und warme Gewürze
Basisnote: Ambra, Moos, Patschuli, Tonkabohne und Muskatellersalbei

Elle von Parfums Royal
Das Parfüm, das Pablo Soto für Parfums Royal entwickelt, basiert auf

Le Dix von Parfums Balenciaga
Parfümeur: Duftentwickler aus Roure
Jahr: 1947
Familie: blumig
Duftnoten
Kopfnote: Bergamotte, Pfirsich, Zitrone, Koriander
Herznote: Rose, Jasmin, Iris, Ylang-Ylang, Maiglöckchen
Basisnote: Sandelholz, Vetiver, Moschus, Vanille

Indien von Parfums Royal
Dieser Duft, den Pablo Soto für Parfums Royal entwickelt, basiert auf:

Une Nuit Étoilée au Bengale von Baccarat
Parfümeur: Christine Nagel
Jahr: 1997
Familie: blumig-orientalischer Ambra-Duft
Duftnoten
Kopfnote: Bergamotte, Rose
Herznote: Sandelholz, Ceylon-Gewürze, Ingwer, Zimt
Basisnote: Ambra, Vanille

Angélique Sous la Pluie
Das Parfüm, das Pablo Soto in Barcelona entwickelt, basiert auf

Angéliques Sous la Pluie von Frédéric Malle
Parfümeur: J. C. Ellena
Jahr: 2000
Familie: blumig
Duftnoten
Kopfnote: rosa Pfeffer, Bergamotte, Koriander, Ingwer, Mandarine, Orange
Herznote: Angelika, Freesie, Jasmin, Maiglöckchen, Rose
Basisnote: Ambra, Zeder, Moschus

Marie
Das Parfüm, das Pablo Soto und Angèlica Parés 1948 für Perfumes Donna präsentieren, basiert auf:

Soir de Paris von Bourjois
Parfümeur: Ernest Beaux (die Formel wurde von Jacques Polge für Chanel neu bearbeitet)
Jahr: 1929 (1992)
Familie: süße Blumennoten
Duftnoten
Kopfnote: Veilchen, fruchtige Noten
Herznote: Klee, Linde, Flieder, Rose, Jasmin
Basisnote: Vetiver, Zeder, Vanille

Lesen Sie auch >>

LESEPROBE

Drei Frauen, die für die Liebe kämpfen.
Ein Schicksal, das sie verbindet.

Pisa im 13. Jahrhundert: Der geheimnisumwitterte Schiefe Turm soll endlich fertig gebaut werden, um aller Welt die Macht der Stadt zu bekunden. Die junge Aziza träumt davon, eines Tages von seiner Spitze aus das Meer zu sehen. Und sie träumt von Nino della Gherardesca, in den sie sich unsterblich verliebt hat. Doch eine alte Fehde spaltet Pisa in zwei Lager und macht Nino zu ihrem Feind. Nicht nur, dass Aziza der Kontakt zu ihrem Geliebten verboten wird – sie muss auch hilflos miterleben, wie er in den Krieg zieht. Kann ihre Liebe diese Prüfungen überstehen?
Viele Jahre später macht sich eine junge Frau auf die Suche nach ihren Wurzeln. Sie ahnt nicht, dass ihr ihre Herkunft zum Verhängnis werden kann …

Pisa 1373

»Eines schönen Tages erwachte der große Baumeister Bonanno beim ersten Dämmerlicht. Sobald er sich aus dem Bett erhoben hatte, richtete er wie immer ein Gebet an Gott, ein zweites an die Jungfrau Maria, ein weiteres an den Heiligen Ranieri, einen großen, gleichwohl sehr bescheidenen Sohn Pisas. Erst dann schlüpfte er in seinen Kittel, klopfte sich den Staub ab, spülte seinen Mund mit Wein – und just in diesem Augenblick fiel sein Blick auf den Domplatz. Der Weinkrug entglitt Bonannos Händen. Sie zitterten, als er sich bekreuzigte, ein Ruf des Entsetzens kam über seine Lippen.«

Der Mönch machte eine kunstvolle Pause. Erst als er sich sicher war, dass die Blicke sämtlicher Umstehenden auf ihn gerichtet waren, fuhr er heiser raunend fort: »Bonanno starrte auf den frei stehenden Glockenturm – oder vielmehr auf das, was ein solcher werden sollte. Er selbst überwachte seit nunmehr einem Jahrzehnt die Bauarbeiten, erst kürzlich war das dritte Stockwerk fertiggestellt worden. Doch nun musste er Schreckliches feststellen.«

Eine noch längere Pause folgte, bis die Versammelten den Atem anhielten, obwohl sie den Ausgang der Geschichte längst kannten.

»Der Turm hatte sich über Nacht geneigt«, flüsterte der Mönch, »er wuchs nicht mehr gerade zum Himmel empor, er stand so schief wie ein vom Sturm umgeknickter Baum.«

Ein Raunen ging durch die Menge, lauter noch als das Rauschen der Pinie, die gleich neben der Eremitage des Mönchs wuchs. Sie war an jener breiten Straße entlang des linken Ufers des Arnos errichtet, die von

Pisa zum Hafen führte, und nur ein kleines Stück von weiteren Hütten entfernt, in denen ebenfalls Männer Gottes wohnten. Die Mönche taten den ganzen Tag nichts anderes, als zu beten und um Almosen zu betteln – und dann und wann Geschichten zu erzählen. Es waren spannende, wundersame, schreckliche und lustige Geschichten, und sie veranlassten die Reisenden, eine Pause einzulegen, neugierig zu lauschen und hinterher ergriffen ihre Geldbörse zu zücken.

Nicht dass sich der Mönch, der soeben die Geschichte des Baumeisters Bonanno und des Glockenturms der Stadt erzählte, allein darauf verließ. Neben der Holzhütte war ein Schaf angebunden, das ihn mit Wolle und Milch versorgte, sich heute jedoch leider als Störenfried erwies, weil es just in diesem Moment laut mähte. Das führte dazu, dass wiederum das Huhn im Holzverschlag aufgeregt gackerte, wie es das ansonsten nur tat, wenn es ein Ei legte – und schon war es dahin mit der Spannung.

Ein Kaufmann – zumindest ließ sein Gewand aus mit Gold bestickter Seide, vor allem die kostbaren Stoffknöpfe, mit denen die Tunika an der Brust geschlossen wurde, vermuten, dass er einer war – sagte forsch: »Na und? Jeder, der je in Pisa war, weiß, dass unser Glockenturm schief ist und das seit nunmehr zweihundert Jahren. Und fast jeder, der mit den Pisanern darüber gesprochen hat, weiß, wer Schuld daran hat.«

Nun war es der Mönch, der den Atem anhielt, nicht vor Aufregung, vielmehr vor Empörung, weil seine Erzählung so dreist unterbrochen wurde. Ebenso verdrossen war Cristo, der sich zu den Umstehenden gesellt hatte. Ihn hatte nicht die Geschichte herbeigelockt – er hatte sie oft genug gehört –, sondern die Geldbörsen der Passanten, ihre kostbaren Gürtel und ihr Schmuck.

Eben hatte er sich an den Kaufmann heranpirschen wollen, um unbemerkt den Dolch von seinem Gürtel zu klauen. Doch nun waren alle Blicke auf diesen Mann gerichtet, und Cristo musste in den Schatten der Pinie treten und so tun, als wäre er einzig an den Worten des Kaufmanns interessiert.

»Guglielmo von Innsbruck trägt die Verantwortung dafür, dass der Turm schief ist«, fuhr der Kaufmann fort, die finstere Miene des Eremiten missachtend. »Er hatte einen größeren Buckel, als meine Katze ihn macht, wenn sie einem knurrenden Köter begegnet, und er hat für Bonanno die Steine des Turms so aufeinandergeschichtet, dass der Turm am Ende seinem schiefen Rücken glich. Es heißt, er wollte sich an Gott für seinen Buckel rächen – oder an den Pisanern, die ihn deswegen verspotteten.«

Der Mönch musterte den Mann grimmig, Cristo hingegen sah sich lieber nach seinem nächsten Opfer um.

Cristo hieß eigentlich Aiutamicristo – Hilf mir, Christus –, und bis heute hatte er keine Ahnung, ob seine Mutter die Hilfe Christi ihm oder sich selbst gewünscht hatte, als sie ihn so hatte taufen lassen. Als er alt genug gewesen war, um diese Frage zu stellen, nämlich vier, war sie schon tot gewesen. Und mit seinen mittlerweile zehn Jahren war er längst zu dem Schluss gekommen, dass man nicht auf Christus zählen sollte, sondern sich selbst helfen musste.

Könnte er vielleicht die junge Gattin eines Greises, deren Augen fast aus den Höhlen und deren Brüste fast aus dem engen Kleid quollen, bestehlen? Diese war im Übrigen ebenfalls der Meinung, sie könnte mitreden, denn soeben erklärte sie: »Guglielmo hat den Turm nicht schief gebaut, weil er selbst einen schiefen Rücken hatte, sondern weil Bonanno ihm nicht den vereinbarten Lohn bezahlt hat. Daraufhin wurde er so zornig, dass er dem Turm den Befehl gab, sich zur Seite zu neigen.«

Cristo pirschte sich unmerklich an die Frau heran, die zwar keine Geldbörse trug, am Ausschnitt des engen Kleides aber ein paar Perlen. Ob er eine abreißen könnte, ohne dass sie es bemerkte? Allerdings könnten diese nur allzu schnell in den Schlitz ihrer Brüste kullern. Besser, er beklaute den jungen Mann, der am Holztisch vor der Eremitage saß. Zugegeben, dieser war nicht besonders elegant gekleidet. Weder trug er Samt und Seide noch Stoffknöpfe und erst recht keine Perlen, sondern lediglich eine schlichte Tunika aus Schafwolle. Aber an seinem Gürtel hing ein Beutel, und der sah sehr schwer aus. Cristo hätte schwören können, dass er randvoll mit Münzen war, und es begann ihm in den Fingern zu jucken!

Den Eremiten juckte gar nichts, er hob drohend die Hand, die er eben noch in seiner rauen Kutte versteckt gehalten hatte. »Was für ein Unsinn! Kein Mensch vermag es, einem Turm zu befehlen, schief zu werden, der eben noch gerade stand! Kein Fluch wäre mächtig genug! Gott allein hat die Macht, ganze Türme zu zerstören.«

»Aber dass der Turm verflucht ist, leugnest du nicht«, warf die Frau mit den großen Brüsten ein. »Kein Wunder, er wurde schließlich in der Nähe eines Gräberfeldes errichtet. Und in diesen Gräbern liegen nicht nur gute Christenmenschen begraben, auch Sarazenen und Juden.«

Cristo hatte den jungen Mann erreicht, stellte fest, dass der Sack, in dem sich wohl etliche Münzen befanden, mindestens zweimal verknotet war. Verdammt! Cristo war nicht gut darin, Knoten zu lösen, zumindest nicht so gut wie Silvio, mit dem er sich manchmal das taubenverschissene Eckchen hinter dem Brunnen von San Cristofano teilte. Wobei er Silvio nicht unbedingt brauchte, Cristo trug ja sein kleines Messer mit sich, mit diesem konnte er den Lederbeutel aufschlitzen und … Himmel!

Der Mann, der eben noch gemächlich am Holztisch gesessen hatte, erhob sich abrupt. »Wenn man zu erklären versucht, warum der Turm schief ist, sollte man nicht allein von Gott und von Männern reden«, sagte er, »nein, wenn man die Geschichte des Turms erzählt, sollte der Name einer Frau fallen.«

Alle fuhren zu ihm herum, und Cristo überlegte, ob ihm das zum Vorteil oder Nachteil gereichte. Zwar starrten alle neugierig in das Gesicht des Mannes, jedoch nicht auf seinen Gürtel. Leider hatte sich der Mann aber soeben leicht von ihm weggedreht.

»Von welcher Frau redest du?«, fragte der Kaufmann und haderte sichtlich damit, dass ein anderer noch vorlauter war als er.

»Nun, von … Aziza.«

Ein heiserer Schrei ertönte, von dem Cristo kurz nicht sagen konnte, wer ihn ausgestoßen hatte. Der Kaufmann jedenfalls nicht, der murmelte nur, dass er diesen Namen noch nie gehört hatte. Erst verspätet erkannte Cristo, dass er aus der Richtung des Mönchs gekommen war. Dessen Gesicht, gefurcht wie der Stamm der Pinie, lief rot an. Seine Miene verriet kein geringeres Entsetzen, als es Bonanno beim Anblick des schiefen Turms überkommen haben musste. Er schnappte nach Atem, als hätte der junge Mann nicht einfach nur einen Namen genannt, sondern ihm vielmehr die Hände um den Hals gelegt und zugedrückt. Seine Augen schienen feucht zu werden, sich dann in den Höhlen zu verstecken, als wäre es eine Zumutung, die Welt betrachten zu müssen. Und noch etwas war da in seiner Miene zu lesen, kein kurz aufflackerndes Gefühl, sondern etwas, das schon seit vielen Jahren sein Leben verdunkelte. Schlechtes Gewissen. Verzweiflung. Trauer.

»Wage nie wieder, den Namen dieser Frau in meiner Gegenwart auszusprechen«, knurrte er, »und ihr anderen … ihr anderen verschwindet jetzt!«

Er stampfte auf, um seinen Worten Nachdruck zu verleihen, wandte sich ab, ohne abzuwarten, ob sein Befehl befolgt wurde, und betrat hastig seine winzige Hütte. Er schlug die Tür so heftig zu, dass das ganze Gebäude erzitterte. Das Schaf mähte wieder, das Huhn gackerte noch närrischer. Kaum weniger nervös klang das Kichern aus dem Mund der jungen drallen Frau. Rasch riss es wieder ab, denn auf die brennende Neugierde folgte bald die Einsicht, dass diese hier und heute nicht gestillt werden würde. Sie zerrte ihren greisenhaften Mann mit sich, auch der Kaufmann ging zu seinem Diener, der mit den Pferden beim Wagen wartete, und bald zerstreute sich der Rest. Nur der junge Mann, auf dessen Vermögen es Cristo abgesehen hatte, trat zur Tür der Eremitage, verharrte dort, schien kurz zu überlegen, ob er klopfen, sich gar gewaltsam Einlass verschaffen sollte. Am Ende tat er aber nichts von *beidem, sondern ließ sich gedankenverloren, nahezu verstört auf die Bank fallen.*

Endlich! Lautlos schlich sich Cristo an ihn heran, zückte sein Messer. Nur mehr ein kleiner Schnitt, dann würde wenigstens eine Münze hervorkullern, er müsste sich nur bücken und … Die Klinge berührte das Messer noch nicht, als der Mann herumfuhr, ihn am Handgelenk packte, es leicht drehte, bis ihm vor Schmerz das Messer entglitt. Verdammt, es war doch sein einziger Besitz! Wobei der ihm im dunklen Kerker nichts helfen würde, in dem er jetzt unweigerlich landen würde!

»Was machst du denn da?«

Bis jetzt hatte Cristo den jungen Mann nur von hinten gesehen, festgestellt, dass er die Haare länger trug als die meisten Pisaner, außerdem weiche Locken hatte. Nun starrte er in Züge, so fein, als wären sie aus Elfenbein gemeißelt wie die vielen Madonnenstatuen der Stadt. Das Ebenmaß täuschte allerdings nicht über das Misstrauen hinweg, das aus der Miene sprach.

Cristo deutete hastig auf das Schaf, obwohl das ein geraumes Stück von ihm entfernt stand. »Ich wollte das Schaf scheren, um mir aus der Wolle Schuhe zu machen«, log er und deutete auf seine Füße, denen man ansah, dass sie nie Schuhwerk getragen hatten. Die Haut war verhornt, verschorft, die Nägel gelb und viel zu lang.

»Schuhe aus Wolle werden dir nichts nützen. Was du brauchst, ist Leder.«

Cristo nickte vermeintlich zerknirscht. Wenn der andere schon von Leder sprach, würde er sich womöglich gleich seines Lederbeutels und dessen Inhalts vergewissern, und damit sank die Chance, ihn doch noch zu bestehlen, endgültig. Nun, Hauptsache, er wurde losgelassen, doch obwohl sich der Griff nun etwas lockerte, gab der Mann sein Handgelenk nicht frei. »Wenn du Geld für Leder von mir haben willst, musst du es dir verdienen.«

Cristo unterdrückte ein Stöhnen. Der Letzte, der ihm angeboten hatte, für ihn zu arbeiten, war ein Gerber gewesen, der von ihm verlangte, er müsse stundenlang im kalten Wasser stehen, die Häute spülen und sie hinterher in der stinkenden Gerbergrube einweichen. Nein danke!

Doch der Fremde fuhr fort: »Du stammst doch von hier, nicht wahr? Hast gewiss auch viele Geschichten und Legenden gehört. Ich … ich brauche deine Hilfe, um ein Geheimnis aufzudecken.«

Cristo fing sich rasch wieder. Er hatte die Erfahrung gemacht, dass Geheimnisse wie Gerbergruben stanken, und hatte nicht vor, bis zu den Oberarmen darin zu wühlen. Dennoch behauptete er dreist: »Oh, ich kenne jedes Geheimnis von Pisa!«

»Dann weißt du auch, warum der schiefe Turm schief ist?«

»Durchaus«, nickte Cristo eifrig, hatte er den Eremiten doch schon öfter davon erzählen gehört – nicht immer in der hanebüchenen Variante von heute. »Natürlich war nicht der krumme Guglielmo daran schuld, was für ein Unsinn, sondern der feuchte Untergrund. Schließlich senkte sich der Turm nicht von einem auf den anderen Tag, sondern erst mit den Jahren. Nach den ersten drei Stockwerken ließ man den Bau deswegen ruhen, nahm ihn erst hundert Jahre später wieder auf, errichtete weitere Stockwerke. Ob der Turm aber nun krumm ist oder nicht, er bleibt ein Zeichen für den Ruhm Gottes. Die Menschen haben ja auch krumme Seelen, und Gott hört trotzdem nicht auf, ihnen seine Barmherzigkeit zu erweisen.«

Das hatte er sich nicht selbst ausgedacht, er gab nur die Worte des Eremiten wieder, um den jungen Mann zu beeindrucken. Der schien allerdings enttäuscht. »Du hast mich falsch verstanden. Es geht mir nicht darum, warum der Turm schief ist, sondern warum er schief blieb.«

»Weil … weil …« Cristo geriet ins Stocken. Er hatte nie von Versuchen gehört, den Turm zu begradigen.

»Der Name Aziza ist dir also auch fremd, oder?« Der junge Mann klang plötzlich unendlich traurig, als er hinzufügte: »Der Turm ist … er war ein Symbol für ihre Liebe.«

Cristo hob skeptisch seine rechte Augenbraue. »Viele Pisaner sehen im schiefen Turm ein sichtbares Zeichen dafür, dass Pisas große Zeit vorbei ist, aber ganz sicher nicht von Liebe«, murmelte er.

Der Mann zuckte die Schultern, ließ ihn endlich los, erhob sich. Obwohl er jung und sehnig war, ging er mit gesenktem Haupt und hängenden Schultern davon, als schleppe er eine schwere Last mit sich.

»Warte!«, rief Cristo. »Warum hast du den Eremiten überhaupt nach dieser Aziza gefragt?«

»Wer ihre Geschichte kennt, weiß womöglich noch mehr und kann mir helfen …«

»Helfen, das Geheimnis zu lüften, von dem du sprachst? Warum ist dir das so wichtig?«

»Weil … weil mein Leben davon abhängt.« Seine Lippen verzogen sich zu einem Lächeln, aber es war traurig wie der Rest der Miene. »Nein«, berichtigte sich der junge Mann, »das ist übertrieben. Nicht mein Leben hängt davon ab, nur mein Glück. Es ist ja ein Irrtum zu glauben, dass das Leben und das Glück unweigerlich zusammengehören. Genauso wenig tun es die Liebe und das Glück. Eigentlich macht nichts so unglücklich wie die Liebe.«

Cristo wusste nichts von der Liebe. Und Glück war für ihn, einen vollen Magen und einen windgeschützten, nicht völlig verdreckten Schlafplatz zu haben.

»Nun, es stimmt«, sagte er, »ich habe noch nie etwas von Aziza gehört. Aber wenn du mir von ihr erzählst, kommt mir vielleicht eine Idee, wer dir weiterzuhelfen vermag, und zu diesem Menschen kann ich dich bringen.«

Der andere blickte ihn erst nachdenklich an, dann nickte er schließlich. »Bevor ich dir von Aziza erzähle, sollte ich mich vielleicht vorstellen.« Er machte eine kurze Pause. »Ich heiße Gabriele.«

Das Zögern vor dem Namen erweckte in Cristo den Verdacht, dass der junge Mann nicht wirklich so hieß. Aber das bekümmerte ihn nicht weiter, er hatte den anderen schließlich auch belogen. Sein Versprechen, ihm zu helfen, war nichts wert. In Wahrheit wollte er Azizas Geschichte nur hören, um doch noch eine Münze aus dem Lederbeutel stehlen zu können.

I.

Das Schandmal der Stadt

1269 - 1276

Wenn in Bugia, jener von schroffen Klippen und mächtigen Bergen umgebenen Stadt in Nordafrika, einem Kind das Leben geschenkt wurde, wurde es in Blumenwasser gebadet. Eine Dienerin lief mit Salz durch den Raum, um die *dschinn* zu vertreiben, jene aus rauchlosem Feuer erschaffenen Dämonen, und nicht weit von der Wiege entfernt brannte ein starkes Feuer, an dem drei Tage und drei Nächte lang kein Mensch vorbeischreiten durfte, ansonsten brachte er Unglück über das Kind. Am allerwichtigsten aber war, dass man dem Kleinen Brot, Zucker und Gold in die Wiege legte: Zucker, damit es freundlich werde, Brot, damit es lange lebe, Gold, damit das Glück ihm lache.

Ja, das geschah, wenn in Bugia, einer der wichtigsten Hafenstädte in Nordafrika, ein Kind geboren wurde – zumindest wenn es das Kind einer reichen Familie war. Die Eltern von Aziza aber waren nicht reich, sie waren so bitterarm, dass ihre Hütte nicht einmal mit Stroh bedeckt war, nur mit Fladen aus getrocknetem Ziegenmist. Die erste Mahlzeit ihrer Mutter nach der Geburt war keine Suppe aus Weizenmehl, Hammelfett und Traubenmus gewesen, und Aziza wurde kein Brot, Zucker und Gold in die Wiege gelegt. Kein Wunder also, dass die Menschen, denen sie in den ersten Jahren ihres Lebens begegnete, sie nicht für freundlich, sondern für verblödet hielten. Sie erwarteten, dass sie bald wie eine der nutzlosen schwarzen Fliegen dahingerafft werden würde, und glaubten nicht daran, dass sie jemals ihr Glück fände.

Zunächst schienen sie recht zu behalten. Ihre Eltern starben so früh, dass sie sich nicht an sie erinnern konnte – nur manchmal vermeinte sie in ihren Träumen das Echo vom Singen und Lachen der Mutter zu hören. Ihre Tante, die sie nach deren Tod aufnahm, sang und lachte nicht. Sie beklagte sich ständig über das Schicksal, das ihr eine solch nutzlose Last aufgebürdet hatte.

»Wenn du wenigstens gut im Weben wärst!«, rief sie oft, aber in Azizas Händen verknotete sich jeder Faden.

»Wenn du wenigstens ein Kunststück vollbringen könntest!«, jammerte sie, aber die einzigen Kunststücke unter ihrem Dach vollbrachte die einohrige Katze, die noch die schnellste Maus fing.

»Und wenn du wenigstens ein liebreizendes Lächeln hättest«, kam es schließlich, »die Menschen würden nicht achtlos an dir vorbeigehen, sondern dir mehr Geld zustecken.«

Nun, Aziza konnte durchaus lächeln, aber wenn sie am Boden lungerte und bettelte, wie die Tante es befahl, hob sie den Kopf nicht weit genug, um den Menschen, die an ihr vorbeischritten, ins Gesicht zu sehen. Auch ihre Tante lächelte sie sehr oft an, meist entschuldigend, weil sie ihr das Leben schwer machte, aber die bemerkte es gar nicht. »Du taugst einfach zu gar nichts«, erklärte sie nur.

Eines Morgens setzte sie sie wieder einmal in einer der Gassen ab, kam am Abend jedoch nicht zurück, um sie wieder nach Hause zu holen. Auch am nächsten Tag erschien sie nicht.

Aziza, die durch das Labyrinth an Straßen und Gassen unmöglich den Heimweg finden würde, blieb sitzen. Sie kaute tagsüber an Schalen von Feigen, die jemand achtlos weggeworfen hatte, und leckte Wasser aus einem undichten Rohr, das vom nächstgelegenen Hamam wegführte. Irgendwo tief drinnen wucherten Schmerz und Angst. Zugleich hoffte sie ganz selbstlos, die Tante würde nun, da sie sie los war, fröhlicher sein, den ganzen Tag singen und lachen. Sie nahm ihr nichts übel. Sie war ja selbst der Meinung, dass sie zu nichts taugte.

Doch ihre Tante und sie irrten sich beide. Aziza hatte durchaus ein großes Talent, obwohl noch niemand davon wusste, und sie verhungerte nicht im Staub der Straße. Stattdessen wurde sie mit nunmehr sechs Jahren ein zweites Mal geboren, und an diesem Tag – oder vielmehr war es die dritte Nacht, die sie mittlerweile im Freien verbrachte – wurde ihr ein Schatz geschenkt, kostbarer als Gold, Brot und Zucker.

Der Mann, der Aziza diesen Schatz anvertraute, war Abelardo Gualandi, ein Pisaner Kaufmann. An dem Tag, da er Aziza ein zweites Leben schenkte, war er zuvor zweimal dem Tod begegnet. In den frühen Morgenstunden gebar seine Frau Riccia nach langen Monaten des Leidens ein Kind, so blau wie der abendliche Himmel, wenn die nahende Nacht fast sämtliches Licht und Wärme verscheuchte, und faltig wie ein Greis, als wäre es im Mutterleib nicht einfach nur gewachsen, sondern unaufhörlich gealtert. Es hatte Kraft für genau sechs Atemzüge, dann war es tot. Die Hebamme, die weniger von Geburten, dafür umso mehr von Zauberei verstand, meinte, es wären besser sieben oder zwölf gewesen. Die Sieben stände für die Unendlichkeit, die Zwölf für Vollständigkeit.

Abelardo befahl ihr zu schweigen. Mit dem leblosen Bündel in den Händen trat er an das Bett seiner Frau. Riccias dunkelbraunes Haar, das ihr sonst in geschmeidigen Locken über den Rücken fiel, klebte am bleichen Gesicht. Sie hatte während der Geburt viel Blut verloren, viel zu viel Blut, wie die Hebamme mehrmals klagend gerufen hatte. Ihre Kraft reichte gerade noch für eine letzte Frage.

»Lebt es?«, wollte sie wissen, ehe ihr Kopf schwer zurückfiel, sie das Bewusstsein verlor.

»Ja«, sagte er, und er würde nie erfahren, ob sie diese Lüge noch gehört und geglaubt hatte. Ihre Atemzüge zählte er nicht; bis zu ihrem Tod dauerte es noch quälende, keuchende, rasselnde Stunden, in denen die Hebamme vergebens versuchte, den fortwährenden Blutfluss zu stoppen.

Als sie nicht länger nach Luft rang, legte er das Kind auf jene Brust, nach der es nie schnappen und aus der niemals ein Tropfen Milch quellen würde, und er fühlte sich so trostlos und verzweifelt, dass er sich am liebsten dazugelegt und gewartet hätte, bis der Tod auch ihn holte.

Die junge Bona, die seit zwei Jahren Riccias Dienerin war, breitete erst ein weißes Tuch über ihre Herrin aus, dann ein weiteres über das blaue Kind. Sie weinte immerzu und klagte: »Wenn sie wenigstens in Pisa hätte sterben können. Pisa war doch ihr Zuhause.«

Mehr sagte sie nicht, aber er konnte all die Fragen hören, die ihr auf den Lippen lagen. Warum war er ständig unterwegs, anstatt das Leben in seinem prächtigen Palazzo zu genießen? Warum zog es ihn ausgerechnet in das Land der Heiden, obwohl die Kirche wetterte, man solle keinen Handel mit ihnen treiben? Und warum war Riccia bloß nicht stark genug gewesen, ihm laut zu trotzen, und er so blind, dass er nicht bemerkte, wie sie es leise tat – indem sie ständig kränkelte, meist im Bett lag?

»Ich … ich bin doch ein Kaufmann«, stammelte Abelardo. »Und ein Kaufmann reist. Es war ihre Entscheidung, mich zu begleiten.«

Bona weinte noch mehr, sagte nichts mehr, aber Abelardo

wusste auch so: Riccia hatte ihn nicht begleiten wollen, es jedoch tun müssen, um ihn überhaupt noch zu Gesicht zu bekommen.

Was ihn im Übrigen in ferne Städte trieb, ob Damietta und Alexandrien, Kairo und nun eben Bugia, war nicht nur die Gier eines Kaufmanns. Er verkaufte zwar Weizen aus Sizilien gegen Gold aus Ghana, Holz und Eisen gegen Kupfer und Salz, Olivenöl und Wein gegen Tierhäute. Seine wahre Gier aber galt etwas anderem, und dem jagte er nicht nur selbst nach, er hatte Riccia dabei stets hinter sich hergezerrt. Am Ende hatte es ihm aber bloß ein totes Weib, einen toten Säugling und ein klaffend leeres Herz eingebracht.

Er schaffte es nicht, in dessen Abgrund zu schauen. Er schaffte es nicht einmal, die tote Frau und das tote Kind unter den Leinentüchern liegen zu sehen. Hastig floh er aus dem Haus – eines der prächtigsten im Fondaco der Pisaner, wie man an der Küste Nordafrikas die Stadtviertel der ausländischen Händler nannte. Man fand dort alles, was man zum Überleben brauchte und was das Leben obendrein annehmlich machte: Herbergen und Handelskontore, Lagerräume und Kirchen, Fleischereien und Bäckereien. Nur das, was Abelardo suchte, ließ sich heute nirgendwo finden. Er hoffte nicht einmal auf Trost oder Seelenfrieden, er hoffte auf einen Funken Gewissheit – nicht größer als ein Senfkorn –, dass er in seinem Leben nicht alles falsch gemacht hatte, dass er nicht sinnlos dem falschen Schatz nachgejagt war.

Er hatte zum Hafen gehen wollen, um sich vom Anblick des Meeres bestärken lassen. Ob es nun bedrohlich rauschte oder türkis glitzerte – mit jedem Wellenschlag bewies es, dass des Menschen Geist für die Weite gemacht ist, nicht für die Enge. Doch der eigene Geist schien ein paar Schritte vor oder hinter ihm zu gehen, und er selbst war eine Hülle, die bald nur mehr den Wunsch verspürte, in einer ärmlichen Gasse von einem Dieb gemeuchelt zu werden.

Leider war hierzulande auf Diebe kein Verlass. Im fernen Byzanz gab es ununterbrochen Überfälle, Messerstechereien und Plünderungen, weil die Pisaner den Venezianern nichts gönnten und die Venezianer nichts den Genuesen. Im heidnischen Nordafrika aber galten die christlichen Händler als Gäste, und wer ihnen unrecht tat, wurde genauso hart bestraft, als hätte er die Hand gegen seinesgleichen erhoben. Einem Dieb begegnete er also nicht, in eine ärmliche Gasse geriet er allerdings schon. Er musste den Kopf einziehen, weil so viele Lumpen zum Trocknen aufgehängt waren, riss dennoch einen mit sich und sah nun nichts mehr. Erst als er fast über einen Köter fiel, der aufsprang, knurrte, die Zähne fletschte, danach aber leider floh, anstatt ihn totzubeißen, zog er den Lumpen wieder vom Gesicht. Wenige Schritte später stolperte er dennoch wieder – diesmal über ein Bündel Stoff. Bis er erkannt hatte, dass sich unter dem Bündel ein Mensch befand, war er schon dem Kopf voran auf den Boden gekracht, und es wurde schwarz um ihn.

Als er wieder erwachte, schien der Himmel auf ihn zu fallen und zu zerbrechen, als wäre er aus Glas. Allerdings schnitt sich keine Scherbe in seine Haut, stattdessen fühlte er eine Hand, eine weiche, kleine Hand, die ihn vorsichtig anstupste. Natürlich gelang es dieser Hand nicht, ihn auf den Rücken zu wälzen, dazu war sie zu schwach. Er versuchte es selbst, schaffte es allerdings ebenfalls nicht, ein Stöhnen entfuhr ihm. Immerhin konnte er die Augen aufschlagen, und als er das Mädchen musterte, das da vor ihm kauerte, vergaß er fast, dass er heute zweimal dem Tod begegnet war. Das Mädchen mochte dreckig sein, das schwarze Haar vor Schmutz starren, es war viel zu dünn für seine Größe und das Gesicht vom fahlen Ton eines Menschen, der niemals aufs offene Meer geschaut, den salzigen Wind eingesogen hatte. Aber ihre Züge waren von solchem Ebenmaß, das er bislang nur den berühmten Pisaner Bauwerken, strikt nach den Gesetzen der Geometrie erbaut, zugesprochen hatte. Und was noch mehr als diese Schönheit seine Lebensgeister weckte, war ihr Blick, der mehr Neugierde auf das Leben verriet als Angst.

Was sie wohl sah, wenn sie ihn betrachtete? Hielt sie ihn für einen Kranken, einen Betrunkenen? Nun, als Christ war er nicht zu erkennen, denn er hatte heute vergessen, sich den hellen Gürtel anzulegen und das Kreuz umzuhängen, wie es vorgeschrieben war. Ganz sicher hielt sie ihn für alt, waren seine Haare, obwohl buschig, doch längst von weißen Fäden durchzogen, die Haut, die sich über spitze Wangenknochen und eine nicht minder markante Nase spannte, von Luft und Sonne gegerbt und gefurcht. Wobei es nicht das war, was ihre Aufmerksamkeit auf sich zog.

»Deine Augen sind ja blau«, stellte sie fest, »blau wie das Meer.«

Er richtete sich etwas auf, stellte fest, dass ihre Augen schwarz waren – und nicht nur Neugierde darin stand, sondern auch Güte. Jede andere hätte seinen Leib nach Schmuck oder Geldmünzen abgetastet, hätte ihm die rote weiche Mütze vom Kopf gezogen und die seidigen Hosen von den Beinen, doch das Mädchen streichelte in einem fort über sein Gesicht, warnte schließlich: »Du solltest nicht hier sein, sonst wird man dich bestehlen.«

Rührung überkam ihn, weil ihr an seinem Wohl mehr zu liegen schien als an dem eigenen. »Für dich … für dich ist es doch auch gefährlich, hier zu sein.«

»Warum?«, fragte sie ehrlich erstaunt. »Ich habe nichts, was man mir nehmen könnte. Meine Tante sagt immer, jemand wie ich wäre der Staub, der anderen an den Sohlen klebt.«

Wie konnte man Derartiges zu einem so hübschen Kind

sagen! Die Wut, die ihn auf die Tante überkam, gab ihm die Kraft, sich endgültig aufzusetzen, sich umzublicken. Die Häuser standen hier so dicht nebeneinander, dass kaum mehr als zwei Menschen auf einmal durch diese Gasse gehen könnten, der Köter, über den er vorhin gestolpert war, war wieder näher gekommen, knurrte aber nicht. Wahrscheinlich hockte er häufig bei Verhungernden und wartete geduldig darauf, bis sie starben und er sich an ihnen gütlich tun konnte.

Er aber würde nicht sterben. Und dieses Mädchen, so entschied er jäh, würde auch nicht sterben. Er tastete sein Wams ab, fand ein Ledersäckchen und holte Nüsse und Feigen heraus. Beides wurde hierzulande Ziegendreck genannt, doch er fand, dass es gut schmeckte und vor allem satt machte. Das Mädchen war lange nicht satt gewesen, vielleicht noch nie. Als er ihr das Essen reichte, blickte es ihn kurz fragend an, machte sich dann schmatzend darüber her. Auf Abelardos Lippen lag die Frage, wie sie hieß, aber noch stellte er sie nicht.

So war es schließlich sie, die als Erstes wieder sprach. »Dass du blaue Augen hast, verrät, dass du nicht von hier stammst. Warum beherrschst du dennoch meine Sprache?«

»Ich bin Pisaner, und die Pisaner rühmen sich, viele Sprachen zu sprechen. Ich verstehe sogar derer alle.«

»Alle Sprachen der Welt?«

»Nun ja, alle, die ich jemals gehört habe, habe ich auch zu lernen versucht. Auf diese Weise habe ich meinen Schatz gemehrt.«

»Welchen Schatz?«

Er ging nicht darauf ein. »Deine Sprache habe ich mir übrigens angeeignet, um den Koran nicht nur in der Übersetzung zu lesen, auch im Original. Du weißt doch, was der Koran ist, oder? Das Heilige Buch der Muslime! Wenn du hier geboren wurdest, bist du auch eine von ihnen.«

Sie starrte ihn fragend an. Wie war es möglich, dass in ihrem Blick so viel Hunger auf die Welt stand, wenn ihr Geist zugleich so leer schien? Aber vielleicht war das nicht widersinnig, denn wo es viel Leere gab, gab es auch viel Platz, diese zu füllen.

Er rappelte sich auf, begann zu sprechen, erklärte dem Mädchen, so wie er es Riccia so oft zu erklären versucht hatte, was ihn in die Welt trieb. Es war nicht der Handel mit teuren Waren, es war der Handel mit Wissen. Dieses galt es unaufhaltsam zu vermehren. Das Gute war, dass man es tauschen konnte – zum Beispiel, indem er mit Rabbinern und Muftis disputierte –, ohne etwas dabei zu verlieren. Man konnte auch Wucher treiben, ohne Angst vor der Höllenstrafe zu haben, und selbst geringster Einsatz erbrachte mannigfaltige Zinsen. Das Vermögen, das man sich verdiente, konnte man zwar nicht einfach in einer dunklen Lagerhalle absperren, man musste sich stets aufs Neue vergewissern, dass man es noch besaß. Aber anders als ein Beutel Münzen ging der Wissensschatz nie zur Neige – selbst wenn man ihn mit vollen Händen ausgab.

Riccia hatte nie verstanden, was er meinte. Sie wollte in Pisa bleiben, schöne Kleider tragen, auf den Marktplatz gehen und Schmuck kaufen. Ob das Mädchen ihn verstand, wusste er nicht, es starrte ihn nur mit offenem Mund an.

»Wie gesagt: Ich habe den Koran gelesen und die Bibel, den Talmud und die Schriften vieler Philosophen. Und ich bin überzeugt, dass Gottes Botschaft nicht nur etwas ist, wofür wir unser Herz öffnen müssen, sondern das auch unsere Vernunft erfassen kann. Diese Vernunft ist ein Schatz, noch kostbarer als Münzen aus Gold. Würden Menschen sie wie diese horten, es würde keine Gewalt mehr geben, keinen Streit, keine Kriege, es würde keinen …«

Er brach ab, denn etwas schnitt in seine Gedanken, einem Splitter gleich.

Den Tod aber würde es immer noch geben, dachte er. Der Tod ist stärker als die Vernunft.

Gerade erst heute hatte der ihm seine Fratze gezeigt, hatte ihn daran gemahnt, dass er – sein geschliffener Verstand hin oder her – irgendwann zu Staub werden würde.

Dieser Gedanke tat so weh, dass er unvermittelt jene Frage stellte, die er vorhin vermieden hatte. »Wie heißt du?«

»Aziza.«

Er wiederholte den Namen einmal, mehrmals, und sie lauschte mit der gleichen Verwunderung, mit der sie vorhin seinen Worten gelauscht hatte.

Schrecken, Hoffnungslosigkeit, Trostlosigkeit überkamen ihn. Allerdings spiegelte sich nichts davon in den dunklen Augen des Mädchens. Es sah ihn immer noch neugierig an, schien von dem Tod zu wenig zu wissen, um ihn zu fürchten – oder vielleicht zu viel.

Und plötzlich kam ihm ein Gedanke. Wenn man in einem solchen Mädchen die Vernunft erweckte, konnte man zwar nicht dem Tod trotzen, jedoch allen Menschen bekunden, dass diese Vernunft eine unerschöpfliche, niemals versiegende Quelle war. Man konnte beweisen, dass sie wirklich in jedem wohnte, sogar in einem Heidenkind, in einem Wesen, das dreckig war und in Lumpen steckte.

Der König braucht eine Krone, der Händler Gold, der Krieger ein Schwert, dachte er, aber die Vernunft ist die größte Macht, sie bedarf keiner schillernden Insignien, sie bedarf nur dieses wachen Blickes.

Anstatt seiner Idee Zeit zum Reifen zu geben, rappelte er sich auf, streckte ihr die Hand entgegen und sagte: »Komm mit.«

Sie hatte wohl erwartet, er würde weiterhasten, starrte verwirrt auf seine Hand, nahm sie schließlich zögerlich.

Er zog sie hoch und ging in die Hocke, damit er ihr geradewegs ins Gesicht schauen konnte. »Willst du … willst du künftig bei mir leben?«, fragte er. »Willst du mir helfen, meinen Schatz zu mehren?«

Aziza war nicht sicher, ob sie seine Frage richtig verstanden hatte. Eigentlich war sie sich schon die ganze Zeit über unsicher gewesen, wovon er redete. Ihr fiel es schwer, sich vorzustellen, wie die Vernunft aussah. Am ehesten, kam sie zu dem Schluss, glich sie wohl Ameisen. Diese vermehrten sich ebenfalls unablässig, und wenn man ein paar zerquetschte, kamen neue nach. Allerdings krabbelten über das Gesicht des Mannes keine Ameisen, und über seinen Leib auch nicht. Sie entdeckte dort jedoch etwas anderes, sehr Merkwürdiges: dass sein Bauch nämlich die Form eines Vierecks hatte. Alle Bäuche, die sie bislang gesehen hatte, waren ausschließlich rund gewesen. Zögernd hob sie die Hand, berührte den Bauch. Er war nicht nur viereckig, er war hart.

»Was ist das?«

Der Kaufmann folgte ihrem Blick, zog etwas unter dem Wams hervor. Und nun erkannte sie es – sein Bauch war nicht viereckig, nur dieses Ding, das er bei sich trug. Was es war, wusste sie nicht, seine Oberfläche fühlte sich jedenfalls warm an.

»Was ist das?«, fragte sie wieder, und ihr Erstaunen wuchs, als der Kaufmann das Ding öffnete. Es bestand aus dünnen gelblichen Blättern, die von Zeichen übersät waren. Entfernt erinnerten sie sie an die Spuren, die Tiere im Staub hinterließen, der Hund, das Huhn, die Katze. Doch als sie sich darüberbeugen wollte, sie eingehender betrachten, schlug er das Ding wieder zu.

»Das ist ein Buch«, sagte er, »ich … ich werde dich lehren, Bücher zu lesen. Ich werde dich auch lehren, Bücher zu schreiben. Ich werde dich mit nach Pisa nehmen, werde dir alle Sprachen beibringen, die ich kenne, und dafür sorgen, dass du noch mehr lernst. Ich werde der Welt beweisen, dass es kein Fehler ist, auf die Vernunft zu setzen. Allerdings ist dieses Buch kein gewöhnliches. Nicht jeder kann es lesen … nicht jeder *darf* es lesen.«

Das Gebilde war also ein Buch. Aziza war dankbar, dass sie nun mehr wusste als zuvor, allerdings wusste sie immer noch viel zu wenig, um zu erkennen, welchen Zweck ein solches Ding erfüllte. Erst recht hatte sie keine Ahnung, ob er das Angebot, bei ihm zu leben, ernst meinte und was sie davon halten sollte. Ihr Blick ging zu ihrem staubigen Plätzchen, wo sie die letzten Tage über gekauert hatte, armselig zwar, aber vertraut. Sie kannte alle Köter hier, obwohl die meisten sie ankläfften, auch die anderen Bettler, obwohl die meisten sie beschimpften.

»Kommst du nun mit?«, fragte der Kaufmann.

Eine Weile war sie nicht sicher, ob sie es wollte. Dann war sie sich nicht sicher, ob sie konnte. Als sie einen Schritt machte, drohten ihre schwachen Beine jedenfalls nachzugeben. Da aber hielten seine Hände sie schon fest, kräftige, gleichwohl weiche Hände, ganz ohne Schwielen. Er hob sie mühelos hoch, presste sie an seinen warmen Leib, trug sie mit sich. Sie fühlte sich beschützt, wie sie sich noch nie beschützt gefühlt hatte – höchstens, wenn ihre Mutter sang oder lachte. Aber das Echo dieses Klangs wurde selbst in ihren Träumen immer leiser, während das, was sie eben erfuhr, kein Traum war. Und auch wenn der Kaufmann nicht sang und lachte – er versprach erneut, ihr die Welt zu erklären, und das war ihr genauso recht.

»Ja«, sagte sie, »ja, ich will mit dir kommen … bei dir leben … alles lernen …«

Ihr Gesicht sank gegen seine Brust. Sein Geruch war fremd, aber angenehm. Sie hörte sein Herz pochen, vielleicht war es auch ihr eigenes. Zärtlich strich er ihr über den Kopf.

»Du wirst nun frische Kleidung bekommen, etwas zu essen, ein weiches Bett ...«

Aziza wusste nicht, was ein weiches Bett war. Erst recht hatte sie nie so ein schönes Haus gesehen wie das, in dem sie wenig später ankamen. Vor Staunen stand ihr der Mund offen.

Wer nicht minder staunte, war die junge Frau, die sie erwartete, die Dienerin Bona, der der Kaufmann den Befehl erteilte, sich um dieses fremde verwahrloste Mädchen zu kümmern.

»Großer Gott! Ihr habt über den Tod von Frau und Kind den Verstand verloren!«

Erstaunlicherweise klang sie nicht entsetzt, eher erleichtert, war sie offenbar der Meinung, dass der Verstand nicht so wichtig war wie das Herz. Dass sie selbst ein sehr großes hatte, zeigte sich, als sie dem Kaufmann das Mädchen abnahm, mit ihm in die Küche ging und es dort mit Naschwerk zu füttern begann, so süß, dass Aziza vermeinte, die Zunge würde vor lauter Wohlgefühl platzen.

Ja, bei Azizas zweiter Geburt gab es kein Gold, kein Brot – aber überreichlich Zucker. Und das bedeutete, dass ihr das Glück vielleicht nicht immer geneigt sein und sie kein langes Leben haben, dass sie aber ein freundlicher Mensch sein würde. Sie bewies es noch an diesem Abend, als sie Bona einen Kuss auf die Wange hauchte und sie dankbar anlächelte. Dass sie auch so klug war, wie der Kaufmann erhoffte, stellte sich dagegen erst viele Jahre später heraus.